试上高峰窥皓月

中国古诗词的阐释与形象传播

侯凡跃 著

厦门大学出版社
XIAMEN UNIVERSITY PRESS

国家一级出版社
全国百佳图书出版单位

图书在版编目（CIP）数据

试上高峰窥皓月：中国古诗词的阐释与形象传播 /
侯凡跃著. -- 厦门：厦门大学出版社，2023.9
　　ISBN 978-7-5615-8879-6

　　Ⅰ．①试… Ⅱ．①侯… Ⅲ．①古典诗歌-诗歌欣赏-
中国 Ⅳ．①I207.22

　　中国版本图书馆CIP数据核字(2022)第224790号

出 版 人　郑文礼
责任编辑　王鹭鹏
美术编辑　李夏凌
技术编辑　朱　楷

出版发行　厦门大学出版社
社　　址　厦门市软件园二期望海路39号
邮政编码　361008
总　　机　0592-2181111　0592-2181406(传真)
营销中心　0592-2184458　0592-2181365
网　　址　http://www.xmupress.com
邮　　箱　xmup@xmupress.com
印　　刷　厦门集大印刷有限公司

开本　720 mm×1 000 mm　1/16
印张　26.5
字数　310 千字
版次　2023 年 9 月第 1 版
印次　2023 年 9 月第 1 次印刷
定价　78.00 元

厦门大学出版社
微信二维码

厦门大学出版社
微博二维码

序

我诗故我在。

了解中国，可以有无数个角度，在舌尖上，在无人机上，在文物的修修补补中，在斑驳的文化古迹前……本书选择从文学及其传播入手。因为文学就是独白和对白，就是你和一代又一代意气风发的、意志消沉的、飞黄腾达的、命途多舛的、大气磅礴的、低回婉约的，各种有趣的、有料的灵魂进行对话。

更具体地说，本书选择从诗歌及其接受入手。《诗大序》说："情动于中而形于言。言之不足，故嗟叹之；嗟叹之不足，故永歌之；永歌之不足，不知手之舞之，足之蹈之也。"日常语言鞭长莫及时，咏歌出场，诗也出场。在西方，近代之后，现代精神里，既五光十色，又伤痕累累。上帝死了，欧几里得几何塌了、牛顿定律弱了，在没有上帝和规律的世界里，在畏、烦、无聊、恶心、荒诞充斥的世界里，人的拯救之途或许只有诗歌。萨特说，阅读是作者与读者之间的一个慷慨大度的契约，那读诗则是诗人与读者之间的一个荡气回肠的密约。

古人说"诗无达诂",人的情感不是逻辑、数学。我见青山多妩媚,他见青山却多无味。你看"妈呀柳树又发芽了",诗人看"落絮无声春堕泪,行云有影月含羞",伟人看却是"春风杨柳万千条,六亿神州尽舜尧"。情感千差万别,没有1+1=2板上钉钉的事。说诗难,恰在没有标准答案。

"作者之用心未必然,而读者之用心未必不然",意思明摆着:你唱你的歌,我品我寂寞。西方文学、美学理论,跟哲学一道,从本体论到认识论,到最后发现,绝对理念为虚,世界规则为妄。维姆萨特著《意图谬见》当头棒喝,以诗人本意解诗,则把对诗歌的研究,折腾成对诗人的研究,实为迷途。那么,不以作者为本,而以读者感受为宗可否?维姆萨特杀了个回马枪,大喝一声"这叫感受谬见",也不可取。看来妙在有无之间啊。接受美学则说,读者将自己的情感和观念作为"期待视野"去要求作品,通过再创作而产生审美体验。看来,作者,读者,非彼非我。

伊格尔顿认为,诗的意义,在诗人搁笔一刻,就有了独立性,其意义具有叠加性,是为伽达默尔"解释学"之效果历史。"池塘生春草",一语天然万古新,非今日你我理解,更是一代代诗人、文人、爱好者之思的叠加。

所以,完全脱离历史背景和作家生平的解读,很可能是轻狂、轻率而不负责任的。完全依赖历史资料和作家生平的解读,却可能是牵强附会的。所以本书从广义的古诗形象学入手,不仅文学人物是形象,诗集、流派、时代都是形象,形象包含接受学和阐释学意义上丰富的信息。妨碍理解诗文的外围信息,本书尽量剔除。本书更希望大家以情感为线，走一遍古诗词的长河，看一看几千年累积让我们感动不已的文字究竟是什么样子的。

因此，本书不想写成文学史或接受史惯常样子，也无意于写成现在风靡的"简史"。除了交代极个别必要的历史、社会和文化背景，本书往往单刀直入，拉诗人过来对话。当然这面临选择的问题，如此多诗人，光一个唐朝，出色的诗人比现在直播的网红还多，如何筛选？且筛选即偏见，你如何确保你选的就有价值？所以，偏见，更需洞见。本书不刻意回避教科书、文学史上提到的名家名篇，以显示自己反弹琵琶的独到眼光，也不刻意挑选除非专业研究者才可能知道的冷门作品，以显示博学多才洞若观火。总之，本书以儒家"内举不避亲，外举不避仇"的耿直，选择能感动人的、能一直感动人的作品来解读。所以，本书把杜甫、白居易打入冷宫，把《长恨歌》《春江花月夜》搁置起来，而津津有味品鉴"春眠不觉晓"，这样做并无多少刻意。

如果写作不是诗人刻意的情感秀，解读就不应该做成脱口秀。写作风格上，本书不刻意追求幽默，不挖空心思编段子抖包袱，因为对作品本身的把握和对文学发展脉络的把握依然是核心。但是，本书尽可能将文字写得活泼一些，而不是老气横秋或者古板迂阔。董仲舒云"诗无达诂"，王夫之语"诗无达志"，做到很难，为了不至于让诗文阅读成为毫无章法的外道野狐，本书广泛参考文献，所论之诗历史上像样一点的笺疏、评述等，靡不观览，恪守理论训练养成的严谨。但本书依然认为，鉴赏诗歌就是心灵的相遇，只要读得通，让人感动，就是优秀的解读方式。

古诗文字句不同的处理方式，直接影响对意义和情感的理解，有的诗确实可以有好几种解读方式，无对无错。书中对不少诗尝试好几种理解，也算是"以身试法"，示范给读者朋友看，怎么才能摆脱所谓权威、官方的解读，而将诗真正读得生动、走心。让意义流动起来。金圣叹点评《六才子书》，冯镇峦称"开后人无限眼界，无限文心"，这已经是价值所在。

读诗和学诗，其实没有捷径可言。每日一诗式的阅读，可以消遣，但难以大幅度提高古典文学的功力和素养。笔者认为，要集中一段时间多读诗集，并且大量阅读古代的诗话词话，那是用最厉害的眼光、最卓越的文笔写下的一条条关于诗歌最精辟传神的评价。读几个月，基本上就能达到古代文学研究生以上水平。以后再遇到古典诗词，就真能"坐看云起"了。

像海德格尔解读梵高笔下一双破球鞋那样成为经典的文字是罕见的。或许我们正应该避免所谓的权威、经典解读，通过自己不离谱的阅读体验和多领域知识（哲学、心理学、社会学、文化研究）的巧妙嵌入，启发读者用更灵活也更鲜活的方式去读诗，这比什么都重要。

没有诗歌的年代，无论动荡抑或富庶，总是缺了几分高贵。有诗的时代是值得回味的，有诗致的人是值得钦慕的，有机会读诗的人是让人羡慕的。

祝我们好运。

目　录

绪 论

出版如要尽可能避免浪费纸张和读者的时间精力，首先要明确该书的目的或者意欲解决的问题。本书意图探讨如何更好地理解中国古诗词，这当然包括诗词的阐释和诗词的发展、传播等层面的研究。

中国诗学的特性极为明显，刘若愚在《中国文学理论》中曾指出，研究中国文学批评有多重困难，汉语多单音节汉字，意义不明确，双音节汉字更容易模棱两可。并且中国批评家习惯上使用极为诗意的语言所表现的，不是知性的概念而是直觉的感性。就此而言，诗词阐释方式方法做出改变和突破极有必要。但全面了解中国古诗词，仅依靠文本阐释还不够。这就回到根本问题——诗歌史。从林传甲、黄人、谢无量等前辈学者至今，中国文学史或诗歌史数以百计，如果没有新的理论或方法突破，很可能只是为这个庞大的书单增加一个数字而已。

本书以诗词演进和诗词文本为经纬，有机结合，避免偏废。以广义形象学为理论基础，广泛参考解释学、接受美学等多种理论的优势之处，意在呈现整体且立体的中国古诗词，能够让读者变换视角，让欣赏或寻绎更为真切。

一、探寻中国诗词的真相和真义

中国拥有从未间断的诗学传统和浩如烟海的典籍，一代又一代学者大儒的批注笺疏，还不能确保我们更好地读诗吗？问题可能没有这么简单。比如《玉谿生年谱会笺》，资料不可谓不丰富，作者张采田的功力不可谓不深厚，但用力愈深而真义愈远，在张采田无与伦比的笺注中，李商隐的所有诗篇都成了关于政治党争的碎碎念。莫非一位杰出的诗人从来都没有休闲放松的时刻和赏花观月的心情，所有的诗句都关系牛李党争，至死不休，这是对李商隐诗歌的不负责，甚至是侮辱，但当时看上去又如此自洽。拥有的材料越多越需要警惕材料造成的遮蔽。

那是否可以抛却古人的注解而全以今天的眼光阅读诗篇，解读诗人？恐怕也不行。解释学理论认为，理解和解释是人的存在方式，也是人的本质，我们无法也不应该抛却历史性。我们永远在历史之中，前人的一切意见构成我们对文学艺术的理解，没有绝对答案，但有历史中流动的真义。所以理论依然具有不可或缺的价值。

纯理论探讨不是本书的目的，理论无文本则空，文本无理论则盲，故而理论是导航，能够提示可能的方向和可行的路径。于是从理论层面进行一些不成熟的探讨，并在实践层面进行尝试，是本书的内在驱动力。停留在理论上讨论概念和命题，多少有"空对空"的感觉——当然这里没有任何贬义——只是笔者的旨趣在于阐释诗，而不是建构文艺学理论体系或诗学体系。

为更好地理解中国诗歌，对"史"这一层面的研究必不可少。这方面的工作，学界先驱大贤已经做了足够多的工作，数以百计的文学史、诗歌史和诗歌发展史，是一代代学人努力的成果（本书主要聚焦于诗词，下文通称"诗歌史"）。当然，从今天的眼光来看，部分诗歌史确实存在"清单化""记账簿"式的缺憾。每个时代的概况，每个时代的代表性诗人，其生平和代表作品，一个时代又一个时代排列，一个诗人又一个诗人点名，再选出一些代表作，整部诗歌史就搭建出基本框架甚至张灯结彩大功告成。但是这多少存在一个问题，即此类文学史或诗歌史更像旅游导图，它帮我们画出一些重点，但这些点到底如何美不胜收，这些点之间有怎样的关联，往往语焉不详，或付之阙如。

有没有其他可能的视角或方法？近几十年来，中国古代文学研究领域广泛借鉴美学、文艺学、社会学、传播学乃至心理学等多个学科的成果，利用各种理论和方法、模型、工具来研究诗学。符号学、叙事学、心理分析、接受美学、大数据、定量研究等闪亮登场轮番上阵，虽出了很多优秀成果，但也存在西式理论在中国文学一日游的现象。比如定量分析，十多年前走俏过一阵子，现在基本上销声匿迹，偶尔有人用，倒显得落伍和不合时宜，有点"学术直男"的意味。

在让人更清晰、生动、深刻地理解诗歌和诗歌史这一方面，有些理论有很明显的操作难度，比如结构主义和叙事学，研究西方史诗或可一展奇技，但研究不落言筌、羚羊挂角的中国古诗词，总觉得隔了好几层。《剑桥中国文学史》将重点放在文学的外围即文化，当然这也是一种写法，不仅能增强趣味性，也提供了很多有用的信息，但是其对于诗本身，能够增加理解的东西并不太多。

尧斯较早看到常规文学史的窘境，这样的文学史基本是作家和作品的介绍，对于更好地理解作品其实没有多少突破。那么尧斯和伊塞尔的接受美学有没有为文学研究带来全新突破？这需要从接受美学产生的历史背景说起。

二十世纪初期，以雅各布森为代表的形式主义红极一时，他们认为文本（或本文，学术界用词尚不统一，本书统一用"文本"）研究是文学研究的重心，文本与作者其实没有关系，故而应该摒弃外部因素，而走向文本。雅各布森提出一个响当当的概念——文学性，简而言之就是文学之为文学的那个东西，那个内在规定性。文学性与作家经历、心灵无涉，文学性的生成仅仅由文学语言与日常语言之间的差异性来进行。这个观点极大地启发了结构主义和英美新批评。大家口水津津，像夺宝奇兵一般寻求文本的那个稳定结构的圣杯，而放弃了外部的东西，不管是作者生平，还是社会文化环境。这其实切割了文学与外在世界的一切联系，虽然有颇多斩获，但是问题也足够明显。六十年代伽达默尔解释学和七十年代哈贝马斯交往理论的出现，为文学理论的发展提供了新的视角，对形式主义和结构主义进行了反思。文学是有机连贯的过程，不应该分割为静态封闭的领域。

一九六七年，尧斯到康斯坦茨大学任教，做了著名的题为"文学史作为文学理论的挑战"的就职演讲。虽是演讲，却全面提出接受美学的基本思想和理论要点，迅速风靡全球学术界——看来尧斯此前已经下足功夫，做足准备。二十世纪九十年代后，我国古代文学领域也涌现出一大批"接受史"的研究。接受美学最大的特征是打破文本中心论，重新将文本放置在有血有肉的土壤里。接受美学更大的贡献在于，不仅关注社会和作者，更关注读者，文本产生之后，其意义的生成和流播，不是作者一人造成的，也不是作者一人可控的，而是历代读者的理解合力形成的。因此，想真正理解文学，必须进入历史视角。尧斯等人力图弥合传统理论文学与历史、历史方法与美学方法之间的鸿沟，加入读者一项，形成作者—作品—读者的三角形整体稳定关系。从历时性角度研究读者层面的变与不变，这是理解作品的全新视角，作品的内涵和意义也变得丰富。接受美学不只封赏读者，提高读者的地位，更重要的是突出以艺术经验为核心的历时性的审美经验，这个只能在读者的接受和解释中生成。

接受理论给古诗词研究带来新风。近年来，国内外以"接受"和"接受史"为题的论著相当密集，说明接受理论的操作性毋庸置疑。当然，这导致一个问题：当我们把文学史历朝历代上榜的诗人都"接受"了一遍，这整个接受史汇聚成的，是否可能成为对作家作品的意见总和？于是每个朝代鲜活的当代诗人隐入幕后，走到前台的反倒是后代文人。真若如此，相当怪诞。这是值得思考的问题。

解释学西学东渐到中国以来，也产生极大反响，其本土化也取得颇多成绩。如果说解释学因《圣经》的解释而成规模，那中国从来不缺类似传统（我们的四书五经十三经各种"经"更多），并且可以反向输出给西方很多经验。解释学的来龙去脉比较复杂，本书只能粗略带过。德国宗教哲学家施莱尔马赫在哲学史研究中发展解释学，希望通过批评性解释还原文本作者的原意。伏尔泰加入"体验"和"历史"，希望并认为能做到比作者本人更能了解作者，进而还原和把握历史的真义。这是以方法论为核心的古典解释学，继而是一般解释学。伏尔泰的思想里潜伏着生命哲学（体验）和意义哲学（真实）的冲突，所以从一般解释学到本体解释学，显得顺理成章。海德格尔从"此在""亲在"等维度看待解释现象，解释不是个别行为，而是人的本质，是人的存在方式。理解是人在世间的呈现方式，而各种知识则是"亲在"存在的方式。伽达默尔继承了海德格尔的观点，提出"效果历史""视界融合"等著名概念。借由解释学理论，我们能够更好地理解人的本质和艺术的本质。所以伽达默尔的《真理与方法》有句名言："说到底，一切理解都是自我理解。"看，这就是本质，这就是人！所以，这些解释学大家对一般解释学苦苦追求的具有科学性的方法不感兴趣，而是努力发现一切理解模式所共同的东西。所以伽达默尔的书名"真理与方法"本身看上去就有点相爱相杀，要真理就不能有方法，要方法就不可能有真理。为什么真理不能有方法？因为这个真理其实是人存在的去蔽，用海德格尔的话说即"澄明之境"，这个境界岂是某个（些）干巴巴的方法能达到的？！那也太小瞧了诗和人的复杂性与特殊性。

所以解释学真正给我们的是启发，而不是方法。解释学让我们更好地研究语言和理解，重视历史和传统，重新审视艺术本体和人的本质。

关于接受美学和解释学的述要，大致到此，其理论和取向我们认同。关键是，然后呢？中国诗词依然在那里，不来不去。想更好地理解中国诗词，是不是理解了理解和解释的重要性，强调了人的本质和艺术的本质就一劳永逸？肯定不行。所以，歌德说"理论是灰色的，而生命之树常青"，有那么点意思。

二、来自形象学的侧影

形象学（imagologie，法语词，周宁等学者按照英文文法和学术规范译为 imagology），研究形象的学问，肇始于比较文学领域，星星之火从法国开始，蔓延至全球学界，遍及整个文学和文化研究方面，可谓比较文学对人文科学的重要贡献之一。早在二十世纪四五十年代，法国的让－玛丽·卡雷、基亚等学者就进行过杰出的实践和理论探索，后有莫哈和巴柔等在形象学学科史及理论方面做出的卓越贡献。

形象学的核心概念是"形象"，和我们通常理解的物质世界或艺术世界的形象不同，它更像一个隐喻，其语义指向人们对异国的印象、感受和认识。莫哈认为，形象学的形象是异国形象，是关于一个民族（社会、文化）的形象，是由一个作家特殊感受所创作出的形象。巴柔对形象的权威定义是：在文学化同时也是社会化的过程中得到的对异国认识的总和。形象源于对自我与他者、本土与异域关系的自觉意识，是对两种类型文化的差距所进行的文学的或非文学的表述。在巴柔看来，形象是言说主体和言说对象的互动关系，同时是符指关系（当然，"他者"形象最终往往沦为对他者的否定，并借以肯定自己，这或许是形象学起初始料未及的）。

形象是对一种异于自己的文化或者社会的想象，它有时反映在作品中是一种社会集体想象物，是充满文学性的乌托邦。形象不仅可以介入社会的精神生活层面，也可以是对社会总体面貌的概述。当然，"形象"不仅指异国的人物、景物，也包括作品中关于异国的情感、观念和言辞的总和。巴柔的《形象》一书说"形象就是对一个文化现实的描述，通过这种描述，制造了（或赞同，宣传）这个形象的个人或群体，显示或表达出他们乐于置身其间的那个社会的、文化的、意识形态的、虚构的空间。"

形象由作者创造，但非作者一人理解的结晶，因为作者的理解往往来自其本人所属社会和群体的想象，所以异国形象从根本上讲是"社会集体想象物"。一个社会在审视和想象他者的同时，也进行自我审视和反思。想象，可以是对异国的认识、幻想、表征或建构。巴柔《从文化形象到集体想象物》指出，形象是一个到处都通行的词，一个模糊物。

形象学之所以能区别于单纯的社会学，是因为形象学中形象的文学性，即幻象性，"它将文学形象主要视为一个幻影、一种意识形态、一个乌托邦的迹象"。形象不仅是观察者对他者表现出的喜怒好恶，还是一种象征性语言。这种语言系统具有注视他者时的反思性，还有观察者异于被观察者的东西。在文学上表现出来便是理想性，也有着莫哈所说的"乌托邦"性质，同时具备同一性和相异性。书写形象的过程，是企图将一种文化或者更加复杂难言的东西抽象成具体文字的过程。因此，研究形象学真正关注的不是观察者观看他者到底看到了什么，而是为什么要这么看或者会这么看。

形象是表意实践，形象学是对他者的思考。巴柔认为，形象包含一个侧像，比如对一个国家形象的理解和建构，其地理风貌就是侧像。这个启发性在于：在理解和建构一个诗人形象时同样如此，比如对一个诗人来说，他的家族声誉就可以是一个侧像。巴柔认为对社会集体想象物的研究，代表了形象学的历史研究层面（他在多篇文章里反复强调他是从史学家那里借用这一概念），它不属于文学内部研究，而属于文学社会学。王一川在《中国形象诗学》一书中提出，我们一方面要考察外国人眼中的中国形象，另一方面更需要考察中国人眼中的中国形象。不过王一川书中论述的中国形象，是一个美学概念，指那种由符号表意系统创造的能呈现"中国"，或能使人从不同方面想象"中国"的具有审美魅力的艺术形象。作为文化的总体象征，"中国"代表的是富裕强大的政治、经济和军事实力，也代表具有审美魅力的文化形象。而于形象学用功最深成果最多的周宁那里，形象学就在社会文化中展开，跳开了文学或比较文学的三界五行。

让一个个具体文本／图像转化为形象，代表着一个特定群体（集团）对他者的想象，表达着作为观察主体的利益，意识形态是其内在驱动力。故而利科认为，社会集体想象物建立在"整合功能和颠覆功能之间的张力上"，建立在意识形态和乌托邦的两极之间。"形象"只是具体的表达手段，此外，表意实践中所要表达的意愿/意图不是纯个人的本能冲动或审美诉求，而代表群体利益的功利目的，这种功利目的也正是意识形态的实质所在。

形象学并不负责鉴别真伪，其核心不是与异国的事实是否相符，而是研究异国形象是"怎样被制作出来，又是怎样生存的"，这不仅对"他者"有认识意义，对主体自身的认识也具批判性，他者不仅是形象，也是"镜象"，可以观照自我。当代形象学更强调研究作家主体，研究他是如何塑造"他者"形象的。即从"他者"转移到了作家的"自我"，通过"他者"形象的塑造或描绘，反观塑造者的"自我"形象。

严格而言，形象学是一种方法，它灵活借鉴一切可用的方法，在其手中，符号学、叙事学都是攻城拔寨的利器。

三、在中国诗词形象中穿行

一方面，形象学立意新颖，实践层面斩获极多，另一方面形象学也存在一些问题，这些问题甚至在形象学最热火朝天的时候即已出现。巴柔《形象》一书指出，形象学的研究存在明显的问题——主题的罗列、平淡的引文、一切都被当作文献来研究；语录、议论充斥其中，历史领域与文学领域相混淆……巴柔说"形象是情感与思想的混合物"，情感飘忽而思想深邃，都难以把握，故而形象本身也难以用固定的模式来套用。今天重提形象学，关键不在于为研究找具体方法，而在于提供方向性启发。

如前所述，形象学主要研究"一国文学中所塑造或描述的'异国'

形象"，异国，包括异域、异乡、异族、他者。形象，可以是具体的人物、
风物、景物，也可以是观念和言辞；可以是个体形象，也可以是整体
形象。塑造、描述，非历史记载，也非新闻报道，甚至不仅是文学创造，
而是一种有差距的描述，一种社会集体想象。说了很多"异"，却忽略
了异代。"怅望千秋一洒泪，萧条异代不同时"，重新发现历史维度和
"他者"视角，是深入研究中国诗词的可能路径。让古人把更早的古人
作为"他者"有无可能？从宽泛的意义上讲，孔夫子"见贤思齐"就
是一种他者视角。

形象包含丰富的意涵，对于创造者而言，这些意涵来自他对已有
形象的知识。对于接受者而言，这些意涵来自他的期待视野。接受过
于超前、新奇的文本／图像，对于接受群体而言是巨大的挑战，无法
进入视野，文学史上和艺术史上不乏此类例子。杨铁崖的"铁崖体"
红极一时，却迅速销声匿迹。反而苦寒诗人贾岛，后世有人视如神圣，
挂像于堂，朝叩晚拜。"池塘生春草"能够"万古新"，不是我们今天
才感知的，古人就感知到了，这个意见持续叠加，到今天我们认为这
句诗确实当得起这个评价。故而，从历时性考虑，已有的形象系列本
身也有强大的话语能力，构成连绵延续的形象传统，以各种方式潜伏
变形，明里暗里发力，制约着人们对于新形象的建构与塑造。

中国诗歌发展史，本身也是形象不断建构的历史，"江左宫商发
越，贵于清绮，河朔词义贞刚，重乎气质"，这是对地域和地域文学形
象的精彩概括；"曹操如幽燕老将，曹植如三河少年"，这是对诗人形象
的诗化表述；"《国风》好色而不淫，《小雅》怨诽而不乱"，这是对诗集
形象的精准评价；"齐梁及陈隋，众作等蝉噪"，这是对时代形象的鸟瞰
批评。陶渊明的诗在南北朝时的反响并不大，经过唐朝诸多诗人的赞

许以后，尤其是经过苏轼的神化，遂成为"千古隐逸诗人之宗"，其在文学史上的地位空前拔高。这是历史性因素在起作用，必须加以重视。视界融合和效果历史，大体要强调的也是这回事。

中国历来有"征古"传统，《诗经》中即多处可见。孔子特别推尊文王，更树立了榜样，故而在漫长的历史时期，对前人的评价成为融在基因里的习惯，或者可以说是荣格意义上的"集体无意识"。孔子说"诗三百"最大的特点是"思无邪"，开对文学进行整体性评价的先河。魏晋时期的"月旦评"和清议之风，更是把人物品评推上高潮，许氏兄弟的点评相当于时人的品牌传播。由于《文心雕龙》的出现，对时代和群体诗人进行评述变得常见。这些推助了后代的形象传播。

或许会有人问：峨冠博带的屈原、采菊东篱的陶潜、脱靴疾书的李白等是形象，宫体诗怎能是形象，《诗经》怎能是形象？其实只要理解"形象"一词的外延，这个问题就自然消解。既然一个国家、一个民族能够是形象，一本诗集，一个诗派，自然而然能够是形象。形象学研究的核心之一是"异族"，所以研究国内少数民族，如刘洪涛的《沈从文小说中的苗汉族形象及其背景——比较文学形象学研究一例》、王立的《唐诗中的胡人形象——兼谈中国文学中的胡人描写》也是形象学实践。这样，中国古诗词领域，可以作为形象的地方非常之多。

因此，中国诗词形象传播，关键的不是形象能否成立，而是我们如何发掘和看待古人已经建立的针对不同对象的形象。形象学的初衷在"异族"，但中国诗词史上，异族话题是小小的支流。有价值的研究，依然在我们并不陌生的那些朝代、诗人、诗篇、诗集、诗派，可以用功的点在于后人如何观察、阅读、审视和建构这些"他者"的形象。

发展至今，形象学兼收并蓄，吸收了符号学、结构主义等多门派功夫，但也出现了问题——多种理论和方法难以完美融合融化的问题，努力编码、程序化，寻找各种解码的规律，恰恰忽略了形象建构中的情感成分。这是形象学中最难拿捏的，但也是最摄人心魄的东西，否则形象学难免僵化或套路化。

中国古诗词形象传播，不是宏观的属于宏大叙事的国家形象传播，也不是文学人物形象传播，而以有明确界定，外延不固定但也相对容易界定的整体性概念为研究对象，研究这种概念作为形象，在历史发展中的传播与接受，这其中负载着思想史、文学史、美学史方面的生动信息。中国传统文学的形象，同样是意识形态和乌托邦角力的结果。比如孔子眼里的乌托邦是周朝，儒教传统下，颇有奇花初胎感觉的六朝一直是肉欲和堕落的代名词。从形象学视角出发，历史、社会和文学三维，层次更清晰，诗词的艺术性也能寻得更好的坐标。

要言之，中国古诗词形象传播，是借鉴形象学理论取向，将诗歌史上的朝代、诗人、诗派、诗集等作为形象，研究这些形象的发生、赓续和传播。这起码能够激发三点新的尝试：一是让历代人对前代诗人和诗作的评论从散沙状态凝聚成一个有机体，能够更全面系统地看待古人的意见或想象。二是从诗歌史芳名册状态到基于历时性的形象建构，梳理能支撑古诗史的诗人诗作的传播状况。三是通过形象建构和传播研究，把握古诗演进的本体层面和传播层面的内在脉络，进一步探究古诗的艺术性。

是否有滑入接受史的危险？接受史侧重研究接受者对对象的意见和反应，形象学侧重研究观察者对他者的整体性印象或想象。把握这个差异，就不会将形象学处理成后人的意见汇总。

我们通过理解古人对更早的古人的理解，可以达到对古人更好的理解，这是海德格尔说的"前理解"，可以称之为偏见，但恰恰因为无所不在的偏见，才有真正的洞见。这是价值之一。

本书的目的明确，即更好地理解古诗词。对中外理论几经探寻，找到形象学这个他山之石，通过对多个典型形象的研究，串起一个立足于观察者视角的诗歌史，并且选取不同时代几十篇诗词，进行赏读。如果说形象建构是第一层面的理论实践，那么作品赏读则是第二层面的理论实践，希望通过这两个层面相结合的方式，不仅书写诗歌史，也走入中国古诗词的艺术内核，发掘情感和美的东西。

闻一多著《唐诗杂论》，以诗人兼学者的笔墨如是说："数千年来的祖宗（笔者注：指先贤，尤指诗人），我们听见过他们的名字，他们生平的梗概，我们仿佛也知道一点，但是他们的容貌、声音，他们的性情、思想，他们心灵中的种种隐秘——欢乐和悲哀、神圣的企望、庄严的愤慨，以及可笑亦复可爱的弱点或怪癖……我们全是茫然。我们要追念，追念的对象在哪里？要仰慕，仰慕的目标是什么？要崇拜，向谁施礼？假如我们是肖子肖孙，我们该怎样地悲怆、怎样地心焦！""看不见祖宗的肖像，便将梦魂中迷离恍惚的，捕风捉影，模拟出来，聊当瞻拜的对象——那也是没有办法的慰情的办法。"确如闻一多自谦，单个人对先贤的勾勒或呈现难免有"捕风捉影"的危险，加入历史维度的形象学，则可能达到纠偏的效果。

至于效果怎么样，限于笔者的能力，本书还只能算是小小的尝试。理论繁多，但诗词常青，关键是要在看似平坦的纸上迈出探险或悠游的一步——读者甚至可以跨过这篇代前言，直接进入本书主体。

第一章

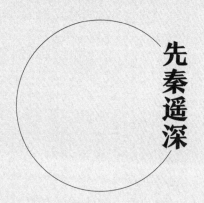

先秦遥深

　　先秦，哲学家眼里的"轴心时代"，出现和古希腊的苏格拉底、印度的释迦牟尼大约同时且影响力并列的孔子、老子等伟大思想家。先秦也是史学家眼里知识分子的黄金时代，文王求贤姜尚垂钓，孝公变法南门立柱，孔子施教弟子三千，稷下学宫学士云集。周游列国并非圣人专利，但有才学，即有明主瞩目。诸子百家，光彩夺目;《春秋》大义，乱臣贼子惧;《周易》哲明，天地之道彰。先秦并非简单的中华民族的童年的早慧期，而是一开始即登绝顶，奠定中华文化的基调，并确立至高标准。思想家辈出的年代，让抒情多少都显得有点奢侈。好在庄子漆园，诗意盎然，古谣谚辞，情感充沛。更何况还有第一部诗歌总集《诗经》，以及第一位明确署名的诗人"屈原"，先秦不仅充满智慧，而且充满美感。《诗经》里的杨柳，汨罗江的碧波，江南的秋气，给后人无穷启发。

第一节
先秦诗歌
形象研究

提及先秦，后人常记得百家争鸣，以及百家争鸣氛围下取得的卓越成就。从诗学角度看，先秦的古谣谚，甚至《周易》中个别颇有诗意的句子，对古诗发展都起到极大的开拓性作用。从古诗形象学角度出发，先秦诗歌不能简单"论资排辈"，必须扎扎实实考察诗歌的成就和影响。就此而言，《诗经》和《楚辞》是先秦诗学的两大高峰，都对后代产生极其深远的影响，它们告诉世人，先秦不仅是政治的和思想的先秦，还是诗性的先秦。

先秦从遥远得有点缥缈的三皇五帝开始，从最早的一万多个部落打来打去，到最后剩下战国七雄，其间历史细节已经无法彻底还原。夏王朝没有留下只鳞片爪的明证，后人对夏的认知只能通过传说和猜测。商朝文明取得爆发式进展，周王朝取代商纣，更让其站在历史和道德的高点上，文王、周公成为圣人和文人念念不忘的楷模。春秋战国多王霸之事，名将多，谋士多，波澜壮阔的历史争斗中，《诗经》《楚辞》更生动地记录和呈现当时的情感，因此先秦诗学形象，《诗经》《楚辞》是绕不开的话题。

《诗经》"思无邪"，《楚辞》多瑰丽。《诗经》在不久的将来即成经典，带着浓重的伦常色彩，承担重要的政治使命。同时，《诗经》中有不少篇章和诗句，艺术成就达到无与伦比的高度，可以称之为抒情鼻祖。屈原是第一位明确拥有署名权的诗人，《楚辞》鲜明的楚声楚调，让其卓立于战国时代，对汉赋及后世文学创作都产生了本质性影响。除了峨冠博带的三闾大夫，最早的著名美男子宋玉，以"悲秋"的形象开千古悲秋情思，让"秋"成为中国古诗词极其浓郁、极多感慨的主题甚至母题之一。

一、先秦：遥远的似曾相识

一说"先秦"二字，我们的感觉可能是天地玄黄、蓁蓁莽莽——毕竟时代太过于久远，即使当年无限风光，后人追忆到的也可能只是寥落苍茫。泱泱中华五千年，真正可考可靠的是商周以后，夏代依然未知。这么说可能会惹得一些人不快，甚至觉得笔者以及与笔者持相同观点的人有点数典忘祖。曾有三代专题组带着使命考证中华确实是五千年，并未获得太多认可。夏朝，仅存在于寥寥字里行间。商代有遗物，但细节也多不可知。据说商人始祖叫契，他母亲简狄，吞食燕鸟蛋而怀孕产下契，所以商代以鸟为图腾。再往下整个历史就相当丰满热闹了。

姜太公垂钓于渭水河畔，周幽王泡妞于烽火台上。杨慎《西湖》说："道德三皇五帝，功名夏后商周。五霸七雄闹春秋，顷刻兴亡过手。青史几行名姓，北邙无数荒丘。前人播种后人收，说甚龙争虎斗。"即使如此，那时候的人依然不算寂寞，那个年代依然让我们无限神往，并可能充满敬意。即使没有今天的微信抖音，但玩的东西也不少，并且可能更有趣一些。"《箫韶》九成，凤凰来仪"，击石拊石，百兽率舞。

即使没有香奈儿、LV，但古人的服装却比现在要考究百倍。古代头上戴的有冠、冕、弁、巾、帻，脚下穿的有屦、舄等。学者张法在《中国美学史》中说古代服饰最早体现"天人合一"的思想，细品此言不虚。即使没有很多 Tony 老师，但古人的发型也仪态万千。有诗为证："彼都人士，台笠缁撮。彼君子女，绸直如发。我不见兮，我心不说。彼都人士，充耳琇实。彼君子女，谓之尹吉。我不见兮，我心苑结。彼都人士，垂带而厉。彼君子女，卷发如虿。我不见兮，言从之迈。匪伊垂之，带则有余。匪伊卷之，发则有旟。我不见兮，云何盱矣。"（《诗经·小雅·都人士》）你看，这美女发型不断变化，一会卷，一会直，一会翘，丝毫不比现在的时尚女郎差。

那时候粮食已经挺丰富了，用史学家的话说，叫农耕文化已经极为成熟。孔老夫子"食不厌精，脍不厌细"，已经相当讲究啦。正式宴席有牛（脍）、羊（炙）、豕（醢）、芥酱、雉、兔、腊等，平时有蜗、鳖、蚳、雁、麋、鹑、虫等，粮食有黍、稷、粟、禾、粱、稻、菽等。蒸煮烤煨样样精通，干腊菹酿频频可见。

那时候有很多成语典故，退避三舍、一鸣惊人、卧薪尝胆、老马识途、负荆请罪、围魏救赵、一鼓作气、暗箭伤人、朝三暮四、唇亡齿寒……语言的丰富性，反映的是社会生活和文化思想的丰富性。

是的，要说思想，那还了得。孔子生在这个时代，到现在发端于孔子的儒家思想还生龙活虎，对整个中华民族有塑造之功。又有老子、庄子，闻一多说，几千年以来中国人心目中一直有一个庄子。想想吧，影响到底多深。还嫌不够？又有墨子、孟子、荀子、公孙龙……这确实是一个思想家辈出的年代，也是"士"阶层壮大的年代，前者明显，不用解释。后者问题宏大，三言两语说不清楚。有兴趣的朋友可以读余英时的《士与中国文化》一书。雅斯贝尔斯说的"轴心时代",在公元前八百年至公元前两百年之间,是为人类文明的"轴心时代","轴心时代"发生的地区大概是在北纬三十度上下,就是北纬二十五度至三十五度区间。这是人类文明精神的早慧时期,甚至一开始就是巅峰,各个文明都出现伟大的精神导师——古希腊有苏格拉底、柏拉图、亚里士多德;以色列有犹太教的先知们;古印度有释迦牟尼;中国有老子、孔子……钱穆、余英时等学者认为先秦是知识分子的黄金时期。此处不留爷自有留爷处,处处不留爷,爷还有子路。稷下学宫,人才辈出,合纵连横,天下翕动。

思想高度发达,文学应该也差不到哪里去。事实上,不仅是不差,而且是绝妙。先秦散文,如庄子散文,汪洋恣意,让苏东坡这个文化天才不停感慨深得其心,孟子文章浩然之气,战国策辩才纵横。但本书更想讨论的是《诗经》。现在家长重视孩子教育,国学班火热,但是让孩子背诵《三字经》《百家姓》,看着总有种悲从中来的感慨。百家姓,无非很多个姓氏的堆积,倒背如流又有何意义?能培养语感呢,还是像相声演员报菜名一样训练中国好舌头?昔我往矣,杨柳依依。今我来思,雨雪霏霏。关关雎鸠,在河之洲。窈窕淑女,君子好逑。背诵这些情感真挚,文采典雅的诗篇不是更好吗?

走,一起去几千年前的宫廷和野外,看看那里正在发生的故事。

二、《诗经》:群经之首,抑或抒情之祖

闻一多在《文学的历史动向》一书中曾评价《诗经》,认为没有一个"诗"集能够像《诗经》一样,扮演宗教、政治、教育、社交多种角色,发挥无与伦比的社会功能,维系和支撑封建时代的文化。从今人的眼

光看，《诗经》作为最早的诗歌总集，但不叫《诗集》，就在于它的"经"的地位，也因为"经"的头衔太过于崇高或耀眼，后世对《诗经》的理解和接受，和常规的文学作品，体现出迥异的特征。

关于《诗经》到底怎么来的，大体有"采诗说"和"献诗说"两种观点。采诗是自上而下，献诗是自下而上，无非为了民间形诸诗歌的声音达于执政者耳畔，以便于执政者施政。周代公卿列士献诗、陈诗，以颂美或讽谏，这有史籍可考。《诗经》广泛流行于先秦各国间，被运用于祭祀、宴饮、外交等各种场合，《左传》中大量记载诸侯君臣赋诗言志的故事，背诵流畅并且运用得体，绝对能够扬名立威。所以有没有达到良好的治理效果不清楚，但是《诗歌》的外交功能在古代却被发挥得淋漓尽致。劳孝舆在《春秋诗话》中说："自朝会聘宴以至事物细微，皆引诗以证其得失焉。大而公卿大夫，以至舆台贱卒，所有论说皆引诗以畅厥旨焉。余尝伏而读之，愈益知《诗》为当时家弦户诵之书。"

本书引三国时蜀国一个例子，来直观看看《诗经》的价值，领略《诗经》在外交中是如何被运用的——哪怕已经到了三国时代。这段对话发生在出访蜀国的吴国张温与蜀臣秦宓之间：

及（宓）至，温问曰："君学乎？"宓曰："五尺童子皆学，何必小人！"温复问曰："天有头乎？"宓曰："有之。"温曰："在何方也？"宓曰："在西方。诗曰'乃眷西顾'，以此推之，头在西方。"温曰："天有耳乎？"宓曰："天处高而听卑，诗云'鹤鸣于九皋，声闻于天'，若其无耳，何以听之？"温曰："天有足乎？"宓曰："有。诗云'天步艰难，之子不犹'，若其无足，何以步之？"

温曰:"天有姓乎?"宓曰:"有。"温曰:"何姓?"宓曰:"姓刘。"温曰:"何以知之?"答曰:"天子姓刘,故以此知之。"温曰:"日生于东乎?"宓曰:"虽生于东而没于西。"答问如响,应声而出,于是温大敬服。

面对刁难,秦宓巧用《诗经》诗句针锋相对,应答如流,极好地维护了蜀国的形象。

《诗经》被孔子列为六艺之首,"不学诗,无以言",起码能够多识草木虫鱼之名。据统计《诗经》三百篇(其实三百零五篇),有一百四十一篇四百九十二次提到动物,一百四十四篇五百零五次提到植物,简直就是中国先秦时期的动植物小百科全书。只是这个百科全书过于奢侈,用的是美不胜收的句子和对后世产生巨大影响的手法。风雅颂、赋比兴,"兴观群怨","经夫妇,成孝敬,厚人伦,美教化,移风俗"(《诗大序》),影响过于深远。

《诗经》对后世诗歌体裁结构、语言艺术等方面也有深广的影响。曹操、嵇康、陶渊明等人的四言诗创作直接继承《诗经》的四言句式。《诗经》其他各种句式当时只是单句,后世演之,遂以成篇。同时,后世箴、铭、诵、赞等文体的四言句和辞赋、骈文以四六句为基本句式,这种做法也可以追溯到《诗经》。

甚至连叠字的用法也迅速被才思敏捷的魏晋人偷学了去。《文心雕龙·物色》即云"'灼灼'状桃花之鲜,'依依'尽杨柳之貌,'杲杲'为出日之容,'瀌瀌'拟雨雪之状,'喈喈'逐黄鸟之声,'喓喓'学草虫之韵,皎日嘒星,一言穷理;参差沃若,两字穷形:并以少总多,情貌无遗矣。"这种表现力,确实是《诗经》给开了好头。

汉代是官方倡导且学者主动发力研究《诗经》的黄金时代。汉朝立博士，《诗经》成为官学。鲁人申培、齐人辕固和燕人韩婴三家注诗，《诗经》学兴盛一时。后鲁人毛亨和赵人毛芸的古文"毛诗"晚出，被广泛传授，最终压倒三家诗。三家诗先后亡佚，今本《诗经》，就是"毛诗"。值得注意的是汉代对"二南"的重视。《二南》在汉代被誉为"正始之道，王化之基"（《毛诗正义》），《诗经》的教化作用在汉代也被发挥得淋漓尽致。《后汉书·列女传》云："《诗》《书》之言女德尚矣。若夫贤妃助国君之政，哲妇隆家人之道，高士弘清淳之风，贞女亮明白之节，则其徽美未殊也，而世典咸漏焉。"到三国时期这种倾向已发展成自觉、明确的理论要求，正如徐幹《中论》中所说："凡学者大义为先，物名为后，大义举而物名从之。"

魏晋之后，世人渐渐发现政治、礼法之外的《诗经》，也即发现《诗经》巨大的文学价值。我们无须征引，嵇康、王粲、谢灵运、鲍照等优秀的诗人，都怎样认认真真地学习甚至模拟《诗经》，从篇名到用词，从谋篇到炼意。曹植就极其重视《诗经》文学属性，认为文学应倡导现实主义精神，并身体力行，创作出很多优秀篇章。胡应麟《诗薮》曾说："陈思藻丽，绝世无双。揽其四言，实《三百》之遗。"

魏晋时期研究《诗经》的风气很盛。据《隋书·经籍志》载，魏晋文人研究《毛诗》并有著述者有刘祯、王基、刘潘、徐整、韦昭、孙毓、陈统、杨父、陆机、殷仲堪、郭璞等，很多文人将《诗经》列为学习的主要典籍。阮籍云"昔年十四五，志尚好《书》《诗》"，即很好的例子。

东晋诗坛，玄风大作，诗人们接受并仿作《诗经》，主要体现于四言体式以及句法，但较之建安与西晋，其广度和深度无法比拟。在《诗经》接受史上，东晋显然属于低谷期。不过"诗以用事为博"（张戒《岁寒堂诗话》）的传统使得魏晋以来，很多诗作都喜欢攀扯一下《诗经》。更为重要的是，魏晋对《诗经》文本的关注及对其抒情性的发现，使《诗经》开始脱离政治和经学语境，直接影响南北朝。

刘宋至萧梁，经学复苏。梁武帝开五馆，立国学，以《五经》教授，不仅大力提倡经学，而且亲自撰写《毛诗发题序义》一卷，《毛诗大义》十一卷。简文帝萧纲也撰有《毛诗十五国风风义》二十卷。梁陈两代不乏通"五经"，精"毛诗"的饱学之士。

进入唐朝，《诗经》作为群经之首的影响力依然存在，并且对政治、伦常、习俗等有重要影响。唐代人写墓志铭引用《诗经》诗句，并非个案，足以说明《诗经》作为"经"的价值和地位并未消退。化用《诗经》中的句子，成千古名句，更是唐代诗人的拿手好戏，李白的"萧萧班马鸣"和杜甫的"马鸣风萧萧"，均取自《小雅·车攻》的"萧萧马鸣"。王维"持斧伐远扬"，取自《豳风·七月》"取彼斧斨，以伐远扬"。白居易深刻意识到《诗经》的抒情性："人之文，六经首之。就六经言，《诗》又首之。何者？圣人感人心而天下和平。感人心者，莫先乎情，莫始乎言，莫切乎声，莫深乎义。诗者，根情，苗言，华声，实义。上自圣贤，下至愚骏，微及豚鱼，幽及鬼神。群分而气同，形异而情一。未有声入而不应、情交而不感者。"白居易将《诗经》中的"情"提升到全新的高度，既然连圣人都通过感人心之情而达到天下和平的效果，那么平常人更可通过情而加以区分。我们不能说白乐天在偷换概念，不过有了圣人之情的免死金牌，诗缘情就更加理直气壮。

宋诗变唐诗之晓畅而另辟蹊径，炼字炼意，初不多瞩目《诗经》。但南渡之后，世风人情恍如隔世，《诗经》中有幽古之思，又受到重视。刘祁《归潜志》云"南渡后，文风一变，文多学奇古，诗多学风雅，由赵闲闲、李屏山倡之。"在文集的命名上，即可看到这种渊源或承袭。张之翰《跋庄晓山鸡啼集》取"鸡啼"。甚至有人将居所命名"棣鄂"，实出于《小雅·棠棣》"棠棣之华，鄂不韡韡"。即使相对文治不彰的大金王朝，也有以《诗经》诗句进行规诫的故事，可见《诗经》之影响。元代略输文采，但如戴良《甘棠集序》，出自《召南·甘棠》，可见《诗经》影响并未消退太多。

明人与前人略有不同，强调"《诗》之为诗"的理论主张，用雅各布森的话说是"文学性"，有重要的理论意义和思想解放意义。明代诗坛倡导性灵，这是对理学的无声抗争，发掘《诗经》的艺术特色，琢磨愈多，所思愈神，也为清代以及民国时期的诗经学研究奠定了基础。竟陵派领袖钟惺阅读《诗经》"意在品题，与经生说诗之株守门户，斤斤于名物训诂者，固自不同"，努力让"七子"的师古与公安派的师心相互融合。

明末清初金圣叹著《唱经堂释小雅》，虽然仅仅释《小雅》中的七篇，但金氏能够继承自明代以来超越于汉宋学派之外的思路，不求训诂章句，而一意欣赏，细心体玩，用解读乐府的方法来读《诗经》，所以虽不免恍惚捕风之处，但能一扫前人迂腐谬见，得风人之旨，斩获颇多。

明末清初，王夫之等一批文人志士，将自己的政治诉求以或隐或显的方式融入学术著述中。在评析中发挥个人的政治理想和学术思想，再挟带点个人情感的私货，有点"六经注我"的意味。王夫之《诗广传》中讲治国在得民心、民气，取民之道、御夷之策等，基本上正是自己的政治主张。

清代朴学和实学最为发达，但在义理考据的氛围中，对《诗经》的认知却透露出清新的消息。其中最值得一提的是《诗经原始》，"《诗经》学"领域的重要经典，其价值在于从文学角度对《诗经》进行全面赏析，重视诗人的作诗之义，把《诗》当诗而非政治宣言来读。如《周南·芣苢》，全诗三段十二句，只换了六个字。

采采芣苢，薄言采之。采采芣苢，薄言有之。
采采芣苢，薄言掇之。采采芣苢，薄言捋之。
采采芣苢，薄言袺之。采采芣苢，薄言襭之。

全诗三段十二句，竟然只换六个字？！这是诗，还是儿戏。通达活泼的袁枚也忍不住在《随园诗话》中吐槽"重复言之，有何意味"。方玉润则读出美妙的诗境："平心静气，涵咏此诗，恍听田家妇女，三三五五，于平原绣野、风和日丽中，群歌互答，余音袅袅，若远若近，忽断忽续，不知其情之何以移而神之何以旷。"这是真正属于有诗心之人的心领神会和美学体验。

胡适曾说，应该打破《诗经》的神圣感，不能认为其为一部圣经，可以从政治史、文化史等多个角度去研究。而在笔者看来，从诗的角度研究《诗经》，也许是触摸历史和相逢古人最好的路径。当然，如果完全抛却"经"的要素，那么《诗经》的光华也会大打折扣。出于意识形态需要，《诗经》里多礼法；出于情感表达需要，《诗经》里多情思。两千年下来，世人并不感到拧巴，这似乎也说明，诗从来都不会是无菌或真空状态。

三、《楚辞》与屈原：中国第一位有名有姓的诗人

二十世纪初，王国维在《文学小言》中列了四个文学史上最牛的人，这四人有共同特性——文学天才，人格伟大。这四个人是：屈原、陶渊明、杜甫、苏东坡。屈原，战国时楚国人，《离骚》中屈原一篇三致意地唠唠叨叨念念不忘说的也是自己的出身这个事。以《离骚》为主打歌，加上屈原、宋玉等诗篇，遂有《楚辞》一书。

"楚辞"之名，最早见于汉武帝。此时"楚辞"与"六经"并列，是专门的学问。书楚语，作楚声，纪楚地，名楚物。屈原之所以值得被后人记住，除了他的忠君志报国心外，他对文学抒情性的贡献，可以称为第一人。朱自清《诗言志辨》认为《楚辞》的引类譬喻形成后世"比"的意念，后世的咏史诗、游仙诗、艳情诗、咏物诗，其源头都在《楚辞》里。从这个角度来看，怎样纪念和学习屈原其实都不过分。

屈原和"楚辞"诞生于楚国文化，没有楚地的山川河岳、风土人情，就没有楚辞，也没有后来的汉赋。《汉书》概括楚国文化"信巫鬼，重淫祀"（淫，过度也）。南郢之邑，沅湘之间，巫风更盛，这无疑具有强烈的浪漫色彩和抒情意愿。甚至可以说，直到今天，湖南卫视的娱乐节目能够长期领先，和这种文化集体无意识也有内在联系。

可以遥想楚声是如何美丽动人，不然一个在沛县出来的颇有小混混习气的皇帝，竟然能够对楚辞相当着迷。鲁迅《汉文学史纲要》云："故在文章，则楚汉之际，诗教已熄，民间多乐楚声，刘邦以一亭长登帝位，其风遂亦被宫掖。"《史记·高祖本纪》生动记载："高祖还归，过沛，留。置酒沛宫，悉召故人父老子弟纵酒，发沛中儿得百二十人，教之歌。酒酣，高祖击筑，自为歌诗曰：'大风起兮云飞扬，威加海内

兮归故乡，安得猛士兮守四方！'令儿皆和习之。高祖乃起舞，慷慨
伤怀，泣数行下。"《大风歌》是难得的杰作，正是受屈骚影响的楚地
之声。其后汉代喜欢楚辞的还有多位皇帝。武帝时有位名臣朱买臣，
受人推荐得以被武帝召见，《汉书·朱买臣传》记说，"召见，说《春
秋》，言楚词，帝甚说之，拜买臣为中大夫，与严助俱侍中"。所以刘
勰在《文心雕龙·辨骚》中说："昔汉武爱骚，而淮南作传。"《汉书·王
褒传》则记说，宣帝"征能为楚辞九江被公，召见诵读"。

　　整个汉代，基本上对屈原抱有很高的敬意，并且以真刀真枪的文
学实践致敬。汉初，贾谊在屈原精神感召之下创立骚体文学，《吊屈原
赋》《鵩鸟赋》等作品开骚体文学创作之先河。其后是一长串闪光的名
字——东方朔、司马相如、董仲舒、王褒、班婕妤、扬雄、崔篆、班彪、
班固、班昭、张衡、王逸、蔡邕……都有优秀的作品传世。当然，汉
人一方面高度赞誉屈原的精神和文学成就，另一方面又觉得屈原投江
其实不算明智，贾谊就在《吊屈原赋》中说屈原应该"远浊世而自藏"，
扬雄《法言》说："原也过以浮，如也过以虚。过浮者蹈云天，过虚者
华无根。"屈原上天入地式的求索和想象，在扬雄看来，多少有点"浮"，
用今天的话说就是不踏实。

　　班固在《汉书》的《地理志》《艺文志》《贾谊传》等文献中言及
屈原时，均表示同情和崇敬，并给以极高评价——"蝉蜕浊秽之中，
浮游尘埃之外……皭然泥而不滓。推此志，虽与日月争光也"。出淤泥
而不染，可以与日月争辉。但其在《离骚序》中却主张，君子"以全
命避害，不受世患"，"得时则大行，不得时则龙蛇，遇不遇命也，何
必沉身哉"。他批评屈原"忿怼不容，沉江而死"的行为，认为是"露
才扬己"，不被待见，"忿恚自沉"。

到了魏晋，在名士眼中，屈原不仅是偶像，更是行动指南。佩香草、戴高冠，上下求索的三闾大夫，正吻合魏晋人疏放不群、清拔超逸的追求，以放诞之行，守狷介之格。《世说新语·任诞》里有这样一个名场面：王孝伯（恭）言："名士不须奇才，但使常得无事，痛饮酒，熟读《离骚》，便可称名士。"到了闻一多，还依稀有这样的影子，闻一多上课讲《离骚》，痛哭，若无人。《世说新语·豪爽》另有记载："王司州在谢公坐，咏'入不言兮出不辞，乘回风兮载云旗'，语人云：当尔时，觉一坐无人。"金声玉振中，名士陶然忘机。这其实重视的是楚辞音声之美，对南朝时的声律成熟起到催化作用。

五月端午的习俗其实在去屈原不远的晋已相当流行。葛洪《抱朴子》记载："屈原投汨罗之日，人并命舟楫以迎之，至今以为竞渡，或以水车，谓之飞凫，亦曰水马，一州士庶，悉观临之。"可见屈原同时被士族和庶人接纳和尊重。

在南朝的刘勰看来，屈原"依彭咸之遗则，从子胥以自适"，是"狷狭之志"，狷，耿直。狭，气量小。所以屈原的行为整体而言不符合儒家经典。颜之推认为，自古文人，多陷轻薄，屈原露才扬己，显暴君过，更非士人所为。北魏刘献之《魏书》说得更难听："观屈原《离骚》之作，自是狂人，死其宜矣，何足惜也！"在整个动荡的南北朝时期，屈原的形象是非常不统一的，或明或暗，或褒或贬。

屈原的形象有争议，在唐朝依然如此。初盛唐时期，整个社会心气正高，视野开阔，接纳程度高。屈原的精神品格和文学造诣受到高度关注。魏徵等撰《隋书·经籍志》说屈原之作"气质高丽，雅致清远，后之文人，咸不能逮"。另一个朝廷大臣令狐德棻主持修撰《周书》，于《王褒与庾信列传》中也说："（屈原）作《离、骚》以叙志，宏才艳发，有恻隐之美。"唐太宗李世民称道屈原"孑身而执节，孤直而自毁"；唐哀帝李祝作《封屈原敕》，赞美屈原"正直事君"。甚至有人将屈原的作品放到与《六经》等同的地位，蒋防《汨罗庙记》就说"然三闾者，以大忠而揭大文，沉吟楚泽，哀郁自赞，爱兴褒贬，六经同风"。

在文学中看唐人对屈原的态度，大体轮廓如下。整个唐朝，关于屈原的诗歌数量呈递增的趋势，初唐仅几首，盛唐三十多首，中唐七十多首，晚唐一百多首。个中原因不难找寻。因为身处晚唐时期的文人们，早已敏锐地感知到大唐的亡国之音，类似的环境，自然与屈原更多共鸣。

在开国君臣表扬屈原的同时，不同的声音也此起彼伏。面对楚辞，说陈子昂义愤激切，欲振六朝之靡丽，这可以理解，而才华横溢，又多不得志的初唐四杰，如杨炯、王勃对屈原的创作颇有微词，就很让人困惑。整个唐朝，柳冕可能是骂屈原最严厉的一个，他认为屈原的诗是"亡国之音"。卢藏用《右拾遗陈子昂文集序》说："孔子殁二百岁而骚人做，于是婉丽浮侈之法行焉。"，李华《赠礼部尚书清河孝公崔沔集序》认为："屈平、宋玉，哀而伤，靡而不返，六经之道遁矣。"今天来看，所有的批评都成了勋章，有屈宋背离六经的文学实践，中国文学的抒情性才得到真正意义的发掘。

就整体而言，唐人对屈原是褒远大于贬，以至于如刘知己作为史学家，会用"不隐恶"来评价屈原的"显暴君过"，而非"露才扬己"。

韩愈有"不平则鸣"之说，肯定屈原淋漓尽致的抒情。柳宗元更是屈原的小迷弟。柳宗元有《吊屈原文》，不仅推尊其人之"惟道是就""服道以守义"，而且对屈骚充满景仰："先生之貌不可得兮，犹仿佛其文章，托遗编而叹喟兮，涣余涕之盈眶。"他模拟《天问》而作《天对》，又作骚体十篇，斥谄小，骂尸虫，以泄愤懑。

吴融《楚事》诗云："悲秋应亦抵伤春，屈宋当年并楚臣。何事从来好时节，只将惆怅付词人。"唐人特别关注屈原的是"风怨""去留""醉醒"这几处。许浑《寄郴州李相公》说"应笑灵均恨，江畔独行吟"，这反映了晚唐人对屈原的认知。晚唐诗人的确自觉继承了始自屈原、宋玉的悲秋传统，付之以感伤的浅吟低唱。天祐三年九月，

906

唐哀帝诏封屈原为昭灵侯。这一年元月，朱温杀昭宗立哀帝，激起很多唐朝臣子的忠君报国之情，他们号召四方力量一起对抗朱温。在风雨飘摇的时代，在唐末君臣心目中，屈原已然成为忠君报国的理想化身。

在满天风雨下西楼的唐末，士人感世伤时，咏史和怀古成了时代的旋律，屈原也成了借以抒写心中块垒的最佳人选。杜牧《题武关》写道"碧溪留我武关东，一笑怀王迹自穷。郑袖娇娆酣似醉，屈原憔悴去如蓬"，憔悴的何止当年的三闾大夫，更是唐末的君臣文士。

晚唐诗人较多接受了屈宋辞赋感伤兴寄的笔法格调。晚唐诗人出于时代原因而偏好屈宋骚辞，仅从大量描写读《离骚》的诗句即可见他们对楚骚之精熟。据统计，晚唐诗作中称引《离骚》篇名者共有十八人次，计二十四篇。初唐、盛唐、中唐三个阶段称引《离骚》篇名的全部诗作加起来仅十二人次，计十五篇。两相对照可知晚唐诗人对楚骚的钟爱是普遍现象。唐人这些称引《离骚》的诗句中，几乎异口同声地说"咏《离骚》""读《离骚》"，往往表现出对楚骚的一往情深，初盛、中唐的诗人大多只是偶引《离骚》，流露出的感情要淡一些。

有宋一代，特别激赏屈原的群体行为出现在南宋，虽然如司马光

也作诗歌咏屈原"空余楚辞在，犹与日争光"，但群体性意见并未达成。晁补之《鸡肋集·变离骚序》认为《诗经》《春秋》之后，百余年间，唯"中间独屈原摩正著书，不流邪说"，以为可与孟子相论。因为社会环境相似，南宋文人与屈原有了更多跨越时空的神交。宋南渡文人生活在山河殊异的动荡时局中，或贬谪或漂泊，有着与屈原类似的迁客之恨，故而阅读屈原成为他们心灵世界的常规动作，"每读离骚伤远游，一为迁客又经秋""闲炷炉香听夜雨，快斟杯酒读离骚"，这是真正的借他人之酒杯，浇自己之块垒，激荡起文坛上悲慨雄豪之风。辛弃疾《喜迁莺》写道："休说，鲆木末，当日灵均，恨与君王别。心阻媒劳，交疏怨极，恩不甚兮轻绝。千古离骚文字，芳至今犹未歇！"

明代人多看到屈原及楚辞中的悲怆之情，看到他对游仙诗等诗体的影响。明末清初人却赋予这份悲怆更多沉痛。王夫之注《楚辞》时，清王朝已经一统天下，所以，王夫之将满腔难以言表的义愤融入注释中。另外，《楚辞笺注》的作者李陈玉，明亡后披发入山，隐逸不仕。钱继章在《楚辞笺注后序》中则形象地描写道："先生北望陵阙，流涕泛滥，屈平之《涉江》而《哀郢》也。继而遁迹空山，寒林吊影，乱峰几簇，寒猿四号，抱膝拥书，灯昏路断，屈平之《抽思》而《惜诵》也。先生之志，非犹屈平之志乎！"这段文字相当精彩。或许在李陈玉的大脑中，荒山寒林，谁是屈原，谁是自己，已经模糊难辨。所以章学诚《文史通义》才说："遇有升沉，时有得失，畸才汇于末世，利禄萃其性灵，廊庙山林，江湖魏阙，旷世而相感，不知悲喜之所从，文人情深于《诗》《骚》，古今一也。"

据唐代张彦远《历代名画记》记载，南朝宋史艺作《屈原渔父图》。中国古代屈原图像约四十幅，其中明清最多。台北故宫博物院藏弘治年间《历代古人像赞》，是现存最早收有屈原像的本子。该图中屈原头系儒巾，神情庄重，颇有忠贤之风。左上方赞曰"深思高举洁白清忠，汨罗江上万古悲风"。图像史给我们呈现一个更直观的屈原。

忠义也罢，扬己也罢，悲怆也罢，偏狭也罢，屈原以他浓烈的情感和华美的诗风征服历代文人。尤其是仕途蹭蹬或国仇家恨之时，诗人内心的屈原就更为鲜活，社会越浑浊，屈原的形象就越清晰。书写屈原，其实就是抒写情感。屈大均《吊雪庵和尚》诗云："一叶《离骚》酒一杯，滩声空助故臣哀。"秋、酒、离骚，似乎从魏晋开始，就成了浑融的意象。甚至我们会想，中国诗词"穷苦之词多，而欢愉之词少"，难道只是因为"欢愉之辞难工，而穷苦之言易好"吗？为什么欢乐难写而穷苦易述？是不是和屈原开的这个头有关？

四、"悲秋"情结与宋玉形象

宋玉，屈原弟子，后世"屈宋"并称，师徒二人对文学史的贡献，各有特色。当然这个师徒关系，未必是孔子颜回这样的形态，或许宋玉私淑屈原诗作而认其为师，后世以师徒称之。陆侃如《屈原与宋玉》认为屈宋二人是中国文学之祖，不但给予楚民族文学以永久的生命，而且奠定了中国文学稳固的基础。

"潘安之貌，宋玉之容"，宋玉是古代著名的美男子，美文＋美貌，宋玉的文学可用"美"来形容。宋玉给后世的印象或许是个文弱书生，但宋玉并非只知道幻想巫山女神的才子，而是有一定的政治才干。宋玉与庄辛联手平定楚大夫昭奇叛乱，二十出头被封为议政大夫，只可惜一辈子不算得意。

宋玉以文名，不过目前十六首作品，起码有一半的著作权还存在较大争议。即使如此，《风赋》《高唐赋》《神女赋》《登徒子好色赋》等几篇文章，足以让宋玉不朽。

宋玉开了"悲秋"的传统，这个头一开，就如长江奔流，直到今天，滔滔不绝，勾起国人无穷情思。"悲哉，秋之为气也"，遂有秋声、秋色、秋梦、秋光、秋水、秋江、秋夜、秋蛩、秋月……一幅幅宏阔的秋景，成为文学史上最绚丽、最感慨的图卷。秋也成为百搭型的高频词语。有学者认为，在文学层面，宋玉的影响比屈原更大。宋玉出现在唐诗、宋词、元曲、杂剧、赋等各朝各种文体中。宋玉以后，"秋"甚至成了"愁"的同义语。成书于汉代的《礼记》，其《乡饮酒义》言："秋之为言愁也。"另外，《高唐赋》也堪称中国山水文学之祖。

"阳春白雪"、"下里巴人"、"曲高和寡"、巫山、阳台、神女、高唐等都出自宋玉笔下，更不要说那著名的"巫山云雨"，从自然现象到男男女女之间最原始也可能最诗意的隐喻，宋玉以一管之笔，建构出无限勾魂夺魄的境界。

王楙在《野客丛书》中曾专门罗列后代模仿宋玉《登徒子好色赋》所做的文章：自宋玉《好色赋》，相如拟之为《美人赋》，蔡邕又拟之为《协和赋》，曹植为《静思赋》，陈琳为《止欲赋》，王粲为《闲邪赋》，应玚为《正情赋》，张华为《永怀赋》，江淹为《丽色赋》，沈约为《丽人赋》。

拥有这种影响力，也难怪被认作文学之祖。

为什么战国末期突然出现屈原、宋玉这样善于抒情的人？南宋韩元吉的《南涧甲乙稿》卷十四《张安国诗集序》的解释很有代表性，大意是说，托物引喻愤惋激烈，能够超越风、雅的作品，实在是因为屈原宋玉等人生于楚地。楚地有何神奇？"楚之地，富于东南，其山川之清淑，草木之英秀，文人才士遇而有感，足以发其情志而动其精思，故言语辄妙，可以歌咏而流行，岂特楚人之风哉，亦山川之气或使然也。”

在稍后的正史视野里，对宋玉的整体评价比较中允。司马迁未判定宋玉人品之低下，班固将屈原列入"上中"，将宋玉列为"中中"，哪怕是屈原，在班固眼里也"露才扬己""忿懑不容"，乖于儒教。宋玉虽未入"上品"，但也未沦入"下流"。皇甫谧肯定赋应"辞义可观"，但宋玉善用宏词艳句、铺陈太过，有失风雅体统。梁朝人从宋玉身上发掘出流光四溢的文学才华，绝世才子的形象渐渐为人接受。随着南朝辞赋文学的贵族化、绮丽化，宋玉辞赋有关情爱、女性容貌的描写恰好成为热点，于是巫山、高唐、神女等意象频繁出现。

刘勰将宋玉列入辞赋十大英杰之一，排第二，"屈平联藻于日月，宋玉交采于风云"。评价屈原宋玉及其后的贾谊、司马相如等人，说"英辞润金石，高义薄云天""自兹以降，情志愈广"，也就是说从这几个人开始，中国文学史的抒情表达，变得更为广阔。

但南北朝时也有人批评宋玉，北齐颜之推《颜氏家训·文章篇》说"自古文人，多陷轻薄""宋玉体貌容冶，见遇俳优"，即针对此类辞赋好以文为戏、缺乏庄语而发。宋玉之才惠及文坛，但宋玉之名似乎也殃及文人群体。"自古文人……"之类的全称判断，让整个文人形象都受到极大影响。当然，文人形象的整体欠佳，是重要而复杂的话题，绝非宋玉一人能带来如此严重的污名化效果。

唐朝人不仅领略宋玉的文采，更窥见宋玉的内心。《全唐诗》提到宋玉的诗有五百多首。有唐一代，无论诗仙、诗圣、王公大臣，以及普通文士，对宋玉都有特别的情感。在唐人眼里，宋玉距离这些诗人非常近，他才华绝代，胸怀天下，情致高洁，但出身寒微，仕途多舛。人世遭遇谱就的哀歌，幻化成唐诗人的集体精神家园，在这里如逢知音，如逢故交。

宋玉事楚王，立身本高洁。

巫山赋彩云，郢路歌白雪。（李白《感遇》）

摇落深知宋玉悲，风流儒雅亦吾师。（杜甫《咏怀古迹》）

高梧一叶坠凉天，宋玉悲秋泪洒然。（李郢《早秋书怀》）

楚天长短黄昏雨，宋玉无愁亦自愁。（李商隐《楚吟》）

李商隐"神女生涯原是梦""一春梦雨常飘瓦"等一派凄迷幽约的名篇，其实深深地带有宋玉的影子。在这些大诗人的眼里，宋玉风流儒雅，立身高洁，而又才华绝代，实在是偶像级的存在。大多数篇章在用典时遵循宋玉本事，看作可以称道的历史佳话。

到了晚唐，人们对宋玉赋写楚王与神女梦中邂逅之事已有非议，宋玉儒雅高洁的形象多与男女之情挂钩。只是这种"情"还限定在《登徒子好色赋》所自白的"扬诗守礼"的道德规范中，并非沾花惹草之流。到了晚唐五代词人笔下，则被装扮成烟柳花丛中的多情才郎，历经后代的词、曲、小说等丰富和发展，逐渐定型。这种被转变了的形象惹怒了一些人，比如大理学家朱熹。宋初姚铉在《唐文粹》中谴责宋玉"自微言绝响，圣道委地。屈平、宋玉之辞，不陷于怨怼，则溺于诡惑"，即缺少温柔敦厚之旨。朱熹则将宋玉视为礼法之罪人，认为宋玉的讽谏是"屠儿之礼佛""倡家之读《礼》"，这尖刻程度多少有失大家之风范。

当然，宋代文人还是非常欣赏宋玉的文学才华的，比如黄庭坚《和世弼中秋月咏怀》认为，学赋必须学宋玉："江山于人端有助，君不见至今宋玉传悲秋。期君异时明月夜，把酒岳阳黄鹤楼。"宋玉和悲秋，依然是宋文人内心深处的情结。

所以，整体而言，宋人眼中的宋玉，不是一成不变的，而是多面的，有褒有贬。当宋人以政教观看待宋玉，自然是贬低加嘲讽。但从文学观看宋玉，又充满共鸣和共情。

在元明人的眼里，悲秋主题已消散殆尽。宋玉之文成为人们杜撰风流韵事的材料，宋玉也成为美貌多才、多愁轻薄的放荡文人。

一个阳台上襄王睡着，一个巫山下宋玉神交。休道你向渔夫行告，遮莫论天写来，谁肯问《离骚》。（元邓玉宾【粉蝶儿·满庭芳】）

且将宋玉风流策，寄与蒲东窈窕娘。（元王实甫《西厢记》）

谢圣主恩波浩荡，却将个宋玉东墙，错猜做神女高唐。（明王骥德《男王后》）

元明人眼中的宋玉，少了朱熹式的审判，多聚焦其风流，宋玉成了风流美男子的象征。

当然，明人并未忽略宋玉的文学成就，抬高宋玉的辞赋，而是认为在屈原之后，历代承继者中无人能及。明代陆时雍《楚辞疏·读楚辞语》认为宋玉有三点极为突出，可以比肩屈原——气清、骨峻、语浑，"清则寒潭千尺，峻则华岳削成，浑则和璧在函"。

清代朴学兴，诗学词学也有中兴迹象。清人对宋玉的文学成就的理解反倒超过元明。清人何焯认为赋家应该独尊宋玉，程廷祚认为宋玉是"赋家之圣"，王夫之更称《九辩》为"千秋绝唱"。

宋玉，楚国的一个文学侍臣，不受帝王重视，沉沦下僚，一个落寞萧索的消瘦身影和一支写尽秋景写尽幽情的妙笔，却引发历代文人无数共鸣。有人崇拜他才华绝代，有人演绎他风流多情。不管怎样，当后人把悲秋和宋玉画上等号，当男女之情变得像巫山云雨一样迷离神秘，这个世界，多了许多人情味。只是不知道，一幕幕风流的、越界的场景，竟然都用宋玉的词汇讲述，宋玉泉下有知，当作何感想？

第二节

先秦诗歌阐
释与传播

　　为触摸先秦诗歌的脉搏跳动，本书绕开堂堂皇皇雍容典雅的字句，而从《诗经》富有人情味和生活色彩的篇章入手，因为先秦诸子和史书中更容易看到堂皇文字。毫无疑问，《诗经》有史料价值，翻开诗三百，后人能生动体验或想象先秦时代的文治武功、民生百态。但更让后人服膺的是《诗经》的艺术成就，当作为政治和历史的《诗经》慢慢淡化，历代诗人便把兴致放在《诗经》的文学性和艺术性上。

　　《离骚》文采斐然，情感充沛，握瑾怀瑜、上下求索的诗人，给后人带去无穷尽的感慨和共鸣。多数人膜拜、模仿屈原，从《离骚》中汲取艺术营养，推动诗歌发展。相对而言，《九歌》没有《离骚》那般华美，但以萧散之气和浓郁之情彻底打开古诗抒情的闸口，跌宕多姿的诗坛就此热闹起来。

一、作为历史的《诗经》

　　陈寅恪治史提出"史诗互证"，比如证《桃花源记》里面的景象并非陶渊明虚构，而是魏晋六朝战争频仍影响下的活生生的事实。由此言之，《诗经》的价值，不仅是一部诗集，也具有历史或文化价值。春秋时期，很多外交场合都要诵读《诗经》以言志，《诗经》成了外交活动和文化活动的重要载体，被诸子百家广泛征引，以讽以谏，或争或劝。而《诗经》作为史料被用来研究先秦史，更为常见，因为诗三百，确实有丰富也够生动的记录。比如《诗经·小雅·楚茨》：

> 楚楚者茨，言抽其棘。自昔何为，我艺黍稷。
> 我黍与与，我稷翼翼。我仓既盈，我庾维亿。
> 以为酒食，以享以祀。以妥以侑，以介景福。
> 济济跄跄，絜尔牛羊，以往烝尝。或剥或亨，或肆或将。
> 祝祭于祊，祀事孔明。先祖是皇，神保是飨。
> 孝孙有庆，报以介福，万寿无疆。
> 执爨踖踖，为俎孔硕。或燔或炙，君妇莫莫。
> 为豆孔庶，为宾为客。献酬交错，礼仪卒度，笑语卒获。
> 神保是格，报以介福，万寿攸酢。

有牛有羊，以享以祀，这是典型的贵族祭祀。

再如《诗经·小雅·宾之初筵》：

> 宾之初筵，左右秩秩，笾豆有楚，肴核维旅。
> 酒既和旨，饮酒孔偕，钟鼓既设，举酬逸逸。
> 大侯既抗，弓矢斯张，射夫既同，献尔发功。
> 发彼有的，以祈尔爵。
> 籥舞笙鼓，乐既和奏，烝衎烈祖，以洽百礼。
> 百礼既至，有壬有林，锡尔纯嘏，子孙其湛。

　　其湛曰乐，各奏尔能，宾载手仇，室人入又。

　　酌彼康爵，以奏尔时。

　　宾之初筵，温温其恭，其未醉止，威仪反反。

　　曰既醉止，威仪幡幡，舍其坐迁，屡舞仙仙。

　　其未醉止，威仪抑抑，曰醉既止，威仪怭怭。

　　是曰既醉，不知其秩。

　　宾既醉止，载号载呶，乱我笾豆，屡舞僛僛。

　　是曰既醉，不知其邮，侧弁其俄，屡舞傞傞。

　　既醉而出，并受其福，醉而不出，是谓伐德。

　　饮酒孔嘉，维其令仪。

有乐，有舞，有射，有祭，宏达浓烈，这是典型的贵族庆礼。

再如《诗经·周颂·噫嘻》：

　　噫嘻成王，既昭假尔。率时农夫，播厥百谷。

　　骏发尔私，终三十里。亦服尔耕，十千维耦。

这是规模颇大的集体耕作的场面，今天读来还颇有阵势。

　　七月流火，九月授衣。一之日觱发，二之日栗烈。无衣无褐，何以卒岁！三之日于耜，四之日举趾。同我妇子，馌彼南亩。田畯至喜。

　　七月流火，九月授衣。春日载阳，有鸣仓庚。女执懿筐，遵彼微行，爰求柔桑。春日迟迟，采蘩祁祁。女心伤悲，殆及公子同归。

七月流火，八月萑苇。蚕月条桑，取彼斧斨。以伐远扬，猗彼女桑。七月鸣鵙，八月载绩。载玄载黄，我朱孔阳，为公子裳。

四月秀葽，五月鸣蜩。八月其获，十月陨萚。一之日于貉，取彼狐狸，为公子裘。二之日其同，载缵武功。言私其豵，献豜于公。

……

这是《豳风·七月》描绘的场面，简直就是极简版的风俗图。搓绳修房，置酒宰羊。妙在有"十月蟋蟀，入我床下"这样的句子。仿佛千年前的蟋蟀声，穿越千年的旷野，穿越千年的秋风，在我们耳畔回响。

据《礼记》记载，二月是真正的交配的季节。牛马寻欢，男女私奔。春风拂面的原野郊外，春心骀荡。因此，在《诗经》里，我们不仅能推测和想象社会、生活，更能体验遥远而真实的感情。这情感有挚爱，有秀恩爱，有怀春，有怀乡，有怨愤，有悲伤。

《诗经》到底是谁写的？是怎么写成的？这是个复杂且极见功夫的问题。到了《离骚》，中国的诗歌才有作者具名，之前所有的诗歌几乎都是无名氏。"采诗说"认为古代统治者为了考察民情舆论，往往到民间搜集诗歌，采集回来之后，发现民间豆棚柘社之中难免有个别淫词艳曲（如"郑声淫，佞人殆"），不符合朝堂之选，不匹配主旋律之趣，于是删诗，据说删诗这事是孔子主抓的。这个说法目前还不是定论，存在争议。诗歌如此之多（三千首取三百余首），恐非孔子所能及，且孔子做过牧场养殖、仓库管理员等职位，当然也做过鲁国的高官建设部部长（大司空），但没做过乐官，删诗等于越俎代庖多管闲事，可能性不大。

距离产生美，我们今天看《诗经》，绝对是典雅之作。但需要注意，"雅"不是今天文雅、雅丽，阳春白雪的意思。恰恰相反，"雅，正也，古今之正者，以为后世法"，称大雅小雅，都是因为规范、正统，而不是文采斐然。这让笔者想到今天一个词"媚俗"，所谓媚俗，按字面解释，应该是学快手上吃灯泡、闹茅厕才是媚俗啊，关键是媚俗指的是谄媚学习上流的、高级的东西，因此称为"媚雅"可能更恰当。明乎此，我们可以好好感悟《诗经》之美啦。

二、作为文学的《诗经》

"诗三百，一言以蔽之，曰'思无邪'"，这是孔老夫子给《诗经》定的总调子。无邪，就是没那么多男盗女娼、心猿意马。孔子见自己的漂亮女粉丝南子（卫灵公的夫人），子路不大开心，这要是被狗仔队发现，的确有损圣人之名，孔子估计也急了，连忙说："予所否者，天厌之！天厌之！"大意是：我要是有那个花花肠子，遭雷劈，遭雷劈。所以求"无邪"，倒也符合圣人之意。

《诗经》太美，美在文辞、情感、意境，本是诗歌身，而列"经"之尊，其影响可想而知。《诗经》主要写西周东周，《诗经》中写先祖事迹、宗庙祭祀的不少，另外宴饮、农事、讽谏、徭役等主题最突出。但祭祀飨天的情感距离我们普通人毕竟太过遥远，今天最让我们感动的还是私人情感，英雄气短儿女情长，时光荏苒世事艰险。

《诗经》中的《大雅》和《颂》，多为祭祀之作，堂堂皇皇，用现在的话说叫威武雄壮，我们就不多说了。但有些篇章描述战争，还是相当感人的，来欣赏几首。

《大雅·常武》先交代"整我六师，以脩我戎"，接着多个排比：

"如雷如霆，徐方震惊。王奋厥武，如震如怒。进厥虎臣，阚如虓虎。铺敦淮濆，仍执丑虏……王旅啴啴，如飞如翰。如江如汉，如山之苞。如川之流，绵绵翼……"真正有雷霆万钧之势。这种飞动之气势，后来启发苏东坡创作出《百步洪》，其描写水势，"水师绝叫凫雁起，乱石一线争磋磨。有如兔走鹰隼落，骏马下注千丈坡。断弦离柱箭脱手，飞电过隙珠翻荷"，略有此景象。

大雅看完看小雅，《小雅·出车》：

> 我出我车，于彼牧矣。自天子所，谓我来矣。
> 召彼仆夫，谓之载矣。王事多难，维其棘矣。
> 我出我车，于彼郊矣。设此旐矣，建彼旄矣。
> 彼旟旐斯，胡不旆旆？忧心悄悄，仆夫况瘁。
> 王命南仲，往城于方。出车彭彭，旂旐央央。
> 天子命我，城彼朔方。赫赫南仲，猃狁于襄。
> 昔我往矣，黍稷方华。今我来思，雨雪载途。
> 王事多难，不遑启居。岂不怀归？畏此简书。
> 喓喓草虫，趯趯阜螽。未见君子，忧心忡忡。
> 既见君子，我心则降。赫赫南仲，薄伐西戎。
> 春日迟迟，卉木萋萋。仓庚喈喈，采蘩祁祁。
> 执讯获丑，薄言还归。赫赫南仲，猃狁于夷。

前三段写战争，后三段时空一转，直接写凯旋。"春日迟迟，卉木萋萋"的明媚，一扫战争的残酷。笔者始终认为，《诗经》中这样的战争诗，对盛唐边塞诗有着深刻影响。当然，没有多少证据，因为诗的语言发生巨变，寻找关联性的蛛丝马迹并非易事。

《国风·王风·君子于役》：

> 君子于役，不知其期。曷其至哉？鸡栖于埘。
> 日之夕矣，羊牛下来。君子于役，如之何勿思！
> 君子于役，不日不月。曷其有佸？鸡栖于桀。
> 日之夕矣，羊牛下括。君子于役，苟无饥渴？

《郑风·出其东门》云："出其东门，有女如云。虽则如云，匪我思存。缟衣綦巾，聊乐我员。出其闉阇，有女如荼。虽则如荼，匪我思且。缟衣茹藘，聊可与娱。"这是诗经版的曾经沧海难为水。男主人公真正是万花丛中过，片叶不沾身。

《邶风·静女》云："静女其姝，俟我于城隅。爱而不见，搔首踟蹰。静女其娈，贻我彤管。彤管有炜，说怿女美。自牧归荑，洵美且异。匪女之为美，美人之贻。"看这位哥们，在墙根下等美女，抓耳挠腮猴急样，比《西厢记》里等着爬墙头的张生毫不逊，再来看《郑风·女曰鸡鸣》：

> 女曰鸡鸣，士曰昧旦。子兴视夜，明星有烂。
> 将翱将翔，弋凫与雁。弋言加之，与子宜之。
> 宜言饮酒，与子偕老。琴瑟在御，莫不静好。
> 知子之来之，杂佩以赠之。
> 知子之顺之，杂佩以问之。
> 之子之好之，杂佩以报之。

虽后来潘岳、元稹等都有动人诗篇，但本书依然认为这首跨越两千年的诗刻写下最温存、温馨的相爱相守的画面。惊心动魄相爱易，柴米油盐相守难。在两千年前的农家小屋里，天还未放亮，女主人在枕边轻声说："鸡叫了。"男主人还在半睡半醒之际，随口答了句："天没亮呢。"还是禁不住女主人的温柔唠叨，起来看看吧，还有明星挂在天边。女主人说，起来啦，去打个水鸟飞禽，拿回来帮我弄个下酒菜。等我收拾完厨房也和你一起喝两杯，轻抚琴弦，深情款款。今天我们在朋友圈魔怔一样长久感叹"岁月静好"，莫不是从这里出发？

《诗经》研究，有六个大字：风雅颂，赋比兴。仅就这六个字的争论和阐释，可以编一本厚厚的书。除了容易理解错的"雅"，其他五个字，本书都没作解释。品诗在于心有灵犀。古人说"作者之用心未必然，而读者之用心未必不然"，几乎说出了二十世纪以来重要理论的精髓，比如解释学、新批评等，因为文学作品一旦从作者那里出来，这个作品就不再属于作者（除了版权），而是属于所有读者，作品的意义取决于所有人的解读。诗人当时也许没有这个意思，但诗歌本身让读者浮想联翩、思绪万千，那读者读出的意思，也就是诗歌本身包含的。

两千年前，拂晓前的小屋床上，一男一女的对话，至今让我们动容而艳羡。

并且，这是经典的永恒价值。

有时候想想，母语为中文的我们，是幸福的，因为两千年来汉字的字形字义几乎没什么变动，具有超稳定结构。如果是英文，能看懂几百年前的文字几乎得是专家了，因为单词一直跟着读音变。曾经有位造诣极高的书法家和笔者闲聊，偶尔说到一个观点，即如果真想参透书法，必须上溯到甲骨文。《诗经》于诗，或许像书法中的甲骨文，万法之源。

三、是不是只有同性恋才能写出《离骚》这样哀感顽艳的诗

有学者考证，三闾大夫屈原应该是个同性恋。这不是故弄玄虚或哗众取宠。有人用心理学行之有效的方法测量，屈原有同性恋才具有的明显的行为特征。不然我们很难理解，一个三闾大夫，竟然不厌其烦地讲自身峨冠博带，配什么玉，戴什么花，还能说出"众女嫉余之娥眉兮，谣诼谓余以善淫"，这多多少少让我联想到《霸王别姬》里的程蝶衣。当然，程蝶衣让我们感动，而不是让我们别扭。

但这不重要。不少文学家、诗人，多少有些放浪形骸的特质（此处略去一些得梅毒而死的伟大的思想家、文学家名单）。史铁生说得对，要允许艺术家放浪形骸，他们本身做的就是冲破沉重的肉身囹圄，寻求精神和情感的极致体验。我们凡夫俗子很正常，但我们都平常无奇。

《楚辞》是总称，就像现在的中国风流行曲，不是只有方文山、周杰伦，也可以有许嵩等。《离骚》也不只有一篇。《天问》是中国古代关于宇宙、社会的哥德巴赫猜想，疑惑越高深，情感越精深。

浦江清结合天文历法等知识，根据"摄提贞于孟陬兮，惟庚寅吾以降"考证出屈原生于<u>楚威王元年正月十四日</u>。老一代学者有童子功，有这等考证功力的学者现在基本上看不到了。顺带说几句，浦江清是笔者导师的导师的导师。据业师讲，浦先生在清华时，洞箫长衫，诗文自娱，聆之让人神往。

前339

屈原为什么写《离骚》？屈原自己交代得很清楚，"惜诵以致愍，发愤以抒情"，后来的"不平则鸣""愤怒出诗人"，基本上说的都是这个意思。

　　屈原的生平并不复杂，出身贵族，这也是他一直心心念念、唠唠叨叨，和刘备念叨"大汉皇叔"有点类似，愤慨奸佞当道，思虑家国忧患。王的男人，又常常敏感于王的冷热不均，圣意难测，故而写出以《离骚》为代表作的"楚辞"体。影响之广，罕有其匹。

　　《离骚》有一篇烁古耀今的奇异诗篇《天问》，全诗基本由四字句构成，三百七十二句，一千五百五十三字。绝对堪称巨制。试看开头一段：

　　　　遂古之初，谁传道之？上下未形，何由考之？

　　　　冥昭瞢暗，谁能极之？冯翼惟象，何以识之？

　　　　明明暗暗，惟时何为？阴阳三合，何本何化？

　　中国哲学，尤其是儒家，"六合之外，存而不论""未知生，焉知死""不语乱力怪神"，讨论的基本都是经世致用之学，这和古希腊人的旨趣截然不同。古希腊人以早慧的眼光看待这个森然世界和浩渺宇宙，总想知道这个世界是怎么来的，纷纷扰扰的表象背后的本质规律是什么，故而一直追求万事万物背后的"本体"，是为"本体论"。中国古代哲人，除刘禹锡、王夫之极个别思想家外，极少有人涉及本体论问题。屈原则以排山倒海之势，发终古之思、终极之问。

　　并且也因有这样一连串的问，说明屈原是个文人而不是圣人，成了赤子而不是诸子。圣人要解释，要赋予对象以意义。屈原不是，他一直苦苦追问，深不可测的宇宙、荒诞不经的传说、匪夷所思的异物、出人意料的史实，都需要给个理由，都有不明不白、不清不楚的地方。这不是世故的人能问出来的问题，必须有儿童一般的赤诚。所以，古往今来，大哲学家、大学问家、大文学家，基本上都不可能是世事练达左右逢源的发达者。

四、《离骚》只可能出现在楚地

多少年来，芒果台一直是娱乐频道的先锋军，几道王牌节目影响了好几代人。为什么全国这么多电视台，北上广那么多牛人，偏偏芒果台异军突起，且保持常青？！按照丹纳《艺术哲学》里的观点——种族、环境、时代对艺术起决定性的影响，或许能解释这个问题。史书记载楚地多淫祭（淫，过度的意思），富有表现精神，绮丽非凡，远非中原一带可比。还有一篇精彩而有趣的论文——周祖譔写的《从〈汉书·艺文志·诗赋略〉所录早期作家之籍贯、身份推测赋体之来源》。汉赋这种文体到底是不是受楚辞影响，甚至是从《楚辞》中脱胎而出的？周先生没用新材料，仅根据汉赋名家的交游路线图，发现凡有成就者皆曾到过楚地，因此，这些赋家受楚辞影响不言而喻——优秀的研究四两拨千斤。这也能生动说明，那种汪洋恣意、哀艳跌宕的诗风，确实与楚地骨子里的"集体无意识"有深刻关系。我们也能更好地理解荆楚之地，为何有很强的娱乐精神。

东晋名流王恭《闭门》说，要想做名士，不必有奇才，只须三样：常无事，痛饮酒，熟读《离骚》。陆游《闭门》一诗说"研朱点周易，饮酒读离骚"，似乎成了文人标配。换成今天的话说就是：酒和《离骚》更配。如无酒助兴，倒真的难以神领会《离骚》复杂而浓烈的情感。

楚语，楚声，楚地，楚物，整部《离骚》都有一层其他任何时代、任何流派所不具有的美感。这份美浓烈甚至诡谲。

朝搴阰之木兰兮，夕揽洲之宿莽。

日月忽其不淹兮，春与秋其代序。

惟草木之零落兮，恐美人之迟暮。

淹，停留之意。日月不居，春来秋往。草木凋落，美人迟暮。"香草美人"的诗歌传统就此奠基，并影响魏晋南北朝唐宋，嗣响不绝，比如大才子曹植就颇多此类手法。

朝发轫于苍梧兮，夕余至乎县圃。

欲少留此灵琐兮，日忽忽其将暮。

吾令羲和弭节兮，望崦嵫而勿迫。

路漫漫其修远兮，吾将上下而求索。

饮余马于咸池兮，总余辔乎扶桑。

折若木以拂日兮，聊逍遥以相羊。

前望舒使先驱兮，后飞廉使奔属。

鸾皇为余先戒兮，雷师告余以未具。

吾令凤鸟飞腾兮，继之以日夜。

飘风屯其相离兮，帅云霓而来御。

这样流畅奇诡的文字，给人无限的飞动之气势。论其精神和诡谲雅丽，只有唐代的短命诗人李贺能得几分神采。

整首离骚，一会儿顾影自怜，一会儿神游万仞。一会儿痛斥奸佞，一会儿哀告君王。一会儿制荷佩剑，一会儿借史喻今。无穷的想象，不仅是孔孟所没有，即使汪洋辟阖的庄子，也达不到这种让人眼花缭乱的境地。

诗体本身也赋予《离骚》特别的艺术感染力。四字句典雅，但灵动不足。在律诗成熟后，为何是五七言，而不是四六言，学界已有非常多讨论。大意是，四个字过于简略，而律诗需对偶，如果用六言，则为偶×偶，而如果是五七言，则是奇×偶，阴阳变化，寓于其中。楚辞体句式多变，流畅自如。加上"兮""之""乎"等虚词作用，遂有一波三折、一唱三叹之荡气回肠跌宕多姿。

《离骚》毕竟出自贵族之手，有神有仙，多虚构渲染，但丝毫不觉得阴气森然。这是贵气压倒邪气。和后期变文（佛教讲故事的问题）、鬼神小说相比，《离骚》奇诡异常的世界里，没有一丝一缕的恐怖与淫佚。"《国风》好色而不淫，《小雅》怨诽而不乱，若《离骚》者，可谓兼之矣"，司马迁所评，可谓精到。也正因如此，《离骚》能够被历代文人士大夫所景仰。

感时伤世，忠君念民，一腔深情，化作漫天绮丽意象。宜在清夜，宜在风雨，宜在友会，痛饮酒，酒酣耳热，楚声楚调，错落参差，荡气回肠。

当然，若就个人气质论，笔者更喜欢楚辞中的《九歌》《九章》，或许这是出身所致？笔者不喜欢华贵瑰丽，而《九歌》《九章》中的萧条意象，更易获我心怀。

唐戴叔伦《过三闾庙》"沅湘流不尽，屈子怨何深。日暮秋风起，萧萧枫树林"，秋风飒飒，落木萧萧，这个头，同样是屈原开的。

五、《九歌》：最富有人情味的神

笔者偏爱《九歌》。如果《离骚》和痛饮酒相配，我想《九歌》最适宜于山空人静之时诵读，一杯好茶，读神仙，心有戚戚。

《九歌》全是"神"曲，共十一篇，问题来了：怎么叫"九歌"不叫"十一歌"？历来解释不一。闻一多认为，《九歌》首尾两首分别是迎送，中间九首才是颂神，故以九名。东皇太一、云中君、诸多神仙一时登场，但和希腊神话完全不同的是，作者没交代，后人也难发现其间是否有神仙谱系。我们能知道的只是，这些情感极其美的神，不是西方的人格神。我们在《九歌》里只读到深挚和高洁，没有希腊诸神的卑鄙和乱伦。

《九歌》里有脍炙人口的景色描写"洞庭波兮木叶下"，也有"悲莫悲兮生别离，乐莫乐兮新相知"这样动听的情话，让整个诗坛温存了起来。

《九歌·山鬼》是篇绝妙的诗：

> 若有人兮山之阿，被薜荔兮带女萝。
>
> 既含睇兮又宜笑，子慕予兮善窈窕。
>
> 乘赤豹兮从文狸，辛夷车兮结桂旗。
>
> 被石兰兮带杜衡，折芳馨兮遗所思。
>
> 余处幽篁兮终不见天，路险难兮独后来。
>
> 表独立兮山之上，云容容兮而在下。
>
> 杳冥冥兮羌昼晦，东风飘兮神灵雨。
>
> 留灵修兮憺忘归，岁既晏兮孰华予？

采三秀兮于山间，石磊磊兮葛蔓蔓。

怨公子兮怅忘归，君思我兮不得闲。

山中人兮芳杜若，饮石泉兮荫松柏。

君思我兮然疑作。

雷填填兮雨冥冥，猿啾啾兮狖夜鸣。

风飒飒兮木萧萧，思公子兮徒离忧。

　　乘赤豹，从文狸，辛夷车，结桂旗。一下子就让我们感受到这位"山鬼"的魅力。山鬼何许人也，为什么会让屈原下笔抒写？据郭沫若考证，山鬼其实是巫山上的女鬼，也就是大名鼎鼎的巫山神女。"采三秀兮于山间，石磊磊兮葛蔓蔓。怨公子兮怅忘归，君思我兮不得闲"，石磊磊、葛曼曼，这是《诗经》的比兴手法。石，可以喻感情坚实；葛，可以喻情感千折百绕。心中记挂公子，怅然忘归，落花有意流水无情，本就诡瑰的女神，又怀如此凄美之爱，这种意蕴，只有后来《聊斋志异》里的狐仙有几分相通。

帝子降兮北渚，目眇眇兮愁予。

袅袅兮秋风，洞庭波兮木叶下。

登白薠兮骋望，与佳期兮夕张。

鸟何萃兮蘋中，罾何为兮木上。

沅有芷兮澧有兰，思公子兮未敢言。

……

捐余袂兮江中，遗余褋兮澧浦。

搴汀洲兮杜若，将以遗兮远者；

时不可兮骤得，聊逍遥兮容与！

　　"袅袅兮秋风，洞庭波兮木叶下"，仅论这两句，屈原就足以成为伟大诗人。我们知道，先秦诸子基本上把山水等自然景观当成认知对象而非审美对象。孔子说"岁寒，然后知松柏之后凋也"，并非被松柏的美所折服，而是认为松柏耐寒，类君子坚毅之德。完全将山水当成审美对象，是魏晋南北朝的事情。开这个好头的是屈原，这句美不胜收的"袅袅兮秋风，洞庭波兮木叶下"何以有如此大的影响力，让后人称"千古言秋之祖"。的确，屈原之前，没人这么做过。后来诗圣杜甫有名诗"无边落木萧萧下"，黄庭坚有"落木千山天远大，澄江一道月分明"，为啥是落木，而不是落叶？为什么是木叶而不是树叶？秋风袅袅，寒波粼粼，木叶萧萧，这十二个字，将寥落清秋描述得如此生动壮美。

　　林庚撰《说木叶》予以解释，大意是，这和音律关系不大，主要是因为诗歌语言的暗示性。"木"使我们容易想到木板、木质、树干，而树，使我们常想到参天大树，枝叶繁茂。木，疏朗干涩，而树浓密繁茂。清秋之时，用木叶，让我们潜意识就感觉到树叶凋零殆尽的意境，落叶没有这种张力。

　　据王逸解读，屈原做《九歌》，正是流放失意之时，"怀忧苦毒，愁思沸郁"，看民间祭神，文辞鄙陋，故自作词，遂有今天我们读到的《九歌》。不管何种动机，毕竟让我们得以领略超越现实而不觉荒诞，色彩奇诡而不觉可怖的神鬼形象，人情味浓，用情至深。

　　怎么说呢，《楚辞》都不适合消遣着读，消遣，最宜读六朝文、宋元笔记、明清小说。所谓"伤心人别有怀抱"，孤愤忧闷之情，去国离乡之思，高蹈狷介之性，绮丽诡谲之辞，成就浓得化不开的情感，读来并不轻松，故而才有痛饮酒、抚案击节之说。

一首离骚，一册楚辞，一幕生于荆楚之地的文化大戏，掀开文人诗华丽的序幕。司马迁评价：可与日月争光。

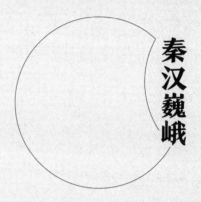

第二章

秦汉巍峨

　　秦信奉并鼓吹五德终始说，自比"水"德，尚玄（即黑色），故而属于招黑体质，历朝历代骂声不绝。但秦又是一个不仅有赫赫战功，而且极多制度性创建的帝国，在官制、吏治等方面为汉和往后朝代拟了大纲，奠定基础。"汉"，或许是最具有文化色彩的一个字，这和大汉帝国密切相关。秦朝太短，文学方面来不及惊艳，只有李斯对书法的贡献值得记录。汉代文学以大赋为最，后世称为"汉文章"，达到难以企及的高度。其难以企及的不是词汇或语法、句法，而是文中鼓荡着的帝国气象和文化自信。文艺，从来不是来自真空的臆想物，而和时代、现实有直接或间接、正向或负向的关联。

　　秦朝是"黑化"严重的短命王朝，后世论及秦朝，多和暴秦苛政、焚书坑儒有关。短命的王朝虽然统一六国并统一文字，但还没来得及好好利用话语权书写历史就被推翻，故而很多值得重视的历史细节和极富创见性的成果也随着起义的战火而湮没。秦汉连称，除了历史分期的便利之外，也有历史内在发展规律的因素，毕竟汉朝承袭和延续了秦朝很多制度性的内容。并且，秦结束了封建时代和纷争局面，只是没能好好守成，稳固天下大一统局面的重担便落在了汉帝国的肩上。

　　秦朝没来得及展示文学方面的功力，仅李斯的书法和泰山石刻稍微记录着这个席卷天下又顷刻覆灭的帝国的风貌。相比而言，汉朝就璀璨了太多，甚至成为让后世骄傲的象征。前所未有的疆土格局，前所未有的经济实力，给汉帝国无与伦比的自信，这种自信的大格局，在"汉大赋"中体现得酣畅淋漓。哪怕后人拥有更娴熟的表现技巧，也无法复刻汉赋这种吞吐天地包举宇宙的气概。

　　汉大赋不是官方书写，却成为汉帝国最好的文学代言人。相比之下，来自民间、成于宫廷的汉乐府，反倒更能体现民间疾苦，传递百姓声音。汉大赋和汉乐府，一宏大，一体小；一雕绘，一质朴，如一高一低的二重奏，生动演绎着汉帝国的雄风，也在雄风吹拂不到之处杂入民间的吟哦或倾诉。

一、短命的秦朝

秦朝确实短命，并且可能是历史上获得骂声最多的朝代之一。想想还能挨这么多骂的，也许只有商纣了。将大臣脱光了廷杖、一个蓝玉案株连上万人的朱元璋，竟然骂的人不多，莫非我们更以成败和朝代长短来评判是非曲直？！

有学者说，他对原来历史上评价很高的皇帝老儿都保持警惕。笔者觉得这句话说得通透。汉武雄风、康乾盛世，哪个不是挖空国库往脸上贴金，并且穷兵黩武被夸赞成雄才大略？反倒是秦始皇、隋炀帝的历史功绩一直被骂声掩埋。李后主、宋徽宗这样人情味浓郁的帝王一直贴着亡国之君的标签，我们没能给多少"历史之同情"。或许有人说，历史不讲情感，看的就是文治武功。这样的逻辑让人凌乱，莫非我们读史，只关注攻城略地、纵横捭阖，而忽略那些低吟浅唱、荡气回肠？

秦朝最大的价值，不是简单地结束了春秋战国的纷争，而是一种制度性奠基。这是一种叫"编户齐民"的管理手法。简单理解就是户籍制度，不过没有现在学区房等条款。这个方法从商鞅等改革开始即有，到秦朝大一统得以大施展，直到康乾年间，这依然是进行管理乃至收编少数民族最有效的手法。这个政策当然有问题，比如加重农民负担。但是它直接催生超稳定的社会结构，中华文明两千年赓续不绝，和秦朝的制度性奠基有不可分割的关系。

当然，秦朝尚法，二世而斩。因为短命，特别容易招黑。秦恰恰又自称水德，尚黑色。唉，招黑体质居然是自愿的，倒也怨不得谁。那一些谩骂之外、意料之外的历史细节，成就了秦朝也毁灭了秦朝。在这个风云变幻的时代，有几个让人不胜唏嘘的场景。

这让笔者想起茨威格的《人类群星闪耀时》里副将格鲁希的致命一分钟，导致不可一世的拿破仑兵败滑铁卢。当然，我们还能想起的是三国的"失街亭"，只是这个故事戏剧色彩太重了。秦末本也是英雄风云际会，刘邦及一众手下、西楚霸王、英布、章邯……个个都是历史上拿得出手的人物。中国史书的叙述，过于强调成王败寇，而忽略历史的偶然性与情感的一面。司马迁的《史记》算是做得最好的了，所以鲁迅才说其是"无韵之离骚"。

再比如，史学家基本上考证认为，秦汉时期有大规模从中国向日本岛的移民，那可能是六国中齐鲁等国的战败者逃亡日本。那带着五百童男童女去了日本的徐福，到底是畏罪潜逃，还是别有公干？听到过一个说法，五百童男童女是精心挑选的，颜值在线，基因优良，所以繁衍出来的日本人都长得无比漂亮。不禁莞尔。

我无意为秦朝辩护，秦朝酷政板上钉钉。只是总觉得这个大起大落的帝国，被隐去了很多值得玩味的细节。秦始皇吞吐四海八荒，焚书坑儒，没掌握修史的主动权；而短命王朝，未出现屈原这样能歌善舞的大诗人大文人，没有想象力驰骋的历史，注定只让我们看到狼烟烽火。

二、汉乐府的形象与传播

说到乐府，很多人被其名字误导，以为是出身宫廷的诗乐。事实正好相反，不是公主出行，而是民女入宫，是民间诗文入宫廷，经宫廷改造，而成乐府。这当然是一个复杂的事情，其起源、体例、沿革、音律等问题，随便拎出来一个都是重要的学术话题。加上时代久远，音律无传而卷帙散逸，更加剧了研究的难度。好在有很多脍炙人口的名篇，如《上邪》《有所思》《孔雀东南飞》《陌上桑》，让汉乐府看上去生动起来，而不那么让人退避三舍。

汉乐府诗现实取向明显，不少作品极能反映当时社会，是汉代的文学作品，尤其是汉大赋和官样文章无法做到的。两汉乐府诗作者在选择叙事题材时，表现出明显的尚奇倾向，这或许对后来的元白诗派也有潜移默化的影响。乐府诗对来自异域的新鲜事物表现出浓厚的兴趣，李广利刚从大宛获得汗血马，郊庙歌辞即有《天马》诗描述此事，张骞通西域之后引进苜蓿，杂曲歌辞《蜻蝶行》就写到了这个当时植物界的洋人物。《陇西行》有"坐客毡氍毹"，毡氍毹，即毛织地毯，满满的异域风情。这反应速度，和今天的新媒体也相差无几。这些描写，对后来描写天下中心盛唐长安的作品的影响是有迹可循的。比如李白《少年行》写"五陵年少金市东，银鞍白马度春风。落花踏尽游何处，笑入胡姬酒肆中"，多浪漫，又多从容。即使是新奇的，也没有刘姥姥进大观园的局促感，而是坦然对之，这不是个人的自信或浪漫，而是时代的自信。

汉乐府诗主题多变，体制更多变，更丰富，有四言、五言，也有三、七杂言，对中国古代诗歌体制的嬗革起到了重要的探索作用，部分实现由四言诗向杂言诗和五言诗的过渡。到南北朝的时候，乐府继续发展，诗体、声律也进一步成熟，律诗在南北朝的探索基础上，站在巨人的肩膀上，终于达到诗国顶峰。

乐府诗是一种诗体，也是具有整体性的文学概念，同时也是文学形象。其对后代一直有影响，赓续嗣响，不绝如缕。汉乐府是时代的重大文化成果，《史记》《汉书》对其多有收录，可以看出乐府的地位，不仅有文学价值，也完全符合史家的价值标准。

在稍后的魏晋，乐府诗发展依然可观。作为一时文杰的三曹，乐府诗作都不少，无论主题还是诗句，颇多因袭汉乐府。比如曹丕《艳歌何尝行》"上惭沧浪之天，下顾黄口小儿"，直接化用乐府《东门行》"上用仓浪天故，下当用此黄口儿"句。汉魏文人对汉乐府的突破也显而易见，乐府古朴天成，而三曹尤其是曹丕则加以华丽，是乐府诗发展的一大突破。陆机、张华、傅玄、石崇等人作了乐府两百余篇，以创作实绩致敬汉乐府。

南朝的沈约对乐府的发展贡献巨大，这并非说沈约的创作取得多么惊天动地的成就——沈约能够名垂诗史，主要是因为他探索声律成果斐然。《宋书·乐志》详细记载了汉乐府的相关情况，收录汉代十六首民间歌诗和《鼓吹铙歌》十八曲，在创作上也积极吸取汉乐府的养分，有二十五首拟古乐府诗。选录和创造之间，颇能体现沈约及时人的观点。值得注意的是，沈约广录"汉世街陌谣讴"，而南朝清商新曲却仅列歌曲名称及来历，因其"淫哇不典正"。

汉唐皆盛世，汉与唐颇有相似处，所以唐人对汉朝的种种追忆就成了文学创作中的常态，其中包括对汉乐府的接受或想象。祭祀、出巡、宴饮等重要场合常常演奏汉乐府。文学创作中的模仿和借鉴也是如此。初唐诗人沈佺期、宋之问、刘希夷、初唐四杰，唐太宗和大臣张说等都有作品，拟汉古题作品不少，从创作实践不难看出对汉乐府的推重和肯定。汉乐府还原了《大风歌》《颍川儿歌》《李夫人歌》等诸多诗篇的创作背景，不仅有文献学意义，也为诗歌阐释提供了更生动可靠的信息。

初盛唐之际的吴兢在《乐府古题要解》中指出，当时诗人吟咏，"不睹于本章，便断题取义"，恰恰说明当时诗坛对汉乐府的征用非常普遍。比如王绩《过汉故城》"翡翠明珠帐，鸳鸯白玉堂"，明显化用汉乐府诗《相逢行》"黄金为君门，白玉为君堂……入门时左顾，但见双鸳鸯"。李白惊才飞逸，乐府诗写得极为出色，丝毫不逊于其新诗，李白奉献的不仅是唐诗的高光时刻，也是乐府诗的高光时刻。元白新乐府运动，是乐府诗的另一个高潮，运动，也有"反动"，指陈时弊，而汉乐府古朴浑茫之气渐弱，故而元白诗虽名动一时，但后代从乐府的角度效法者寥寥无几。

宋初王禹偁、欧阳修、韩琦等人的乐府诗，遥接汉乐府的精神，有极强的现实性。其后梅尧臣、王安石、苏轼等文坛领袖积极参与乐府诗创作，体裁各异，多有胜处。靖康巨变，繁华梦碎。乐府诗的现实指向性，为经历沧桑巨变的诗人们提供了抒写胸臆的典范，以陆游、范成大等著名诗人为代表的诗人群体多有乐府诗实践，继承了唐乐府"补时弊"的精神，风格更趋多样。

明代诗人认为宋诗腐而元诗纤，故而倡求"文必秦汉，诗必盛唐"，不过在实践中，"复古"就不仅仅学唐，汉乐府也走进明代诗人的视野。前后七子多有乐府创作。李东阳、李攀龙、王世贞等文坛巨擘，创作出大量拟古乐府的诗。王世贞虽曰复古，但从其创作而言，能够守正而求变，既强调乐府的音律句法，也不忘乐府的社会功能。王世贞认为三曹中，曹操和曹丕最佳，得乐府真意，而曹植略逊一筹，原因却是"才太高，辞太华"。可见，在王世贞等明人眼里，汉乐府最大的特点和优势也是古朴。后来胡应麟评价王世贞的乐府创作可以超越唐人而追两汉，可见，汉乐府依然是明人心目中的最高标准。胡应麟说"乐府大篇必仿汉魏",清郎廷槐《师友诗传录》认为乐府不仅别具风神,也别具体格。正因为这个体格的存在,所以汉魏以降,一直被当成师法的对象,仿作者不绝如缕,一是乐府独特的艺术魅力,二是乐府的内容广度,对于各朝代而言,依然具有重要的应用价值。

总体而言,汉乐府称得上是诗歌一个另类的宝库。这里面雅俗共赏,爱恨交叠,正奇并存,盛衰更替,加上诗体多样,富于变化,给后世留下模仿、借鉴的机会,且郊祀等体裁本就是历代王朝必不可少的,故而自汉魏以降直至清末,从未中断。不过汉乐府的古朴天然,是后代作品难以仿制的,或者流于元白的浮滑,或者趋于复古派的生硬拗折。而对于汉乐府的整体认识或者说接受,直接体现在创作实践中。汉乐府有点类似书法中的魏碑,将"璞"的一面做到极致,大巧若拙,大象无形,所以学习汉乐府本身就有个逻辑困境,越用力学习,越涉及技巧,越涉及技巧,距离以璞拙为主的汉乐府,也就越来越远。

三、汉文章:郁郁乎文哉

"春云夏雨秋夜月,唐诗晋字汉文章",这是传播极广的一副对联。笔者曾在不同场合,如从茶楼到普通人家,见到过这副对联。与其说这是出自某文人之手,不如说是历代的印象、观点的重复累加最终借助此联而发声。这是最为简洁的自然美学和文学批评层面的概括和提炼。唐朝的诗、晋代的字和汉代的文章,作为文化象征和形象,在中华文化史上,也在国人心目中,占据着无以复加以及无法撼动的位置。

汉唐皆盛世,这是千百年来的共识,汉代的繁荣是不言而喻的,国力强盛,疆土赫赫,大帝国的豪迈与喜悦在文学艺术上多有体现,尤其是汉文章,即"汉赋"。汉武帝少年即爱好文学,为帝时亲善文人,热心推动文学之事，故文学空前繁荣。宣帝时，朝堂上出现关于赋的意义和性质的讨论，宣帝本人认为"赋之大者，与古诗同义"，远远贤于"倡优博弈"。这种上行下效的风气，促进了汉大赋的创作和传播。

汉帝国的野心和气概、乐观与宏阔，在汉大赋里体现得酣畅淋漓。司马相如《西京杂记》说"赋家之心，苞括宇宙，总揽人物"，可谓对汉赋气度和内涵批评的总纲领。设若司马相如生于魏晋或晚清，恐怕再难有这种豪迈飞扬。无独有偶，写作"无韵之离骚"的司马迁，也有"究天人之际，通古今之变，成一家之言"的理想，这绝非一般刀笔吏能具备的胸襟气象。从某种角度来讲，《史记》也是顶级的好文章，历代文学家不断从中汲取营养。《史记》里很多脍炙人口的故事成为后世小说、戏剧等的取材对象。

长期以来有种错觉，人们多认为《诗经》是后世一切诗体的渊薮，像一个无所不能的聚宝盆。事实上，《诗经》与《楚辞》并不同源，汉赋出于楚辞而非《诗经》，祝尧的《楚辞体》一书从空间的视角说得很清楚。今日学界也基本赞同这一观点。当然汉赋与骚的气象、韵味差别巨大。故而汉赋出，有融合南北为学之功，骈文也出于此，七言诗也深受影响。故而对后代文学影响可谓广大，而不仅仅限于文章一域。

汉大赋体现的空间感，建构的空间形象，包罗万种的意象陈列，其实是帝国野心和自信的书写。起初读者会认为堆垛铺排，认真阅读，就不难领略这种充沛的自信和气概。当然，汉文章不止大赋，贾谊、晁错的政论文，甚至《盐铁论》《淮南子》，都意气纵横，开合有度。只是，若论最能代表汉文章的，恐怕还是非扬（雄）、马（司马相如）莫属。不过由于赋的特征，导致我们从纯文学和文以载道的不同立场去看时，赋本身呈现出两面性：一方面认为文章雄奇阔大，一方面又觉得夸饰浮嚣，劝百讽一，不符合圣人之旨。往后的朝代里，这两种观点也往往并存。但无论捧还是批，同样证明其拥有无法忽略的影响力。扬雄《法言·吾子》自谓少年好赋，类似童子雕虫篆刻，又似俳优之徒，非法度所存。可见，汉赋最鼎盛的时候，从内部即已出现认知或评价上的分化。

六朝靡丽，有为之士多持批判语，而对六朝前的骚和赋，看法也颇不统一。萧统的文学发展观较为进步，根据踵事增华的理念，对楚辞汉赋均作肯定评论。挚虞《文章流别论》认为当时赋作"假象过大""逸辞过壮""辩言过理""丽靡过美""背大体而害政教"，批判力度很大。裴子野《雕虫论》也指责，过于绮靡的作品，难分雅郑，贬抑之意尽显。

唐代文坛，论及六朝，虽不能说清算，起码进行过集体反思。唐朝律诗完全成熟，这种在技法上探索的成功喜悦，蔓延到赋的创作上，科举考试考"律赋"，成一代特征。李调元《赋话》指出："不试诗赋之时，专攻律赋者尚少。大历贞元之际，风气渐开……而专门名家之学，樊然竞出矣。"这道出唐赋繁荣的重要原因。另外，唐代"以赋为诗"是一个显著现象，比如骆宾王及元白诗、韩愈《南山诗》多有体现。

王勃的《上吏部裴侍郎启》批判汉赋"淫风"，且断言凡是推重文辞的帝王朝代都难免衰乱。著名史学家刘知几认为班张扬马的作品全部"喻过其体，词没其义，繁华而失实，流宕而忘返，无裨劝奖，有长奸诈"，而《汉书》竟将这些人置于列传，简直是大谬特谬。古文运动的前驱者，如萧颖士、李华、贾至、独孤及、梁肃、柳冕诸人，从征圣、宗经出发，对屈、宋以下辞赋的批评纷至沓来，甚至斥为"亡国之音"。韩愈《答刘正夫书》说："汉朝人莫不能为文，独司马相如、太史公、刘向、扬雄为之最。"柳宗元《柳宗直〈西汉文类序〉》说:"文之近古而尤壮丽者,莫若汉之西京。"这是对汉文章公正而平和的评价。

北宋也以诗赋取士,而范仲淹、王安石等人反对,认为汉赋舍了大道,这恰恰说明现实中确多有以赋入仕途的情况,且多于诗歌。宋代整体反对律赋,发展文赋。宋文赋远祖荀子,近受唐宋八大家散文影响。宋赋成功者不乏其人,尤其措意于革除唐律赋弊端,为赋体一次新的突破,且有《前后赤壁赋》《秋声赋》等传世。朱熹则认为欧阳修、曾巩、三苏等文皆卓尔,但唯独赋不够,原因即李调元《赋话》卷五中说的"以文为赋,则去风雅日远也"。

南宋人对汉赋也是充分肯定的。项安世《项氏家说》卷八说《南山》诗很像《上林》《子虚》,才力小者不能到。刘埙《隐居通议》卷四《古赋总评》认为班固、左思的赋"气盖一世",六朝赋则绮靡为主。当然宋人也指出汉赋有夸张之处,如刘放认为汉赋雕刻过甚,应多些天命圣王,风人雅颂。到了南宋,赵鼎臣、叶梦得则反对模仿汉大赋。

明朝初期,仿汉赋在数量上压倒骚体赋,字里行间透露出国朝初建的振奋和蒸蒸日上的开国气象。谢榛《四溟诗话》说:"汉人作赋,必读万卷书,以养胸次……此长卿所以大过人者也。"胡应麟《潜虬山人记》云:"骚盛于楚,衰于汉,而亡于魏。赋盛于汉,衰于魏,而亡于唐。"这对应的正是一代有一代之文学的观点。李梦阳提出"唐无赋""汉无骚"的说法,影响深远。王世贞《艺苑卮言》卷二说,屈原离骚为骚之圣,司马相如的赋为赋之圣。

康熙朝有两件事可载入赋史:一件是立"博学鸿词"科考赋,另一件是命翰林院大学士陈元龙编纂《历代赋汇》。设立博学鸿词科以招揽在野人才,包括前朝遗民。清朝朴学空前繁荣,因此"稽古右文""铺藻摛文"成为清赋特征。清代馆阁词臣考律赋，律赋一度短暂中兴，尊律赋还是尊古赋的争论也因此兴起。王修玉《历朝赋楷》认为汉武帝宣帝之时，赋最工，虽极其曼衍瑰丽，但符合务本勤民之旨。王芑孙《读赋卮言》说："赋家极轨，要当盛汉之隆。"刘知几嘲笑非难扬马之作，章学诚《文史通义》则提出，史书载录赋体乃后世文苑之权舆。刘熙载《艺概》说："西汉文无体不备，言大道则董仲舒，该百家则《淮南子》，叙事则司马迁，论事则贾谊，辞章则司马相如。"曾国藩以中兴之臣和文坛领袖的双重身份，推重汉赋，欲以汉赋之阔达雄奇挽救桐城派末流的孱弱，其《艺概》说："奏疏惟西汉之文冠绝古今。"刘熙载认为相如的赋"似不从人间来者"。

从骚中来，却又"似不从人间来"，汉大赋的气魄、瑰丽、奇想，成为大汉帝国最权威最具感染力的代言人。时至今日，我们阅读扬马班左的文章，即使要面对很多生僻的联绵词，依然能够深刻体会那种跃然纸上的汉家雄风。

第二节
秦汉诗歌阐释
与传播

　　汉乐府开启后代民歌集体繁荣的先河。欲了解汉帝国的全貌和汉代的情感世界，乐府是不可或缺的重要文本。用今天的话来讲，汉乐府具有"草根性"，正是这个草根性，让其更具真实性，让世人看到汉大赋之外的世界，没有了汉大赋无与伦比的夸张铺陈，情感却得以水落石出，感人肺腑。尤其是《古诗十九首》，更达到"惊心动魄，一字千金"的境界。后世一直极其重视《古诗十九首》，诗人们从中发现，原来不需要华赡的文辞和夸张的修饰，竟也能够直达心灵，历久弥新，这极大地启发了"清水出芙蓉，天然去雕饰"的诗风。当然，汉帝国资格最高的发言人，必属汉大赋。汉大赋里体现的空间感，是帝国一统天下的豪迈之气在纸上的蔓延。汉大赋铺陈堆垛，极尽夸饰之能事，但这种夸张和铺张，却能生动展示帝国的自信、强大和雄奇。汉文章一直是后世追捧的对象，只是后世缺少帝国政治、经济、军事方面的支撑，仅仅靠文字技巧，无复重演汉代的"赋家之心"。

一、从信天游到汉乐府

　　诗起源于什么？

鲁迅说的"杭育杭育"派，其实算是非常典型的理论。笔者曾研究六言诗一段时间，发现学界几位著名学者认为六言诗起源于《诗经》或《楚辞》。笔者逐一考证，发现情况并非如学者所言。笔者的结论是，六言诗起源于古代谣谚。

这个结论，虽然已经过去十几年，从今天看来依然没有明显谬误。但这个结论也不是完全没有问题，正如答辩时一位教授提出来的："我认为六言诗起源于古代谣谚这个结论是正确的，但是所有的诗歌都起源于古代歌谣吧？你的结论是不是太泛了。"

六言诗起源于古代谣谚这个观点如果不成问题，那"太泛"这个意见就值得商榷。如果说古代歌谣是所有诗歌之宗，也就是母题，那它孕育出诗经、楚辞、六言诗等（五七言诗出现比六言诗晚），这个谱系相对清晰明确。如果认为六言诗出于诗经，那就排错了辈分。把六言诗的姐妹当成六言诗的生母。

啰唆了这么多，并非要时隔多年反驳当年谆谆教导的教授，而是想强调，歌谣是一切诗歌艺术的母体，也是孕育思想和灵感的无尽宝藏。当一切文学艺术变得软腻纤巧的时候，民间歌谣的独特魅力一次次像大地母亲一样，召唤被文明的温室囚禁太久的流浪子孙。

史铁生曾在《那时的歌》中提到过一首著名民歌：

鸡蛋壳壳点灯半炕炕明，烧酒盅盅量米不嫌哥哥穷。白日里我想你拿不起个针，黑夜里我想你吹不灭个灯……

这是拿命来爱的炙热情怀，没有一点点做作，爽朗、干脆、豪迈、深挚。这也是"虽九死其尤未悔"的高洁情操。后来韦庄有一首小词《思帝乡》：

春日游，杏花吹满头。陌上谁家年少足风流？　妾拟将身嫁与一生休。纵被无情弃，不能羞。

这也是一旦动情，虽死不悔的情怀。不过小词婉转雅丽，而信天游更富有生命中勃郁浑厚的气势，更震撼心灵。有点类似美学上说的，前者优美，后者壮美。

1980年代，中国曾掀起一阵"西北风"，电影《老井》《黄土地》上映，"信天游"的高亢之音，回荡在北京、上海等城市冬去春来的街头巷尾。信天游的高亢、豪迈、苍凉，给文化寻根提供了通俗易懂的表述方法，至今仍让人心魂震荡。

艺术的发展往往如此，产自民间的好东西，被文人、艺术家发现，美其名曰"发掘"，进行加工改造，于是越来越精致，越来越细腻，也越来越孱弱。最后这个东西被文人、艺术家玩到山穷水尽、气息奄奄，然后这些人再去寻找新的东西，然后进入下一个循环……这个观点鲁迅表达过，当然，那时的鲁迅显然是有感而发。

好在，民间的东西，起码在整个古代从来都顽强，一茬又一茬，春风吹又生。

比如汉乐府。

汉乐府，有时指汉乐府诗，是其简称。有时指汉代设立的专门的音乐管理部门，该部门管理音乐，当然也管理歌词，于是组织文人乐师谱曲填词就成了重要职责。乐府类似于现在的文化部。汉武帝雄才大略，天下振奋，歌舞升平之事自多于前朝。乐府的职能从组织体制内人士写词唱歌扩大到收集、整理、完善民间歌曲，故而很多民间歌曲得以保全和流传。这也让我们听到民间的呐喊与吟唱、痛苦与感慨。乐府诗的分类是个专业问题，尤其是到了六朝时，乐府诗的传统仍在，而篇什日多，故而有专辑出现。

汉乐府，让我们看到汉朝盛世的盛名之下一个虚构加工却更为真实可信的世界。在汉家威仪所向披靡之时，民间传来一阵阵呼号、一声声哀叹，催生一幕幕别离、一串串清泪。病死托子的病妇、被逼拔剑的百姓、残羹冷炙的孤儿、钟鸣鼎食的权贵、果敢任情的女子、为爱而死的焦仲卿和刘兰芝、光彩照人的陌上罗敷，无不给我们质朴而深厚的感动。

抛却入选教材的几首名诗，笔者钟情《薤露》："薤上露，何易晞！露晞明早更复落，人死一去何时归！"作者依然无名，在历史长河中，不过如薤露电光，但是留下一首好诗，让我们无限感慨时间这个永恒的话题。庄子有朝菌蟪蛄、白驹过隙之叹，故而求齐物逍遥。孔子有"逝者如斯夫"之慨，故而发愤忘食，乐以忘忧，不知老之将至。但这毕竟是圣人或神人境界，普通百姓如何可能？！但是《薤露》却生动地告诉我们，普通百姓也并非日复一日作、息、收、藏，在看似最普通最平淡最无故事的地方，普通百姓照样能发出哲人一般的感慨。薤，今称藠头，叶子细长，花为紫色。细长有纤弱之感，紫花抢眼，尤其在朝阳初照的时刻，和几滴清露对比、互衬更为强烈。叶上露珠，见阳而逝，但是毕竟一个晨昏轮回，夜里又有白露下坠，甚至随着节气转化，白露为霜，天地一肃，可来年依旧春色。而人呢？一个呱呱坠地的婴儿，一点点长大，变老，迟暮，入土，尤其在战争频繁的年代，累累白骨，处处荒冢。"露晞明朝更复落，人死一去何时归！"感时伤逝，无限低回。

后七步之才的曹植有《薤露行》，神情相似，"人居一世间，忽若风吹尘"，盛世繁华，乱世苦恨，但盛世多"娱乐至死"，而乱世多炽热深挚、不可遏制的爱恨、伤感，让我们看到草草生涯里最坚硬最恒久的东西——感情。

在汉朝的"信天游"里走一遭，能让你更真切地体验汉朝雄风之下更全面生动的历史，如这首《十五从军行》。

> 十五从军征，八十始得归。
>
> 道逢乡里人：家中有阿谁？
>
> 遥看是君家，松柏冢累累。
>
> 兔从狗窦入，雉从梁上飞。
>
> 中庭生旅谷，井上生旅葵。
>
> 舂谷持作饭，采葵持作羹。
>
> 羹饭一时熟，不知饴阿谁！
>
> 出门东向看，泪落沾我衣。

是的，不要说一个个生命体，哪怕是鸡犬之声、牛羊来下、炊烟四起的村落，还不是在时间中触目惊心地荒芜。甚至这样的景象一点都不生疏和遥远。比如在现在空心化的偏远山村，曾经有多少儿童嬉闹的河边，老人点烟闲话的树下，隔墙呼儿唤女的院落，都已经让位给野草秋风，断壁颓垣。汉乐府里白描一样的景象，从来都不只是汉朝的故事和景象。

二、惊心动魄

汉朝各体诗歌都已经发展得非常成熟了，只是没建立格律，格律从南北朝开始，到唐朝才完成。

除了乐府无名氏之作，文人诗也不乏杰作。比如，中小学教材里告诉我们发明了浑天仪的张衡，其署名诗歌可能比浑天仪更靠谱。看一下他的《四愁诗》：

我所思兮在太山。

欲往从之梁父艰，侧身东望涕沾翰。

美人赠我金错刀，何以报之英琼瑶。

路远莫致倚逍遥，何为怀忧心烦劳。

我所思兮在桂林。

欲往从之湘水深，侧身南望涕沾襟。

美人赠我琴琅玕，何以报之双玉盘。

路远莫致倚惆怅，何为怀忧心烦伤。

我所思兮在汉阳。

欲往从之陇阪长，侧身西望涕沾裳。

美人赠我貂襜褕，何以报之明月珠。

路远莫致倚踟蹰，何为怀忧心烦纡。

我所思兮在雁门。

欲往从之雪雰雰，侧身北望涕沾巾。

美人赠我锦绣段，何以报之青玉案。

路远莫致倚增叹，何为怀忧心烦惋。

表面上这是一首写"美人"的诗，不过东南西北一路写下来，估计在没有微信、陌陌的年代，张衡的时间管理能力也没这么出色，故而不大可能是给四个美女写的。这首诗明显有"香草美人"传统中的寄托，以美人喻政治理想。但是即使只作为爱情诗来读，依然流转优美，感人肺腑。句式还有楚辞的痕迹，但七言诗的结构已经基本定型。"美人赠我金错刀"，直到民国时，还是文人雅士朗朗上口的口头禅。

邂逅承际会，得充君后房。

情好新交接，恐栗若探汤。

不才勉自竭，贱妾职所当。

绸缪主中馈，奉礼助蒸尝。

思为苑蒻席，在下蔽匡床。

愿为罗衾帱，在上卫风霜。

洒扫清枕席，鞮芬以狄香。

重户结金扃，高下华灯光。

衣解巾粉御，列图陈枕张。

素女为我师，仪态盈万方。

众夫希所见，天老教轩皇。

乐莫斯夜乐，没齿焉可忘。

　　这是张衡的《同声歌》。《周易》云"同声相应，同气相求"，在绝对男尊女卑的时代，"贱妾"的行为不应该用今天的标准来理解，认为有"跪舔"之嫌，更不应从女权主义视角来看，否则这首好诗，又成了血淋淋的历史罪证。

两情相悦，心之所属，但用心越深，越怕对方不满，内心的期待和紧张像把手伸进热水里一样。想做个席子，让你睡得舒服些，想做个被子帐子，帮你挡住风霜寒气。华灯初上，关门闭户，解衣卸妆，仪态万方。这不是普通百姓，由金扃、华灯可知。但女子用情之深，用心之周，让人印象深刻。

令人印象更深刻的，在整个汉代，非《古诗十九首》莫属。后人定论"惊心动魄，一字千金"，为五言诗之冠冕。《古诗十九首》都是无名氏作，共十九首，每首以该诗第一句为诗名。古诗十九首，表述的几乎都是荡子、思妇的情感跌宕。

东汉末年，战事频发，一个时代有一个时代的精神，同时有自身的气质。山雨欲来的繁华和欣欣向荣的弱小，后者更让人振奋，因为后者孕育希望。前者让人惶恐，因为未来充满未知。"思君令人老，岁月忽已晚""人生寄一世，奄忽若飙尘""人生非金石，岂能长寿考""四时更变化，岁暮一何速""人生忽如寄，寿无金石固""生年不满百，常怀千岁忧"……这就是《古诗十九首》里反反复复感叹的人生苦短，感慨人生苦短的深层原因，是时代的不确定性和别离纷扰。这和自然寿命无关，而和心灵感知的生命维度有关。

《古诗十九首》不尚铅华，但生动深刻。其对景物、意象的运用，简单，纯粹，看似毫无技巧，但这是无法之法，反而成为后世效法的典范。我们不妨反复吟咏这样的句子——

胡马依北风，越鸟巢南枝。

青青河畔草，郁郁园中柳。

盈盈楼上女，皎皎当窗牖。

> 青青陵上柏，磊磊涧中石。
>
> 西北有高楼，上与浮云齐。
>
> 明月皎夜光，促织鸣东壁。
>
> 四顾何茫茫，东风摇百草。
>
> 驱车上东门，遥望郭北墓。
>
> 白杨何萧萧，松柏夹广路。
>
> ……

　　这些垂范千古的诗句，几乎不需要任何古文学功底，都能读得懂。但其中传达的情感，勾勒和建构的诗歌意境，却罕有其匹。后世陶渊明深得其神韵，故而也有看似简单无比的诗句，却能在千年之后依然摇荡我们的心灵。

　　《古诗十九首》所述，在聚会和别离之间、在传说和现实之间，放任与恪守之间，在享乐与苦旅之间，在伤逝与惜时之间，在游荡与思念之间，有说不尽的明月皎皎，写不完的古道悠悠，看不够的草木青青，诉不清的别情依依。江边、楼上、征尘、宴饮，情至深，而境绝清。来自民间的吟哦，自不同于"绚烂之后归于平淡"的造诣，这是浑金璞玉，天生丽质。

　　《古诗十九首》干净、纯粹，毫无装饰、做作之感。它建构的深情的诗境，与汉帝国的辉煌气派无任何表面关联，却开启了中国诗歌千年的优良传统。

三、汉文章：汉赋

　　唐诗，晋字，汉文章。

　　按照王国维"一代有一代之文学"的说法，汉代文学，以什么为代表？笔者想，如不出意外，都会推汉赋，也就是我们常说的汉文章。当然，也有人把《史记》《汉书》乃至《吴越春秋》等归于汉文章，也未尝不可。但是一代之文学，代表的是精神气象。史书不能像汉赋那样酣畅淋漓地传达时代精神，即使《史记》里有很多精彩绝伦的片段。

　　赋是怎么来的？一般辞赋并称，从称呼就可见其关系。汉朝重楚辞，比如汉朝有个名臣朱买臣，未出仕时由热心同乡举荐，得以见武帝，见皇帝说春秋言楚辞，"帝甚悦之"，朱买臣得以官拜大夫。诸侯中吴王刘濞、淮南王刘安招徕文人，其中颇多擅长辞赋的。当然，赋毕竟不同于楚辞，也离诗越来越远，而成为文章之高峰。赋的结尾常有"乱"，以韵文结尾，这反证其自身的诗特性几乎消失殆尽。

　　汉赋何以最能代表汉帝国的精神？司马相如曾总结说"赋家之心，苞括宇宙，总揽人物"。大家注意，古代的宇宙和今天物理学、天文学视野下的宇宙不是一码事，和天地也不是一码事，否则"天地玄黄，宇宙洪荒"这句话就完全没有意义。中国古代讲天地，没有西方人格神的意味，但是天地鸿蒙，万物化育，天地有生发之能，这是宇宙概念里没有的，宇宙更多和空间方位有关。司马相如说写赋的人"苞括宇宙，总揽人物"，也就是把四海八荒见到的、听到的、想到的都囊括进来，这是种野心，也是种气概。放在昏聩孱弱的朝代，无论如何，不可能有这样的精气神。

　　也正是这种时代的精气神，才可能让一个受过宫刑的人写出"究天人之际，通古今之变，成一家之言"这样震古烁今的话，并成为中国知识分子共同的信仰。

汉文章中的汉大赋写的不是个人情感，而是国家理想。在很多人认为佶屈聱牙、恃才炫博的字里行间，其实是这个时代睥睨四海的雄心气概。可能很多字对非专业人士而言，简直像天书一样，但你依然能通过这些文字领略众口传颂的"汉唐雄风"。试看司马相如的《子虚赋》：

云梦者，方九百里，其中有山焉。其山则盘纡茀郁，隆崇嵂崒；岑崟参差，日月蔽亏；交错纠纷，上干青云；罷池陂陀，下属江河。其土则丹青赭垩，雌黄白坿，锡碧金银，众色炫耀，照烂龙鳞。其石则赤玉玫瑰，琳珉吾琨，瑊玏玄厉，碝石碔砆。其东则有蕙圃：衡兰芷若，芎䓖昌蒲，茳蓠麋芜，诸柘巴苴。其南则有平原广泽，登降陁靡，案衍坛曼。缘以大江，限以巫山。其高燥则生葴菥苞荔，薜莎青薠。其卑湿则生藏莨蒹葭，东蔷雕胡，莲藕觚卢、菴闾轩于，众物居之，不可胜图。其西则有涌泉清池，激水推移，外发芙蓉菱华，内隐钜石白沙。其中则有神龟蛟鼍，瑇瑁鳖鼋。其北则有阴林：其树楩柟豫章，桂椒木兰，蘗离朱杨，樝梨梬栗，橘柚芬芳；其上则有鹓雏孔鸾，腾远射干；其下则有白虎玄豹，蟃蜒貙犴。

再看其《上林赋》：

于是乎背秋涉冬，天子校猎。乘镂象，六玉虬，拖蜺旌，靡云旗，前皮轩，后道游。孙叔奉辔，卫公参乘，扈从横行，出乎四校之中。鼓严簿，纵猎者，河江为阹，泰山为橹，车骑雷起，殷天动地，先后陆离，离散别追。淫淫裔裔，缘陵流泽，云布雨施。生貔豹，搏豺狼，手熊罴，足野羊，蒙鹖苏，绔白虎，被班文，跨野马，凌三峻之危，下碛历之坁。径峻赴险，越壑历水。椎蜚廉，弄獬豸，格虾蛤，铤猛氏，罥騕褭，射封豕。箭不苟害，解脰陷脑，弓不虚发，应声而倒。

于是乘舆弭节徘徊，翱翔往来，睨部曲之进退，览将帅之变态。然后侵淫促节，儵夐远去，流离轻禽，蹴履狡兽。辁白鹿，捷狡兔，轶赤电，遗光耀。追怪物，出宇宙，弯蕃弱，满白羽，射游枭，栎蜚遽。择肉而后发，先中而命处，弦矢分，艺殪仆。然后扬节而上浮，凌惊风，历骇猋，乘虚无，与神俱。蹴玄鹤，乱昆鸡，遒孔鸾，促鵔鸃，拂翳鸟，捎凤凰，捷鸳雏，揜焦明。道尽途殚，回车而还。消遥乎襄羊，降集乎北纮，率乎直指，晻乎反乡。蹴石阙，历封峦，过鳷鹊，望露寒，下棠梨，息宜春，西驰宣曲，濯鹢牛首，登龙台，掩细柳。观士大夫之勤略，均猎者之所得获，徒车之所辒轹，步骑之所蹂若，人臣之所蹈藉，与其穷极倦㕁，惊惮詟伏，不被创刃而死者，他他籍籍，填坑满谷，掩平弥泽。

然后是扬雄《羽猎赋》：

若夫壮士慷慨，殊乡别趣，东西南北，骋耆奔欲。拖苍豨，跋犀犛，蹶浮麋。斫巨狿，搏玄猿，腾空虚，距连卷。踔夭蟜，娭涧闲，莫莫纷纷，山谷为之风猋，林丛为之生尘。及至获夷之徒，蹶松柏，掌蒺藜，猎蒙茏，辚轻飞；履般首，带修蛇，钩赤豹，娭象犀；跐峦坑，超唐陂。车骑云会，登降暗蔼，泰华为旒，熊耳为缀。木仆山还，漫若天外，储与乎大浦，聊浪乎宇内。

　　这就是汉帝国的雄风，这也是当时整个王朝的理想，一个属于无数人的理想。在这样的盛世之中（哪怕是表象），上到天子王侯，中到书生循吏，下到贩夫走卒，都有一种认同感乃至自豪感。古人云"宁为太平犬，不做离乱人"，是的，相比于诸子百家的年代，大一统的秦汉，思想自然是平庸了些。但如果不是出于浪漫主义情结，或者思想史本身，或者批判意识，对现实生活中每日围绕柴米油盐转的普通百姓而言，盛世是永恒的渴望。每年春节，红彤彤的春联上"风调雨顺，国泰民安"几个字，从朔北到岭南，从东海到西域，依然普遍而亲切。

　　一堆山、海、飞禽、走兽的拼凑堆垛，竟能产生如此张力？笔者请朋友们阅读两则广告来感受下"堆垛"的力量（讲文学竟然扯到广告，一定是中了广告的毒）。先是许舜英《关于亚细亚佳新折中主义家具展》：

竹木案头盒与 PENCOLLECTOR 古董笔对话，
沙劳越伊般族织布与 ARTE&CUOIO 手工皮件折中，
金三角银饰与 GENNY&ADAM 设计师饰品呼应，
明式家具与 LEYROY 葡萄红酒调味。
超越工业时代，走出机械文明，
世纪末回归人文，师法自然的觉醒正开始。
朴拙取代繁复，自由取代规格，古典取代新潮，
中国文人风范在诚品现代空间中再现，

形简意禅的新东方美学，

期待与您的生活相知相惜！！

然后是李欣频的《一九九五诚品敦南店，十月搬家启事》：

送旧迎新．移馆别恋

卡谬搬家了。马奎斯搬家了。

卡尔维诺搬家了。莫内搬家了。

林布兰搬家了。毕加索搬家了。

瑞典 KOSTABODA 彩色玻璃搬家了。

英国 Wedgwood 骨瓷搬家了。

法国 HEDIARD 咖啡搬家了。

可可诺可皮件搬家了。

金耳扣大大小小的娃娃也要跟着人一起搬家了。

一九九五年十月一日，诚品敦南店搬家，

请你跟我们一道送旧迎新，移馆别恋。

许舜英和李欣频是台湾广告界的"文案天后"，其广告作品被称为"意识形态"文案。当然，"意识形态文案／广告"这个提法，笔者有异议，不具。暂且把意识形态放一边，单看文字本身，无非一个家具展，无非一个书店搬家，结果一连串的品牌，一连串的哲学家、文人，意义何在？没说卖点，没说利益，但这种排比和堆垒，好像这个家具展、这个书店真的具有鲜明的时尚文化味，连阅读广告的人都俨然成为都市里有文化品位的精英。

grand narrative

汉大赋，极尽铺陈刻画之能事，在情感上自然稍逊一筹。事实上，这样的文章，是文化批评意义上的"宏大叙事"，吊诡的是，宏大似乎从来都和一唱三叹幽约感人无关。事实上，读《大风歌》和《长恨歌》，审美体验的确大相径庭，就像同样是绝色，一个是孙二娘，一个是林妹妹。

用时髦的话说，汉大赋是"不走心"的，它从来不描述自己或者香草美人的内心和情感，自然少了份低回徘徊、无尽感慨。汉大赋是作者理想的外化，是一个帝国的气场和排场，否则无法理解，辞赋家受朝堂推崇的同时，也能够"洛阳纸贵"，收割无数市井之人热烈的掌声。

从汉朝以后，辞赋文章的传统没有中断，但是这种睥睨四海的雄浑之气，确实不可见了。盛唐的气象体现在诗里，奇文、妙文仍然频频出现，但汉文章的阵势，再也找不回来了。这不是作者个人问题，不是作者文化功底不够、古文字积累量不够，而是没有那样堂皇自信的朝代，让文人有"苞括宇宙，总揽人物"的胆量。

这让笔者想到书法。现当代书法家中，技巧纯熟甚至臻于化境的自有人在，但是却很难找到魏晋书法的气质，匠气足而神气弱。若练习书法，文徵明、赵孟頫最初最受大家喜爱，文雅秀气，人见人爱，但很多人练到一定程度一定会上溯到魏晋，甚至魏碑，以及甲骨文。愈巧愈工，则可能愈加丧失大气苍茫的东西。又有点像昆曲，美不胜收，但是听多了昆曲，去听听梆子、秦腔，又是另一种力量。

汉大赋，就是那种迸发宇宙律动的雄浑力量，在让人眼花缭乱、瞠目结舌的铺排中，透露一个帝国的气象和理想。

汉大赋的代表作有司马相如的《子虚赋》《上林赋》，扬雄的《甘泉赋》《羽猎赋》，班固的《二京赋》。值得注意的还有抒情小赋的崛起。贾谊《吊屈原赋》、司马相如《长门赋》开头，到东汉蔡邕、张衡等已蔚为大观，直接影响了魏晋六朝的小赋。

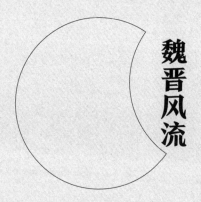

第三章 魏晋风流

　　三国是英雄辈出的年代，魏晋是名士辈出的年代。三国符合我们对英雄的想象，主线不复杂，人物多饱满，故而后代喜谈三国。魏晋政治多乱局，但精神在高处。曹操以奸雄之态，登上历史舞台，功业一时无两，且诗歌极佳，号"幽燕老将"，慷慨悲凉。两个优秀的儿子曹丕和曹植也是大诗人，并且集合了一批诗人，形成"慷慨以任气，磊落以使才"的邺下风流，进而形成"魏晋风度"。竹林七贤，在枝叶扶疏的竹林里，喝酒、写诗、抚琴、清谈，一个个侧影成为后世无法企及的风神。"人"在魏晋彻底觉醒，魏晋人向外发现了自然，向内发现了内心，故而深情款款，风度翩翩。《世说新语》里的故事，将魏晋风度演绎得淋漓尽致。除了诗人，其他如谢安指挥若定的雅量，也是一种风度。自然，还有陶渊明的东篱、王右军的笔墨，都美到极致。

第一节

魏晋诗歌
形象研究

　　三国，一个英雄割据、生灵涂炭的年代，同时也成为后人无限追思的时代。直到今天，世人提及三国英雄人物，依然如数家珍。在无数脍炙人口的历史事件和故事交织而成的时代，壮烈或惨烈的战争和正义或奸诈的争斗，都成为后人津津乐道的话题，在一个个英雄故事里，后人浮想联翩，心驰神往，很大一部分是对无法实现的英雄梦进行或强或弱的代偿。三国两晋都不安宁，后世艳羡或书写的也不是汉帝国一般的王朝情怀，而是从三曹的才情到竹林七贤的风度。

　　三曹的文学创作取得极高成就，曹操的古体诗、曹丕的七言诗、曹植的五言诗，均可谓空前，但不是绝后，而是启后，为后世立起极高的标准。后世对魏晋的无限情怀集中为"魏晋风度"四个字，慷慨以任气，磊落以使才。建安七子之后，"竹林七贤"更成为一个时代的图腾。深入了解阮籍和嵇康的内心世界，大体能够体会"振衣千仞岗，濯足万里流"的时代气度。这个气度，仅盛唐气象勉强可与之比肩，盛唐是乐观，魏晋是深挚。后人对魏晋风度、竹林七贤的怀念，其实是怀念那份不流时俗的高洁情操和潇洒出尘的审美气质。《兰亭序》与其说是王羲之的个人创作，倒不如说是整个时代精神假右军之手，用中国特有的笔墨，写在纸上的魏晋美学。技巧可以学，可以创新超越，但魏晋风度后世难再，《兰亭序》成为顶峰，无可逾越。

一、说不尽的三国

在国人心目中，"三国"绝对不特指某个历史时间段。得益于《三国演义》跻身四大名著之列，加上戏剧舞台上白脸的曹操、红脸的关羽、黑脸的张飞以及出神入化的诸葛亮，"三国"这个词，遂成为一串串动人心魄的英雄故事的密码。

泱泱中华五千年，风流人物传奇故事，如天上白云，聚散纷涌，为何后人独独喜欢聊三国？关于三国，有名的故事太多，多到可能一页纸都写不下：桃园结义、辕门射戟、过五关斩六将、徐庶进曹营、长坂坡、草船借箭、七擒孟获、白衣渡江、乐不思蜀、定军山、失街亭……其实，看着这些故事的名称，三国风云画卷已经仿佛展开。鲁迅说："三国底事情，不像五代那样纷乱，又不像楚汉那样简单；恰是不简不繁，适于作小说。而且三国底英雄，智术武勇，非常动人，所以人都喜欢取来做小说底材料。"鲁迅在《中国小说史略》中论道："说《三国者》，在宋已甚盛，盖当时多英雄，武勇智术，瑰伟动人，而事状无楚汉之简，又无春秋列国之繁，故尤宜于讲说。"

事实也确实如此。翻阅《东周列国志》，里面别说文臣武将，就一个个大大小小的国家，一个个老老小小的君主，就能绕得人眼花缭乱，故事线极其不明确，人物形象自然也就很不丰满。我们能熟知的或许也就齐桓公孙武庞涓伍子胥等人。三国则完全不同，这是一个真正英雄、才士辈出的年代，哪怕"坏人"也有一种英雄气，真正蝇营狗苟、低劣卑下的人不多。比如即使被诸葛亮骂死的王朗，也是个相当有操守有能力的士人。曹操是举世公认的"奸臣",但是曹公的才能、才学登峰造极。诸葛亮兄弟三人,分侍吴蜀,也没有任何猜忌,这是忠信的极好诠释。哪怕是被说成出尔反尔的吕布,也有非常真性情的一面。没有绝对的忠奸善恶,有的是此消彼长英雄斗法式的政治和战争,所以特别好看。三足鼎立,线索不简单也不复杂,人物众多,但英雄人物五六十个,读者记得过来。所以两千年过去,人们说起三国人物,还是津津乐道,兴致盎然。一句话:人人贪看《三国》,主要原因就是"古今人才之众,未有盛于三国者"!

在魏晋时期,社会对刘孙曹三姓,最早并无明显的尊抑。晋人张辅所著《名士优劣论》认为曹操征战三十多年,"仁爱不加亲戚,惠泽不流百姓",不如刘备威而有恩,勇而有义。袁淮说:"亮死至今数十年,国人歌思,如周人之思召公也。"(《袁子》)但在中原地区,即魏国领域,诸葛亮是被贬低和歪曲的,如著名诗人傅玄《天命篇》诗曰:"圣祖受天命,应期辅魏皇。入则综万机,出则征四方……诸葛不知命,肆逆乱天常。拥徒十余万,数来寇边疆。"这有点诸葛亮骂王朗的味道了。

六朝的笔记小说等典籍中记载了不少三国人物故事。《搜神记》里介绍左慈,说是能"行役鬼神"的奇人。干宝《晋记》中记载有关阵图的怪异传说:"诸葛孔明于汉中积石为垒,方可数百部,四郭,又聚石为八行,相去三丈许,谓之八阵图,于今俨然,常有鼓甲之声,天阴弥响。"南朝刘宋盛弘之《荆州记》、郦道元《水经注》等均有记载。《世说新语》记载望梅止渴的故事,还有和袁绍潜入新婚之家被人发现的事,让人感受到曹操有游侠气,又不乏痞气。《太平御览》引《幼童传》记曹操少年杀蛟的事。裴子《语林》里的诸葛亮"乘素舆,著葛巾,指麾三军",连司马懿见了都赞叹其是名士。

相去不远的历史，六朝人的口中笔下，撰出一个个生动鲜活的形象，字里行间，充满对英雄时代的向往。笔者猜测，这有点类似今天我们向往大师辈出的民国年代，传颂一个个有趣的有料的故事。

隋朝流行水饰故事，"水饰"，对非专业读者而言，略显生僻，简单说就是水流牵动木偶的戏，在隋朝宫廷和民间都流传甚广。唐朝人对三国的认知和想象，一体现在史书中，二体现在唐诗中。唐朝，关于刘备"如鱼得水"、死诸葛走活仲达的故事都已经定型，并且脍炙人口。

李白《读诸葛武侯传书怀赠长安崔少府叔封昆季》：

> 汉道昔云季，群雄方战争。
> 霸图各未立，割据资豪英。
> 赤伏起颓运，卧龙得孔明。
> 当其南阳时，陇亩躬自耕。
> 鱼水三顾合，风云四海生。
> ……

歌咏"十步杀一人"，推崇有点任侠精神的李白看来，三国是"群雄"割据，而不是一个正统两个僭越。李白另有《赤壁送别歌》："二龙争战决雌雄，赤壁楼船扫地空。烈火张天照云海，周瑜于此破曹公。"用的词也是"二龙相争"，没有价值取向和情感好恶上的倾斜。

杜甫《丹青引》："将军魏武之子孙，于今为庶为青门。英雄割据虽已矣，文采风流今尚存……"在杜甫看来，在那个硝烟遍地战火连天的英雄割据的年代，曹操是引人注意的人物，哪怕硝烟散去，曹操的文采风流依然在盛唐的天空下流播。其实，何止是曹操，而是三国整个时代的文采风流，都让盛唐诗人们心驰神往。

隋唐一统，结束了五胡乱华以来的乱局，大唐盛世的到来，极大激发了文人的功名心、报国志，这在边塞诗里体现得淋漓尽致。唐代诗人乐于将三国题材融入诗歌，表达建功立业的情感。

宋代的勾栏瓦肆（类似于今天各种各样大大小小的舞台）发达，说话这种艺术形式在无比繁华的清明上河图两畔，有声有色有滋有味地展开，其中有"说三分"内容，即讲三国故事。宋徽宗时东京汴梁有艺人霍四究，每天都有很多粉丝戏迷。北宋中叶以后，意识形态和文人心中着力于确立蜀汉正统地位的情结，激发了当时人对蜀汉的认同感和同情心，以诸葛亮、关羽、刘备、张飞为代表的蜀汉人物曝光的机会大大增多。北宋大规模加封蜀国人物，如封诸葛亮为"顺兴侯"，封关羽为"忠惠公""武安王"，封张飞为"肃济侯""武列王"，连老将严颜也有封号，这远远超过其他三国人物。苏轼《题三国名臣赞》说："西汉之士多智谋，薄于名义；东汉之士尚风节，短于权略。兼之者，三国名臣也。孔明巍然三代王者之佐，殆未易以世论。"朱熹则认为，孟子之后，只有张良和诸葛亮算是人物，他在白鹿洞书院刻孔明像让学生供奉。按沈越语："盖朱子之意：以高宗南渡之后，偏安江左，萎靡颓坠，不能振发。恢复疆土以雪仇，故于孔明致意焉。"陆游在诗《得建业倅郑觉民书言虏乱自淮以北民苦徵调皆望王师之至》中写道："邦命中兴汉，天心大讨曹。"好恶之情，跃然纸上。

当然，除了大义凛然的祭拜和书写，也有很多富有民间喜剧气息的故事，让我们今天可以揣测宋人对三国的印象。张耒《明道杂志》记载京师有个少孤的富家子，特别爱看三国皮影戏，每次看到斩关羽，就痛哭流涕。一群小混混开始琢磨杀猪盘，告诉富家子，关羽为猛将而被斩，应该好好祭奠，不然容易作祟。于是富家子掏了不少钱买祭品，又出不少银器，小混混们聚在一起享受了一番，吃罢把这些银器给分了。

在元散曲家的笔下，直接或间接出现的三国事件，有"马跃檀溪""三顾茅庐""卧龙梁甫吟""名成八阵图""火烧曹孟德""擒纵伏孟获""诸葛出师表""秋风五丈原""关羽单刀会""千里走单骑""大闹卧龙岗""虎牢关之战""赤壁之战"等。这些都属于文人对三国人物的情感演绎。

到明代，汉血统和传统的观念进一步升温，吴魏僭窃，自然不被待见，忠智无双的诸葛亮成了神祇一样的存在。朱元璋建国，发扬艰苦朴素的作风，生怕戏剧戏曲误人子弟，故而对此有极其严苛的禁令。《国初榜文》规定："在京但有军官军人学唱的割了舌头，下棋打双陆的断手，蹴圆的卸脚，做买卖的发边远充军。"但依然有人无法抵挡三国的魅力。比如，熹宗特别想演宋太祖雪夜访普的戏，以至于大夏天穿着冬天的皮衣，戴皮帽演戏，这也够投入的。

王侃《江州笔谈》认为《三国演义》妇孺皆知，天下尽知忠义，《三国演义》功不可没。蒋大器《三国志通俗演义序》云："三国之盛衰治乱，人物之出处臧否，一开卷，千百载之事，豁然于心胸矣。"这段评价相当深刻。在不太长的历史长河中，一时涌现如此多英雄人物，兴衰治乱，风云际会，遥想三国，其实是"代入"。冯梦龙《警世通言叙》说乡里有小青年代庖割伤了手指，不喊疼，旁边人很奇怪，结果这兄弟说："关云长刮骨疗毒，且谈笑自若，我何痛为？"这历史偶像的感染力，倒是适合现在真人秀节目上娇滴滴的男生看看。

当然，有明一代人们对三国的接受也并非民间欢迎、官方禁止的二元状态。以开明率性著称的袁枚就曾在《随园诗话》里说某崔姓进士，本来诗才极佳，但五言古诗竟然涉及关公义释曹操事，觉得这是小说演义语，怎能写进诗里。由此不难看出，在一些文人眼中，三国毕竟还是"野"了一些。

清军入关前，先征服蒙古诸部，和蒙古的头头们称兄道弟，用桃园结义的故事，满洲自比刘备，蒙古为关羽。清军得天下，怕蒙古有二心，给关羽封了一个超级长的头衔"忠义神武灵佑仁勇威显护国保民精诚绥靖翊赞宣德关圣大帝"，表示尊崇蒙古。两百多年里，蒙古不侵不叛，和这个关系很大。包括离间袁崇焕，也是周瑜蒋干的桥段。民国时黄人在《小说小话》中说："小说感兴社会之效果，殆莫过于《三国演义》一书矣。异姓联昆弟之好，辄曰'桃园'；帷幄倥偬运用之才，动言'诸葛'。此犹影响之小者也。太宗之去袁崇焕，即公瑾赚蒋干之故智……"清朝皇室如此推崇三国，和明代倒是形成鲜明对比。连清末的慈禧老佛爷也极度痴迷三国戏，亲授内监，教其扮演。

"问人间谁是英雄？有酾酒临江，横槊曹公。紫盖黄旗，多应借得，赤壁东风。更惊起南阳卧龙，便名成八阵图中。鼎足三分，一分西蜀，一分江东。"阿鲁威的《蟾宫曲》这样写道。

时至今日，三国戏依然活跃在舞台上，三国戏京剧达二百四十五种之多，即可见一斑。赵景深在《柴堆三国》里说，乡里人在农忙间隙，三五成群，倚着柴堆谈三国，类似趣谈还有"墙根三国""田间三国""树下三国"等。

"昔时霸业何萧索，古木唯多鸟雀声。芳草自生宫殿处，牧童谁识帝王城。"刘沧这首《邺都怀古》让我们意识到，也许我们都不再识得当时横槊赋诗、火烧连营的征战地，但三国的故事，从来没有被冲淡过。

二、曹操与曹植：英雄父亲和聪明儿子

国人对于曹操的认知，多受戏曲或各种演义小说的影响，白脸的曹操成了奸诈阴险的专属代名词。加上与之对比的刘皇叔和诸葛亮的高大上形象，曹操奸臣的形象更被夸大到无以复加的地步。中华人民共和国成立后，受意识形态因素影响，曾发起过对曹操形象的大讨论，不少史学家如郭沫若、谭其骧等多参与其中，因超出本书范围，不具。本书感兴趣的是，作为诗人和文学家的一世枭雄，在后世是怎样被理解和传播的。

毫无疑问，曹操的政治、军事才能特挺杰出。同样，他的艺术素养和文学造诣也远非常人可比。有曹氏父子的倡导，以及他们极为卓越的创作成就，激发了时人的创作热情，曹植《与杨祖德书》这样形容，"当此之时，人人自谓握灵蛇之珠，家家自谓抱荆山之玉"。曹操本人，既有"日月之行，若出其中"的阔大，也有"老骥伏枥，志在千里"的慷慨，当然也有"白骨露于野，千里无鸡鸣"的感伤。

当世月旦评说曹操"治世之能臣，乱世之奸雄"，对于胸怀天下的人来说可谓是十足的褒奖。稍后的张辅在《名士优劣论》中依然肯定魏武帝的能力超过刘玄德（称谓本身就很能说明问题）。《后汉书》称曹操是"清平之奸贼"，曹操的形象由乱世奸雄反转为篡逆奸贼，这是有历史原因的。东晋虽乱，但非汉末之乱，东晋南朝政权，偏安于江南，统治者无力北进统一中原，为防止篡权再度发生，大力提倡儒家伦理道德，封建纲常秩序被高高举起，故而视曹操为奸贼而不是英雄。

　　钟嵘《诗品》中有一段极有张力的论述，甚至对奠定后世评诗标准都有一定意义：

　　夫属词比事，乃为通谈。若乃经国文符，应资博古，撰德驳奏，宜穷往烈。至于吟咏情性，亦何贵于用事？"思君如流水"，既是即目；"高台多悲风"，亦唯所见；"清晨登陇首"，羌无故实；"明月照积雪"，讵出经史？观古今胜语，多非补假，皆由直寻。颜延、谢庄，尤为繁密，于时化之。故大明、泰始中，文章殆同书抄。近任昉、王元长等，辞不贵奇，竞须新事。尔来作者，寝以成俗。遂乃句无虚语，语无虚字，拘挛补衲，蠹文已甚。但自然英旨，罕值其人。词既失高，则宜加事义，虽谢天才，且表学问，亦一理乎！

　　钟嵘对曹植评价极高，说曹植"情兼雅怨，体被文质"，认为曹植对于文学的意义，犹如周孔对于人伦的意义。可以说，钟嵘对诗人的排名不是完全吻合后来的观点，比如陶渊明，虽称之为"千古隐逸诗人之宗"，却仅仅列在中品。

　　《世说新语》记载曹操逸闻趣事的多达十五篇。如《容止》章载："魏武将见匈奴使，自以形陋，不足雄远国，使崔季珪代，帝自捉刀立床头。既毕，令间谍问曰：'魏王何如？'匈奴使答曰：'魏王雅望非常，然床头捉刀人，此乃英雄也。'魏武闻之，追杀此使。"这生动有故事性的情节，突出曹操狡诈的一面。虽然《世说新语》对曹操评价不高，但仍称之为"魏武"，目之为帝王。刘勰《文心雕龙》说曹操"古直"有"悲凉之句"，这几乎也成了曹操诗歌的定评。曹植在南朝也受到推重，谢灵运更称其为"八斗才"，沈约《宋书·谢灵运传》称"子建、仲宣以气质为体，并标能擅美，独映当时"。

初盛唐有王朝新成的自豪感和乐观精神，崇尚有能力之人，故而李世民、魏徵等君臣多称许曹操，并将之列于历代名君之中。安史之乱后，尤其是中唐之后，中央政权和地方之间的关系变得紧张且微妙，这时从意识形态需要出发，将曹操视为臣而非帝王，更利于处理中央与地方的关系，避免地方有僭越之心，故而中唐之后，曹操被"臣僚化"。这对于维护中央正统身份和道义，有现实意义。

宋代，曹操形象演化真正经历分水岭。《东坡志林》中记载民间类似评述、说话的三国故事，听众听到刘备败，皱眉流涕；听到曹操败，则有说有笑。看来此时刘备的群众基础和人缘已经远远好过曹操。洪迈在《容斋随笔》中斥责曹操"汉鬼蜮，君子所不道"，但又说曹操知人善任后人难以企及。张戒在《岁寒堂诗话》中认为韩愈的古文、曹植和杜甫的诗，是无法逾越的对象。

南宋词人给曹操很高的评价，并且写入名篇，让曹操之名不借史书而是文学盘亘在古诗词的天空。辛弃疾《南香子·登京口北固亭有怀》问"天下英雄谁敌手，曹刘"，可谓英雄惜英雄的共鸣。刘克庄把曹操、刘备当成神往的对象："天下英雄，使君与曹，余子谁堪共酒杯。"直到元朝，元好问还盛赞"曹刘坐啸虎生风，四海无人角两雄"。相比而言，宋词对曹操褒大于贬，而宋诗多贬，根本原因还在于诗、词性质不同，诗言志，而词主情，在偏安的年代，能有曹操、孙权一样的风流人物，是很多词人的内心渴望；诗则需"载道"，需要礼法伦常，故而离经叛道的曹操自然不会受到待见。

南宋俞应符闻说有人掘曹操墓而作《漳河疑冢》，诗云："生前欺天绝汉统，死后欺人设疑冢。人生用智死即休，何用余机到丘垄……"
为了将曹魏斥为篡逆，朱熹甚至不惜明目张胆地篡改历史。在其所著
的《通鉴纲目》中，将《资治通鉴》中将曹丕的"黄初"改为刘备的
"章武"。正统观在此夯实。

明清延续了宋代的正统观，这种正统观不仅体现在史书中，也体
现在戏剧等文学作品中。明代《渔阳三弄》《青红啸》等剧中，曹操已
经是十足奸诈的人物。明清两代，评论"三曹"者众多，或推尊曹操，
认为，其子不如父；或推举曹植，认为其才华富赡，青出于蓝。而更
多笔墨官司在于曹丕、曹植到底孰优孰劣，意见很难统一。可以肯定
的是，明清文人均认为曹操诗歌的特色在于高古悲凉，承三百首而开
乐府新境，在诗歌史上价值巨大。杨慎、胡应麟等人认为曹操的四言
诗达不到三百篇的高度，但犹有汉乐府本色。胡应麟更认为曹操"豪
迈纵横，笼罩一世"，而曹植词藻宏富、气骨苍然，左思、郭璞等人皆
师法之（《诗薮》）。张溥在《汉魏六朝百三名家集・魏武帝集题辞》中
说曹操"乐府称绝，文章瑰玮"，认为曹操兼有孔融之文和吕布之武。
陈祚明认为曹操"摩云之雕，振翮捷起"，全是"汉音"，曹操能够达
到让人不知为佳故而更为高妙的程度，相比而言，曹植和曹丕就略逊
一筹，曹丕和曹植兄弟意义在于开魏风。陈祚明还认为曹植有"清真"
的一面。沈德潜《古诗源》认为曹操"悲壮"，"有吞吐宇宙气象"，而
曹丕"便娟婉约"。张玉毂《论古诗》说："老瞒诗格极雄深，开魏犹
然殿汉音"。

俱往矣。远去了三国的鼓角争鸣和狼烟滚滚，那百年的纷争，那
一个个鲜活的面孔，毕竟都漫漶在了历史的白云苍狗之间，只有那些
古直或清丽的诗篇，能够穿过历史的雾瘴，闪烁着艺术的和人性的光

辉。我们或许忘了那个奸诈的或奇谋的曹操，或许忘了那个郁郁寡欢的陈思王，唯独诗坛上的幽燕老将和三河少年，却鲜活如初，魅力常在。

三、竹林七贤：竹影婆娑，诗韵悠悠

竹林七贤生活在政治诡谲黑云压城的特殊年代，看尽权谋、背叛、杀戮，就在这样的大环境下，竹林七贤凭借自身的才学、气质以及特立独行的举动，硬生生为当时，更为后世，开拓出一片充满诗意的高贵的思想之林和理想之地，其影响不可谓不深远。

简单而言，竹林七贤就是司马家族欺负曹魏孤儿寡母血腥夺取政权的年代里，以阮籍和嵇康为首的七位文人。具体是哪七位，学界研究多年，尚无定论，但这丝毫不影响竹林七贤的整体形象和影响。古人给予竹林七贤的笔墨异常慷慨，比如阮籍的一醉累月、穷途痛哭、当垆醉卧等。对于超级大帅哥嵇康，连官修史书也不吝笔墨，《晋书·嵇康传》给嵇康的死亡场面以最大可能的诗化：

康将刑东市，太学生三千人请以为师，弗许。康顾视日影，索琴弹之，曰："昔袁孝尼尝从吾学《广陵散》，吾每新固之，《广陵散》于今绝矣！"时年四十。海内之士，莫不痛之。

这就是竹林七贤的风度风神。

值得揣摩的是"竹林"二字。陈寅恪在《陶渊明之思想与清谈之关系》一文中对"竹林七贤"的"竹林"进行考证，认为其是内天竺佛教"竹林"，后世将之附会为地方名胜。陈寅恪的这个观点，有人称

为天才之见，但也有很多商榷文章。我们看史籍中多载"竹林之游"，故而把竹林理解成青青翠竹枝叶扶疏的实有之地，或许更为妥当。美国汉学家马瑞志认为，东晋怀旧的流亡者建构一个想象的共同体，成为自由与超越的精神象征，这就是竹林七贤。从艺术史角度看，历代皆有"竹林七贤图"，可见竹林七贤，确已成为士人和文人群体的精神领地。

纵观将近两千年的历史，竹林七贤的形象不是整体划一的。其中对阮籍和嵇康已有褒贬，山涛和向秀等人则更多非议。但以今天的眼光来看，当我们怀着历史之同情来看，山涛和向秀等人的选择其实并不那么糟糕卑劣。比如，当时很多人都争奢斗富，山涛死时却"旧第屋十间，子孙不相容"。八王之乱，众人纷纷逃命，王戎却切身护晋帝，为乱刃所杀。血染晋帝龙袍，晋帝不舍得洗去。可见二人绝非苟且之辈。反倒是王衍、胡毋辅这些人夸张荒诞，和竹林七贤相比，徒有其形。

竹的意象和道教的"竹"信仰有密切关系。谢安、王子猷等名士皆爱竹成痴。东晋不少以"七贤"为题材的画。比如名士戴逵有《七佛画》，可见七贤的地位。无论当时还是南北朝，爱七贤者有之，恨之斥之者有之。名流王导就训诫周顗不可学阮籍和嵇康。戴逵的志向和放达，与七贤颇类，东晋朝野皆尊重之，司马述、王珣、谢玄均乐于与之结交，这标志着东晋士人对竹林七贤的历史评价已经悄然回归。

《世说新语》对七贤颇多记载，其贬低钟会拔高嵇康的倾向非常明显。其实文韬武略的钟会，被描述得狼狈不堪甚至有点猥琐。钟会写了本《四本论》，想让嵇康过目，怕被骂，不敢当面呈上，隔着墙头扔进去，扔完马上跑走。孙绰《道贤论》赞颂以俊迈之气，栖身事外，却因此轻世招患。《世说新语·贤媛第三十》说尼姑识人，评价才女谢道韫有"林下之风",也就是竹林七贤的风范。颜延之作《五君咏》,讴歌"非汤武而薄周孔"的嵇康,却不选阮咸和刘伶。

值得特别重视的是,在部分绘画作品和民间传说中,"竹林七贤"的形象不知不觉发生转变,由名士而隐士,由隐士而神仙。葛洪在《神仙传》中记载了嵇康与神仙王烈、孙登等的交游,甚至有人认为嵇康受刑,最终尸解而去。在南京和丹阳、济南和临朐等地发现六朝古墓,内有以七贤为题的壁画。这一现象极有深意。按道理说,嵇康乃受刑而死,其形象怎样就能够随时人入得墓葬——那必然具有足够的精神价值方能如此。其精神价值类似左思"振衣千仞岗,濯足万里流"的超拔清越,在战乱频仍的年代,不失为昭示和慰藉,甚至是精神鼓舞的力量。

大唐盛世,也给了竹林七贤足够的荣光。《艺文类聚》《初学记》等唐代著名的类书,类似现在的成语故事、典故辞典书,就有不少关于七贤的条目。唐代朱湾有诗《七贤庙》("常慕晋高士"),有庙存在,足见七贤在当时社会上的影响。《晋书》是有唐开国大臣魏徵等人编撰的,《四库全书总目提要》批评《晋书》"其所载者大抵宏奖风流,以资谈柄",在纪晓岚等人看来,《晋书》近乎稗官野史,但以资谈柄,恰恰足以说明七贤在唐代是如何地受欢迎。

初唐四杰对竹林七贤的感叹大多停留在个人的进退得失上面,到了盛唐与中唐,诗人对竹林名士的接受,将个人的命运遭际与江山社稷相结合,境界走向深沉广大。以阮籍和嵇康为代表的正始之音,继承了汉魏风骨,将时代风云、政治得失与个人命运、思想情感相融合,由建安文学的慷慨激昂演变为幽邃遥深。阮籍和嵇康表面不信礼教,骨子里却恪守儒学,他们将名教与自然融为一体。阮籍《咏怀诗》和嵇康的诗文创作，将个人感受与时代境遇结合在一起，呈现深远的思想与艺术境界。陈子昂的《感遇诗》带有明显的阮籍痕迹。唐朝诗人骆宾王、杜甫、韩愈、白居易等大小诗人都有关于七贤，尤其是阮籍和嵇康的诗篇。中唐诗人常常将竹林名士引为知己，如李群玉《言怀》："白鹤高飞不逐群，嵇康琴酒鲍昭文。此身未有栖归处，天下人间一片云。"

到了宋代，由于理学的发达，七贤已经不很受官方待见。叶梦得对阮籍憎恨有加，以为和嵇康比较，阮籍"自宜杖死"，直接打死好了。阮籍依附司马昭，像"裈中之虱"。这骂得够狠。这个势头一直延续到明清，在元明清的官方意识形态中，阮籍和嵇康等人毕竟是乖谬狂放荒诞不经的。元代郝经著《续后汉书》认为七贤"蔑弃礼法，褫裂衣冠，糠秕爵禄，污秽朝廷，婆娑偃蹇，遗落世故，颠颠痴痴，心死病狂，乃敢非薄汤武，至于败俗伤化，大害名教"。杨慎也认为竹林七贤的行为"以销壮心，而耗余年"，于家国大道，没有任何意义。顾炎武《日知录》尝言："正始之际，而一二浮诞之徒，骋其智识，蔑周孔之书，习老庄之教，风俗又为之一变"，不点名地批评阮籍嵇康等人。

明清的政治禁锢更加厉害，东西厂案、文字狱不断兴起。在愈加严厉的禁锢和规训中，对七贤有贬斥，自然也有推重。晚明时期，陈子龙等不少人以七贤的气节风度为神往的偶像。尤其是文人艺术家的文学和艺术实践，继续对七贤的情感，比如仇英的《竹林七贤》图、王宠《竹林七贤》帖等，有意无意之间，不难看出明清文人对七贤真正的情感。清人姚莹编《乾坤正气集》时，将《嵇康集》排在屈原、孔融等人的作品之后。大文学家曹雪芹号"梦阮"，即阮籍，钦慕之情，何止溢于言表，更是刻入名字。钱谦益在《书竹林七贤画卷》中回忆

1622 <u>天启二年</u>，与赵南星、高攀龙不惧阉党，佐以佳酿美食、相谈竟日之事，看到《竹林七贤图》上二人的题词，不由得泪湿衣襟，感叹道十几年来死生患难"总付与阮公一助，并借诸贤酒杯浇我块垒耳"。

应该感谢阮籍嵇康等人，在刀光剑影血雨腥风的乱世，为后世留下一块叫作竹林的精神净地，这里天地澄明，清风朗月，有诗有酒，解衣磅礴，放旷自如。对于王权皇权的时代而言，对于蝇营狗苟的俗世而言，七贤的身影，毫无疑问是诗意的，是超越的，也因此，从竹林里传出来的每一声吟诵，每一个动作，都引发后世无限神往。

四、王羲之与兰亭序的形象和传播

"永和九年，岁在癸丑……修禊事也……"

平平淡淡，却是最高亢的号角，为中国艺术精神掀开全新一页。

353 古代习俗，于三月上旬巳日，在东流水中洗濯，以祓除不祥，后来发展为暮春之初在水边宴饮嬉游。到了晋穆帝<u>永和九年</u>，三月三日，似乎和往常也没有什么不同，还是春暖花开，还是公子游女。但这一次兰亭会又颇为不同，聚会上名流荟萃，规模宏大，与会者四十余人，采取流觞赋诗的方法，汇成诗集，王羲之作序，并当仁不让地书写下来。趁着酒兴写下来的《兰亭序》不仅成就了王羲之，也成就了中国书法。甚至可以说，是王羲之成就了中国书法的最高峰。《兰亭序》闻名天下，不是因为文章本身好（说句不敬的话，《兰亭序》的文学性是非常平庸的），而是书法太好，好到历代能人辈出，很多人号称拳打颜真卿脚踢赵孟頫，但是从未有人敢说自己超越王羲之。这就是王羲之和《兰亭序》永恒的价值。

"书圣"的形象和地位不是一下子建立起来的。据《南齐书》等史料记载，当时人更喜欢王献之，因为王羲之书法尚有古意，而王献之书法宛转妍媚，颇受南朝人喜爱。王羲之的书法初不如当时的名家庾翼，庾翼在荆州看见人们临习王羲之的书体，不屑地说："小儿辈乃贱家鸡，爱野鹜，皆学（王）逸少书，须吾还，当比之。"庾亮向王羲之求书法，羲之谦虚道："（庾）翼在彼，岂复假此！"但他还是给庾亮写了章草。一天，庾翼在庾亮处见到王羲之写给庾亮的章草，发现王羲之的书法已大为精进，今非昔比，因此心悦诚服。《晋书·王羲之传》记载，庾翼给王羲之写信："吾昔有伯英章草十纸，过江颠狈，遂乃亡失，常叹妙迹永绝。忽见足下答家兄书，焕若神明，顿还旧观。"从庾翼前抑后恭的态度转变中，不难看出同代名家对王书精进飞跃的认同和佩服。这就是值得注意的王羲之"变体"之事，有点类似于大思想家伽达默尔的后期转变一样。王羲之的转变，甚至有点优秀的儿子作为后浪推助前浪改革的色彩。王献之"极草纵之致"，的确有超越其父的地方，王羲之的《十七帖》等是突破章草走向新草的大成之作。

"山中宰相"陶弘景在《论书启》中说："逸少自吴兴以前，诸书犹为未称。凡厥好迹，皆是向在会稽时、永和在十许年中者。"虞和《论书表》也说："羲之之书，在始末有奇，殊不胜庾翼、郗愔，迨其末年，乃造其极。"南齐袁昂《古今书评》评王羲之："王右军书如谢家子弟，纵复不端正者，爽爽有一种风气。"南朝梁庾肩吾的《书品论》把张芝、钟繇、王羲之同允为书法"上之上"品，他提出"王工夫不及张。天然过之。天然不及钟，工夫过之"的重要论断，后引用羊欣"贵越群品，古今莫二"来崇扬王羲之书法的地位。

到萧梁时，梁武帝萧衍评价王羲之如龙跃天门、虎卧凤阁，以帝王之尊，将王羲之拔升到空前高度，上有所好，下必甚焉，王羲之的正统地位遂得到极大巩固。一种观点认为，萧衍这是强行用政治领导权变相获取文化领导权。

王羲之书圣地位的真正确立是在盛唐。唐太宗同样以帝王（且是大一统的帝王）之尊，高举王羲之大旗。唐太宗在《王羲之传论》中说："详察古今，精研篆隶，尽善尽美，其惟王逸少乎！"他批评王献之，认为其书如隆冬枯树、严家饿隶，一句话：有病！仅仅给出帝王御评还不够，李世民还命冯承素等四位书法家临摹《兰亭序》，作为陪葬品带入黄土黄泉。此刻的《兰亭序》的文化价值已经远远超越了一本字帖，而有了无上的光环。王羲之在唐朝被推为书圣，从社会文化角度看，有调和关陇权贵（即李唐王朝）、山东大族和江南大族的意味。王羲之书法兼具柔媚和刚猛，是理想的艺术典型。

影响力巨大的张怀瓘《书断》如此评价王羲之书法："千变万化，得之神功，自非造化发灵，岂能登峰造极！"李嗣真《书后品》说王羲之正体如阴阳四时，寒暑调畅，而其草体则"清风出袖，明月入怀"，一连串的比喻，却无阿谀之嫌。中唐时期，有位唱反调的，即"文起八代之衰，道济天下之溺"的韩愈，其《石鼓歌》说"羲之俗书逞姿媚"。韩愈的诗以瘦硬崎绝著名，书法上推崇古篆，似乎也顺理成章。但整体而言，唐代对王羲之是推崇备至的。

唐代楷书发达，名家辈出，此种情形下有"天下第二行书"出现，故而王羲之、颜真卿也被后世好事者常常放在一起比对。五代的李煜批评颜真卿书法虽然得王羲之"筋"但失之粗鲁。

宋代艺术近年来广受重视，其文人书和文人画得到前所未有的关注。苏黄米蔡等大家的涵养气质与王羲之非常吻合，或者说魏晋风度是宋文人神往的，不难想象王羲之在宋代的待遇。蔡襄说书法最难的是风韵，魏晋时期，即使不是特别出名的书法家，也自有一种风流蕴藉之气。宋朝时出现王羲之"墨池"之说，涉会稽、赤城等地，可见王羲之书法艺术之深入人心。直到明清，很多地方志上都有"墨池"的相关记载。南宋桑世昌《兰亭考》记载，黄庭坚游荆州时得古本《兰亭序》，因此悟"古人用笔意"。

宋人常把王羲之与颜真卿对比，一个潇洒飘然，一个忠烈诚恳，既给人艺术的启迪，也给人人格的参照。从某种程度而言，颜鲁公可谓是伦理的理想人物，而王右军是审美的理想人物。黄庭坚《跋东坡帖后》说王羲之笔法像孟子言性，庄周谈自然，纵说横说，"无不如意"，王羲之父子书法中的逸气，被欧、虞、褚、薛等人破坏，只有颜真卿、苏轼、杨凝式等人有所承袭。

米芾认定《兰亭序》为天下第一行书，这个历史定位从此确立。并且宋代皇帝，比如政治低能、艺术天才的宋徽宗，其瘦金体与颜体的确格格不入，故而推崇王羲之，整个宋代，尤其是宋四家书法和文人画，其气质和唐朝书法在审美层面泾渭分明。

元朝的赵孟頫不仅推崇王羲之的书法，更把书品和人品联系在一起，其《识王羲之〈七月帖〉》认为王羲之有典型的儒家正统风神，耿介激昂，不阿谀朋党，敢于直谏，可为晋室第一流人品。

元代以降，在赵孟頫、董其昌、文徵明等书法名家身上，全部都有王羲之的影子，而哪怕是天下第二行书的颜真卿，却看不到对这些大书法家有多少影响。王羲之在明清，甚至达到"大统斯垂，万世不移"的高度，这相当于祖师爷了。但客观而言，元明两代书家多推崇复古主义，刻意描摹王书，缺乏新变。其表面上是学习王羲之乃至魏晋的风度，但在当时高压政治之下，艺术精神背离张扬个性、表现性灵的魏晋风度，书法也陷入沉滞阶段。如果不是董其昌以禅入书入画，能称得上大家的其实寥寥无几。清中叶后，乾嘉学派流行，文人研究汉魏碑刻，从汉魏碑刻中领悟到不同于王羲之的粗犷、豪放、朴拙之美，"碑学"兴起。清末民国，还有多位书法名家以《兰亭序》集联，《兰亭序》的魅力如最优良的墨迹，绝不漫漶。

353　　《兰亭序》于永和九年写在宣纸上，更写在中华无限山河之上，其流动雅丽，中有金刚之势，一笔一画，墨迹飞动间，对国人进行了美不胜收的艺术洗礼。

第二节　魏晋诗歌阐释与传播

　　到了魏晋，诗人一下子就多了起来，"三曹""建安七子""竹林七贤"是前所未有的诗人团体形式。后世诗人论魏晋诗时，出镜最多的是三曹和阮籍。这真正是一个英雄辈出、文采风流的时代，诗人们抒情、炼意、写景都达到全新高度，他们向内发现深情，向外发现自然。竹林意象，这婆娑的诗意和高拔的情操，不仅是当时的精神投射，也是接下来即将蔚为大观的山水诗的前奏。

　　《世说新语》中生动记载着魏晋人卓尔不群或深情款款的无数细节，直到今天依然让我们艳羡。魏晋人风姿风神美轮美奂，一下子出现何晏、嵇康等一大批帅哥，这个帅不仅在长相，更在气质。除了人，除了诗，魏晋还贡献了最帅的视觉艺术——书法，以《兰亭序》为最高峰，全面确立中国书法美学。

　　陶渊明——后人口中如邻家翁般的"五柳先生"——在当时算是诗坛的一个意外，其时诗名不彰，《诗品》中他的作品仅列中品，却在后世成为"千古隐逸诗人之宗"。在看似平常得如家常话一样的诗句中，蕴藏着真正的美，一语天然万古新，这是陶渊明永恒的魅力。七贤发现竹林，陶潜发现东篱，一个绿意中有深意有寒意，一个日常间有恒常有无常。

一、三国，演义的究竟是什么

一个英雄纷争的年代，竟然在历史分期上没有个名分，多少有些奇怪。还好有本《三国演义》，还好有本《三国志》，甚至还好有位叫易中天的教授，他从美学领域客串到古代史讲一讲三国风流人物，勾起我们的兴趣，引发我们神往。有学者指责易中天品三国不严谨，满嘴跑火车。我倒觉得，三国本就是讲故事，没讲史学观点，没讲经义道理，活泼一点，比正经八百要好很多。相反，如果是《论语》，还由着性子，靠着三寸不烂之舌，任意发挥，那就是曲解经典，贻笑大方事小，贻误众人事大。

其实说起三国这段历史，其脉络一点都不复杂，比起南北朝，甚至比起五代十国，都相对清晰很多。无非东汉末年宦官专权，朝廷威信扫地，各地军阀纷纷各树大王旗，打来打去。在黄巾军起义和镇压黄巾军的过程中，有些军阀消亡了，有些军阀趁机壮大。董卓把持朝政，被吕布杀。后曹操起，杀吕布，又灭袁术、袁绍、张绣等巨头，并远征乌桓，平定北方。江左是英雄之地，小霸王孙策死后，其弟孙权更是英雄人物，雄才大略让曹操直流口水。刘备带着皇叔的标签，到处蹭吃蹭喝，还往往鸠占鹊巢。荆州刘表死，刘备在赤壁之战后，往成都，占刘璋的位置，建立蜀国。孙权也称帝。一代枭雄曹操加九锡，但至死未称帝，至其儿子曹丕方受禅，魏蜀吴三国于是鼎立。后来他们相互打来打去，打了很长时间，但鼎足之势未破。早期的英雄人物周瑜、张飞、关羽，乃至曹操、刘备、诸葛亮等都被雨打风吹去。一直隐忍的高人司马懿熬死很多人后，发动高平陵之变，大杀曹家，掌握了大权，但也没称帝。钟会、邓艾伐蜀，姜维一人难支，邓艾奇袭，刘禅出降，蜀国亡。司马炎称帝，伐吴，王濬楼船下益州，孙皓降。三国结束，接下来是西晋和东晋。

但这又是一个千百年来让国人议论纷纷或无比神往的朝代。记得小时候，听村里老人一边抽着烟袋，烟火明灭间，一边讲述着长坂坡赵子龙、吕子蒙白衣渡江、诸葛亮七擒孟获的故事。一天繁重的农事后，这种谈古似乎成了最好的放松和消遣。鲁西南地区的方言叫"gǎng古"，这个字到底怎么写，笔者这个古代文学毕业的科班学生至今不知。"gǎng古"就是说古的意思，但要很投入，加入自己很多东西，好像历史上大大小小的事，高低贵贱的人，都在眼前一样。

我们为什么热衷于聊三国，"江山如画，一时多少豪杰"！人类的历史总是（也总需）有灿若星辰的人物谱写历史波澜壮阔的画卷。他们的才华、见识、魄力、成就，成为历朝历代的渴望，也成为普通大众津津乐道的话题。英雄给我们崇高感。当然，崇高感不一定都由英雄来完成，比如屠格涅夫笔下那只麻雀，为了保护自己的孩子，毅然决然地挡在猎狗身前，怒张羽翼。这种极端对比，麻雀的一切努力注定都是飞蛾扑火，等待的只能是毁灭。但恰恰在于这种绝对的对比面前依然以身为盾的行为，带给我们无穷的精神感召，这种感觉就是崇高感。

英雄人物的崇高感，对人而言，更有心有戚戚的感染力。渴慕成为英雄的人，自然以英雄为目标。不渴望成为英雄的人，也可以以英雄为审美对象。周宁教授在《人间草木》一书中曾说，那些伟大的灵魂像试验品一样，替我们认认真真活过。邓晓芒教授认为，读小说就是体验另一种人生，就是比不读小说的人多活了一个人生。

三国之深入人心，和《三国志通俗演义》是分不开的，俗文学的发达，为三国收获了坚实的群众基础，这是先秦和魏晋南北朝所没有的。直到清末蔡东藩出现，撰写了《中国历朝通俗演义》，其他朝代才有了大众容易接受的传播方式。但那已经是五四前后的事了。

经过汉代大一统之后的动荡和分崩离析，此时更增添无穷感慨，道教、佛教也都处于发轫期，给人更多元的视角看待社会历史。清议清谈之风渐渐流行，对人物的品评成为社会生活中不可或缺的内容。文韬武略、文采风流的人在三国处于绝对的爆发期，有横扫千军的无数猛将，如五虎上将、典韦、张辽、徐晃、夏侯渊；决胜千里的谋士，如诸葛亮、庞统、郭嘉、张昭；有文武全才的人物，如周瑜、陆逊、姜维、钟会；有雄才大略的帝王将相，如曹操、司马懿、孙坚、孙权、刘备；无穷人物，无穷故事。

"期待视野"理论认为，认知累积的东西会影响对作品的认识和感知，在正式阅读作品前会有心理期待。但对英雄人物的心理期待存在是事实，我们疑问的却是为什么有这种对英雄人物的期待？对英雄人物的崇拜，尤其是对戏剧戏曲中——中国唐宋开始有了"说话"，陆游有诗句"满村听说蔡中郎"，元代以后戏剧戏曲尤为发达——的人物有无限神往。其作用有二：一是安慰，二是补偿。在古代人命如草芥一般、时时面对无常之时，英雄人物会成为惊恐不安时的内心安慰。对英雄的欣赏和向往，对于庸常的人生而言，有心理补偿作用，似乎在神往和幻想中，部分实现现实中无法实现的东西。

不仅有无数豪杰，三国还涉及汉 VS 贼、忠 VS 奸、正 VS 邪、智 VS 愚、勇 VS 怯等多种对立的价值观，因此让无数故事更具话题性，而不是简单你攻我、我伐他古惑仔式的打架斗殴，这更容易吸引大众卷入。

并且，在那个谈笑间樯橹灰飞烟灭的时代，文学也显得特别地深沉、慷慨。

二、邺下风流：深情款款的曹家父子

曹操是一等一的政治家、一等一的军事家、一等一的诗人。在政治层面，既然发出"生子当如孙仲谋"的感慨，多少说明儿孙辈没达到自己的期望值。当然，若论文学，曹家父子，后来或许只有王羲之王家、苏东坡苏家能与之相提并论。

曹操诗有王者之风，这是毋庸置疑的，《观沧海》有汉大赋才有的吞吐日月的气魄，并且意象世界已经变成诗人的世界，生动、流转，自然中，蕴藏着一位具有雄才大略的人物的深情感慨。或许，在碣石这里，潮起潮落，寒来暑往，一晃千年，只有毛泽东的到来，才算是扣响历史的回音。虽然换了人间，但换不了的是诗人的情怀。

曹丕才不及曹操，但诗文毫不逊色，只因夹在父亲和素有才子化身之称的弟弟曹植之间，才名被硬生生压了下来。来看他写的《与吴质书》说：

昔日游处，行则连舆，止则接席，何曾须臾相失？每至觞酌流行，丝竹并奏，酒酣耳熟，仰而赋诗。当此之时，忽然不自知乐也。谓百年已分，可长共相保。何图数年之间，零落略尽，言之伤心。顷撰其遗文，都为一集，观其姓名，已成鬼录。追思昔游，犹在心目，而此诸子化为粪壤，可复道哉！

曹丕与几个相得的文人常常觥筹交错，丝竹文章，好不惬意。让我想起"草草杯盘共笑语，昏昏灯火话平生"这诗句。日常交游，变成审美意境。但岁月荏苒，生死倏忽，昨日宴席欢愉，一朝阴阳两隔。

从这段文字中，我们能读出曹丕的深情。再来看他的《燕歌行》：

> 秋风萧瑟天气凉，草木摇落露为霜。群燕辞归雁南翔。
>
> 念君客游思断肠，慊慊思归恋故乡，何为淹留寄他方？
>
> 贱妾茕茕守空房，忧来思君不能忘，不觉泪下沾衣裳。
>
> 援琴鸣弦发清商，短歌微吟不能长。
>
> 明月皎皎照我床，星汉西流夜未央。
>
> 牵牛织女遥相望，尔独何辜限河梁？

爱这几句"秋风萧瑟天气凉，草木摇落露为霜""明月皎皎照我床，星汉西流夜未央"，这确实不像长于宫廷之内，杀伐疆场之上的帝王的笔触。七言诗，到了曹丕，已经彻底成熟了——不对，是早熟，整个魏晋六朝，擅长七言诗的人很少很少。曹丕在七言诗的创作上走得太超前。

曹植，从小受父亲宠溺，以绝世之才驰名，是那个《白马篇》的翩翩少年，是那个向往策马登高的幽并游侠。但嗣承之争，曹植高开低走，终于失败，惶恐幽愤，诗风大变，来看看其《七哀诗》：

> 明月照高楼，流光正徘徊。
>
> 上有愁思妇，悲叹有余哀。
>
> 借问叹者谁？言是宕子妻。
>
> 君行逾十年，孤妾常独栖。
>
> 君若清路尘，妾若浊水泥。
>
> 浮沉各异势，会合何时谐？

愿为西南风，长逝入君怀。

君怀良不开，贱妾当何依？

前人评价说，曹植写这首诗是因为与曹丕关系不好，同父骨肉，竟至相残，以思妇自况，奈何"君怀良不开"，终不免一番情怀，无限哀感。但"明月照高楼"五个字，放在任何朝代，都是顶级妙品。数得着的也就"蝴蝶飞南园""池塘生春草""大江流日夜""朔风吹夜雨"这么多，不超过十句。

"明月照高楼"有种气象，高旷、苍凉，但不颓废孱弱。这是文学史上的"建安风骨"。建安风骨以三曹为代表，以建安七子为核心。当初曹丕居邺城时酬唱的文人圈，也是建安风骨的建构者。何为建安风骨？古人界定为"慷慨以任气，磊落以使才"，慷慨悲歌，磊落跌宕，这是一种精神气节。比如刘桢《赠从弟》云："亭亭山上松，瑟瑟谷中风。风声一何盛，松枝一何劲！冰霜正惨凄，终岁常端正。岂不罹凝寒？松柏有本性。"我们容易联想到陈毅元帅的"欲知松高洁，待到雪化时"，这都是磊落英雄气。

从三曹和建安七子的诗文，我们不免感慨，任是帝王将相还是文人书生，那个风云变幻的悠悠苍天，也终究是一片有情天。不然，我们只能看到野心，而看不到诗心。

三、清议与清流：魏晋人怎么这么作

大家都知道评价曹操的那句赫赫有名的话——"治世之能臣，乱世之奸雄"。曹操听了之后乐得鼻孔冒泡。这不是哪位高人心血来潮就给曹操下了个评语，这是魏晋的风气，人物品评，或者叫"月旦评"。

何谓月旦评？简单说，汝南郡（今河南驻马店）许劭、许靖兄弟俩是汉末的意见领袖和金话筒，主持对当代人物或诗文字画等的品评褒贬活动，常在每月初一发表，故称"月旦评"。无论是谁，一经品题，身价百倍，被称为跃龙门。有点像今天的排行榜，一上排行榜，流量就来了，流量一来，就容易变现了。当时为啥这么风靡啊？这不单单是许劭评论得好，还和社会文化、制度有关。

完善的科举制度，是从隋唐才开始的。汉朝有举荐制，每个郡每年可以推举孝、廉各一人。这看起来是好事，但问题也随之而来。推荐上去是可以做大官的，不是到朝廷领个奖状和领导握手合影就完事。昔日田舍郎，今登天子堂。摇身一变，朝廷大员，谁不想啊。推选需要看此人孝顺、廉洁的程度，那大家就相互比惨就行啦。你孝顺，割自己腿上的肉给老娘吃，我还可以把自己的孩子杀了给老娘炖汤。这很恐怖，很惨无人道，但是在古代这被视为孝道。割肉杀孩子，毕竟还是实实在在的，更多的是弄虚作假。我们知道，古代父母去世要在坟前守孝。守孝的时候天天哭才好，哭得声震方圆百里更是孝，还要少吃，饿得像难民营出来的一样更孝。就有这么一位大孝子，在母亲坟前守孝三年，结果带着三妻四妾生了好几个孩子出来。朋友们，脑补一下这画面，这时间管理能力，完全碾压今天的黑眼圈仁兄（"黑眼圈""时间管理大师"为当年娱乐圈著名事件，不具）。

但是，汉朝大一统，以儒学为本，这本身问题不大，大问题在于，今文经学谶纬之说流行，天人、阴阳、符应等观念盛行，经学成为干政、干禄的工具，日渐荒诞，毫无独立性可言。汉代儒学古文经学后期偏重章句训诂，流于繁复琐碎的无穷尽的释义中，有时候经典中一两个字就能阐释十万字，这种空疏而杂芜的学风，激起有志之士的反击。汉代标举的气节，多已沦陷，成为虚矫伪饰的投机资本。看不惯此种风气的人，以清议自许，清对应于浊，亦对应于实。故而魏晋清谈和清议，以谈"玄"为核心，遂有魏晋玄学之说。

魏晋清谈，是知识分子或者说"士"阶层的一次自我净化，一次自我放逐于意识形态之外。好处坏处都有，但以好处为主。比如将中国思想史上思辨的境界提升了一大截，孕育清标自许的文人风骨，启迪了游仙诗、山水诗的创作，乃至于魏晋美学（以书法为代表）为中国美学提供了几个重要的范畴。

魏晋玄学是个重要的哲学问题，本书没法详细交代。简单而言，即以老庄、周易为本，探讨言意之辨、有无、本末、名教自然等问题。且从汉末开始，佛教东来，佛教中的一些理论也被道家吸收（确切地说应该是佛道互渗）。

在魏晋清谈之风影响下，出现脍炙人口、让人无限神往的竹林七贤，在兵荒马乱、腥风血雨、尔虞我诈、你死我活的政治极混乱极黑暗的时代，留下精神和气质的光芒，直到今天，还让我们感动。

四、瞧：怎么这么多帅哥

汉末以来的"月旦评"，也就是人物品评，不仅对入仕有决定性作用，对于积累社会资本和文化资本（布尔迪厄）也有决定性作用，所以人人重视，处处用心。人物品藻之风大盛。人物品藻，包括风仪（外貌协会专用）、道德（儒家伦常）、文章、政绩等。正如说人心不同、各如其面，人的长相、气质成了在社会上生存的核心竞争力之一。刘劭的《人物志》就对人物品鉴提出一些方法，结果这本书被当成面相学的鼻祖参考书，估计刘劭泉下有知，也会哭笑不得。

在一个还没有韩国技术的时代，还没有玻尿酸的时代，还没有美颜的年代，一下子涌现出这么多帅哥，这非常值得思考。《世说新语·容止第十四篇》说：

潘岳妙有姿容，好神情。少时挟弹出洛阳道，妇人遇者，莫不连手共萦之。左太冲绝丑，亦复效岳遨游，于是群妪齐共乱唾之，委顿而返。

有个大帅哥，也就是魏晋的鹿晗、肖战、王一博，长得帅气，出去玩，被一群女性看到，结果这些女子拉起手来把他围住。看这粉丝的疯狂劲，一点不逊于现在堵机场，围酒店。有个大文豪左思，文美人丑，看潘岳这么多粉丝疯狂追星，也想享受一下当明星的感受，结果因为长得丑，被这些妇女围住吐口水，灰溜溜跑回来。

《晋书·卫玠传》还有个典故"看杀卫玠"，"京师人士闻其姿容，观者如堵。玠劳疾遂甚，永嘉六年卒，时年二十七，时人谓玠被看杀"。有个大帅哥叫卫玠，入京的时候消息被狗仔队透露，京师人听说他长得帅，都跑来看，围得像一堵墙。卫玠又不得不配合摆 pose，结果劳累过度，二十七岁就死了。看，当帅哥也很累。

还有一个结局同样悲惨的、成为政治斗争牺牲品的帅哥叫何晏，并且此帅哥不是花瓶型的，而是很有才学。《世说新语·容止》如此记载："何平叔（何晏）美姿仪，面至白。魏明帝疑其傅粉，正夏月，与热汤饼。既啖，大汗出，以朱衣自拭，色转皎然。"大帅哥何晏皮肤超级白，魏明帝怀疑他涂了粉，于是大热天给他热腾腾的驴肉火烧吃，吃着吃着汗流满面，何晏用深色的衣服擦脸，结果脸色更好看——百分百素颜男神。这估计放在今天连女明星的场子也给砸了。

另外，阮籍和嵇康都是帅哥。打铁的嵇康帅到什么程度？"嵇叔夜之为人也，岩岩若孤松之独立；其醉也，傀俄若玉山之将崩"。他是玉树临风的祖师爷。

隔了两千年，回望这些帅哥，让我们真正感兴趣的不是出现这么多帅出天际的帅哥，而是竟然出现这么多帅哥？！先秦的孔老夫子长得不咋地，史书说他"河目而隆颡"，大脑袋瓜子细长眼睛，整张脸"仲尼之状，面如蒙倛"，像驱邪的面具一样（无独有偶，在雅斯贝尔斯称赞的"轴心时代"，另一个对应的人物苏格拉底长得也相当寒碜）。怎么到了魏晋，莫非基因突变，突然出现如此众多的帅哥。

学界认为，中国古代一直重视身体，但还不至于是外貌协会。所以即使孔子长得很糟糕，但因修为高，还是被诸多弟子，被各国领导者所景仰。《庄子》一书里面更是不少呕瘘、坡脚、无足的人，但因为思想高妙，竟能有一大批粉丝，甚至有女人死都想嫁给他。无独有偶，古希腊时人们重视身体，认为裸体是神的完美作品，但进入中世纪，身体被贬抑甚至被戕害，对身体越残酷，越能使心灵得到净化。文艺复兴的一个功绩是将身体从黑暗的中世纪解放出来。魏晋时期表面上出现很多帅哥，真正的原因是人对自身美的发现。中西方的身体观是研究不尽的大课题，限于篇幅和主旨，本书不多谈了。

没有美的眼光，不可能发现美的自身。宗白华在著名的论文《论世说新语与晋人的美》中提到，魏晋人向外发现了自然，向内发现了自己的深情。清风朗月、玉树临风的风姿气度，也成为审美对象，成为时代的闪亮风景。

不是生下来的帅哥多了，而是被美的眼睛发现的帅哥多了。于是

我们看到很多令人神往的人物,《世说新语》《容止第十四》和《言语第二》中记载:

人有叹王恭形茂者,曰:"濯濯如春月柳。"

刘尹云:"清风朗月,辄思玄度。"

甚至女性也美得让我们心旷神怡,心猿意马,《贤媛第十九》记载:

谢道韫:神情散朗,奕奕有林下风。

所有美得让人心旷神怡的人物背后,都是时代的精神追求和精神境界,晋人活的、练的正是这种外显于姿容,内蕴于心神的时代气质。《雅景第六》记载:

谢太傅盘桓东山时,与孙兴公诸人泛海戏。风起浪涌,孙(绰)王(羲之)诸人色并遽,便唱使还。太傅神情方王,吟啸不言。舟人以公貌闲意说,犹去不止。既风转急,浪猛,诸人皆喧动不坐。公徐曰:"如此,将无归!"众人皆承响而回。于是审其量,足以镇安朝野。

《雅景第六》记载:

嵇康临刑东市,神气不变,索琴弹之,奏广陵散,曲终曰:"袁孝尼尝请学此散,吾靳固不与,广陵散于今绝矣!"

所以，谢安的气量、嵇康的风神才能够如此栩栩如生，因为他们是一个时代的面相。

五、竹林，魏晋文化的图腾

竹林七贤赫赫有名，尤其是心仪魏晋的人心目中，竹林七贤既是圣地，也是偶像。

但竹林七贤的七个人，一点都不是传统圣贤的"贤"。阮籍看酒店老板娘漂亮，常常喝醉躺在人家店前，醉眼惺忪地看老板娘。老板警惕了良久发现阮籍并不是隔壁老王，一点非分之想都没有，也就放心了。阮籍玩得就是心跳，就是自由放旷，"礼法岂为吾辈设哉"！虚伪的礼法只成就投机倒把的伪君子。因此竹林七贤和整个魏晋名士，要"越名教而任自然"。名教，就是统治者规训的那一套礼法教义，自然不是和人类相对的那个自然，而是道家自然而然的意思。

竹林，到底是不是地名尚无定论。有人考证说竹林在今天的河南，也有人说是借用了佛教典故"竹林"来代指一个地方——并且可能没有竹子。后世文人、艺术家无比爱好竹子，和竹林七贤有莫大关系。说这个让人心仪千年的地方，竟然没有竹子，着实有点说不过去。于是我们看到后人的画作中，还是有竹叶婆娑，以描摹纪念那个慷慨自由的时代和那一群本色生存的人。

这是人格大自由、精神大解放的时代。竹林七贤的狂放怪诞，并非人格或心理上的缺陷，恰恰是因为人格上的独立和完善。他们生活在朝廷更迭的动荡时期，司马氏夺取曹魏政权，其手段之残忍卑劣比曹操欺负汉末皇室更甚百倍，是一连串变本加厉欺负孤儿寡母的欺诈、凌辱与杀伐。很多有志之士对司马氏政权极为不满，很多名士被司马氏杀害。史书记载的是一串长长的触目惊心的被杀名士名单。

为了拒绝司马氏提亲，阮籍一醉两月，不省人事，司马昭不得不作罢。刘伶醉酒佯狂，驾一鹿车，载满酒，让人扛着铁锹，吩咐道"死便埋我"！钟会问得嵇康大名前来拜访，嵇康正在打铁，问钟会："何所闻而来，何所见而去？"钟会也是少年成名的人才，答："闻所闻而来，见所见而去。"从此记恨在心。阮籍尚可醉酒，气节朗迈奋笔疾书写下《与山巨源绝交书》的嵇康最终被杀。三千太学士求情的场景，无疑是血腥冷酷年代人情温厚的宣言。

嵇康有诗《赠秀才入军》：

> 息徒兰圃，秣马华山。流磻平皋，垂纶长川。
> 目送归鸿，手挥五弦。俯仰自得，游心太玄。
> 嘉彼钓叟，得鱼忘筌。郢人逝矣，谁与尽言？

诗歌境界阔大，明朗萧散，华山秣马，长川垂钓，一切皆是自得自然的心情，不役于物，皆发乎内，这份洒脱，即使在大才子曹植的诗里都不多见。"目送归鸿，手挥五弦"，是竹林七贤最好的注脚，因为深情，方才目送，也因为深情，方才弹琴。后人想将此诗句绘成图画，也许想法和千年后的我们一样，想将这一刻永远定格，然而境界太高、情感太洁，终难成画。"手挥五弦易，目送归鸿难"的遗憾，却成了维纳斯断臂一样美得不在场。

与嵇康的清峻不同，阮籍八十二首《咏怀诗》旨趣遥深，难以探测。但其整体意蕴连贯一致，都是对时代如履薄冰的戒心和如鲠在喉的不满，以及如芒在背的痛苦。来看看下面这首：

> 夜中不能寐，起坐弹鸣琴。
>
> 薄帷鉴明月，清风吹我襟。
>
> 孤鸿号外野，翔鸟鸣北林。
>
> 徘徊将何见？忧思独伤心。

这是魏晋诗坛难得的好诗，和诗佛王维的《竹里馆》相比，或许我们的体验更为深刻：

> 独坐幽篁里，弹琴复长啸。
>
> 深林人不知，明月来相照。

同样是夜月之下，同样是竹林之中，同样是孤身弹琴，却是完全不同的心境。王维的境界是冲淡、自足、圆满。阮籍的境界是苦闷、悲凉、沉痛。王维有明月相邀，即使无人，仍然丰盈。阮籍虽同样有明月加身，却耳畔不断孤鸿翔鸟之声，这声音穿透冰冷的月光，如知音一般，如当时所有有情操有坚持的人的喟叹一样，更让人沉重，又陌生如异域之音，如此清亮刺耳。清风吹我襟，也不是舒畅开怀，而是一丝丝凉意直达心扉，这凉意是悲凉之雾，被满华林。

仅仅这两首诗，我们已经大体可知竹林七贤和魏晋风度的苦闷与高洁，压抑与高旷，清丽与华贵。这种高拔华贵在骨，不在文辞。

宗白华《美学散步》对晋人在文学史、美学史上的价值做过根本性概括："晋人的美感和艺术观，就大体而言，是以老庄哲学的宇宙观为基础，富于简淡、玄远的意味，因而奠定了一千五百年来中国美感——尤以表现于山水画、山水诗的基本趋向。"

是的，这种审美追求直接影响中国的山水画、山水诗，乃至中国所有文艺的根本基调。虽然历史上也出现过秾艳富丽的时刻，但都持续不久，似乎只有"清""淡"才成为中国文艺的最大特色，直到今天依然给我们带来无穷尽的享受。

法国汉学家朱利安有本书，书名就叫"淡之颂"，他用一个"淡"字概括中国艺术，大体不谬。不过，我们都应该知道，在所有"淡"的深层，是呕血三升、穷途痛哭、从容东市的深挚而真切的情怀和人格力量。

我们应该感谢阮籍、嵇康还有王粲等人，他们给我们留下诗文，更留下光照千古的人格。

六、魏晋风度

前文说潘岳的女粉丝如何疯狂之时，我们对比了左思，该仁兄长得丑，被一帮小姐姐老阿姨吐了很多口水，狼狈而归。如果事情确实如此，那这帮小姐姐老阿姨，估计都是极端的颜值控，甚至可能是坐在宝马车里哭也不坐在自行车上笑的人。左思虽然长得不够帅，但其诗文却是一流的，与班（班固）马（司马相如）并列，与七贤争胜。他的《三都赋》造成一时洛阳纸贵，其才华可想而知。他写了两句诗，成为魏晋这个时期最生动、最妥帖、最精彩、最高拔的总结概括：

振衣千仞岗，濯足万里流。

在一连串文人名士被统治者尤其是司马氏斩杀的时代，左思的"振衣千仞岗，濯足万里流"成为时代的最强音，是魏晋美学思想的slogan。

这就是魏晋风度。

这是一个英雄辈出、文人辈出的时代，也是一个普遍崇尚英雄的时代。"荆轲饮燕市，酒酣气益震。哀歌和渐离，谓若旁无人"，敢于刺秦的荆轲能够成为他们仰慕心仪的偶像。"被褐出阊阖，高步追许由"，许由的不同流合污成为他们行动的标杆。

这个时代有人人可以想象甚至艳羡的浪漫，却未必人人能体味那种险恶和血腥。不随波逐流，不为虎作伥，保持自己独立人格，需要多大的勇气和怎样凌风绝俗的情操！

因为不苟同统治者那一套虚伪的礼法，故而谈玄，率直任诞，为所欲为。饮酒、服食、清谈、悠游，大动荡，而得大自由，历史的得失之间，总让我们如此无限感慨。很多名士见杀于统治者，这些坚守与牺牲，让魏晋始终处于思想和人格的高地，往前仅有诸子百家，往后，尚未见到来者。

想好好领略和欣赏魏晋风度，有本书不得不读，这就是《世说新语》，并且要选择好的版本，首推余嘉锡笺疏的版本，里面补充了非常必要的、非常充实的材料，余嘉锡先生用力之深，当代学者无人可比。巴尔扎克说，小说是一个民族的秘史，这丝毫不夸张。历史部分地存在于史书中，但历史可以扭曲，可以伪造，因为历史是胜利者的记录。新闻可以造假、可以选择，选择即权利，选择即偏见。只有小说，这种虚构的形式，传达更深刻的真实。

《世说新语》被归为笔记小说，里面或许有真实，也或许有虚构。

以雪夜访戴的故事为例，当时又无人全程拍摄，如何全信？但恰是这样的虚构，才深刻折射出那个时代人的率性和超拔。

《世说新语》的文字并不艰涩，甚至不需要翻译，大体能够读懂，不需要人鉴赏指导语，直接体悟，拒绝二手饭。《德行第一》记载：

郭林宗至汝南，造袁奉高，车不停轨，鸾不辍轭；诣黄叔度，乃弥日信宿。人问其故，林宗曰："叔度汪汪如万顷之陂。澄之不清，扰之不浊，其器深广，难测量也。"

这是对高尚人格的高度评价。顺带说一句，这句话笔者也一直用以砥砺自己。凡是困顿焦躁之时，或得意忘形之时，一次次鼓励或提醒自己。《德行第一》里记载：

谢太傅绝重褚公，常称"褚季野虽不言，而四时之气亦备"。

这是对同时代人的激赏，"四时之气"具于一个人身上，这是怎样的一种精神气度？《论语》说："天何言哉，四时行焉，百物生焉。"《言语第二》里记载：

徐孺子年九岁，尝月下戏，人语之曰："若令月中无物，当极明邪？"徐曰："不然。譬如人眼中有瞳子，无此必不明。"

这是形容早慧机敏的孩子。是的，魏晋时期，不仅出现很多帅哥，也出现很多早慧的儿童。至于原因，笔者至今思之不得。《言语第二》里记载：

过江诸人，每至美日，辄相邀新亭，藉卉饮宴。周侯中坐而叹曰："风景不殊，正自有山河之异！"皆相视流泪。唯王丞相愀然变色曰："当共戮力王室，克复神州，何至作楚囚相对。"

王丞相，就是王导，出身旧时王谢堂前燕中的王家。王佐之才，不满凄然满面之行，勠力作为，方为英雄本色。《言语第二》里有：

桓公北征，经金城，见前为琅邪时种柳，皆已十围，慨然曰："木犹如此，人何以堪！"攀枝执条，泫然流泪。

桓温，枭雄。见之前种的树皆已如此粗壮，不免感慨，竟至于泪下。可见这并非一般的枭雄，而是很有人文底蕴的枭雄，和民国时闹笑话的军阀颇不相同。南朝庾信《枯树赋》将此改编："昔年种柳，依依汉南。今看摇落，凄怆江潭。树犹如此，人何以堪。"在战火兵刀的时代背景下，四处杀伐的一代枭雄的英雄泪，让我们无比感慨。《言语第二》里还有：

支公好鹤，住剡东峁山。有人遗其双鹤，少时翅长欲飞。支意惜之，乃铩其翮。鹤轩翥不复能飞，乃反顾翅，垂头视之，如有懊丧意。林曰："既有凌霄之姿，何肯为人作耳目近玩？"养令翮成置，使飞去。

表面上看这是晋人爱护仙鹤，本质上是对自由的向往，由己及物，方有如此胸襟。宋代大文人欧阳修有诗《画眉鸟》："百啭千声随意移，

山花红紫树高低。始知锁向金笼听，不及林间自在啼。"意略同，而气
概不及。《言语第二》里中说：

> 顾长康从会稽还，人问山川之美，顾云："千岩竞秀，万壑争
> 流，草木蒙笼其上，若云兴霞蔚。"

顾恺之这句话是魏晋人的山水宣言，充满勃勃生机。只有发自内心
的爱，才会有如此生动而深刻的形容。这不是借景抒情，而是把山水本
身当成终极之美，当成心灵的外化。

再来看《文学第四》里的句子：

> 郭景纯诗云："林无静树，川无停流。"阮孚云："泓峥萧瑟，
> 实不可言。每读此文，辄觉神超形越。"

这句和顾恺之的神似。再如：

> 孙兴公云："潘文烂若披锦，无处不善；陆文若排沙简金，往
> 往见宝。"

中国文艺的诗性批评，也是魏晋时奠基的。《文学第四》里这句话
算是文学批评，其中充满譬喻，乍读觉得没头没脑，不可捉摸。而当
我们把西方的理论，尤其是结构主义、符号学的分析方式看一遍之后
发现，难以言表的文学，岂是几个公式能客观把握的？譬喻式批评是
中国文艺的短板，也是长处，寥寥数语，神形兼备。

宗炳画所游山水悬于室中，对之云："抚琴动操，欲令众山皆响！"

王子敬云："从山阴道上行，山川自相映发，使人应接不暇。若秋冬之际，尤难为怀！"

这些话载于《宋书》列传卷九十三和《世说新语·语言二》。

写下《画山水序》的宗炳，争气的"书二代"王献之，不管是欲令众山皆响，还是秋冬之际尤难为怀，都是对山水最深刻的向往和热爱。

建议闲来无事多翻翻《世说新语》，这里面有时代缺少的精气神。

并且，也只有在魏晋风度的浸润下，才可能出现《兰亭序》。笔者一直感觉《兰亭序》是所有魏晋名流的集体创作，是时代精神的大合唱，嵇康、阮籍、竹林七贤、孙绰、谢安……每一个人都有横竖撇捺在其上。

七、一处兰亭一中国

兰亭，是中国书法的信仰，犹如佛教中佛祖悟道的菩提树。

魏晋时期，诗歌出现分流，一则是"诗杂仙心"，以郭璞的《游仙诗》为代表。二则是"玄言诗"，魏晋尚清谈，谈论多为玄学命题，这股强劲的风直吹到诗坛上，当时诗坛玄言诗极盛，以孙绰、许询扛鼎。

谈玄，写玄言诗，是当时的风尚。这种风气影响之广，超出我们的想象。同时，山水意识觉醒，山水的自然、冲淡、博大，给魏晋文人以无限的慰藉，山水也从魏晋开始，正式而全面地走入文学世界和艺术世界。

《兰亭序》就是在玄言诗和游仙诗并举的年代出现的。

无须啰唆介绍王羲之的家世，作为中国古代书法艺术的宗师，民间已经流传了不少关于他的逸闻，有些甚至在史书中根本找不到。王羲之出身世家，受教育程度高。史书记载，王羲之常年服食，也就是炼丹吃"五食散"，与他交游酬唱的有许询、孙绰、支遁等名动当时的雅士。这些人有的出自佛道两界，皆是高人。山东出身的王羲之不喜欢京师，而独爱浙江。史书说他"初渡浙江，便有终焉之志"。一到浙江，就想在这里养老送终，可谓一往情深。会稽一带山水确实独步天下，谢安未出仕的时候也在这里。于是一大批文人名流聚集在此，游山玩水，诗文娱乐。《兰亭序》就是在这样洒脱的环境下出现的。

晋穆帝永和九年的三月三，因"修禊"而有了这次空前的聚会。王羲之、谢安、孙绰等四十余人参加。众人写了三十七首诗，合成《兰亭集》，推举王羲之作序并书之，于是有了千古传奇《兰亭序》：

永和九年，岁在癸丑，暮春之初，会于会稽山阴之兰亭，修禊事也。群贤毕至，少长咸集。此地有崇山峻岭，茂林修竹，又有清流激湍，映带左右，引以为流觞曲水，列坐其次。虽无丝竹管弦之盛，一觞一咏，亦足以畅叙幽情。

是日也，天朗气清，惠风和畅。仰观宇宙之大，俯察品类之盛，所以游目骋怀，足以极视听之娱，信可乐也。

夫人之相与，俯仰一世。或取诸怀抱，悟言一室之内；或因寄所托，放浪形骸之外。虽趣舍万殊，静躁不同，当其欣于所遇，暂得于己，快然自足，不知老之将至；及其所之既倦，情随事迁，感慨系之矣。向之所欣，俯仰之间，已为陈迹，犹不能不以之兴怀，况修短随化，终期于尽！古人云："死生亦大矣。"岂不痛哉！

览昔人兴感之由，若合一契，未尝不临文嗟悼，不能喻之于怀。固知一死生为虚诞，齐彭殇为妄作。后之视今，亦犹今之视昔，悲夫！故列叙时人，录其所述，虽世殊事异，所以兴怀，其致一也。后之览者，亦将有感于斯文。

征引这篇文章，意在让大家领略当时的风尚及文化旨趣。

恕我直言，说句大不敬的话，这篇文章本身不能算是一流的文学作品。虽有几句"崇山峻岭"的风景描写，也并不生动。接下来全部都是"玄言"：宇宙、趣舍、静躁、俯仰、死生……而论玄学，又远不及阮籍、欧阳建等人。但这不妨碍《兰亭序》永恒的价值。历代书法不乏高人，也不乏狂人，常有人扬言拳打唐楷、脚踢子昂（赵孟頫），但从来没有人敢在右军头上动土。事实上，也确实无人能否认撼动王羲之的地位。有人评右军，认为其飘逸有余，力道不足。但是如果你真正走进右军书法，便会发现那金刚怒目、雷霆万钧的一面，古人称"遒媚劲健，绝代更无"，这才是好眼力。

王羲之的《黄庭经》（也有人认为非羲之作品）为小楷，借助现代先进的技术，能够精细放大到大楷尺寸，依然站得住脚，这就是功夫。缩小了不失章法，放大了不失气韵，这是衡量书法好坏最直接的方法。

应该要感谢魏晋这个时代，感谢王羲之和所有怀抱理想、坚守人格的文人，为中国山水画、山水诗、书法等几乎所有艺术门类定了调子，并且树立了一个绝高的标准。

八、一位田园诗人的死亡观

印象中的中国诗人多流连山水之间，印象中的陶渊明多悠然南山东篱之旁，印象中的桃花源多怡然自乐之趣。如果我们只看到陶渊明（和所有诗人）的闲适与自在，或许会对陶渊明乃至中国古诗的审视与想象，只看到了只鳞片爪，而遮蔽了哲思情灵。

生死事大！生与死的辩证法，是检验诗人的核心向度。看到并认真思考死的诗人，往往能够更深刻地对待生。

死生事大！陶渊明《拟挽歌辞》：

> 荒草何茫茫，白杨亦萧萧。
> 严霜九月中，送我出远郊。
> 四面无人居，高坟正嶕峣。
> 马为仰天鸣，风为自萧条。
> 幽室一已闭，千年不复朝。
> 千年不复朝，贤达无奈何。
> 向来相送人，各自还其家。
> 亲戚或余悲，他人亦已歌。
> 死去何所道，托体同山阿。

这首是东晋大诗人，"千古隐逸诗人之宗"的陶渊明有点另类的诗。在中学课本里，我们学到的是"采菊东篱下""晨兴理荒秽"。这首诗却想象自己死亡，别人为自己送葬的情景，与自然、无为、恬淡的情韵颇不相类。这首诗的出名，恐怕还与中学课本里鲁迅先生的名篇《记念刘和珍君》引用过有关。

但这又是一篇极为重要的好诗。读陶渊明集，我们会发现一个更全面的陶渊明。正如读杜甫全集，我们才能发现更真实丰满的杜甫，而不只是"老病有孤舟""乾坤一腐儒"的形象。杜甫也曾登高而赋，壮怀激烈，也曾"佳人雪藕丝"，轻狂自适。陶渊明的说理诗写得很好，四言诗也极棒。在不少诗篇中，陶渊明一再抒发有无、形影、生死的终极思考。或许正因为思考了这些，并且思考明白了这些，才敢于写别人为自己送葬的场景。

曾经有位年轻的朋友对笔者说，他乡下的外婆为自己准备好了棺材，就放外婆自己的房间里，老人每天都要擦拭一遍。他觉得很可怕，一是棺材可怕，二是一位老人天天平静地拂拭自己的棺材，这更可怕。我想，这位年老的外婆已经把死亡当成归宿，所以，不急，也不怕。普通农村老人悟出的道理，人类反复琢磨了几千年，却依然没有结果。

中西方的死亡观迥然不同。中国是"未知生，焉知死"，西方恰恰相反，"未知死，焉知生"，所以在中国人的日常中，死亡往往是需要避忌的话题。西方人则认为，认清死亡，才能更好地理解人生。后来的存在主义者认为，是死亡赋予生以意义。史铁生有篇散文，大意也是说假如人能活千年或者不死，到最后你会发疯，会觉得真正的"生不如死"。

陶渊明的理解或许没这么深刻，但足够旷达和超脱。"荒草何茫茫，白杨亦萧萧。严霜九月中，送我出远郊"，春季主生发，而秋季主杀。荒草茫茫，白杨萧萧，严霜九月，披麻戴孝，一件棺椁，一抔黄土。荒坟无人，马鸣风萧萧。人死如灯灭，绝无再醒的可能。

敢于设想自己的死亡，就是已经超越死亡。我辈凡俗，难有此觉悟。甚至即使疾病在身，去日无多，也依然竭尽全力规避死亡和死期。电影《非诚勿扰》里患了绝症的李香山，在生命的最后阶段，在亲朋好友的注视下，为自己举办了一场别致的葬礼。葬礼上有笑有泪，也是相当超然了。但是不是还可以有更超然的可能，比如活着的时候，连这个葬礼也免了？

"向来相送人，各自还其家。亲戚或余悲，他人亦已歌"，长长的送葬队伍，在新坟筑好后，依然在萧萧秋风中，各自回家，继续追剧，刷手机，打游戏。最亲的人或许还有点悲伤，其他人可能已经跳起了舞蹈，唱起了 KTV。

但是，这也没有什么不好。世界由一个又一个雄才大略的人物缔造或折腾，却由亿万普通生灵构成。如果普通的亿万生灵，都拥有哲人的头脑，参透生死，这个世界一定异常超脱，也异常萧条。

看惯了东篱南山的陶渊明，听惯了鸡鸣犬吠的陶渊明，或许觉悟，意义恰恰在于乡村里日复一日的炊烟，在于一个个新坟旧坟之后大家依然忙忙碌碌过着俗常的日子，在于刚刚送葬归来又开始推杯换盏或者摆弄锄头的常情。生的人好好生，死的人静静死。

所以，"死去何所道，托体同山阿"。死得其所，各得其所。

第四章

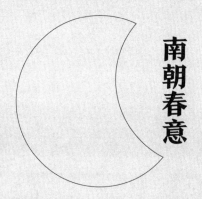

南朝春意

　　南朝，或称六朝，战事烽火连天，政权更迭频繁，因为战乱和偏安，长时间以来史学界对六朝属意不多，陈寅恪对六朝研究有开创之功，中华人民共和国成立后六朝研究出现小高潮。文学史视界里，六朝倒更受关注一些，可惜几乎全是负面的。南朝，几乎成为艳情、淫靡的同义词，长期被后世误读。但六朝是诗歌发展史上不可或缺的时期，山水诗经谢灵运、谢朓的努力而成熟，声律经沈约等人的探索而成熟，美学和文艺学层面出现《文心雕龙》这样体大虑周的巨著。宫体诗中并没有前人指责的那么多淫荡，反倒是有种春风骀荡、奇花初胎的喜悦感。相比于古拙慷慨或沉郁悲凉的诗，宫体诗的画面、内容和格调自然都狭小了一些，但谁说只有阔达和伟岸才是美的唯一打开方式？

第一节 六朝诗歌形象研究

　　南北朝是乱世。五胡乱华的酷烈，酿就一段无比沉重的历史苦酒，尤其令汉人心痛。但诗坛对现实的反映，却并非全是苦痛，甚至其主色调不是凄风苦雨，而是春光明媚。故而六朝，尤其是南朝，留给后人深刻印象的是臭名昭著的宫体诗，对后世产生巨大影响的是山水诗。六朝纷纭，王朝多短命，"玉树后庭花"式的明丽、绮靡，未尝不是另一种形式的感慨，用短暂的欢愉甚至沉迷，面对变幻无常的命运和政局。唐人慧眼，一方面摹写宫体诗，另一方面充分汲取宫体诗体貌状物的优秀成果，大大促进了诗歌的发展。只是至宋之后，伦理道学视宫体诗为洪水猛兽，认为宫体诗是"色情"的代名词，难登大雅之堂。

　　伤心人别有怀抱。看似被宫体诗熏得温软迷乱的六朝人，其实颇多幽思幽情，被后人敏锐地察觉到，遂有"六朝文章晚唐诗"之类的说法，这种观点的价值在于发掘六朝独特的气质——即使这种气质中有被人诟病的沉迷酒色、偏安苟且。六朝如梦，因为容易幻灭，更增人感喟。在后人看来有着无限伤心事的六朝，时人却醉心书写着如奇花初胎般的情致，这本身像一个迷，也让后人着迷。

　　以大谢小谢为代表的南朝诗人，为山水诗的发展做出巨大贡献，六朝也成为山水诗史不可或缺的重要一环。后人一直怀着崇拜和神往的心情，阅读大谢小谢的诗篇，这些崇拜者中，不乏李白这样的大诗人。

一、六朝如梦鸟空啼

略读古诗，类似杜牧《江南春》关于六朝的诗句，从唐到近代，一直不绝如缕。关于六朝，有太多的感慨、太多的遗恨、太多的怅惘，当然，也有太多的讽刺。

有必要稍微梳理一下六朝的历史情况。

六朝，指三国至隋朝江左地区（也就是南方）的六个朝代，即孙吴、东晋、宋（或称刘宋）、齐（或称萧齐）、梁（或称萧梁）、陈这六个朝代。大体与这个时间段相当，在北方，也出现政权的更迭。

西晋都城原在洛阳。西晋武帝司马炎死后，皇室与宗室亲王之间为争夺帝位相互残杀，爆发著名的"八王之乱"。司马氏抢曹魏政权时够狠，抢自家政权时也丝毫不含糊，由此引发长期的战乱和分裂。伴随着"八王之乱"而来的，是让人触目惊心的"五胡乱华"。"五胡"主要指匈奴、鲜卑、羯、羌、氐五个胡人大部落，事实上乱华的"胡"远不止五个。众多游牧民族趁"八王之乱"，陆续建立属国，不断对西晋进行烧杀抢掠。

西晋永嘉元年，琅琊王司马睿出镇建邺（六年后改称建康），他重用王导、王敦，拉拢南方士族。西晋皇帝晋愍帝被俘的消息传到建康，司马睿次年正式称帝，是为晋元帝。这个建都建康的政权，史称东晋。

为抵御北方少数民族统治者南侵，祖逖、庾亮兄弟、桓温等有识之士主张北伐，闻鸡起舞的故事就发生在此时，但多次北伐均未成功。东晋还经历了淝水之战、孙恩起义等。

出身贫寒的刘裕平定桓玄叛乱，迫使晋恭帝让位，自立为帝，国号宋。南朝宋永初三年，刘裕卒，宋少帝、文帝相继即位。其中，文帝刘义隆在位的三十年间，是刘宋最繁荣的一段时期。文帝死后，宋孝武帝、宋明帝先后为帝，但他们俩都是有名的暴君，相互残杀，政治遂混。南齐建元元年，南兖州刺史萧道成趁政治混乱之机灭宋，建立南齐。齐历七帝，共二十四年，也是足够混乱。南齐永元二年，萧衍自襄阳举兵东下，攻占建康，并于次年称帝，建立梁。萧衍在位四十八年，他宽纵皇族，大倡佛教，前期有为，后期昏聩，于侯景之乱中活活饿死。侯景立太子萧纲为帝，是为梁简文帝。

422

419

500

陈霸先平定侯景叛乱，废梁帝自立，国号陈。陈朝末代皇帝，也就是大名鼎鼎的咏"玉树后庭花"的后主陈叔宝，政治建树不多。后来起于北方的隋文帝杨坚统一北方后发兵灭陈，结束了长期分裂的局面。后来的李唐，也起于北方。

这是六朝的基本情况，史称南朝。既然南北朝并称，我们就再来看看北方的情况。

鲜卑拓跋部原居于今东北兴安岭一带，东晋咸康四年，其首领什翼犍称代王，建代国，都盛乐（今内蒙古和林格尔一带）。后为前秦苻坚所灭。五十年后，什翼犍之孙拓跋珪继称代王，不久改国号为魏，史称北魏。北魏击灭后燕、后秦、大夏、北凉、西秦、北燕等割据势力。北魏太武帝拓跋焘最终统一北方。北魏历经孝文帝改革、六镇之乱后最终分裂为东魏和西魏。

338

北魏永熙三年，孝武帝元修脱离权臣高欢，从洛阳逃至长安，投靠北魏将领、鲜卑化的匈奴人宇文泰。次年宇文泰杀孝武帝，立元宝炬为帝，史称西魏。其间宇文泰弄权先后废立好几个皇帝。宇文泰病死后，

534

其侄宇文护迫使魏恭帝禅让宇文觉，西魏灭亡。宇文觉继任大冢宰，自称周公。次年初，他废西魏恭帝自立，国号周，建都于长安（今陕西西安市），史称北周。

孝武帝元修逃往长安的同时，权臣高欢拥立北魏孝文帝的曾孙、仅十一岁的元善见为帝，即东魏孝静帝，东魏立。

580　南梁大宝元年，孝静帝禅位高欢之子高洋，东魏灭亡。高欢未及称帝而死，其弟高洋袭位，国号齐，建元天保，建都邺城（今河北省临漳县），史称北齐。北齐二十八年六位皇帝。

577　建德六年，北周灭北齐，统一北方。隋开皇元年，杨坚受禅代周称帝，改国号为隋，北周亡。　581

这是让人触目惊心的三百年。南北朝期间，北方战争频繁，社会遭受严重破坏时，汉族几乎被灭族。白骨蔽野，横尸塞路，是常见的景象，但南北朝又在经济、技术、艺术等各方面都取得很大发展。

江左之地，"钱塘自古繁华"，战火未烧到的地方，山明水秀，沃野弥望。加上大批北人南渡（这是中国历史上第一次人口大迁徙），不仅给南方带来很多士大夫、文人，也给南方增加了许多劳动力和中原地区较为先进的生产技术，为南方特别是长江中下游地区社会经济的迅速发展创造了良好的社会环境。

北宋大诗人王禹偁《送姚著作之任宣城》诗有句"六朝繁盛至隋唐，才人名士遥相望"，传统印象里，六朝一直是纵欲过度的病秧子，怎么还能繁盛至隋唐？是不是诗人的浪漫遮蔽了历史真实？李延寿《南史·循吏传》如此记载宋、齐盛世：

方内晏安，氓庶蕃息……凡百户之乡，有市之邑，歌谣舞蹈，触处成群，盖宋世之极盛也……十许年中，百姓无犬吠之惊，都邑之盛，士女昌逸，歌声舞节，祛服华妆。桃花渌水之间，秋月春风之下，无往非适。

这种景象，像极了《武林旧事》《东京梦华录》中对北宋的深情怀念。

太平日久，人物繁阜。垂髫之童，但习鼓舞；班白之老，不识干戈。时节相次，各有观赏。灯宵月夕，雪际花时，乞巧登高，教池游苑。举目则青楼画阁，绣户珠帘。雕车竞驻于天街，宝马争驰于御路，金翠耀目，罗绮飘香。新声巧笑于柳陌花衢，按管调弦于茶坊酒肆。八荒争凑，万国咸通。集四海之珍奇，皆归市易；会寰区之异味，悉在庖厨。花光满路，何限春游；箫鼓喧空，几家夜宴。伎巧则惊人耳目，侈奢则长人精神。瞻天表则元夕教池，拜郊孟享。频观公主下降，皇子纳妃。修造则创建明堂，冶铸则立成鼎鼐。仆数十年烂赏叠游，莫知厌足。

从宋孟元老《东京梦华录》的序中史学家研究出，六朝时期的南京城是世界上第一个人口超过百万的城市，和古罗马城并称为"世界古典文明两大中心"。六朝古都，绝非浪得虚名。

六朝，这个给我们太多遗恨、怅惘、误解和想象的时代，值得静下心来看看它的真面目。

二、无限心事说"南朝"

关于南北朝发展的大体脉络，上文已讲述。有学者总结，唐宋元明清五个朝代，研究南北朝的史学成果甚少，主要是因为当时人的见识不足以全面深刻理解南北朝的价值，或者说缺少历史眼光。

这段历史太复杂，多个政权、更多个帝王与豪强，你方唱罢我登场，让人眼花缭乱。这段历史又太憋屈，五胡乱华，中原板荡，血雨腥风间，史籍上飘荡的多是汉人的呜咽悲鸣。

一段纷纭莫测的时代，无数冤魂和闺怨凝铸的历史，竟然被后人轻轻带过（只有《资治通鉴》认认真真地一年年捋过乱愁如麻的事件），大家也许记住了书成换白鹅的故事，记住了谢灵运的山水，此外竟无太多印象——不能不让人百味杂陈。从学术的视角来看，南北朝可以研究的东西太多，社会、政治、军事、文化、美学、信仰、哲学（玄学、佛学、儒学）、权力、科举、士族，包括在今天看来极其重要的中华民族意识的形成等，不深入了解南北朝，就不可能得到让人信服的答案。

当然，被后人有意无意地省略这段历史极为复杂曲折，并非全然没有好处，比如，凡有励精图治之心的能臣志士，无不将南朝作为镜子，或者警示牌，借以砥砺。涉及国家大义之事时，南朝就成了一个巨大的"他者"，展示意识形态的强大威力，这对于民族、家国之类宏大问题的理解，无疑是有正面积极意义的。王夫之《读通鉴论》认为整个南朝只有刘宋略有汉之传统，这颇能代表主流史观。

除了意识形态层面的形象，诗意的或者情感层面的六朝形象更能拨动后人心弦。因为除了作为历史的南朝，作为文学形象的南朝或许更有影响力。在这个历史时期，山水诗得到巨大发展，甚至直接奠定了中国山水诗的基调，声律也大体建立起来，直接促成唐诗高峰的到来。乐府民歌空前勃发，佳作琳琅满目，骈文、小赋杰构频出，小说尤其是笔记体小说一出道即达巅峰。

即使有如此众多的耀眼成就，南朝作为一个文学层面的专有名词，依然让人感觉毁誉参半，百味杂陈。

苏绰，字令绰，是北朝文人中明确反对南朝艳丽文风、提倡质朴尚理的重要代表人物，他关于革除南方"华靡""轻薄"文风的见解，从《周书·柳庆传》的记载中可以看得很清楚。大统十年，柳庆任尚书都兵郎中，并领记室，当时北雍州献白鹿，群臣新贺。苏绰曾对柳庆说："近代以来，文章华靡。逮于江左，弥复轻薄。洛阳后进，祖述不已。相公（指宇文泰）柄人轨物，君职典文房，宜制此表，以革前弊。"柳庆"操笔立成，辞兼文质"，苏绰读后，倍加赞赏，并说："枳橘犹自可移，况才子也！"由此不仅可见苏绰的主张是秉承宇文泰的，而且对北朝一些文人崇拜、学习、模仿南朝文学十分不满。他在《六条诏书》中提倡"朴素"的"淳风"，主张"克捐厥华，即厥实，背厥伪，崇厥诚"，抨击北魏"承乎周之末流，接秦汉遗弊，袭魏晋之华诞，五代浇风，因而未革"，所以鼓吹复古，模仿经典。

北朝文人认为，南北地理环境不同，北朝应当有和南朝不同的文学风格。邢邵《萧仁祖集序》中说："昔潘陆齐轨，不袭建安之风，颜谢同声，遂革太元之气。自汉逮晋，情赏犹自不谐；江北江南，意制本应相诡。"这正说明北朝文人也在自觉地创造与南朝不同的文学风貌，只是由于北朝文人整体才华确实不及南朝，文学创作的成就不高。北朝之人虽有不少羡慕南朝华艳文学，学习南朝文人声律、对偶、用典方面的技巧，许多有代表性得北朝文人仍有不同于南朝的审美趣味与艺术追求。比如在用典方面主张要用得使人看不出，好像自己"胸臆语"一般。《颜氏家训·文章》篇中曾记载："邢子才常曰：沈侯（沈约）文章，用事不使人觉，若胸臆语也。深以此服之，祖孝徵亦尝谓吾曰："沈诗云'崖倾护石髓'，此岂似用事邪？"又说："王籍《入若耶溪》诗云'蝉噪林逾静，鸟鸣山更幽'，江南以为文外断绝，物无异议……范阳卢询祖，邺下才俊，乃言：'此不成语，何事于能？'魏收亦然其论。"又说："兰陵萧悫，梁室上黄侯之子，工于篇什，尝有《秋诗》云：'芙蓉露下落，杨柳月中疏。'时人未之赏也。吾爱其萧散，宛然在目。颍川荀仲举、琅琊诸葛汉，亦以为尔。而卢思道之徒，雅所不惬。"这些足可说明北朝一些有代表性的文人并不十分喜欢南朝纤巧秀丽的文学。

到了唐代，唐诗从六朝中吸收养分极多，但真正推重六朝的诗人却寥寥无几。李谔《上隋高祖革文华书》言："降及后代，风教渐落。魏之三祖，更尚文词，忽君人之大道，好雕虫之小艺，下之从上，有同影响；竞骋文华，遂成风俗。江左齐梁，其弊弥甚，贵贱贤愚，唯务吟咏。遂复遗理存异，寻虚逐微，竞一韵之奇，争一字之巧。连篇累牍，不出月露之形；积案盈箱，唯是风云之状。"李谔认为一切文章，都应该以教化为主，因此抒情的文学就等同诔铭，需要褒德序贤，明勋证理。王通《中说·事君篇》则把六朝诗人骂了个遍，说谢灵运、沈约是小人，谢庄、王融是纤人，徐陵、庾信是夸人，谢朓是浅人。

《隋书·经籍志》集部总论说："爰逮晋氏，见称潘陆，并黼藻相辉，宫商间起。清辞润乎金石，精义薄乎云天。永嘉已后，玄风既扇，辞多平淡，文寡风力。降及江东，不胜其弊。宋齐之世，下逮梁初，灵运高致之奇，延年错综之美，谢玄晖之藻丽，沈休文之富溢，辉焕斌蔚，辞义可观。"魏徵对文学发展历史的评述，可能参考了沈约的《宋书·谢灵运传》及钟嵘《诗品》的见解。沈约在论及《楚辞》及汉赋时曾说："周室既衰，风流弥著。屈平、宋玉导清源于前，贾谊、相如振芳尘于后，英辞润金石，高义薄云天。"又说："若夫平子艳发，文以情变，绝唱高踪，久无嗣响。"又论西晋文学说，"降及元康，潘陆特秀，律异班贾，体变曹王，缛旨星稠，繁文绮合，缀平台之逸响，采南皮之高韵"，"爰逮宋氏，颜谢腾声，灵运之兴会标举，延年之体裁明密，并是方轨前秀，垂范后昆"。钟嵘在《诗品序》中曾说："陆机为太康之英，安仁、景阳为辅；谢客为元嘉之雄，颜延之为辅。"魏徵对齐梁文学的评价，是沈约观点的延伸。他在《文学传序》中说："暨永明、天监之际，太和、天保之间，洛阳江左，文雅尤盛。于时作者，济阳江淹、吴郡沈约、乐安任昉、济阴温子升、河间邢子才、钜鹿魏伯起等，并学穷书圃，思极人文。缛彩郁于云霞，逸响振于金石，英华秀发，波澜浩荡，笔有余力，词无竭源。方诸张、蔡、曹、王，亦各一时之选也。闻其风者，声驰景慕。"陈子昂认为"齐梁间诗，彩丽竞繁，而兴寄都绝"，这是弃之于地的节奏。白居易《与元九书》认为康乐溺于山水，渊明放于田园，江、鲍更是如此，梁陈之际，全是"嘲风月，弄花草"的作品。

往下的宋元明清，对六朝的整体评价和唐朝没有太大出入。真正想感受后世对南朝的印象或想象，更好的途径是诗文。

本书不嫌冗赘，略列一些如下：

内史旧山空日暮，南朝古木向人秋。

唐刘长卿《将赴岭外，留题萧寺远公院》

惆怅南朝事，长江独至今。

唐刘长卿《秋日登吴公台上寺远眺》

东晋王家在此溪，南朝树色隔窗低。

唐顾况《题琅邪上方》

北人听罢泪将落，南朝曲中怨更多。

唐韦应物《野次听元昌奏横吹》

西塞波涛阔，南朝寺舍空。

唐窦常《晚次方山精舍却寄张荐员外》

共访青山寺，曾隐南朝人。

唐窦群《同王晦伯朱遐景宿慧山寺》

荆州本自重弥天，南朝塔庙犹依然。

唐刘禹锡《送僧仲剬东游兼寄呈灵澈上人》

南朝词臣北朝客，归来唯见秦淮碧。

唐刘禹锡《金陵五题·江令宅》

重入石头城下寺，南朝杉老未干燋。

唐贾岛《送崔约秀才》

身没南朝宅已荒，邑人犹赏旧风光。

唐许浑《游江令旧宅》

白首南朝女，愁听异域歌。

唐皇甫松《怨回纥》

南朝秋色满，君去意如何。

唐周贺《送康绍归建业》

犹有南朝旧碑在，耻将兴废问休公。

唐温庭筠《开圣寺》

南朝漫自称流品，宫体何曾为杏花。

唐温庭筠《春日雨》

南朝天子爱风流，尽守江山不到头。

唐李山甫《上元怀古二首》

南朝唯有长江水，依旧门前作逝波。

唐陈宫妃嫔《与颜濬冥会诗》

南朝三十六英雄，角逐兴亡尽此中。

唐韦庄《上元县》

漫道南朝足流品，由来叔宝不宜多。

唐司空图《白菊杂书四首》

欲款南朝寺，同登北郭船。

宋苏轼《同王胜之游蒋山》

南朝旧事一芜城，故国飘零百感生。

清谈迁《广陵》

金粉南朝是旧游，徐妃半面足风流。

现代陈寅恪《南朝》

北地小儿贪逸乐，南朝天子爱风流。

郁达夫《过岳坟有感时事》

从唐到今，诗人之眼举目四望，看到的唯有六朝空空如也的寺庙，和无边荒木，或许在细雨中，或许在残阳下，昏鸦阵阵，冷风呼号。消失了王谢华堂，也隐没了多情燕子。

以下几首作品，都是脍炙人口的佳作：

烟笼寒水月笼沙，夜泊秦淮近酒家。

商女不知亡国恨，隔江犹唱后庭花。

唐杜牧《泊秦淮》

江雨霏霏江草齐，六朝如梦鸟空啼。

无情最是台城柳，依旧烟笼十里堤。

唐韦庄《台城》

谁谓伤心画不成，画人心逐世人情。

君看六幅南朝事，老木寒云满故城。

韦庄《金陵图》

南朝千古伤心事，犹唱后庭花。旧时王谢、堂前燕子，飞向谁家。　　恍然一梦，仙肌胜雪，宫鬓堆鸦。江州司马，青衫泪湿，同是天涯。

宋吴激《人月圆·南朝千古伤心事》

登临送目，正故国晚秋，天气初肃。千里澄江似练，翠峰如簇。归帆去棹残阳里，背西风，酒旗斜矗。彩舟云淡，星河鹭起，画图难足。　　念往昔，繁华竞逐，叹门外楼头，悲恨相续。千古凭高对此，谩嗟荣辱。六朝旧事随流水，但寒烟衰草凝绿。至今商女，时时犹唱，后庭遗曲。

宋王安石《桂枝香·金陵怀古》

是啊，纷纷扰扰、刀光剑影的南朝，在诗人们的眉间心上，是千古伤心事，燕子飞去，寒烟衰草，真的还有隔江商女，琵琶弦上的《后庭花》声声入耳，如此真切，又如此虚远。

"南朝四百八十寺，多少楼台烟雨中"，伤心毕竟难以刻画。不信，去看看那连天烟雨中，多少南朝寺庙，或许荒芜，或许仍有香火萦绕。但不管怎样，那些英雄或枭雄，士人或文人，汉人或蛮人，毕竟都已融入历史的尘埃，只剩下南朝一个萧瑟而绮丽的身影，在历史的残阳下，拖着长长的影子。

白头灯影凉宵里，一局残棋见六朝。对于一言难尽的六朝，我们仿佛是旁观者，又仿佛是那个对弈者，只是一局残棋，叫后人如何是好？

三、山水诗的发轫与发展

被后世的人，尤其是后世最伟大的诗人神往是怎样的体验？

蓬莱文章建安骨，中间小谢又清发。（李白）

解道澄江静如练，令人长忆谢玄晖。（李白）

他日相思一梦君，应得"池塘生春草"。（李白）

庾信文章老更成，凌云健笔意纵横。（杜甫）

孰知二谢将能事，颇学阴何苦用心。（杜甫）

这是盛唐大诗人对六朝诗人的敬意。何以六朝诗人能够让诗仙、诗圣频频致意——关键在山水诗。

　　是的，山水诗的顶峰也在盛唐，王维、孟浩然如得道老狐，绝非常人可比。但如没有六朝山水诗，唐代诗人或许还要揣摩多久，这是无法假设的。不用假设的是，即使和盛唐相比，六朝山水诗依然有其独特的妙处，恰如奇花初胎、早春气息，和花团锦簇时节，各有风味。不是有"酒喝微醺，花看半开"的说法吗？那南朝诗歌，就有半开的妙处。

　　山水诗史怎么发展起来的？为什么南北朝是极为重要的环节？

　　纵观诗史，曹操的《观沧海》可以算作第一篇完整的山水诗。或许有人会问：《楚辞》里不是有非常美的景物描写吗？比如"洞庭波兮木叶下"，妙绝千古，怎么不是山水诗？这得从山水诗的旨趣和本质说起。

　　对于外在景物的描写，其实还可以往前推，比如古谣谚，起码《诗经》里就有不少。《诗经》里当然有绝妙的写景状物，比如"昔我往矣，杨柳依依。今我来思，雨雪霏霏"，但绝大多数的描写，是为了赋比兴，也就是从眼前物写到所思之事。"楚辞"大体也是这种情况，"善鸟香草，以配忠贞。恶禽臭物，以比谗佞"。山、水作为名词很早就出现了，《诗经》《楚辞》中可谓多见。学者统计《诗经》里出现山六十六次，水三十次，和山、水相关的丘、岩、泽、流等，更不胜枚举。但"山水"连用，还得到六朝。文献记载，"山水"一词连用，出现在《三国志·贾诩传》："吴蜀虽蕞尔小国，依阻山水。"这里的"山水"，和山水诗、山水画的山水不同义。"山水"真正出现在诗里的是"山水有清音"（左思）和"山水含清辉"（谢灵运），所以，哪怕是孔夫子带着一帮弟子"浴于沂，风乎舞雩，咏而归"，表达的也不是山水游乐，而是仁者乐（yào）山，智者乐（yào）水。儒家更多关注的是社会和自我，而非山水逍遥。王国维在《屈子文学之精神》中说："人类之兴味，实先人生，而后自然。故纯粹之模山范水、流连光景之作，自建安前，殆未之见。"先人生而后自然，先现实而后浪漫。

但是，山水毕竟是客观存在的，古代流行一种消遣为"游猎"。游猎之风，在《诗经》中生动可见。《诗经·郑风·大叔于田》云："叔于田，乘乘马。执辔如组，两骖如舞。"《穆天子传》里的周穆王，是最早驾着房车游玩的，珠泽、流水、春山、玄池……汉武帝游走的地方就更具体而广阔了，六次泰山封禅，东至大海，西到崆峒，南至长江，北至朔方。很难说这种悠游、田猎会让古人完全置山水于不顾，山水没有作为审美对象走入人的视野。

公宴诗以汉魏之际曹氏父子为首的邺下文士集团的创作为主，在某种意义上也是游猎内容在诗歌中的新发展，不过是空间换到园林，猎马换成酒杯。这些人才思敏捷，"人人自谓握灵蛇之珠，家家自谓抱荆山之玉"，邺下文士以丕、植兄弟为首形成贵游集团，"白日既匿，继以朗月，同乘并载，以游后园"。且看曹植的《公宴》：

> 公子敬爱客，终宴不知疲。
> 清夜游西园，飞盖相追随。
> 明月澄清景，列宿正参差。
> 秋兰被长坂，朱华冒绿池。
> 潜鱼跃清波，好鸟鸣高枝。
> 神飚接丹毂，轻辇随风移。
> 飘飖放志意，千秋长若斯。

这首诗的风景描写，已经相当成熟，可以说直接开启大小谢的时代。

魏晋之际出现不少招隐和游仙诗，里面已经有甚多风景，或者说山水描写，但还不能称作真正的山水诗。那什么才是真正的山水诗？山水诗要表现的核心在于山水，表达的情感也基于山水，或者就是纯粹的山水之幽情。如果只作为点缀，就不能称为山水诗。

东晋张华、陆机等人都有《招隐》诗，不过吊诡的是，招隐诗本来要召唤山中隐士入世，结果因为所写山中风景极佳，让人有了出世之想。下面来看左思的《招隐》诗：

> 杖策招隐士，荒涂横古今。
>
> 岩穴无结构，丘中有鸣琴。
>
> 白云停阴冈，丹葩曜阳林。
>
> 石泉漱琼瑶，纤鳞或浮沉。
>
> 非必丝与竹，山水有清音。
>
> 何事待啸歌？灌木自悲吟。
>
> 秋菊兼糇粮，幽兰间重襟。
>
> 踌躇足力烦，聊欲投吾簪。

左思的这首名诗，虽名为"招隐"，却是山水诗无疑了。

山水诗在晋以后得到突飞猛进的发展，和魏晋人觉醒的山水意识有密不可分的关系。《世说新语·言语第二》中有不少记载：

王司州至吴兴印渚中看，叹曰："非惟使人情开涤，亦觉日月清朗。"

顾长康从会稽还，人问山川之美，顾云："千岩竞秀，万壑争流，草木蒙笼其上，若云兴霞蔚。"

（王子敬）从山阴道上行，山川自相映发，使人应接不暇。若秋冬之际，尤难为怀。

甚至连评价人都如此浪漫而美好。"肃肃如松下风，高而徐引""岩岩若孤松之独立""傀俄若玉山之将崩"。

这是《世说新语》中让人无限神往的片段，生动体现魏晋人对山水自然的一往情深，故而有"情之所钟，正在我辈"之说。宗白华说"晋人向外发现了自然，向内发现了自己的深情"，最得神理。

魏晋人的山水意识空前勃发，加上晋人南渡，士大夫阶层有了更多机会和可能痛快淋漓地置身于山水中。南渡之后，很多世家大族拥有大量庄园，游乐之风遂炙。摹写山水的成分逐渐增多，玄言的成分减少。据司马相《越郡志略》载："晋迁江左，中原衣冠之盛萃于越，为六州文物之薮，高人文士，云合景从。"士大夫们经常在寂静的山水间聚会，畅谈情怀，陶冶性情。"山行穷登顿，水涉尽回沿"，他们完全陶醉迷恋在山水中。这些人有富裕的物质条件、闲暇的时间心情及较高的艺术修养，可以用非常优美的艺术形式来表现对山水的感受，山水诗就这样成为主要文学体式而大规模创作出来。

《晋书》里记载东晋隐士郭文"爱山水，尚嘉遁。年十三，每游山林，弥旬忘反。父母终，服毕，不娶，辞家游名山，历华阴之崖，以观石室之石函"；孙绰"居于会稽，游放山水，十有余年"。谢灵运《与庐陵王义真笺》中说"会境既丰山水，是以江左嘉遁，并多居之"，其《山居赋》中对自家庄园的描写，简直豪阔到超乎想象："其居也，左湖右江，往渚还汀。面山背阜，东阻西倾。抱含吸吐，款跨纡萦。绵联邪亘，侧直齐平。"飞泉汀洲，双流千籁，凡过眼处，让人感觉如千里江山图。六朝的皇帝多有游乐诗篇，从篇名即可见，如刘宋孝武帝《游覆舟山》、简文帝《玩汉水诗》、梁元帝《泛芜湖诗》，整个时代，从上至下，流行着悠游之风。

刘勰《文心雕龙·物色》云："山沓水匝，树杂云合。目既往还，心亦吐纳。"六朝诗人的心眼，已经和先秦完全不同，这里面其实已经包含中国山水画的至高境界——散点透视和物我交融。《文心雕龙·明诗》中说：

> 晋世群才，稍入轻绮。张潘左陆，比肩诗衢，采缛于正始，力柔于建安。或析文以为妙，或流靡以自妍，此其大略也。江左篇制，溺乎玄风，嗤笑徇务之志，崇盛忘机之谈，袁孙已下，虽各有雕采，而辞趣一揆，莫与争雄，所以景纯《仙篇》，挺拔而为隽矣。宋初文咏，体有因革。庄老告退，而山水方滋；俪采百字之偶，争价一句之奇，情必极貌以写物，辞必穷力而追新，此近世之所竞也。

这是关于六朝山水诗最著名的论断，至今依然激发很多笔墨官司。其关键就在于庄老（即玄学）到底退了还是未退。

余嘉锡在《世说新语笺疏》"文学第四""简文称许掾"条按语，论述甚为深刻，兹引证如下：

> 钟嵘《诗品》自序曰……观嵘之言，知在晋末玄风大畅之时，玄度与兴公之诗固一时之眉目也……观江文通所拟《自序》之篇，知其好用庄、老矣……寻钟嵘之所品评，可以知其故矣。夫诗人什篇，为情而造文。晋代诸公，乃谈玄以制诗。既欲张皇幽渺，自不免堕入理障。虽一时蔚成风尚，而沿袭日久，便无异土饭尘羹。及夫义熙之末，爰迄元嘉之间，庄老告退，而山水方滋，虚无之说，忘机之言，遂为谈艺者所不道。钟嵘评诗，虽录及孙、许，然特置之下品。

直到今天，这个问题依然聚讼纷纷，本书不做罗列。考诸诗篇，玄学并未完全退出，山水诗却真真切切取得巨大成就。最关键人物就是谢灵运。当时一个明显的变化是，游仙诗少了。游仙诗的式微和山水诗的成熟，其实是二而一的事情。游仙不可得，反倒在山水中获得真正的安慰，所以陶弘景才感慨山水实为"欲界之仙都"。

作为"千古隐逸诗人之宗"的陶渊明，是写意高手，其"采菊东篱下""日暮天无云"，都是信手拈来的句子一般，模山范水的句子很少，而到了谢灵运，极尽可能去写山水，这个传统是从大谢这里开始的。

谢灵运的诗歌中出现时间的变化，比如《登池上楼》里的名句"池塘生春草，园柳变鸣禽"，即敏锐捕捉到感人至深的生机。另外就是空间（或者说视野）的灵活变化，所以用"俯仰"的句子很多。小谢用了很多叠字，"秋河曙耿耿，寒渚夜苍苍"（《长恨歌》名句"迟迟钟鼓初长夜，耿耿星河欲曙天"即从此来）、"远树暖阡阡，生烟纷漠漠"，推动诗歌艺术探索。另外，更值得注意的是，谢朓的诗不再直接使用玄言概念，一切景语皆情语。

当时的其他诗人，比如何逊《入东径诸暨县下浙江作诗》，"日夕聊望远，山川空信美。归飞天际没，云雾江边起"，辽阔而飞动的空间意象，正如山水画大家，寥寥数笔，而浑然天成。

谢灵运和当时诗人有没有毛病？有！即"玄言的尾巴"，也就是在一首的结尾，总是自觉不自觉地显摆几个让人费解的玄学概念，大大破坏了整首诗的意境。清代的汪师韩还专门罗列清单，认为谢灵运拙劣拼凑的句子有五十余条。小谢更有"有句无篇"的毛病，也就是有很多让人惊艳惊叹的好句子，但整首诗都好的却不占多数。但山水意识和山水范式，在大小谢这里已经建立起来。

值得注意的是，除了道家和玄学，佛教对山水诗的影响也是不可忽略的。印度佛寺又称"阿兰若（rě）"，本义即寂静闲淡之地。佛教中的净土，极乐世界，本身也有现实世界的影子，有七妙宝池，周匝有宝树环绕，池中杂色莲花，让人赏心悦目。何况"天下名山僧占多"，深山古寺，本就是对山水之情的另类书写，自然能影响当时文人。佛道的互渗，是学界公认的事情。谢灵运与竺道生有交往，谢惠连的佛缘更深，《高僧传》即载有"弟子惠连"。

或许在那个高唱"山水有清音"的年代，人们并未意识到自己正在全身心实践的东西到底给中国艺术和诗歌带来怎样巨大的冲击，甚至当时著名的《文选》也未列"山水"之目，但这丝毫不影响山水诗在六朝的崛起。

跨越千年，清代叶燮在《原诗》中谈游览诗时言及山水问题道："游览诗切不可作应酬山水语。作诗者以此两种心法，默契神会，又须步步不可忘我是游山人，然后山水之性情气象、种种状貌、变态影响，皆从我目所见、耳所听、足所履而出，是谓之游览。且天地之生是山水也，其幽远奇险，天地亦不能自剖其妙；自有此人之耳目手足一历之，而山水之妙始泄。如此，方无愧乎游览，方无愧乎游览之诗。"

天地生发，山水绝妙，然须赖诗人之手，方能表现无穷之妙。写山水诗，须有山水游历，能入乎其中，又能超乎其外，以心去感触，既在游山，又不在游山，方能写出第一等山水诗。看上去玄奥吗？那是因为在一个上车睡觉到点拍照的时代，人已经丧失感受山水的能力，自然也无法进入"我看青山多妩媚，料青山见我应如是"物我两忘主客相融的审美境界。

四、宫体诗的口碑变迁

宫体诗被钉在诗史的耻辱柱上，是由来已久的事情，在现当代，则主要因为闻一多等学者的影响。闻一多发表《宫体诗的自赎》一文，对宫体诗下了斩钉截铁的审判："宫体诗即艳诗！"以闻一多的学术造诣和在社会上的影响力，这个论断影响深远，甚至在今天的学界围绕这个话题依然有不少论文出现。

历史记载，直接和宫体诗相关并且被频频征引的大体有以下几则：

梁简文帝在东宫，亦好篇什，清词巧制，止乎衽席之间，雕琢蔓藻，思极闺闱之内。后生好事，递相仿学，朝野纷纷，号为宫体。流宕不已，迄于丧亡，陈氏因之，未能全变。（《隋书》）

（徐摛）幼而好学，属文好为新变，不拘旧体，文体既别，春坊尽学之，"宫体"之号，自斯而起。（《梁书》）

（萧纲）雅好题诗，其序云：余七岁有诗癖，长而不倦。然伤于轻艳，当时号曰"宫体"。（《梁书》）

要言之，宫体诗就是在梁这样一个短命的朝廷，围绕着皇帝的一些诗人，创作了一些以宫廷、妇女、游乐为主题的诗，后来背上千古骂名。

到了齐永明年间，诗风依旧靡丽，"文士王融、谢朓、沈约文章始用四声，以为新变，至是转拘声韵，弥尚丽靡，复逾于往时"，这要归功于沈约等人对四声八病的探索。

事实上，萧纲最臭名昭著的诗篇《夜听妓》恐怕也和大众的期待颇不相符：

> 合欢蠲忿叶，萱草忘忧条。
> 何如明月夜，流风拂舞腰。
> 朱唇随吹尽，玉钏逐弦摇。
> 留宾惜残弄，负态动余娇。

即使怀着历史之同情来理解那些对宫体诗大加批判的审判者，我们依然无法理解这样的诗篇，怎样就如同那些对宫体诗大加批判的审判者说的，涉及肉欲、淫靡？！放诸整个诗歌发展史，魏晋玄言诗颇有"酷不入情"、玄奥生涩之弊，或游仙或谈玄，总觉得距离人间太远，反倒是这样的诗，让人读起来有人性的温暖。

《梁书·庾肩吾传》中提到，庾肩吾、徐摛、陆杲、刘尊，以及刘孝仪和刘孝威兄弟等，受梁太祖赏识，他们是宫体诗创作的主力军。事实上，这些人还真算不得荒淫放荡，相反，有人还在历史上留有清名。《梁书》上说刘孝仪"为人宽厚，内行尤笃"，陆杲"性婞直，无所忌惮。既而执法宪台，纠绳不避权幸"。简文帝本人更是"实有人君之懿"，偏爱陶渊明的诗，被贼臣侯景囚禁（最终被饿死）时作《幽絮题壁自序》说："有梁正士，兰陵萧纲。立身行己，终始若一。风雨如晦，鸡鸣不已。非欺暗室，岂沉三光？"如果真是满脑子淫荡，断然写不出这样的文字。萧纲等人的一些作品对盛唐诗人产生不小的影响。《梁书·徐摛传》中记载：春坊尽学徐摛"宫体"，"高祖闻之怒，召摛加让……"可以看出梁武帝其实对宫体诗的负面影响是有警觉的。

本来，宫体诗和陈后主没多大关联，但后来被骂得最厉害的却是陈后主，"商女不知亡国恨，隔江犹唱后庭花"。所以，诗歌比墓碑更有杀伤力，可以让一个地名千古流芳，也可以让一个人或一群人遗臭万年。

李延寿《南史》中记载陈后主的不着调：

（陈）后主每引宾客，对贵妃等游宴，则使诸贵人及女学士与狎客共赋新诗，互相赠答，采其尤艳丽者以为曲调，被以新声。选宫女有容色者以千百数，令习而歌之，分部迭进，持以相乐，其曲有《玉树后庭花》《临春乐》等。

齐梁陈宫体诗的出现，大概有四个要素——社会基础、社会风气、南朝民歌影响、声律的发展。一方面，元嘉之后，虽南北对峙，但南方相对安稳，社会承平日久，《宋书·良吏列传》写道"自此区宇宴安，方内无事，三十年间，氓庶蕃息，奉上供徭。止于岁赋，晨出暮归，自事而已……凡百户之乡，有市之邑，歌谣舞蹈，触处成群，盖宋世之极盛也"。颇给人盛世之感，于是表达闲情艳趣的东西就多起来。有时候，整个民俗风气的形成，并非真的全部由上层极少数人推动。葛洪在《抱朴子·疾谬篇》中曾记录东晋风俗，当时上层妇女积极参加社会活动，她们与男子一样在外抛头露面，达到"寻道褒谑""杯觞路酌""或宿于他门，或冒夜而反"的地步，这说明当时男女间关系相对比较自由奔放。这种风气在南朝民歌中也有所体现，这对于宫体诗表现情爱、女性主题有直接影响。梁武帝的《河中之水歌》《东飞伯劳歌》被当作民歌收入《玉台新咏》，两首《子夜歌》被郭茂倩收入《乐府诗集》，这也足以看出乐府民歌对宫体诗的影响。不过萧纲《诫当阳父大心书》也有名言"立身先须谨慎，文章且须放荡"，所以萧纲文学团体把立身和文章分得很清晰，这倒少了些"文以载道"的包袱。

当时人也曾深刻指出宫体诗乃至整个社会风气的问题。《颜氏家训·勉学篇》讲南朝贵族子弟有"娘娘腔"，比现在的"奶油小生"有过之而无不及。"熏衣，剃面，傅粉，施朱"，出则车舆，入则扶持，落得个"肤脆骨柔，不堪行步，体羸气弱，不耐寒暑"。宫体诗最大的问题是缺少英雄气，但不是没有人情味。很有历史幽默感的是，作乱犯上的侯景指斥梁武帝为政之失，说武帝"吐言止于轻薄，赋咏不出《桑中》"，道德谴责，声色俱厉。

隋代李谔有《上隋高祖革文华书》，对六朝诗大加鞭挞，认为都是舍本逐末的雕虫小技，"连篇累牍，不出月露之形；积案盈箱，唯是风云之状"。其后由隋入唐的王通更是把谢灵运、沈约、谢庄、王融等人骂了一通。陈子昂《与东方左史虬修竹篇序》认为汉魏风骨的优良传统，到晋宋就断了，齐梁间诗"彩丽竞繁，而兴寄都绝"。后来韩愈《荐士》骂"齐梁及陈隋，众作等蝉噪，搜春摘花卉，沿袭伤剽盗"。白居易《与元九书》骂"六义尽去，率不过嘲风雪、弄花草"，连骂声大体都是同样路数。

需指出，"宫体"这个称谓，本来只属于梁代以萧纲为中心创作的宫体诗，唐人根据"清词巧制，止乎衽席之间；雕琢蔓藻，思极闺闱之内"这一整体特征，扩大到以陈叔宝为中心的陈朝艳情宫体诗歌，"宫体"的外延也因之得到扩大，梁陈宫体于是出现。

《新唐书》中记载下李世民和虞世南因宫体诗而发生的日常小片段："帝尝作宫体诗，使赓和。世南曰：'圣作诚工，然体非雅正。上之所好，下必有甚者。臣恐此诗一传，天下风靡，不敢奉诏。'帝曰：'朕试卿耳。'"事后，李世民还或真或假地赏赐了虞世南。

魏徵在《隋书·文学传序》中云："梁自大同之后，雅道沦缺，渐乖典则，争驰新巧。简文、湘东，启其淫放，徐陵、庾信，分路扬镳。其意浅而繁，其文匿而彩，词尚轻险，情多哀思。格以延陵之听，盖亦亡国之音乎！"这是梁初唐统治阶层的代表性观点。

其实可以理解初唐文人乃至整个统治集团对宫体诗的态度，毕竟自古以来儒家追求的就是温柔敦厚中和之美的诗教观，何况，经过几百年战争离乱，好不容易真正实现天下一统，整个国家欣欣向荣，社会上有一种喷薄欲出的激情（参考本书第五章第一节），因此，宫体诗自然而然成为批判的对象。乌托邦意在否定，意识形态意在维护。盛唐自然是意识形态发挥作用，因为再没有比当时的盛世更好的乌托邦。魏徵、刘肃等人是从诗歌内容的角度界定宫体诗的，"清词巧制，止乎衽席之间；雕琢蔓藻，思极闺闱之内"，就是唐初史臣对萧纲的宫体诗的评语。

事实上，口头是一回事，行动却很诚实。盛唐诗人向齐梁诗歌学习借鉴的心态显而易见，李世民君臣多有模仿宫体诗的作品。盛唐诗歌的出神入化，除了继承声律这个艺术大杀器外，宫体诗的摹写技巧，对唐诗的内容和技法的进步或曰飞跃，都有不可忽视的价值。另外，以"宫词"和"春闺"为主题的诗歌的成熟，显然要感谢南朝诗人的努力，王昌龄和王建是这方面的大家，其师法齐梁，才取得这样的成绩。而且，实在不应该将萧纲等人和"艳诗"画上等号，认为这些人眼里真的全部都是淫荡。

　　试举几例：

　　送阵出黄云，洗兵逢骤雨。（南朝梁萧纲《陇西行》）
　　朝登剑阁云随马，夜渡巴江雨洗兵。（唐岑参《奉和杜相公发益州》）
　　嫖姚校尉初出征，贰师将军新筑营。（南朝梁萧纲《从军行》）
　　护羌校尉朝乘障，破虏将军夜渡辽。（唐王维《出塞》）
　　高旗出汉墉，悲笳动胡塞。（南朝梁萧纲《雁门太守行》）
　　征蓬出汉塞，归雁入胡天。（唐王维《使至塞上》）

　　到了晚唐，绮艳诗风再度泛滥，出现文人自编的香艳选集。韩偓《香奁集》序中自谓"遐思宫体，未敢称庚信工文；却谓《玉台》，何必倩徐陵作序"。

　　往后的朝代里，宫体诗并没有舆论扭转的迹象，只有少数几个明眼人看到宫体诗的价值。明代宋大樽《茗香诗论》说，"若简文宫体，直写妖淫"。清代沈德潜《古诗源》则认为，"惟以艳情为娱，失之温柔敦厚旨"，"虽工整，惜乎格调卑下"。但时代整体的批判不代表宫体诗没有粉丝，明末清初孙江就"仿徐孝穆《玉台》例录唐诗艳丽者为《缘情集》"。

有发展眼光的诗人，看到宫体诗的价值。比如沈德潜《古诗源序》，一方面批判宫体诗，另一方面称道其历史价值："诗至有唐为极盛，然诗之盛，非诗之源也……即齐、梁之绮靡，陈、隋之轻艳，风标品格未必不逊于唐，然缘此遂谓非唐诗所由出，将四海之水，非孟津以下所由注，有是理哉？"胡应麟《诗薮》也说："梁陈诸子，有大造于唐者也。何也，唐之首创也，以梁、陈启其端也。"高棅在《唐诗品汇》的"总叙"中说："贞观、永徽之时，虞、魏诸公，稍离旧习，王、杨、卢、骆，因加美丽……洎开元初，陈子昂古风雅正……"文学的发展是渐进的，不是突然发生的。这个观点是深入而细致的。

袁枚《小仓山房诗文集》盛赞宫体诗："艳诗'宫体'，自是诗家一格。"立足于诗歌发展史的角度，以系统的观念来看，这是相当有见地的。

现代学者郑振铎《插图本中国文学史》认为："萧氏这些诗人皇帝实在都是很可爱的。其文采风流，照耀一时，不徒其地位足为当时诗人们的领袖，即其天才，也足成为他们的主人。"

以今天的眼光来看，宫体诗的整体格调自然无法和魏晋风度、盛唐气象相比较。宫内风月，闺中光景，和朔北长风或者山林幽情相比，自然显得狭小一些。然而人生不只有远方，还有即心即目的日常，这些正是宫体诗擅长并以前所未有的表现能力带给诗史的成果。若硬要说缺憾，只能说宫体诗创作需要非普通人所能企及的富贵，哪怕是陶渊明这样的名士也很难。冲洗掉这些六朝金粉再看，宫体诗未必不是一个富有创建的流派。

第二节

六朝诗歌
阐释与传播

学界近年来渐渐辩证地看待宫体诗，故而没有为宫体诗"翻案"的必要。但想彻底清洗宫体诗的污名化，仅仅从理论入手会有隔靴搔痒之感。直接走近宫体诗的代表性文本，是揭示宫体诗本色的有效方式。宫体诗并非"满眼都是淫荡"，里面有很多温暖的场景，与其说是荒淫，不如说是迷恋这个花花世界。感觉这个世界有趣的人，眼里常常有惊喜和春光。

六朝诗坛，谢灵运名气最大，小谢次之，由于二人在山水诗方面的巨大贡献，本章一并论述。至于庾信等人，从形象传播的层面看，倒不如何逊更鲜活一些，何逊无庾信之大气，但多一分幽微，且带着淡淡的感伤，更容易撩拨后人心弦。

六朝文章，尤其是小赋、骈赋，是文坛的巨大收获，自成疆域。六朝赋中，尤其是结尾处，很多文句已经和诗无疑，整个赋作，带着浓郁的诗歌气质。除此外，《文心雕龙》作为一部用骈文写成的文学理论专著，除了体大虑周的系统性，其中的诗性成分也颇多。

一、六朝真有这么色情吗：说说六朝宫体诗

陈后主咏"玉树流光照后庭"，成了千古罪状，不仅其本人成为亡国之君的典型，也牵连到整个六朝，让我们怀疑那是一个色情狂密集、纵欲者迭出的时代。翻阅关于陈叔宝的史料，大体罪状还是荒淫。《陈书》如此记载陈叔宝："后主昔在储宫，早标令德，及南面继业，实允天人之望矣。至于礼乐刑政，咸遵故典，加以深弘六艺，广辟四门，是以待诏之徒，争趋金马，稽古之秀，云集石渠。且梯山航海，朝贡者往往岁至矣。"这里无意为之辩护，陈后主一改陈霸先的节俭之风，而好尚金玉，宠溺张丽华，结弄臣文人。兵戈临城，犹宴饮无度……

笔者读到丁耀亢这样一句话，"盖亡国之主，每多才艺；败家之子，每有聪明"，真正说到点子上了。才艺过高，情感过多，往往不能主政，无法治国。陈后主、李后主、宋徽宗，无不如此。历史充满荒诞和偶然，如果让他们生在富贵之家，而不是东宫之内并龙袍加身，他们大概率会成为流芳千古的文人、艺术家，而不是亡国之君。

陈后主诗写得非常好，留存近百首。从沈约推进格律以来，格律诗的发展是文学史上的一件大事，陈后主的诗几乎都合律。正是这一批文人的努力，让格律诗终于在唐代达到巅峰。笔者读研时，一位教授说，唐诗如果不好，实在太说不过去。你想想，前人都做了多少工作了。很有道理！

陈后主还是个音乐家，除了臭名昭著的《玉树后庭花》，《春江花月夜》的曲子也是他创作的，后来"孤篇压倒全唐"的张若虚的《春江花月夜》用的正是这个曲子（按：唐朝的诗都是可以入乐的，所以也叫"唐声诗"）。不仅能够隔江犹唱后庭花，也能唱凉州词、舞马词等。

陈后主被贴上"色情"的标签，和他创作的近一百首艳诗分不开。问题是，"艳"在古诗领域，最早指艳丽华美，到了清代（比如《红楼梦》里），艳才有风骚俗艳之意，所以在齐梁，艳并不是今天三级片、岛国动作片的那个艳。长期被诟病、被痛骂的是"宫体诗"，也是萧纲、陈后主、江总这些人写的诗。

为避免以偏概全，笔者翻阅诗集，但无论如何都找不到一直被骂得狗血淋头如何色情如何肉欲如何淫荡的宫体诗。李太白批评六朝诗"自从建安来，绮丽不足珍"，以太白的惊才飞逸，看不上细腻的宫体诗，情有可原，但如果把宫体诗全部归于纵欲、色情，不仅粗暴，甚至有辱斯文。我们不妨从作品中看看宫体诗到底是什么样的，以陈叔宝《玉树后庭花》为例：

> 丽宇芳林对高阁，新妆艳质本倾城。
>
> 映户凝娇乍不进，出帷含态笑相迎。
>
> 妖姬脸似花含露，玉树流光照后庭。

这是"臭名昭著"的后庭花，即使拿着道德的放大镜或显微镜看，哪里有色情、纵欲、淫荡？如果这个罪名坐实，今天的模特大赛该如何处置？

萧纲《咏内人昼眠》是这样的：

> 北窗聊就枕，南檐日未斜。
>
> 攀钩落绮障，插捩举琵琶。
>
> 梦笑开娇靥，眠鬟压落花。

篝文生玉腕，香汗浸红纱。

夫婿恒相伴，莫疑是倡家。

萧纲《和徐录事见内人作卧具》是这样的：

密房寒日晚，落照度窗边。

红帘遥不隔，轻帷半卷悬。

方知纤手制，讵减缝裳妍。

龙刀横膝上，画尺堕衣前。

熨斗金涂色，簪管白牙缠。

衣裁合欢银，文作鸳鸯连。

缝用双针缕，絮是八蚕绵。

香和丽丘蜜，麝吐中台烟。

已入琉璃帐，兼杂太华毡。

且共雕炉暖，非同团扇捐。

更恐从军别，空床徒自怜。

这两首是被文学史教科书点名批评的淫荡之作，笔者动用内心深处最原始的生命冲动，也没看出淫荡和色情。《咏内人昼眠》写的是正当午北窗下，内人午睡，梦里还带着笑，这不仅不色情，反倒非常生动，像油画一般的画面。对于肉体的描写也就"篝文生玉腕，香汗浸红纱"，如果这也能引起色情的联想，恐怕这联想能力比鲁迅先生批判的从手臂想到下三路更强悍。如果这是色情，你置杜甫"香雾云鬟湿，清辉玉臂寒"于何地？

《和徐录事见内人作卧具》同样如此，前面一个又一个意象接踵而来，密房、寒日、窗边、红帘、轻帷、龙刀、画尺、熨斗、簪管、琉璃帐、太华毡，这确实像极了西方写实主义油画作品，给人强烈的立体感，这是日常生活进入审美领域自然而然的歌咏。如果真要有所批评，恐怕也就是华美或金粉之气浓了点，缺了些自然浑朴。如果真要说有点荡思，恐怕就是结尾处"更恐从军别，空床徒自怜"，但是，空床难独守的征妇闺思，从魏晋到唐朝，一直是诗歌的主题之一。

好在后来学界有人认为宫体诗远不是刻板印象里的淫荡和色情，在诗歌发展史上是重要的一环，有不可忽视的价值。宫体诗的缺点在于摹写过于精工，缺少混茫蓬勃的元气，试看民歌的《子夜歌》和萧衍的《子夜歌》：

宿夕不梳头，丝发披两肩。婉转郎膝上，何处不可怜。

恃爱如欲进，含羞未肯前。朱口发艳歌，玉指弄娇弦。

民歌更泼辣更大胆，萧衍的诗则更宛转更纤丽。宫体诗缺少民间的生命力，正如有艺术家无法接受巧夺天工的江南园林，转而走向苍茫的西北高原，但江南园林的美依然在那里。

并且，看似弱点的地方，在另外一个意义上，却推动了中国诗歌乃至中国文学的发展。对于女性的描写，著名的有曹植《洛神赋》：

其形也，翩若惊鸿，婉若游龙。荣曜秋菊，华茂春松。仿佛兮若轻云之蔽月，飘摇兮若流风之回雪。远而望之，皎若太阳升朝霞；迫而察之，灼若芙蕖出渌波。秾纤得衷，修短合度。肩若削成，腰如约素。延颈秀项，皓质呈露。芳泽无加，铅华弗御。云髻峨峨，修眉联娟。丹唇外朗，皓齿内鲜，明眸善睐，靥辅承权。瑰姿艳逸，仪静体闲。柔情绰态，媚于语言。奇服旷世，骨像应图。披罗衣之璀粲兮，珥瑶碧之华琚。戴金翠之首饰，缀明珠以耀躯。践远游之文履，曳雾绡之轻裾。微幽兰之芳蔼兮，步踟蹰于山隅。

细读其文，仙风飘荡，但读者感受到的更多的是辞藻的华赡，而缺少女性真实、细腻之美的表现。宫体诗对女性的描写就非常生活化，在富雅的同时又很接地气。这种细腻摹写，直接启发了唐代诗人的创作，乃至宋元以后小说中对女性的描写。

二、《文心雕龙》：一部可以当文学作品、哲思集看的理论书

南北朝有四大奇书：《世说新语》《水经注》《洛阳伽蓝记》《文心雕龙》。《世说新语》是魏晋风度最生动的记录。看《水经注》，可以在无法忍受眼前的苟且却又无法远行之时，来一场精神的神游，并且不仅游时间，也游空间。行走在千年前的中华大地上，别有一番风味。《洛阳伽蓝记》是古代城市研究、佛学研究领域的重要典籍。但本书只说《文心雕龙》。

《文心雕龙》很牛吗？是的！有多牛？这么说吧，现在已经有了"《文心雕龙》学"，类似于专门研究《文选》的"《文选》学"，专门研究《红楼梦》的"红学"，由此可见《文心雕龙》的价值。

但《文心雕龙》不是文学作品，而是一部文学理论或者叫文学批

评的书。那为什么要谈它？《文心雕龙》非常独特，是用骈体文写的体系完善的巨制。不仅见解深刻，而且文辞优美，是培养古典文学语感，积累文学词汇，掌握史实典故，迅速找到古文学感觉的好书。比如下面这段话：

昔黄帝神灵，克膺鸿瑞，勒功乔岳，铸鼎荆山。大舜巡岳，显乎虞典。成康封禅，闻之乐纬。及齐桓之霸，爰窥王迹，夷吾谲谏，拒以怪物。故知玉牒金镂，专在帝皇也。

短短几句话，提到黄帝、舜帝、成王、康王、齐桓公、管仲等人物和事件，这是高度凝练的历史、文化史和文学史。短短一段话乃至于一句话，启发当今学者写出一篇又一篇论文。这是刘勰超乎常人的见识。

还有的则仿佛成了格言，具有真理性，比如：

登山则情满于山，观海则意溢于海。

操千曲而后晓声，观千剑而后识器

缀文者情动而辞发，观文者披文以入情。

虽有丝麻，无弃菅蒯。

繁华损枝，膏腴害骨。

自己弹奏一千首曲子，才能知晓音律。观看把玩一千把剑，才能懂得剑器。虽然你家里有了丝麻，但也不要把野草扔掉，因为野草有野草的价值，说不准什么时候就能用得上。野百合也有春天嘛。花开得太繁密，会损伤枝干；太多脂肪，会伤了骨头。这都是极其深刻的名句。引用一下，顿时显得自己文化品格大幅提升，比上什么闹哄哄的气质修养课有用百倍。

还有一些美不胜收的句子，比如：

寂然凝虑，思接千载；悄然动容，视通万里；吟咏之间，吐纳珠玉之声；眉睫之前，卷舒风云之色。

林籁结响，调如竽瑟；泉石激韵，和若球锽。故形立则章成矣，声发则文生矣。

妙极生知，睿哲惟宰。精理为文，秀气成采。鉴悬日月，辞富山海。百龄影徂，千载心在。

文之思也，其神远矣，故寂然凝虑，思接千载；悄焉动容，视通万里。吟咏之间，吐纳珠玉之声；眉睫之前，卷舒风云之色。

意授于思，言授于意，密则无际，疏则千里。

刘勰出过家，但全书贯通儒家思想，有文学发展的眼光，故而曰"文变染乎世情，兴废系乎时序"。

《文心雕龙》体大虑周，涉及体制论、创作论、作品论等比较专业的知识，本书不赘述。

对待《文心雕龙》最好的方法，就是买一本，打开读。持续读三个月，你会感觉，对古文的领悟，对传统文史的印象，产生脱胎换骨的变化。

三、大谢小谢：驴友祖师爷与李白的偶像

一语天然万古新。

作为诗人，一辈子写出一句"池塘生春草"就可以无憾了。但谢灵运写的诗远不止"池塘生春草"，还有很多清新得像出水芙蓉一样的佳句：

> 野旷沙岸净，天高秋月明。
>
> 白云抱幽石，绿筱媚清涟。
>
> 明月照积雪，朔风劲且哀。
>
> 近涧涓密石，远山映疏木。
>
> 残红被径隧，初绿杂浅深。

像"野旷沙岸净，天高秋月明"，放诸盛唐诸公，毫不逊色。

谢灵运是世家子弟，东晋名将谢玄之孙。作为驴友的祖师爷，经济实力远非一般人可比。永嘉山水，最得谢灵运之心。谢常常呼朋唤友，左仆右奴，浩浩荡荡，百来号人到山里游玩，惊动官府，以为是山贼，差点抓了。作为资深驴友，装备自不可少。谢灵运自己发明了登山神器——谢公屐。一种专门的登山鞋，甩阿迪、耐克 N 条街，其鞋跟可拆卸，上山时安在鞋子后端，下山时安在鞋子前端，这样不管上山下山都如履平地。当然穿再好的鞋子也有被困的时候。有一次爬山下不来，谢号啕大哭，还是县令带人将其解救下来。谢灵运是个美髯公，四十七岁被杀，行刑前把胡须捐给寺庙，用作寺中佛像胡须，直到唐代才被毁。

魏晋以来的山水之恋（何必丝与竹，山水有清音），在谢灵运这里被发挥到了极致，再后来恐怕只有"一生好入名山游"的李太白和明代"公安三袁"可追蹑其名。

谢灵运才名满天下，后世或以"陶谢"或以"颜谢"称之。陶即陶渊明；颜，即颜延之。

不过，谢灵运诗的毛病也不少。其写得出"一语天然万古新"，却做不到"豪华落尽见真淳"。魏晋玄学的惯性，一直到谢灵运这里还刹不住车。因此，谢灵运不少开篇不错的诗，往往在结尾留下玄学说教的尾巴，让人索然无味。看看他的《石壁精舍还湖中作》：

昏旦变气候，山水含清晖。

清晖能娱人，游子憺忘归。

出谷日尚早，入舟阳已微。

林壑敛暝色，云霞收夕霏。

芰荷迭映蔚，蒲稗相因依。

披拂趋南径，愉悦偃东扉。

虑澹物自轻，意惬理无违。

寄言摄生客，试用此道推。

谢诗体现了"情必极貌以写物，辞必穷力而追新"的时代特征，不过流转摹写却毫不生涩，是难得的佳作，洋溢着"初发芙蓉"的美感。诗人好像带着高清摄像头，并且是一个最高明的导游，他不啰唆，不絮叨，只在最关键的时候，稍微提醒一下。晨昏交叠，山水宜人。乐而忘倦的游客，一会儿出谷，一会儿泛舟，转眼间暝色四合。"林壑敛暝色，云霞收夕霏"，看似重复，但一写地上、山中，一写天上、空中，所以一近一远、一高一低，将黄昏由明转暗的过程描述得生动真切。然后给一个微距镜头，芰荷、蒲稗，在水上如何蓬勃生长。然后颇为类似"莫听竹林打叶声"，穿过林中路，闲卧东窗下。诗歌到这里完全可以结束，但就因为"玄言尾巴"难以根除，于是有了最后四句的赘疣，破坏了上述所有的努力。

类似狗尾续貂的名篇不少，比如柳宗元的《渔翁》，诗到"欸乃一声山水绿"就足以结束了，能给人无限遐想。

诗歌开头不易，结尾更难。同样，会开头的还有小谢——谢朓，安徽宣城人，诗坛称"谢宣城"。小谢虽在大谢之后，却深受李太白青睐。"蓬莱文章建安骨，中间小谢又清发"，能得诗仙如此评价，谢宣城也值了。谢朓是望族谢安家之后，妥妥的富五代，名重天下，后因宫廷斗争，冤死狱中，年仅三十六岁。

谢朓有首诗《观朝雨》，开篇大气磅礴，石破天惊："朔风吹飞雨，萧条江上来"，阔大气象，罕有其匹。但后半段"耳目暂无扰，怀古信悠哉。戢翼希骧首，乘流畏曝鳃。动息无兼遂，歧路多徘徊"，让人索然无味。倒不如只有这两句，像"满城风雨近重阳""微云淡河汉，疏雨滴梧桐"，也成千古佳话。

小谢清发，基本上剔除掉谢灵运唠唠叨叨的说教。再来看以几首：

远树暖阡阡，生烟纷漠漠。

鱼戏新荷动，鸟散余花落。《游东田》

结轸青郊路，迥瞰苍江流。

日华川上动，风光草际浮。《和徐都曹出新林渚》

辟馆临秋风，敞窗望寒旭。
风碎池中荷，霜剪江南菉。《治宅》

江路西南永，归流东北鹜。
天际识归舟，云中辨江树。《之宣城郡出新林浦向板桥诗》

余霞散成绮，澄江静如练。
喧鸟覆春洲，杂英满芳甸。《晚登三山还望京邑诗》

这都是读起来唇齿生香的佳作，直接启迪唐诗。
但笔者却对这首不很知名的《入朝曲》情有独钟。全诗如下：

> 江南佳丽地，金陵帝王州。
> 逶迤带绿水，迢递起朱楼。
> 飞甍夹驰道，垂杨荫御沟。
> 凝笳翼高盖，叠鼓送华辀。
> 献纳云台表，功名良可收。

在谈玄的谈玄，游玩的游玩之时，对都城的描写，谢朓此篇可谓珍稀。在一个不可能产生汉大赋的年代，能有一篇小诗为我们记录当时那个被传为脂粉气的六朝古都，竟也有如此生动感人的一面。脂粉气如迷障一样的金陵，有着与生俱来的王气。绿水蜿蜒，盘活城市的每个角落。朱楼林立，朱琉碧瓦，大道通衢，一派繁华。笳鼓铿锵，车轴云集。或许，只有谢朓这样的世家公子才能写出华丽大气的城市颂歌，抑或每一个能感受六朝繁华的人，都有这种发自内心的认同感？像极了很多个臭名昭著的时代或朝廷，比如五代十国中的西蜀、南唐，有多少人真心爱着这些地方，一往而深？但历史的刀枪，不会同情这些深情，不会善待这些篇章。

诗歌，经过小谢，就如朔风吹飞雨，直接洒落在大唐的疆土上，生根发芽，蔚为大观。

四、何逊而今渐老

认为六朝就是金粉弥漫，夜夜笙歌，到处是后庭花、宫体诗，这必然是误会和偏见。六朝民歌里有极为慷慨淋漓的作品，很多诗，无论是主题还是风格抑或文字特色，都和大众所想的六朝绮靡天差地别。

何逊是六朝诗人中的佼佼者，虽然和沈约、鲍照等人相比，他的知名度略有差距，但也算是排得上号的人物。老杜自言"颇学阴何苦用心"。阴，指同时代诗人阴铿；何，就是何逊。姜夔的词里有这样的句子"何逊而今渐老，都忘却，江南词笔"，看来，何逊的人设有点类似于"沈腰潘鬓"，多写离愁别绪，清苦缠绵。

何逊上溯三代都做官，但他出生时，家门已经趋于冷清。八岁能诗，弱冠州举秀才，官至尚书水部郎，但是仕途蹭蹬，一直不得意。其富有才学而一生不畅达，使得诗里缺少高昂的气息，没有魏晋风骨的英雄气，也缺少盛唐气象的浪漫。不过，在何逊留给后人的一百多首诗篇中，倒是看到一个真实而可敬的诗人。他没有谢朓的才华，缺少鲍照的耿介孤傲，但他白描而不事用典修饰的诗歌中，恰恰能很好地抒写内心的失意和落寞，且充满诗意。比如下面这首《临行与故游夜别》，此番诗意，沥沥淅淅，一直到唐诗宋词里，甚至到元杂剧和明清词里。

历稔共追随，一旦辞群匹。

复如东注水，未有西归日。

夜雨滴空阶，晓灯暗离室。

相悲各罢酒，何时同促膝？

六朝诗人背负着"宫体"艳诗的骂名，在炼字炼意方面取得空前突破，直接开启唐诗的理想国。"空梁落燕泥"式美不胜收的诗句，在南朝并非个别。

何逊这首诗写的是离别，为常见主题。然无一字有来处，明白如话，又缠绵优美，经久不息。

前两句说多年来相互追随，一朝分离。"一旦"不是当今汉语中"突然发生"的意思，大体是到了这一天或某一刻的意思。读诗词，不可胶着于字义的刻板解释。灵活而有弹性，诗读起来就活了。

"复如东注水，未有西归日"是比喻。杜牧的"浮生却似冰底水，日夜东流人不知"、鱼玄机的"忆君心似西江水，日夜东流无歇时"都给我们似曾相识的感觉，或许诗的感染总在潜移默化中。如果后人不是借鉴，而是偶然相似，就更像天地间的情感邂逅，所有的感动都是如此熟悉，如此相近。先辈们说"人同此心，心同此理"，康德说"共通感"，何以能同，何以能通，这岂非最美妙的造化？！

最妙在"夜雨滴空阶，晓灯暗离室"，是何逊让我们领略到，除了四百八十寺的霏霏烟雨，还有离愁别绪里的潇潇夜雨，这场雨携着无穷尽的诗意，滴到温庭筠这里——"梧桐树，三更雨，不道离情正苦。一叶叶，一声声，空阶滴到明"，滴到万俟咏这里——"梦难成，恨难平。

不道愁人不喜听，空阶滴到明"，滴到周紫芝这里——"梧桐叶上三更雨，叶叶声声是别离"。

老杜有名句"清夜沉沉动春酌，灯前细雨檐花落"。浪漫的古人给夜雨取了个浪漫的名字"檐花"，这种花绵绵不绝，但又稍纵即逝，比昙花一现更加短促，更加销魂。夜雨滴空阶，需要生活体验才能捕捉到那种无以复加的美。雨珠滴落在屋檐下，空空如也的石阶上，会有清脆而绵远的声音。再加上冷风如洗，让人无限寂寞，无限感伤。

"晓灯暗离室"，晓，是时间线索，听着这冷雨，喝着这残酒，说着凄楚或强扮欢颜的话，不知不觉间，天快亮了。可见离情是如何凄切。既然有灯，何来"暗"，不应该是"明"吗？一者，古代的如豆残灯和今天的 LED 灯是无法相比的，即使有灯，也是昏暗的。二者，"鸟鸣山更幽"，有了灯，更显出室内的暗，这个"暗"还可以是心理暗示。白居易有名句"耿耿残灯背壁影，萧萧暗雨打窗声"，耿耿，微亮之意，情景是何其相似。一个滴落在空空的台阶，一个敲打着幽暗的窗户。

还有一个"空"字值得玩味。空阶，本是容易理解的，冷雨潇潇的深夜，怎可能有人来访，自然是空空如也，是为空阶。那为何不能写"石阶"或"幽阶"？王勃《滕王阁序》结尾诗"阁中帝子今何在，槛外长江空自流"，用的也是"空"字，并且换成"水""独"等字均达不到空的意境。何以幽阶不如空阶？空，是无，是不在场，幽阶只能显示冷清，却难以表达人的不在场，或即将离场。一个"空"字，让此刻的把盏对饮、雨夜共话也变得有点恍惚，有点虚幻。

温庭筠《更漏子·玉炉香》："梧桐树，三更雨，不道离情正苦。一叶叶，一声声，空阶滴到明。"又是空阶，又是夜雨，并且是梧桐夜雨，真正让人觉得离情最苦。万俟咏的《长相思·雨》描写的也是类

一七八

似情景，类似心情："一声声，一更更。窗外芭蕉窗里灯，此时无限情。梦难成，恨难平。不道愁人不喜听，空阶滴到明。"其实不管人喜不喜听，夜雨都在敲打空阶，一如更漏，让别离进入倒计时。

离人尚未走远，离情已经难堪，浅浅的酒杯毕竟承载不了这么沉重的离愁别绪，最终不得不停下酒杯，停下畅饮或痛饮，开始说一些看似俗套却最真挚的话：此地一别，何时才能再聚再叙呢？此时此刻，或许雨声已经压倒或替代了别离前的低语，就任由这雨沥沥渐渐，潇潇落落，一直到夜尽天明，到征辔轻启，到水阔山长。

五、六朝文章晚唐诗

有句话说：六朝文章晚唐诗。

何以故？莫非是一种怪癖？这让我想起郑板桥的诗《赞黄慎画》：

> 爱看古庙破苔痕，惯写荒崖乱树根。
>
> 画到精神飘没处，更无真相有真魂。

不画那些雕梁画栋、轻裘肥马，而画古庙荒崖，其实不是重口味，而是在破败处看到更多美，这种美是生生不息的生命力的另一种呈现。

我们还听说过：鸟之将死，其鸣也哀；人之将死，其言也善。其实未必等到死亡的一刻，是在愁苦困顿时而非青云直上时，是在一筹莫展时而不是春风得意时，是在门可罗雀时而非门庭若市时，我们才能说出更走心更富有深情的话来。姹紫嫣红很美，秋风萧瑟也美。六朝、晚唐，就是缺少乐观、积极、晴空万里的气韵，但在"满天风雨下西楼"的时代，一声声感慨，更激起历史的波澜，经久不息。

六朝文章，和宫体诗一样，也曾饱受批判，被认为是堆垛、雕琢、富赡的失败之作，尤其是六朝骈体文。

然而事实是，很多极富有人情味的文章出现在六朝。六朝骈文是"一代"文学的典型，以赋居多，粲然可观者有鲍照《芜城赋》《登大雷岸与妹书》，江淹《恨赋》《别赋》，庾信《哀江南赋》《小园赋》，都写得荡气回肠、美不胜收，尤其是庾信的《小园赋》：

一寸二寸之鱼，三竿两竿之竹。云气荫于丛蓍，金精养于秋菊。枣酸梨酢，桃榹李薁。落叶半床，狂花满屋。名为野人之家，是谓愚公之谷。试偃息于茂林，乃久美于抽簪。虽有门而长闭，实无水而恒沉。三春负锄相识，五月披裘见寻。问葛洪之药性，访京房之卜林。草无忘忧之意，花无长乐之心。鸟何事而逐酒？鱼何情而听琴？

《小园赋》抒写的是"余有数亩弊庐，寂寞人外"的情怀。在宫体之外，别有一份野逸、自适。有人说庭院是中国人亘古以来的信仰，那这篇《小园赋》无疑是关于庭院、园林极优美的篇章，在笔者看来，仅后来的《黄冈竹楼记》和《项脊轩志》里的类似描写，有如此连绵美丽的情致。

泽葵依井，荒葛罥涂。坛罗虺蜮，阶斗麏鼯。木魅山鬼，野鼠城狐，风嗥雨啸，昏见晨趋。饥鹰厉吻，寒鸱吓雏。伏暴藏虎，乳血飧肤。崩榛塞路，崝嵘古馗。白杨早落，寒草前衰。棱棱霜气，蔌蔌风威。孤蓬自振，惊沙坐飞。灌莽杳而无际，丛薄纷其相依。

通池既已夷，峻隅又以颓。直视千里外，唯见起黄埃。凝思寂听，心伤已摧。

这是鲍照《芜城赋》里的片段，描写的是广陵城从繁华到凋敝，一派触目惊心的景象。一连串的摹写，讲荒芜之状，荒草纵横，狐兔出没，漫天寒霜，千里尘沙。虽是精致的骈体文，其笔力之雄、张力之盛，与《吊古战场文》不相上下。

黯然销魂者，唯别而已矣！况秦、吴兮绝国，复燕、赵兮千里。或春苔兮始生，乍秋风兮暂起。是以行子肠断，百感凄恻。风萧萧而异响，云漫漫而奇色。舟凝滞于水滨，车逶迟于山侧。棹容与而讵前，马寒鸣而不息。掩金觞而谁御，横玉柱而沾轼。居人愁卧，怳若有亡。日下壁而沉彩，月上轩而飞光。见红兰之受露，望青楸之离霜。巡层楹而空掩，抚锦幕而虚凉。知离梦之踯躅，意别魂之飞扬。

这是江淹名篇《别赋》。世间痛苦，莫过离别，而将离别之苦写到骨髓的，恐怕也只有江淹《别赋》。六朝虽有繁华，但朝代更迭、皇帝废立如同儿戏，给敏感的文人极大的不确定性和不安全感。这样气质忧郁、辞采华茂的赋，或者叫华丽丽的忧伤，也只能出现于绮丽而敏感的时代。开篇流转晓畅、如玉笛声声，在月明高城，响彻四野。调子起完，"故别虽一绪，事乃万族"，一句话提领下面各种别离的场景。其中如这段：

下有芍药之诗，佳人之歌，桑中卫女，上宫陈娥。春草碧色，春水渌波，送君南浦，伤如之何！至乃秋露如珠，秋月如珪，明月白露，光阴往来，与子之别，思心徘徊。

这是比诗还有表现力的文字。后来白居易《南浦别》名句"南浦凄凄别，西风袅袅秋。一看肠一断，好去莫回头"，直接来自该文。但仔细对比，能感觉到意境和气韵的差别。乐天《南浦别》当然是好诗，秋风萧瑟，南浦凄然，此时别离，最断人肠。但该诗弱在"一看肠一断"，显得过于浅陋，失去"含蓄"之致。而春草春水，秋露秋月，光阴荏苒，别离千愁，似白描，而更缠绵缱绻。

六朝小赋完全没有汉大赋的那种包举宇宙的气象，偏安的六朝也确实撑不起这样的气象。但是谁说大气磅礴才是王道，婉曲流转必然下流？

六、南来北往

前文曾论及丹纳的名著《艺术哲学》，提出影响艺术的三要素——种族、时代、环境。不同种族拥有不一样的眼光和趣味，甚至生理结构的不同也能影响审美标准。环境的不同，会对艺术产生巨大影响，比如，中国为农耕文明，西方为海洋文明，注定会有不同的性格、气质，中国人安土重迁、内敛平和，西方人则具有强烈的冒险精神。

唐初魏徵著史说了大体的意思："江左宫商发越，贵于清绮，河朔词义贞刚，重乎气质。"大意是，江南一带音律激越生动，整体上显得清雅绮丽；北方贞烈刚正，整体上更看重气度和质里。这放在今天形容南北差异，依然准确。俗话说一方水土养一方人，就是这个理儿。

南北朝并立，多有摩擦和战争，但也有很多对话与融合。南北融合，让文学中出现一些只有这个时代才有的东西。

北朝文学的复兴是从北魏孝文帝开始的，也就是我们熟知的迁都洛阳的那个少数民族皇帝。孝文帝迁都洛阳，加上自身喜好文学，一时之间文学出现小繁荣。其中有个诗人叫温子昇，官做得挺大，镇南将军、金紫光禄大夫、迁散骑常侍、中军大将军等，都是要缺。当时人认为有温子昇一个人，足以"陵颜轹谢，含任吐沈"，也就是分分钟把颜延之、谢灵运、任昉、沈约等南朝的大诗人给灭了（其实从当时把温子昇和南朝诗人做对比这件事来看，我们觉得历史还是非常有趣的，说明当时的北朝绝不是只知道打打杀杀，起码人家会看到南朝的高明之处，并努力竞争一下）。先来看温子昇《捣衣诗》：

> 长安城中秋夜长，佳人锦石捣流黄。
> 香杵纹砧知远近，传声递响何凄凉。
> 七夕长河烂，中秋明月光。
> 蟏蛸塞边逢候雁，鸳鸯楼上望天狼。

这确实是一等一的好诗，和南朝宫体诗的格调气韵不同，有唐人之风。结尾"鸳鸯楼上望天狼"，余音袅袅，很有情致。

温子昇后因政治斗争被诬陷而死于狱中，继续扛北朝大旗的有诗人邢绍和魏收。史书记载二人崇拜南朝任昉等诗人，可见北朝诗人学习南朝诗人之勤奋。北朝皇帝中也有善于文辞的，能写出一流的诗句，如北周明帝宇文毓的"霜潭渍晚菊，寒井落疏桐"，笔者一直觉得有《红楼梦》里史湘云、林黛玉"寒塘渡鹤影，冷月葬花魂"的感觉。

当时西魏还发生一件影响文坛风气的事，就是宇文泰的改革波及文坛。宇文泰认为南朝文风绮靡，非正统雅音，故而有苏绰模仿《尚书》

而写《大诰》，这类似于官方发文，整饬文坛。纵观整个北朝，也确实未出现南朝的文风。不过从南朝而来的几个重要文人，如颜之推、萧悫、王褒、庾信等，将南方丰富的诗歌实践带到北方，融合北方的特殊气质，创作出很多诗文名篇。

比如萧悫的"芙蓉露下落，杨柳月中疏"，清新生动，无南朝之丽，有盛唐之韵。王褒的《渡河北》这样写：

> 秋风吹木叶，还似洞庭波。
> 常山临代郡，亭障绕黄河。
> 心悲异方乐，肠断陇头歌。
> 薄暮临征马，失道北山阿。

这首诗有"初唐四杰"（甚至王维）诗的景象了。

当然，庾信在后人的心目中地位更崇高些，诗圣杜甫赞——"庾信文章老更成，凌云健笔意纵横。"能被诗圣夸到这种程度，庾信的文学成就可见一斑。庾信四十岁之前在南朝，后来北上，每每有家国之思，诗文风格大变。例如他的《寄王琳》：

> 玉关道路远，金陵信使疏。
> 独下千行泪，开君万里书。

类似主题在唐诗中多见，比如脍炙人口的"洛阳城里见秋风，欲作家书意万重。复恐匆匆说不尽，行人临发又开封"，在庾信这短短的二十个字里，看似全部白描，无非是说家国路远，书信寥寥，今天总算收到你的信，我打开的时候，忍不住泪流满面。

读诗，读到妙处，读到会心处，应该丢掉语法、句法和常规的理解。比如"独下千行泪"，在拆信之前，还是拆信之中，还是拆信之后？似乎只是细节，却会有翻江倒海的情感差异。在电影里，我们没少看到类似的镜头，往往是女主角一边读信，一边泪流满面。庾信这首诗还不合格律，落泪和开信，并非出于格律考虑而这样安排位置，而是将无穷情感融入一个小小的细节。

思乡是亘古的话题，除非到了现代后现代，人已经失去故乡。尤其是庾信这样，去国怀乡，其思更深，其情更切，何况关山难越，鱼雁罕至。今天突然有故人书信到，内容是什么已经不重要，重要的是竟然、果然还有人惦记着自己。这封信，应该经过故人反复摩挲、书写，再在邮差身上，几经风尘，方能从江南到达塞北，这不仅是收信的过程，简直是盛大的仪式。睹物思人，这一封满载征尘的信，像《追忆似水年华》里的小玛德莱娜点心，瞬间撕开情感的缺口，难以遏制，以至于泪落千行。到这时，信中写的什么已经不再重要，重要的是千山万水之外，依然有人念着自己。

如果先写开信，再落泪，情感的分量显然会大打折扣。这是诗人看似漫不经心之处的锤炼，是香象渡河般的修为。

岂知灞陵夜猎，犹是故时将军。咸阳布衣，非独思归王子。

庾信用一生经历写诗，而不是为诗而诗。或许正因如此，不管是诗还是《哀江南赋》等文章，都如此让人感动。

第五章　盛唐气象

　　"唐朝"至今仍是一个让国人自豪的字眼。开元盛世之际，长安城毂击人肩摩，万国来朝，人声鼎沸。九天阊阖开宫殿，万国衣冠拜冕旒。百千家似围棋局，十二街如种菜畦。朱雀街开阔宏大，慈恩寺肃穆赫然。胡姬酒肆门口又聚集了多少意气风发的少年，银鞍白马度春风，相逢意气为君饮。当时的唐王朝、当时的长安是天下人为之振奋并深情陶醉的所在。并且，李唐王朝不仅取得军事、经济、商业诸多方面的辉煌，上天也让蜿蜒而来的诗歌在一群唐朝天才诗人手中彻底成熟、彻底完美。会有一长串名字，初唐四杰、陈子昂、沈宋、王维、孟浩然、李白、杜甫、韩愈、白居易、刘禹锡、李贺、大历十才子、李商隐、杜牧……从此诗歌艺术在中国达到顶峰，那玲珑剔透慷慨奔放的格调气概，无时无刻不在浸润着中华文化的土壤，同时也浸润国人心田。

第一节 唐诗形象研究

　　唐诗为中华民族挣得"诗的国度"的美誉，拥有三百六十度无死角的美，文辞、格律、谋篇、气韵，无一不臻于极致。诗学研究大抵将唐诗分初盛中晚四个时期，各个时期各有千秋，但整体而言，盛唐无疑是顶峰中的顶峰。"盛唐气象"为后人提出，或者说是"效果历史"形成的，但很能概括唐诗的极致之美。唐诗名家灿若星辰，考诸整个诗史，依然以李杜、王孟等人为最。李白和杜甫以各自不同的气质和前无古人后无来者的诗歌成就，让后世频频致意。王维和孟浩然对山水诗、田园诗的发展做出巨大贡献，王孟之著名，不仅在于各自的创作成绩，也多少和山水、田园这样细分领域的诗体有关。这有点像营销学的定位理论，在某个细分领域里做到第一，公众更容易记住。面对无数唐代诗人，本章选取上述四人，系统考察他们的形象在后世如何流变、传播。

一、"盛唐气象"与唐诗形象的传播

　　在一些别有怀抱的伤心人看来，六朝文章晚唐诗是最耐品的。但是无论古今，论及唐代，最具代表性的是唐诗，并且须是盛唐诗，故而有"盛唐气象"一说。历史把"盛唐气象"的发明权交给南宋的严羽。

盛唐气象指的是一种雄浑悲壮的风貌，但这个悲壮不是哭哭啼啼，而
是大气磊落。雄浑何意？司空图《二十四诗品》中描述"雄浑"为：

> 大用外腓，真体内充。
>
> 返虚入浑，积健为雄。
>
> 具备万物，横绝太空。
>
> 荒荒油云，寥寥长风。
>
> 超以象外，得其环中。
>
> 持之匪强，来之无穷。

屠弱的朝代，不可能有这样积健为雄横绝太空的气概。在严羽看
来，"迎旦东风骑蹇驴"这样的句子，有点像出自白居易之手，绝不可
能是盛唐诸公的口吻。李泽厚认为，其实连杜甫的诗都不能称为盛唐
气象了。并且连盛唐人的悲壮，也透露着乐观的英雄气。我们在盛唐
边塞诗里很容易看到这一点。须留意，"盛唐气象"不只是指诗，包括
颜鲁公的书法，甚至唐三彩、青绿山水都流溢着充沛的盛唐气象，但
是对唐朝的整体想象，依然以唐诗为最。贞观初年，人口一千三百多
万，而到开元年间则达到五千多万，在农耕社会里，人口的爆发，是
经济和综合国力的直观体现。

唐诗重要到什么程度？在当时，它已经成为人立世的核心竞争
力。唐朝有个现象叫"行卷"，也就是准备科举考试的考生，拿着
自己平时写得不错的诗文找到当时的文宗大 V 或意见领袖，也就是
今天的 KOL，投递上去。如果能得到对方的赏识，考生就会拜为
老师，在接下来科考和行走江湖时都有好处，并且唐朝科举考诗对

诗歌的整体推进是有帮助的。诗歌写得好，自然就很吃香。否则以李白的家世，怎能够做到打马御街前，并能让贵妃捧砚、力士脱靴呢？有人质疑科举试诗，对诗歌而言到底是福音还是摧残。笔者觉得放眼今天的四六级、托福、雅思、GRE，还是能有直观判断的，考试没办法催生大师，但是对群体的英语水平还是有一定帮助的。何况还有钱起"曲终人不见，江上数峰青"这样在考场上如有神助的名篇。

在唐代，诗是极其重要的竞争力，尤其是在个人品牌传播方面。比如"诗佛"王维，《旧唐书》本传如此记载："以诗名盛于开元、天宝间，昆仲宦游两都，凡诸王驸马豪右贵势之门，无不拂席迎之，宁王、薛王待之如师友。"白居易去世后，唐宣宗李忱作诗《吊乐天》表情："童子解吟长恨曲，胡儿能唱琵琶篇。文章已满行人耳，一度思乡一怆然。"白诗的传播盛况更可谓空前，据他自己《与元九书》说："自长安抵江西，三四千里，凡乡校、佛寺、逆旅、行舟之中往往有题仆诗者，士庶、僧徒、孀妇、处女之口，每每有咏仆诗者。"摩诘和乐天的际遇，是诗的时代给诗人们的礼遇。

北宋李昉、徐铉修编《文苑英华》，王安石选录《唐百家诗》，南宋赵孟奎辑《分门纂类唐歌诗》，洪迈辑《万首唐人绝句》，这些是总集性质的书。此外，宋人整理杜甫、韩愈别集的风潮最盛，甚至出现千家注杜、五百家注韩的盛况，可见宋人对唐诗的热爱。当然，宋人了不起的地方在于，不仅接受和学习唐诗，而且在唐诗无与伦比的高峰笼罩下，依然能够开创一片别样的诗歌美学天地，这份本事是元明清无法比拟的。或者可以换个说法，整个宋代的文化素养是毋庸置疑的，无论是诗词，还是书画，抑或思想（理学）都可谓辉煌，但就这样天才辈出的年代，硬是出现别样之美的宋诗，不能不归于唐诗的过于完美。

只识弯弓射大雕的元朝，对唐诗也表现出足够的兴趣和敬意。元诗宗唐，是文学史研究者的共识，元明之际人瞿佑《题鼓吹续音后》有"举世宗唐"的概括。元人开始明确用"盛唐气象"评诗，胡炳文《与滕山癯》说："胸有五车，眼空四海。清音挥尘，犹余西晋之风流；健句惊人，何啻盛唐之气象。"

元代诗学界对唐诗的热衷与关注，从元代诗学著作中可以强烈感受到。元代有多种唐诗学著作，金元之际就有元好问的《唐诗鼓吹》，后有辛文房的《唐才子传》、杨士弘的《唐音》、戴表元的《唐诗含弘》、李存的《唐人五言排律选》、方回的《瀛奎律髓》等。元好问提出"以唐人为旨归"，赵秉文多师法李杜。方回选唐宋律诗，主张宗法杜甫，推崇盛唐。辛文房高举盛唐旗帜，认为杜甫的典重、李白的飘逸是"神圣之际"。不过具体品评时，辛似乎对晚唐又情有独钟。元后期，虽然流派颇多，但基本上还是宗唐。除了李杜，韦柳、元白、温李、郊岛等都有不少粉丝。比如刘辰翁为庐陵诗派的代表，其推崇李贺；杨维桢的铁崖体在元末也有相当的追随者，但不被后世看重，清代馆阁诸人就认为其是温庭筠、李贺的末流，并且和卢仝马异非常类似。

元明之际的谢应芳说"金龟换酒邀明月，玉尘论诗说盛唐"，这生动概括了易代之际盛唐诗受欢迎的状况。明初，出于意识形态需要，"鸣国家气韵之盛"，盛唐诗成为不二之选。不过整体而言，明代诗人虽然勤勉并认盛唐为正宗，但是其天分和能力，距离唐宋还是有很大距离的。明初闽派诗人领袖林鸿认为汉魏虽然骨气雄壮，但菁华不足，齐梁年间，务春华而少秋实，贞观年间犹有六朝弊病，到了开天年间声律大备，可以为后世楷模。明代高棅《唐诗品汇》明确倡导盛唐，这个选本对唐诗的继承起到一定的作用。诗坛领袖式人物胡应麟在《诗薮》中说："盛唐绝句，兴象玲珑，句意深婉，无工可见，无迹可寻。"与胡应麟同时代的谢榛在《四溟诗话》中说："韩退之称贾岛'鸟宿池边树，僧敲月下门'为佳句，未若'秋风吹渭水，落叶满长安'气象雄浑，大类盛唐。"这种把握，极为妥帖。前七子明确提出"文必秦汉，诗必盛唐"，这可以说是明代诗学的总体取向。当然，杨慎认为六朝和初唐价值独到，在今天看来，其观点颇有启发性。在杂剧和小说中，唐诗的影响也异常突出。比如《牡丹亭》，主人公柳梦梅和杜丽娘，各自的远祖竟然能追溯到柳宗元和杜甫。这种虚构和"巧合"与其说是攀龙附凤，倒不如说是后世对心仪诗人的别样致敬。

同为异族入主中原，清朝在诗学方面的成就远远超越元朝。甚至可以说，清代诗词是中国诗歌最后的光芒，有点意外，有很多惊喜。诗坛上的王渔洋、词坛上的纳兰性德，不仅为当时也为今人熟知。康熙对唐诗的推重，或者说他对唐诗的贡献，首先表现在他组织力量编纂了直到今天仍在发挥作用的《全唐诗》。当时主编姓曹名寅，读者朋友对此人或许稍觉陌生，但是他有个孙子，却大大有名：曹雪芹。从这里，我们似乎能理解《红楼梦》里那些美轮美奂的诗词，其实并非凭空而降。仅举一例。大家耳熟能详的情节"湘云醉眠，落花满身"，其实出自唐代诗人卢纶的《春词》："北苑罗裙带，尘衢锦绣鞋。醉眠芳树下，半被落花埋。""全唐诗"的命名，即可看出这个浩大工程的野心或抱负，那就是囊括全部的唐诗。虽然仍有沧海遗珠，但是直到今天，依然是学术界的重量级参考书。康熙还命人从《全唐诗》中再次筛选编成《御批唐诗》。康熙很喜欢唐太宗的诗，并有几首直接步韵的诗，或许这是帝王间的莫逆与默契吧。有清一代，诗学上各种理论学说颇为流行，格调说、肌理说、神韵说等各领风骚，但对盛唐，始终充满敬意。大才子纪昀在《瀛奎律髓汇评》中评陈子昂《送魏大从军》云"陈、隋雕华，渐成饾饤，其极也反而雄浑。盛唐雄浑，渐成肤廓，其极也一变而新美。"许学夷《诗源辨体》称盛唐诸公的律诗"形迹俱融，风神超迈"。

唐诗在明清民间市井，同样有足够的人缘。《红楼梦》中香菱学诗的情节，足可见大众对唐诗的接受，甚至达到了集体无意识的程度。

咸丰年间，《唐诗三百首》一刊印即风靡，直到今天，读它依然是人们叩问中国古诗的标准动作。当然，也在此时，康乾盛世渐渐沦为幻影，社会现实愈加严峻，反映在诗坛上，则是程恩泽、曾国藩等人承"宋诗派"以杜、韩、苏、黄为宗，融考证之学及经史诸子入诗，诗歌创作气象的确为之一变，但古典唐诗研究渐渐接近历史尾声。

今天，在全球语境里，中国也被称为"诗的国度"，这样的形象，得益于登峰造极的唐诗艺术。它将音律推向极致，但你不觉得刻板；它将技巧推向极致，但你不觉得做作；它将气韵推向极致，但你不觉得违和。它名家辈出，从九五之尊的帝王到穷困潦倒的书生，从宫廷到大漠，从盛世到末世，都有金声玉振、情辞绝佳的诗句，作为一个时代的回声和无数心灵的外化，给后人美的享受，经久不息。

二、诗仙、诗圣形象与传播

李杜文章在，光焰万丈长。

李白生得浪漫，据说长庚入梦，也就是太白金星入李白母亲的梦中，旋生李白，故名"白"，字"太白"。捉月而死，连死都如此浪漫。"一醉累月轻王侯"的气骨，深深折服后人。

史书给了李白无比的尊荣。李阳冰《草堂集序》说玄宗"征就金马，降辇步迎，如见绮皓。以七宝床赐食，御手调羹以饭之……置于金銮殿，出入翰林中，问以国政，潜草诏诰"。

晚唐的大诗人皮日休也颇动声色地写诗《七爱诗·李翰林》描述："吾爱李太白，身是酒星魄。口吐天上文，迹作人间客。碟砢千丈林，澄澈万寻碧。醉中草乐府，十幅笔一息。召见承明庐，天子亲赐食。醉曾吐御床，傲几触天泽。"

人们对李白故事的演绎，以赵德麟《侯鲭录》和谢维新《合璧事类》里的两则小说为最，分录如下：

李白开元中谒宰相，封一板上，题曰"海上钓鳌客李白"。相问曰："先生临沧海，钓巨鳌，以何物为钓线？"白曰："以风浪逸其情，乾坤纵其志；以虹霓为丝，明月为钩。"又问："何以为饵？"曰："以天下无意气丈夫为饵。"时相悚然。

李白游华阴，县令开门方决事，白乘醉跨驴过门。宰怒，引至庭下："汝何人？辄敢无礼！"白乞供状，曰："无姓名，曾用龙巾拭吐，御于调羹，力士脱靴，贵妃捧砚，天子店前尚容走马，华阴县里不得骑驴！"

李白和杜甫交情颇深，二人互有诗句牵念对方。李杜并称，也应该是中国文学史上最强大的联名。虽然都是伟大的诗人，但二人在唐代受到的礼遇还是有较大差别的。

举一个例证：在唐朝，有唐人选唐诗的著作十一种，以《河岳英

灵集》《才调集》等最著名。入选诗篇最多的是李白，八十八首，四种
选本，相比之下，杜甫仅七首，一种选本。这多少反映出，杜甫在唐
代诗坛上的地位并未达到"圣"的至高境地。

刚经历过安史之乱的樊晃是第一个收集杜诗的人，戎昱则是大历
年间杜诗的唯一传人。到了晚唐，孟棨在《本事诗》中称："杜逢禄山
之难，流离陇蜀，毕陈于诗，推见至隐，殆无遗事，故当时号为'诗
史'。"这才算是"诗史"招牌的第一次亮相。唐宋时期，众多的笔记
小说、杂著载有李白故事，如唐五代时期的《松窗杂录》《酉阳杂俎》
《唐摭言》，宋代的《太平广记》《青琐高议》《侯鲭录》等。

但到了宋代，李杜的际遇发生反转。更多人推重杜甫而非李白，
一方面李白惊才飞逸，几乎不可学（天才只能仰望但无法模仿），而杜
甫诗歌律法谨严，虽登峰造极，但有迹可循。另一方面，宋代倡导儒
学，"乾坤一腐儒""穷年忧黎元"的杜甫，就成了最完美也最理想的
师法典范。王安石选编《四家诗》，李杜韩欧，把李白放在最后，在王
安石看来，李白诗中不离"妇人与酒"，人品不高。苏轼认为像韩愈的
《示儿篇》，皆为利禄事，而老杜都是圣贤事。苏轼对李杜表达了前所
未有的敬意，其《书黄子思诗集后》认为，"李太白、杜子美以英玮绝
世之姿，凌跨百代，古今诗人尽废"。苏辙认为杜甫富有好义之心，这
一点李白不及。黄庭坚认为杜甫的诗可以"与日月争光"。这些都是宋
代士人对杜甫的最高敬意。到了南宋，敖陶孙《臞翁诗评》认为杜工
部如周公制作，后世不能拟议。《蔡宽夫诗话》说："杜子美最为晚出，
三十年来学诗者，非子美不道，虽武夫女子皆知尊异之。"其实这更像
是宋代对杜甫的接受。

李白有词传世，但杜甫无一篇。奇特的是，宋词中竟然不时闪现

杜甫的身影。唐圭璋《全宋词》录一千五百位词人两万余首作品，明显与杜甫有关的词人约八十人，词两百余首，或者内容表现杜甫，或者化用杜甫诗句，均表现出对杜甫的思慕或同情。宋词里，不时传来茕茕的驴蹄声，那是杜甫消瘦、骑驴、好酒的身影。

宋代，李白的声望不如唐，到元代其受关注的程度则高于宋。大家关注的还是李白笑傲金銮殿的飘逸形象，这恰恰是元人整体缺乏的。卧必酒甕，行唯酒船，吟风咏月，席地幕天，其实都是文人内心渴望的主观建构。入元后，李白故事进入戏曲化时期，元代有六部关于李白题材的杂剧，其中三部亡佚，保存下来的三部是：马致远的《孟浩然踏雪寻梅》，写李白与孟浩然的交友；乔吉的《李太白匹配金钱记》，其中李白只是配角，形象并不鲜明；王伯成的《李太白贬夜郎》，堪称最早的李白戏。亡佚的杂剧作品有石君宝《柳眉儿金钱记》、无名氏《采石矶李白捉月》和郑光祖《李太白醉写秦月楼》。

隐逸是元代文人作品的共同主题，杜甫在元代的影响，和宋、明、清颇不相同，即在于多了隐逸的色彩。丁复诗《蜀江春晓》云"浣花诗客茅堂小，醉眼看春狎花鸟"，杜甫俨然成为悠然惬意的隐士。"宴赏东郊，杜甫游春，散诞逍遥"，"正是断人肠三月初，本待学煮海张生，生扭做游春杜甫"，皆透露出元人对于杜甫的形象建构，即悠然自在、洒脱超逸、散淡逍遥。这个"扭"字特别传神，换作今天的话就是——凹造型。

容易理解元代文人为何如此"曲解"杜甫。元代的政治氛围不言而喻，作为汉人文人，积极出仕的可能性很小，意愿也随之变弱，只能转而隐逸，或者在诗酒书画中寻求心灵慰藉。杜甫的诗歌造诣是无法忽视的，并且经宋代文人的拔高，杜甫成了无法逾越当然也不可能绕开的高峰。但是如果继续抒写宋代形成的"诗圣"忧国忧民形象，对元代文人而言，无疑是一种刺激，于是敏感的心灵对诗圣进行了演绎，从诗圣到隐士，诗人的绝技还在，愁苦的氛围却被消解。

元代赵孟頫有画作《杜陵戴笠图》，取义"饭颗"诗，杜甫头戴草帽，是"每饭不忘君"的腐儒诗人形象。到了明代，诗文中以"杜甫游春"为题的诗篇不少，陈献章、孙原理等人都有佳作。值得注意的是，明代题画诗中频繁出现"杜甫骑驴"的意象。杜甫虽也曾有裘马轻狂、佳人雪藕丝的少年经历，但一生除了在成都浣花溪畔的短暂和平安宁的岁月外，都在饥苦漂泊中度过。在中国古代，骑驴和骑马的区别有点类似今天开奥迪和开奥托，或开宾利和开夏利。虽然有陆游"细雨骑驴入剑门"的诗意，但更多的是"路长人困蹇驴嘶"（苏轼）的困顿。明代文坛，诸多文人对杜甫骑驴意象的热爱，其深层是对杜甫精神的共鸣。"蹇驴扶醉归来晚，林外数声响柱"（黎贞）。王九思杂剧《杜甫游春》是优秀的作品，将杜甫的形象描画得非常生动，而不仅仅是个削瘦的愁苦诗人。宋代文人塑造的忧国忧民的杜甫，色彩淡化，转而为率性旷达的诗圣。

整体而言，明清两代，对李杜并无明显轩轾。杨慎在《升庵诗话》中总结了多人对李杜的比较，大意认为，李白如列子御风，杜甫如灵均乘桂舟驾玉车。李白诗是仙翁剑客之语，杜甫诗是雅士骚人之词。杨慎认为诗歌至杜甫而畅，但诗歌之衰也从杜甫开始。这好比经学至朱熹而彰明，但其拘泥隐晦，也从朱熹开始。但这不是杜甫或朱熹的问题，而是后学者过于刻板。明初高启的诗歌中，每每显露出与李白相通的神韵，故而清人赵翼《瓯北诗话》说："李青莲诗，从未有能学之者，惟青邱与之相上下，不惟形似，而且神似。"

明代，李白题材的作品呈现高度繁荣的态势，有杂剧三种、传奇七种、白话小说一种（杂剧今存一部，传奇今存三部）。《警世通言》《李谪仙醉草嚇蛮书》对李白进行了一场醉畅淋漓的完美书写。李白成为才华横溢、睥睨权贵、爱国大义、廉洁惩恶的完美形象。明代成书的《广列仙传》也载李白成仙之事。屠隆《彩毫记》中仙道色彩最为浓厚，此时的李白，真的成了诗中之仙，御风而行。

清代的李白题材作品有十部，其中洪昇《沉香亭》（亡佚）等六部是传奇，另有四部短小的杂剧如尤侗《清平调》（又名《李白登科记》）等，可见太白飞扬的形象，在朴学当道的清代依然有深厚的民间基础。

清代诗学发达，诗学研究的最好样本是杜甫而非李白。叶燮认为杜甫之后韩愈、李贺等名家众多，各有胜处，但都受杜甫启发。

在推崇李杜的大潮中，也有一个另类，那就是王渔洋选《唐贤三昧集》，不录李、杜诗篇，多少显得反弹琵琶，但如果了解王渔洋的诗歌成就，恐怕也能理解并接受他的这个做法，王渔洋真正推崇的是王孟韦柳的作品，冲淡而有余韵。

李杜同为中国古典诗歌的巅峰，虽然在后世，因时代文化不同，而对二人略有偏向，但诚如严沧浪所说："子美不能为太白之飘逸，太白不能为子美之沉郁。"燕瘦环肥，各有千秋。

三、田园诗形象与传播

如果说李白留给后人的是让人无限神往的诗仙形象，杜甫留给后人的是让人无限景仰的忧国忧民的儒家诗人形象，那么王维留给后人的则是完美的诗佛形象。王维成为重要的诗歌符号，这个符号有两个维度：一头连接山水，另一头扎进田园。客观而言，王维的诗歌造诣还无法和李杜相抗衡，但是中国诗史上，如果缺了王维，一定会少了很多诗意。

山水在先秦未能真正走进诗人的视野，孔老夫子看山水，不过是为了譬喻仁智，山水还完全没有成为独立的审美意象。山水诗得益于魏晋玄学的思想准备，经过郭璞等人的尝试，在大小谢这里蔚为大观，但还没有达到炉火纯青。山水诗的最终完善，是在王孟这里。

田园诗发端于陶渊明，故而陶渊明有"千古隐逸诗人之宗"的崇高荣誉，不过陶渊明在六朝时并未产生巨大的影响。陶渊明真正封神是宋苏轼以后的事。田园诗的真正完美的历史责任落在王孟二人身上。

因此，可以说，王维是田园诗和山水诗的交汇处，是不折不扣的山水田园的最佳化身。我们看一下那些美得一尘不染的句子：

　　　　江流天地外，山色有无中。

　　　　明月松间照，清泉石上流。

　　　　深林人不知，明月来相照。

　　　　日落江湖白，潮来天地青。

　　　　山路元无雨，空翠湿人衣。

　　　　行到水穷处，坐看云起时。

　　　　大漠孤烟直，长河落日圆。

　　　　江流天地外，山色有无中。

劝君更尽一杯酒，西出阳关无故人。

云里帝城双凤阙，雨中烟树万人家。

……

　　相较于李白的惊才飞逸和杜甫的沉郁顿挫，王维给了世人一个更讨喜（骨子里是情结甚至信仰）也更恒久的主题——山水和田园。李白一生好入名山游，但山水诗不是李白的全部，李白擅长古体，古体表现山水总觉有点森然而缺少活脱，所以李白即使有极高成就和很多卓越的山水诗，但并不是山水诗的代表性符号。杜甫是"诗史"，当然也有登峰造极的作品（比如"秋兴八首"），但世人更关注的还是"三吏三别"这样的作品，故而山水和田园的意象不深刻，哪怕到了元明，"杜甫游春"的演绎不少，但世人依然目之为"诗圣"而非贪恋山水的诗人。

　　到了王维，山水和田园诗达到玲珑剔透的完美境地，并且声律方面，经过初唐沈宋等多人的努力，到盛唐时已炉火纯青，这对于精通音律的王维来说，表现得更加无可挑剔。对，王维精通音乐，薛用弱《集异记》记其"年未弱冠，文章得名。性娴音律，妙能琵琶，游历诸贵之间"。王维还精通绘画，自称"宿世谬词客，前身应画师"，传有"雪里芭蕉"之神作，由此不难看出王维的艺术造诣。王维在京城时，天天都是头条热点，作品"郁轮袍"深受公主喜爱，后人还以此认为王维以音乐谄媚权贵才中进士。《唐国史补》记载，有人得一幅奏乐图，众人不解，王维看了说这是在演奏《霓裳羽衣曲》到了第三叠第一拍。众人当中有个看热闹不嫌事大的，安排了乐队现场演奏，结果和王维说的一模一样，于是满座叹服。

唐代宗在《批答王缙进集表手敕》中对王维有一段评论：

> 卿之伯氏，天下文宗。位历先朝，名高希代。抗行周雅，长
> 揖楚辞。调六气于终篇，正五音于逸韵。泉飞藻思，云散襟情。
> 诗家者流，时论归美。诵于人口，久郁文房。歌以国风，宜登乐府。

这个评价是相当高的。能够和诗经、楚辞相颉颃。这段话透露出
时人对王维的赞美与传颂。

晚唐范摅《云溪友议》中记载，李龟年在安史之乱间流浪江潭，
曾唱"红豆生南国""清风朗月苦相思"这个一直以来被梨园传唱的诗，
唱完之后，"合座莫不望行幸而惨然"，李龟年更是"忽闷绝仆地"。王
维的诗歌，成了经历神州沉陆的一代人扣动心弦的文化密码。王维的
诗篇在当时和身后，都传播颇盛。尤其是著名的《渭城曲》更成为诗
人们的情感通行证，如刘禹锡《与歌者何戡》一诗中有"旧人唯有何
戡在，更与殷勤唱《渭城》"句，白居易《南园试小乐》中有"高调管
色吹银字，慢拽歌词唱《渭城》"句。类似表述甚多，不再一一征引。《渭
城》或"阳关"成了一代人的通用情感符号。

大历诗人多生于盛唐，是欣赏着盛唐的歌舞长大的一群人，童年少
年对巅峰繁华的感受，遭遇安史之乱，对盛唐有多怀念，对现实就有多
失意，因此明哲保身、寄情山水就成了大历诗人的群体性动作。《中兴
间气集》选诗，共二十六位诗人，上下卷分别以钱起和郎士元为卷首开
端，而这二者都是王维的衣钵继承人。尤其是钱起，是王维的学生，与
王维、裴迪多有唱和。高仲武说"右丞殁后，员外为雄"，钱起能够"芟

齐宋之浮游，削梁陈之靡嫚"。钱起尚如此，王维就更可想而知了。编于天宝十一载的《河岳英灵集》，收录王维诗歌达十五首。《极玄集》以王维诗居首，称王维为"诗家射雕手"。司空图说王维和韦应物的诗"澄淡精致""澄复"，把握住了"澄"这个核心。

让人意外的是，宋初《册府元龟》《太平御览》《太平广记》《文苑英华》等大部头类书，很多都在凸显王维的孝悌等美德。为什么意外呢？因为王维生平中有"污点"。王维特别重情，妻子早逝，王维终生未再娶。这样才华绝代，又重情重义的人怎么会有污点？因为王维平生，在一部分人看来，是有黑历史的。

中晚唐之际的郑处诲在《明皇杂录补遗》中记载："天宝末，群贼陷两京，大掠文武朝臣及黄门宫嫔乐工骑士，每获数百人，以兵仗严卫送于洛阳……王维时为贼拘于菩提寺中，闻之赋诗曰：'万户伤心生野烟，百官何日更朝天。秋槐落叶空宫里，凝碧池头奏管弦。'"安禄山攻破长安，以王维在内的很多官员不及撤退，被强行拉过去做了伪官。后来唐政府收复长安，按道理说，做过伪政府官员的人都要问罪，王维因为被拘期间写的这首诗得以幸免。但经此事变，王维心灰意冷，彻底走向山水。但在一些人看来，王维毕竟有过这段经历，所以从宋到清，一直有个别人抓着这个问题不放，似乎有一种不便言明的心理：谁让你这么完美！

另一个意外是，宋元时期，王维的形象比较突出的一点是卓越的画家。苏轼云："摩诘本词客，亦自名画师。"黄庭坚说："丹青王右丞，诗句妙九州。"黄庭坚登山临水，常讽咏王维辋川别业之篇，"想见其人，如与并世"，并求高人作王维像。北宋的两大艺术文学巨头异口同声地称许，足以说明王维在绘画方面的影响力。黄庭坚说"辋川图"

笔墨造微入妙。秦观更夸张，有病卧床，观图后就痊愈了。这是不是可以算作古代最早的绘画疗法？宋人认为王维排在李杜之后，天下第三，是比较公允的评价，张戒《岁寒堂诗话》和许顗《彦周诗话》均有论述。沈括《梦溪笔谈》也极推重王维的画："予家所藏摩诘画《袁安卧雪图》，有雪中芭蕉，此乃得心应故造理入神，迥得天意，此难可以与俗人论也。"《宣和画谱》中说王维辋川诗画"无适而不潇洒"。元人更是把王维列在李思训之上。

胡寅《和王维三首》："何须风月三千首，已洗尘埃一寸心。"张戒说世人认为王维律诗能匹敌杜甫，古诗匹敌李白，能道人心中事而不露筋骨，格老而味长。值得注意的是，大诗人陆游的意见。他十七八岁熟读王维诗，但后来搁置了六十余年。等到七十七岁重拾王维，觉得如旧师友相逢。陆游本有小李白之称，年轻及壮年时也追求快意江湖吞吐河山的篇章，到了老年，极淡而至浓，王维这种淡到无形又韵味无穷的风格，就成了老诗人的知音。张戒认为王维的经历不同常人，富贵山林，两得其趣。刘辰翁首次提出《辋川集》"以禅入诗"的特点。整体而言，宋朝千家注杜也好，五百家注韩也罢，王维的诗超然物外、淡极澄极，和宋诗的整体风格颇多区别，故而举世知其好。

朱熹认为王维陷伪职，于大节有亏，也就是有政治污点的人，故而看王维的诗，"虽清雅，亦萎弱少气骨"。但王维的魅力摆在这里，理学家偶尔还是忍不住诗人的冲动，会效仿王维，比如《家山堂晚照效辋川体作二首》，并且朱熹很欣赏王维的画，其《至凤凰山再作》说"门前寒水青铜阙，林外晴峰紫帽孤。记得南坨通柳浪，依稀全是辋川图"。顺带说一句，在诸多理学家中，朱熹的诗是最鲜活有生趣的，和大家刻板印象中的存天理灭人欲的道学夫子格格不入。所以朱熹一方面在道德层面对王维颇有微词，另一方面又很喜欢王维的诗。《朱子语录》："摩诘《辋川》诗，余深爱之，每以语人，辄无解余意者。"

另外，葛立方《韵语阳秋》对王维做了有罪推论："王维因鼓《郁轮袍》登第，而集中无琵琶诗；画思入神，山水平远，云势石色，绘者以为天机所到，而集中无画诗。岂非艺成而下不欲言耶？抑以乐而娱贵主，以画而奉崔圆，而不欲言耶？"

元代对王维的整体印象和宋代差别不大：一方面推崇王维是卓越的画家，另一方面认为王维的诗有独特的魅力。元诗四大家中的虞集，认为王维应制诗"富贵尊严""典雅温厚""气格雄深"。杨士宏《唐音》中最推崇雅丽清正格调，认为王孟和岑参造极。

明代文徵明、仇英、董其昌、沈周等大画家都有"辋川图"作品。到明代中叶，不少文人士绅将自己的园林命名为"辋川"，根据辋川二十景来规划园林。著名的大画家沈周，在江苏吴县祖宅，"来学王维住辋川"。明后期描绘"辋川"山水之诗作，两倍于明前期，独步诗史。

当然明人不独喜欢王维的画和辋川这个已成为想象之地的符号，明人对王维诗的分析也越来越深入。明初诗人金寔《辋川图记》认为王维诗画入妙通神，高情绝艺，旷视千古。明代高棅《唐诗品汇》真正确立王维天下第三的地位，尤其是五言诗，更为正宗。《唐诗正声》中收录王维的诗歌比例比《唐诗品汇》多了一倍，但盛唐第三的排名没发生变化。在《雅音会编》《重选唐音大成》《唐诗选玄集》《唐诗选》《晚山堂选唐诗》《全唐诗选》中，王维或居李白、杜甫之后，或居杜甫、孟浩然之后，仍居盛唐第三。可以看出，不管选家采取何种编选标准，王维诗歌的排名不变。后七子对《辋川集》的接受使得《辋川集》组诗得到的特殊关注，触发了明人在绘画、建筑、题跋等方面的

"辋川"情结，这进一步提高了王维在明代诗坛上的地位。由于后七子的集体努力，《辋川集》在明后期渐渐经典化。杨慎还特别关注王维的六言诗，应该说王维、刘长卿、王安石、黄庭坚等人的六言诗创作的确是最优秀的。胡应麟认为，王维五六七言俱工，是真正的大才。李东阳《麓堂诗话》指出，王维的诗"淡而愈浓，近而愈远"。黄溥认为王维诗千载之下让人神往辋川之胜，闲适之情艳羡后人。胡应麟认为，和李白天才相比，王维明显是禅宗，如"木末芙蓉花"，读之让人身世两忘，万念俱寂。唐汝询《唐诗解》中说："唐人钱别之诗以亿计，独'阳关'擅名，非为其有切有情乎？"陈子龙为明末清初志士，但非常喜欢王维的诗，看来英雄气和真性情之间并没有多少隔阂。

　　清代彭孙贻认为历史上的会稽兰亭、季伦金谷、晋卿西园，或者以书胜，或者以画胜，或者以诗胜，唯独王维的辋川，兼而有之（《和摩诘辋川庄序》）。王士祯《渔洋诗话》中记载，有人问王士祯，为啥王孟齐名，但孟不及王。王答："孟诗味之，不能免俗耳。"对方叹服。王士祯将这一创作状态概括为"兴会神到"，其为《唐贤三昧集》所作的序以王维的诗画创作为例加以说明："世谓王右丞画雪中芭蕉其诗亦然。如'九江枫树几回青，一片扬州五湖白'，下连用兰陵镇、富春郭、石头城诸地名皆寥远不相属。大抵古人诗画只取兴会神到，若刻舟缘木求之，失其指矣。"这标明王维的首席地位，录其尤隽永超诣者，自王右丞而下四十二人。李杜王齐名是清代很多人持有的观点，徐增还从《易经》"三才"说，谈论李杜王并列的问题。宋征碧《徐文在诗序》和陆嘉淑《华及诗稿序》都有类似观点。

　　纪晓岚比较王孟，认为虽然看上去相近，但体自微别，王清而远，孟清而切。学王维学不好，容易流为空腔，学孟学不好，容易流为浅语。

杨际昌在《国朝诗话》中揭明这种仿造手段："有一僧假绀池和尚宗渭'乱松残雪寺，孤磬夕阳山'句谒王阮亭先生，先生极赏之。赠诗云'爱公残雪句，何减碧云篇'。余谓此等诗初无深意，不过录唐人幽淡句子作蓝本耳。"

推崇神韵说的王士祯在《唐人万首绝句选》的序言中说，开元、天宝年间，宫掖所传，梨园所歌，旗亭所唱，多为绝句，最脍炙人口的当属"黄河远上""昭阳日影"的典故，但流传最广的还是王维的"渭城朝雨"，后来有人谱为《阳关三叠》，拨动一丝丝琴弦。

其实，《阳关三叠》荡气回肠百转千回又看似平淡的情感，至今仍在流传。王维和孟浩然，将中华对山水和田园的骨子里的依恋和陶醉，用最清丽澄澈的诗句表达出来，不仅诗中之境，作为诗境原型的辋川，也成为后人集体想象和体悟的终极目的地。

第二节
唐诗阐释
与传播

　　择取十余篇诗歌展开研究，促进对唐诗形象的阐释，是一件极为棘手的事。从历时性出发，选择隋炀帝、陈子昂、王孟、高适、李白、钱起、柳宗元、白居易、杜牧、温庭筠，以及李璟李煜父子、韦庄等诗人，因为这些诗人不仅颇能代表初盛中晚各时期的特色，更能借助这些诗人的诗篇，帮助研究者深入不同时期、不同诗人或长或短的文本，寻绎其中的情感脉络和美学风貌。

　　隋炀帝是有负面形象的帝王，但他的诗是隋朝和炀帝本人的反向注脚，诗风清淡而意境悠远。陈子昂的怆然涕下，是汉魏风骨到盛唐气象的链接。高适代表的边塞诗和王孟问鼎的山水田园诗，是盛唐诗坛重要的拼图。钱起的《省试湘灵鼓瑟》和柳宗元的《江雪》是中唐之变极冷极清的变奏。司空图用极其优美诗化的语言写成的《二十四诗品》，是唐诗实践极生动传神的理论总结。韦庄的小词、李璟李煜父子的词，或流连于花间的温暖爱情，或徘徊于梧桐院落的冷落深情，都是唐诗向宋词发展中的惊艳转折，更含蓄，也更深幽。

一、我想对隋炀帝说声"委屈你了"

除了极个别学者，历史和当代并没有给隋炀帝一个客观的评价。历史记忆中的隋炀帝是穷凶极奢、好大喜功、荒淫无道、乱伦无耻的昏君和亡国之君。

史书载隋炀帝"美姿仪，少聪慧"，当然长得帅不是开脱的理由。历史可疑之处在于，一个荒淫无道的皇帝，被演义得穷尽人类想象力以享用天下美色，但其原配萧后竟然自始至终受宠。另外，隋炀帝建设京杭大运河，史学界多以为亡国之举。事实上，大运河对经济极其重要，直到清末才被海运取代。皮日休有诗云"尽道隋亡为此河，至今千里赖通波"，这就是真相。隋炀帝改革官制，三省六部制为唐朝继承。另外，他推行科举制，影响直到清末。传统上认为科举制不仅是应试体制，更有腐朽堕落的八股文，选拔的都是毫无能耐、只会做官样文章的奴才。好在历史学家还原了科举考试对泱泱大国的重要性，西方不少学者惊叹科举制度简直是"理想国"里最科学的选拔人才的方法和吏治方式。这个功劳，首推隋炀帝。

隋炀帝的诗写得极好。有一首《野望》是这样的：

> 寒鸦飞数点，流水绕孤村。
> 斜阳欲落处，一望黯消魂。

这不是成熟的五绝，格律还有需要完善的地方。但格律是表层的，"美人在骨不在皮"，骨是一首诗的内在张力，是艺术的核心。作为大兴宫殿、坐拥奇珍异宝、美女环伺的帝王，诗歌意境竟然如此萧散怅惘，的确出乎意料。诗中只有四个意象——寒鸦、流水、孤村、斜阳，暗含的意象有远山，因为有远山方能承接欲落的斜阳，还有楼台，因为只有登高，才有更好地远望。我们不妨将隋炀帝的《野望》和王之涣的《登鹳雀楼》对照来读：

> 白日依山尽，黄河入海流。
>
> 欲穷千里目，更上一层楼。

王诗作于盛唐，意境开阔，气势高亢。杨诗虽然也有很强的纵深感，但似乎总有无穷尽的低回黯淡，一派萧瑟冷落景象。并非笔者喜欢悲情而排斥欢愉，文学作品之优劣，以情胜，能引发无穷情思，必是一流作品。杨诗在余韵上显然胜出王诗。宋代大词人秦观，化用隋炀帝意象，有脍炙人口的词句：

> 斜阳外，寒鸦万点，流水绕孤村。

到底万点好还是数点好？恐怕是见仁见智的事。就像“推”和“敲”到底哪个好，恐怕还得看僧是归来还是造访。

一个帝王的豪奢，世人可以尽情想象和夸张；一个帝王的怅惘、流连，却很少有人关注。大业十三年隋炀帝在江都（今扬州）度过一生中最后一个夏季，写下《夏日临江》：

> 夏潭荫修竹，高岸坐长枫。
>
> 日落沧江静，云散远山空。

鹭飞林外白，莲开水上红。

逍遥有余兴，怅望情不终。

    该诗前三联，是清新悦目的景致，有孟浩然诗的感觉。此番，已是隋炀帝第三次在江都，但和前两次形势不同，这一次已经是各处起义，人人喊打。《资治通鉴》卷一百八十五里的记载非常生动："（隋炀帝）见天下危乱，意亦扰扰不自安。退朝则幅巾短衣，策杖步游，遍历台馆，非夜不止。汲汲顾景，唯恐不足。"说他，甚至"自知必及于难"，"常以罂贮毒药自随"。两个极其矛盾的行为，出现在同一个人身上，不由得我们不感慨。一方面随身携带毒药，另一方面流连光景，不舍得睡去，只怕看不够，看不足……

    隋炀帝当然不是千古明君，但是自知必死，却依然独爱赏景，这恐怕不是守财奴那样惶惶不安于手里的金币即将被人偷走，手里的江山即将被人瓜分，而是汲汲顾景，唯恐不足。只是贪恋这大好河山、绝美风景。因为风景自有妙处，有让人"会心"处。这个被正史和野史刻画为荒淫无道、纵欲无度的昏君，诗歌却写得无比清丽，这是怎样的一种反差，乃至反讽？

    江山如画，看之唯恐不足，故而终篇有"怅望情不终"的忧叹。一个亡国之君的登临意、怅望情，在正史或野史之外，在我们习惯的千古名君 VS 一代昏君、雄才大略 VS 庸聩无能、君临天下 VS 天下大乱的二元对比的框架之外，读一读隋炀帝的诗，读懂其中清新、伤感的诗句中，一唱三叹的流连、惆怅、吟哦，或许对历史、对人性，都能够多一分同情的理解。

二、谁是唐诗"吹哨人"

中国唐诗的顶峰，不是李白、杜甫或哪位天才人物一下子炼成的。文学发展是个过程，是诗人、文人团体"合力"（恩格斯称为"力的四边形"）的结果。正如绝不可能仓颉一个人突发奇想，就有了令"天雨粟，鬼夜哭"的汉字。

在唐诗发展到巅峰之前，有几个关键人物，像引路人一样，一点点尝试、割除、匡正、创新，才在入唐几十年后，达到诗国的最高峰。

比如由隋入唐的王绩，被称为唐代律诗的奠基人，诗歌自然脱俗，一洗齐梁余风。其《野望》一诗，拉开唐诗序幕，甚至有人认为可以"压轴"，起承转合都已具备。

> 东皋薄暮望，徙倚欲何依。
>
> 树树皆秋色，山山唯落晖。
>
> 牧人驱犊返，猎马带禽归。
>
> 相顾无相识，长歌怀采薇。

这首诗不需要过多解释，显而易见和魏晋六朝的诗已经表现出极大的不同。少了魏晋的玄韵、六朝的清丽，多了自然浑成。和前文所论的隋炀帝同名的诗，有不同的风格体貌。杨诗更清丽，清丽得像琉璃一般，好像一碰即碎，王诗更自然，像立在田野里枝叶扶疏的树。应该说，王绩确实开了个好头。

当然不止王绩。李世民和魏徵，一君一臣，两个人的诗都不赖。还有个虞世南，大书法家，诗也不错。

上官仪，电视剧里的热门人物上官婉儿的祖父，有首《入朝洛堤步月》：

脉脉广川流，驱马历长洲。

鹊飞山月曙，蝉噪野风秋。

刘餗《隋唐嘉话》如此记载："高宗承贞观之后，天下无事。仪独持国政，尝凌晨入朝，巡洛水堤，步月徐辔，咏诗云：'脉脉广川流，驱马历长洲。鹊飞山月曙，蝉噪野风秋。'音韵清亮，群公望之，犹神仙焉。"一帮大官起个大早，骑马的坐轿的骑共享单车的都有，上官仪来得稍微晚一点，一边走一边吟诗一首。唐代宫禁森严，城门外的天津桥入夜锁闭，断绝交通，到天明才开锁放行。因此上早朝的百官都在桥下洛堤上隔水等候放行入宫。不过宰相自有宰相的气场，虽然一例等候，但气派自非他官可比。因为音韵清亮，并且可能加上高头大马，使人望之如神仙。诗歌流转晓畅，已经很有格律之美，意境清旷，洒脱明丽。赫赫有名的"上官体"，整体而言还略有南朝绮错婉媚的特色，但这首小诗却高旷明快，让人赏心悦目，依稀让我们感到盛唐气象就要来了。

当然，还有大家熟悉的陈子昂。陈子昂是标准的富二代，小时候打架斗殴，直到有一次用剑伤人，才洗心革面，发奋读书。陈子昂两次考试都落第。一天，碰到有个人卖胡琴，索价百万，长安涌动，陈子昂千金购买，并对围观的吃瓜群众说，明天某时某地，要用这把价值千金的琴弹奏。第二天很多人跑过来，结果陈子昂当众把琴给摔了，说："蜀人陈子昂，有文百轴……不为人知，此乐贱工之乐，岂宜留心。"一边把自己的诗文发给大家看。一时之间，这个爆炸性新闻传遍长安。京兆司功王适读后，惊叹曰："此人必为海内文宗矣！"不得不说，陈子昂是个事件营销的高手。当然，得有财力做基础，家里有矿才能如此任性。

陈子昂有很强的政治抱负，据说他死于一个叫段简的小县令之手，这样的结局和他的英雄气极其不符。陈子昂是什么样的人物？"本为贵公子，平生实爱才。感时思报国，拔剑起蒿莱。西驰丁零塞，北上单于台。登山见千里，怀古心悠哉"，感时，是有感于时代、时运、时局，英雄拔剑四顾，自有慷慨之气。

所以陈子昂是一个有英雄胆的人，在政事上他敢于喊出"感时思报国，拔剑起蒿莱"，在文坛上更是振聋发聩，喊出气吞山河的壮语"文章道弊五百年矣"！这一竿子打的时间跨度够大，正好是孙悟空压在五指山下的时长。掐指一算，从秦汉开始，所有的诗文都不是什么好玩意儿！这话说得决绝，但极端才能丰富，也没啥毛病。陈子昂的《感遇诗三十八首》，是继阮籍《咏怀诗》精神而作的。当然，最振聋发聩的还是那首《登幽州台歌》：

前不见古人，

后不见来者。

念天地之悠悠，

独怆然而涕下。

该诗的背景无须多言。无非胸臆难抒，壮志难酬。登临一望，看天地苍茫，不禁热泪纵横。几乎所有诗词鉴赏类书都如此解读。问题是怎样更好地理解这首诗，短短四句不合仄的小诗，能在文学史上掀起如此大的波澜，其背后会不会别有深意？

陈子昂心仪并付诸创作实践的偶像人物是阮籍，曾有著名的故事

"穷途痛哭"。《晋书·阮籍传》载："（籍）时率意独驾，不由径路，车迹所穷，辄痛哭而返。"一个人乘着车，完全信马由缰，不走寻常路，走到完全没路的地方，就痛哭一场，再折身返回。他常念叨那句"时无英雄，遂使竖子成名"！古来圣贤皆寂寞，恨不逢英雄辈出的年代，让自己也侧身其中，一局酒席酩酊，一场厮杀淋漓，也不枉活了一次！

古人说"登高能赋，可为大夫"，意思就是如果你登临高处，能够立马来一段楚辞脱口秀，基本上就可以走入仕途，治国平天下去了。陈子昂登幽州台，燕昭王等人物已经成为历史云烟，甚至连云烟也随时间飘荡殆尽，只剩下空荡荡的旷原，凛冽朔风呼啸来过，像给历史最铿锵有力的伴奏。"前不见古人，后不见来者"，是目之所见的空旷，也是心之所想的荒芜。前与后，既是空间上，也是时间上的。

为什么是念天地之悠悠，《诗经》中有"悠悠苍天"的吟哦。陈子昂变换了句式，也变换了气势。"念悠悠之天地"和"念天地之悠悠"，审美意蕴迥然不同。悠悠，既可以有"辽远"之意，也可以有绵延、不尽之意，比如"悠悠我心"。因此念悠悠天地，悠悠是形容词，而念天地悠悠，悠悠在这里就成了动词，天地既有空间之悠悠，也有情感之悠悠。天地有情，万物孕化。但天地也无情，以万物为刍狗。有情无情之间，是人心魂系念之浓淡，赞天地有情或叹天地无情，都是人对天地间事的感慨。因此从悠悠天地到天地悠悠看似简单的顺序重组，实际上将天地人格化了，而人格化的天地，是人的"移情"，也是共情。

为什么是怆然，不是黯然、愀然，《说文解字》说："怆，伤也。"《广雅》说："怆，悲也。"在古人的语言中，悲和伤不同，悲，从非从心，与心相背离即为悲；伤，原意为被箭所伤，后指痛，伤痛，痛苦。加上后面"涕下"而非"泪下",即涕泪交加。怆然,有事与愿违、时不我与的悲愤之意。前人解读,多注重悲伤的一面,而忽略"怆"字暗含的"与心相悖"的深层含义。

其实,与心相悖,岂不是人生的常态。一方面怀想着诗与远方,另一方面沉溺于生活的苟且无法抽身。少无知而老无力,意气风发时,历练不够。思想成熟时,夕阳已迟暮。在普通人的视野和理解中,种种与心相违就成了抱怨、哀叹乃至偏激。而在有强烈英雄情结和儒家理想的大诗人笔下,就成了苍凉辽阔的幽州台上,一首对古人英雄的向往,一首看似千古寂寞的独白,一首与天地的磅礴对话。

我们常常厌倦于当下而神往英雄时代,然而古人厌倦的当时,也往往成为后世神往的时代,这个循环就像青少年逆反期一样,一代代,差不多的套路,却无法根治。或者根本不需要根治,有了这样的叛逆,才会成就不一样的心智和不甘平庸的英雄,历史才不会成为柴米油盐式日复一日的无聊重复。

文学史对陈子昂的评价极高,元好问《论诗绝句》认为他"横制颓波,天下翕然质文一变","论功若准平吴例,合著黄金铸子昂"。陈子昂诗中说教的成分还不少,个别诗作粗糙生硬,但不妨碍他振聋发聩的呐喊和黄钟大吕的实践。

当然还有孤篇压盛唐的《春江花月夜》,成为诗中诗,高峰中的高峰(闻一多语)。中国诗学的顶峰呼之欲出。

三、山水田园

山水诗是魏晋诗人、玄学家们一点点培育起来的,到了大小谢的时候,山水诗蔚为大观。田园诗的千古之宗陶渊明,一开场就震惊全场，处女作即成代表作。当然，陶渊明在南北朝时的声望没有那么高，钟嵘《诗品》也仅仅把他列为中品。陶渊明是唐宋时捧起来的，当然，人家不是爆红，而是红得其所，红得理所当然。

到了唐代，一切条件都已经成熟，无论是山水意识上，还是表现内容上，抑或声律上，前人都做了足够的准备，于是山水田园诗的发展也臻于顶峰。唐朝山水田园诗集大成者是"王孟"二人，但不仅仅这二人。在初唐一百年的历史中，不少诗人也触及山水田园的主题，比如初唐四杰、毁誉参半的沈（佺期）宋（之问）、杜甫很为之骄傲的祖父杜审言。但是这些诗人的山水田园诗在全集中占比不多，艺术上还没达到王孟的高度。山水田园，不是一味地唠叨"三十亩地一头牛，老婆孩子热炕头"。山水田园，更多的是山水田园的旨趣，将其作为审美对象，流连其间，生成一个又一个审美意象，终而成一方天地，美不胜收。

王维的全能可能比我们常规理解到的多，比如他琵琶弹奏得让岐王、公主大加赞赏，结果直接把考官叫过来，告诉考官要确保王维登第，所以王维二十来岁就进士登科。有人就这个故事发生过激烈争执，有人认为王维这是靠奇技淫巧上位，有人认为这个传说是假的，掩盖了王维的真实才华，有损王维的形象。我倒觉得，即使所传为真，也丝毫无损王维的文学造诣。《旧唐书》本传中说王维诗名盛于开元至天宝年间，"昆仲宦游两都，凡诸王、驸马、豪右、贵势之门，无不拂席迎之"，有些王侯待之如师友。没有真材实料，是很难混到这个地步的。

王维的音乐修为到底到什么程度？据传，有人得到一张奏乐图，王维一看就判断演奏到《霓裳羽衣曲》第三叠第一拍。有看热闹不嫌事大的，召集乐工演奏，发现王维的判断丝毫不差。王维还善画，《雪里芭蕉》一画，简直成为中国绘画史和艺术史上最具有神韵和神秘感的存在。

王维还钟情，妻子早亡，王维寡居三十多年不娶。在三妻四妾为标配的时代，仅这份深情也够让人敬佩的。

正当他悠游长安的时候，渔阳鼙鼓动地来，王维为安禄山所获。当时发生义士雷海青刺杀安禄山（类似高渐离刺杀秦王）而被肢解示众的事，裴迪来菩提寺探望被囚禁的王维，王维作诗《菩提寺禁裴迪来相看说》："万户伤心生野烟，百官何日再朝天。秋槐叶落空宫里，凝碧池头奏管弦。"后安禄山败，唐皇回朝，王维作为做过"伪官"的人，本应重处，但因这首诗得到豁免，并受封太子中允等官。但经此事，王维意念大转，晚年好佛，寄意于山水，遂成就了中国山水诗。

王维被称为诗佛，但其诗却不全是清淡、寂静的。不仅有"大漠孤烟直，长河落日圆"的开阔，也有"荒城临古渡，落日满秋山"的苍茫，更有"回看射雕处，千里暮云平"的豪迈，也有"相逢意气为君饮，系马高楼垂柳边"的青春奔放（题外话——我们读诗，尽量看看诗人全集，不能只读几首脍炙人口或教科书里出现的诗，只有揽全貌，才能更全面深刻地理解一个诗人，乃至一个时代）。

相比王维，孟浩然的命运就没那么精彩。虽然李白说"吾爱孟夫子，风流天下闻"，但在那个激情四射的时代，其经历毕竟显得少了一些。四十岁之前，孟浩然隐居鹿门山。到不惑之年才想起游京师，曾有"微云淡河汉，疏雨滴梧桐"句艳惊四座，无人敢比。有一次王维邀他到内署，碰巧唐玄宗来，孟浩然没见过大场面，就藏到床底下了。王维不敢隐瞒，以实相告，玄宗很高兴，说对此人也早有耳闻，干啥害怕躲猫猫。玄宗叫孟浩然出来，询问其近况，并问最近作了什么诗。这哥们当时紧张，忘了选诗的重要性，脱口而出"北阙休上书，南山归敝庐。不才明主弃，多病故人疏。白发催年老，青阳逼岁除。永怀愁不寐，松月夜窗虚"。孟浩然念到"不才明主弃"时，玄宗很不高兴，说了句"卿不求仕，而朕未尝弃卿。奈何诬我"！意思是说，你一个大老爷们四十多年都隐居，不出来求官做官当公务员，我又没有放弃你，是你放弃自己，你写"不才明主弃"，这不等于诬陷我吗？玄宗这一不高兴等于给孟浩然的职业生涯判了死刑。

王维五七言都写得很好。孟浩然专攻五言，善于炼字，多有佳句：

风鸣两岸叶，月照一孤舟。

绿树村边合，青山郭外斜。

人事有代谢，往来成古今。

樵子暗相失，草虫寒不闻。

王孟，佳作都很多。我却常常被这两首诗感动。不错，一首就是妇孺能诵的孟浩然《春晓》：

春眠不觉晓，处处闻啼鸟。
夜来风雨声，花落知多少。

我常将之与白居易的《雪夜》放在一起阅读，像拼茶一样，总能调出别样味道。白居易《雪夜》如下：

> 已讶衾枕冷，复见窗户明。
>
> 夜深知雪重，时闻折竹声。

这两首诗说的都是夜里睡觉然后醒来的日常小片段、小场景，都能够引发无穷联想，让人回味无尽。

乐天写的是江州雪夜，风急雪重。睡到深夜，感觉被窝越来越冷，冻醒了辗转反侧，感觉怎么窗户也变白了，莫非天亮了？哦，不是天亮，而是下了大雪。怎么知道下了大雪呢？天寒地冻的，也不大可能爬起来到窗户或门口看看。不需要下床，积雪很厚，直接把青竹给压断了，于是在万籁俱寂的寒冬深夜，隔着窗户，传来一声声清脆的竹枝折断的声音。这首"推理"诗，逻辑和王安石的"遥知不是雪，为有暗香来"颇为类似。但王安石用梅花的"凌寒"气节，而本诗并不刻意讴歌什么，只是记录无数个平常夜晚的一个。但一声声清脆的折竹声，扣响诗人的深夜，那一刻，时间仿佛定格，无关悲喜。

孟夫子写的是春风拂面、姹紫嫣红的春天，和天地寒彻完全不同的世界。但诗人流露出的不是"春风得意"的情绪，似乎也无关悲喜。

《春晓》的字句非常浅白。春天睡觉，不知道天已破晓，看来睡得很舒坦安稳，直到此起彼伏的鸟鸣声将诗人从睡梦中惊醒。这时诗人突然想起，昨夜有风有雨啊，不知道花已经落了多少？

不少诗词鉴赏书都是这么解读这首诗的。这里有个隐藏的逻辑矛盾——既然春日迟迟，正好睡眠，直到被频频的鸟叫声吵醒，才知道天亮了，那何以知道夜来风雨？

诗歌不是摆事实讲道理的地方，也不需要进行逻辑推演。在看似存在逻辑漏洞之处，应该动用生活体验和审美体验，而不是理性思辨。

　　或许，一夜风雨肆虐，不知道有多少花儿遭殃，那也许是昨夜高烛点亮的花，也许是诗人流连无数次不停观摩的花，总之是给诗人带来美感带来慰藉的动人之物，却正在遭受风急雨骤，使诗人不由得不担心。正是这种担心，可能让诗人一夜不得安睡，昏昏沉沉，听了一夜风雨，直到天快破晓时，才昏昏欲睡，但很快就被百鸟啼晨吵醒。诗人顾不得困顿，马上又想起动心而揪心的画面，到底有多少花受了风雨的夜袭而零落成泥？！

　　当然，或许是另一种情况。春夜风雨，在诗人入睡前就降临了。但如老杜所写"清夜沉沉动春酌，灯前细雨檐花落"，春夜里，风是温柔的，雨是款款的，当来则来，无须任何懊恼或担忧，于是在风雨这个美妙的天籁伴奏中，诗人安心睡去，直到鸟儿啼叫，才把他唤醒。天已经亮了，诗人想起，这一夜风雨，不知道带走多少枝头飘香。"留春不住"，留是留不住的，也是不必要留的，当去则去，花开花落，都是自然，都是美的，无须嗟叹，无须怅惘。这份从容，恰如花落满地，别样风情。这是诗人的态度。

　　这首小诗或许还有另一种可能。"春眠不觉晓"里的"觉"，是睡醒的意思，白居易《长恨歌》"云鬓半偏新睡觉，花冠不整下堂来"，这里的"觉"不念"jiào"，而念"jué"，意思是睡醒。不觉晓，意思则可能是不晓觉，即没有在破晓的时候醒来。没有在破晓的时候醒来，也就是一直没怎么睡，一直听着一夜风雨，惦念着一树树的春花，直到鸟儿啼破最后一缕夜色。一夜风雨和风雨中摇曳的花，像一场戏，在诗人的头脑中演了整整一个春夜——安静，从容。

　　安静从容的不止孟浩然，还有王维。或者说王维的境界更接近禅，孟夫子还只是"白首卧松云"的文人。再来看王维的《终南别业》：

中岁颇好道，晚家南山陲。

兴来每独往，胜事空自知。

行到水穷处，坐看云起时。

偶然值林叟，谈笑无还期。

这首诗，前两联自述，妙在第三联"行到水穷处，坐看云起时"，千百年来，无数人被这句诗感动，甚至作为人生的最高境界。这句诗究竟好在哪里？

"行到水穷处"，一定是往上行，而不是往下行到看不到山溪之水，否则后面何来"坐看云起"？好水由来出山林，但是山泉水，其源头何在？我们走着走着，逆流而上，往往在某个点，水的源头再也寻找不到。恰如世间缘法，其起其落，谁的肉眼见过？水穷，不是山穷水尽，水穷是春来草自青，是庭前柏树子。水穷处，不仅没有丝毫的失落，反而有澄明之感。何况，水穷不是空，还有云起云飞，依然是万物氤氲生机。但是，这句最耐寻味的，不是坐看云起，而是云起时。云起和云起时当然有差别，云起是云卷云舒的自然现象；云起时是待发未发，待动未动的那个"机"。

可悲可笑的是，竟然有人将这首如此透彻空灵的诗硬生生读成励志片：即使你走到了干涸的地方（水穷处），也依然会有好的风景（云起）；或者硬生生读成心灵鸡汤，即使你走到干涸的地方（水穷处），也依然可以好好欣赏身边的风景，因为心情最终取决于我们自己的内心（云起时）。

笔者无法容忍这样的解读，当成功学和心灵鸡汤来破坏古典文坛，恰是无知、愚昧、贪婪和丑陋的时刻。

一个写出"相逢意气为君饮,系马高楼垂柳边"的盛世诗人,也写出"行到水穷处,坐看云起时"的诗句,是时代和诗人的相互成就。

四、边塞快意

唐朝,尤其是盛唐,文人好交游,不老老实实待着,总想着诗和远方(这才是真正意义上的诗和远方)。一是往山水佳处跑,二是往打仗的地方跑。往打仗的地方跑,不是疯了吗?这对诗人有什么好处?

无利不起早,高适《塞下曲》"万里不惜死,一朝得成功。画图麒麟阁,入朝明光宫。大笑向文士,一经何足穷",所以,随军打仗,是有建功立业的机会的。读者朋友可能会疑惑,想出人头地,不是可以通过科举考试吗?是,唐代的科举制度已经极其完备,但录取人数太少,一年也就那么几十个,相当于全国高中生争夺北青,难度可想而知,并且科举又不分应届往届,这使得被录取的难度更增加许多。唐代有个说法"三十老明经,五十少进士",意思是你五十岁考上进士,那还属于小鲜肉呢!可见考取进士到底有多难。所以,怀揣梦想的唐代诗人们,走向边塞,就成了非常明显的时代特征。当然,从军入塞,还有一个途径,就是进入幕府,即诗人入幕的问题。何为幕府?大体指盘踞一方的军事指挥机构,唐代特指节度使、观察使等的幕僚机构。入幕是文人介入政治的捷径,因此蔚然成风。但是文人入幕,也实实在在促进了边塞诗的发展。

是的,边塞诗主要描写北方壮丽景象,以及战争的激烈、残酷和诗人们的胸怀气度。当然,也有厌战、思归这样的主题。

我们耳熟能详的唐代边塞诗人,有写"千里黄云白日曛"的高适、写"千树万树梨花开"的岑参、写"葡萄美酒夜光杯"的王翰、写"秦时明月汉时关"的王昌龄、写"黄河远上白云间"的王之涣等人。在唐代诗人兴高采烈嚷着叫着建功立业的时候,真正做出成绩的人似乎只有高适一人。高适年轻时曾乞讨过,人到中年折节读书,最后成为节度使,封侯。这份成就,可以笑傲盛唐。

高适好诗很多,其中有首《塞上听笛》:

> 雪净胡天牧马还,月明羌笛戍楼间。
>
> 借问梅花何处落,风吹一夜满关山。

作为登台拜将的大诗人,唐代官做得最大的边塞诗人,我们不仅要领略他的豪情,也应该品读其豪情之下的细腻和深情。这首诗将虚实、动静、远近表现得淋漓尽致。

雪净和月明,可以按常规理解,即雪晶莹干净,月色皎洁动人,但也可以灵活理解为净和明,为使动词,也就是"使……净""使……明",这样诗句就更有张力和饱满的空间。于是,雪不仅自己洁净,而且让整个胡天(今甘肃一带)万里澄澈;月亮不仅自己皎洁,而且让羌笛之声也变得皎洁。

这样理解,仿佛打开诗意的大闸,因为羌笛是不大的乐器,月色照彻,也未必怎样皎洁明亮,那月又是使谁明呢?使戍楼明,这当然没有任何问题,在雪夜月下,巍峨的戍楼异常明亮,在黝黑深邃的胡天衬托下,更显得苍凉而壮阔。但还可以从通感的角度理解,明月之下,声声羌笛似乎被照耀得更加嘹亮清澈,布满整个巍峨的戍楼;在胡天之下,边陲之地,声震四野(因此,读诗品诗,不能胶着,要尽量发掘诗中意涵)。

冰天雪地，正是梅花傲雪绽放之时，无数诗篇已经吟哦过赞颂过，本书不赘引。借问，向谁问？清明时节的杜牧，尚可向牧童询问，此时的诗人，又在问谁呢？问明月，问白雪，问羌笛，还是问同袍？也许都是，也许都不是，但这不重要。诗人关心的是梅花落在何处，但也可以理解成：冬雪寒夜，冷月当空，是哪里的梅花在落呢？是家乡或长安的梅花吗？只等一夜风急，傲雪的梅花就飘满重重关山。

这里的梅花也可能不是真的花，而是曲子《梅花落》。《梅花落》原为乐府横吹曲，本就有铿锵之声，由羌笛吹奏，更与环境浑然一体。边塞之地，雪夜风急，羌笛声声梅花落，在冷月拂照之下，在朔风吹拂之中，一股浩然之气、混茫之思，撒满江山关河。

这首诗苍凉但不颓废，没有武人的张狂，只有诗人的深情。虚实、远近、明暗、浓淡、今夕，相互穿插，编织出阔大磊落的气象，让我们能够深刻体会那时的明月，那时的山河。

岑参祖上出过多位宰相，可谓权贵之后。其四十岁考取进士，后来做到嘉州刺史，人称"岑嘉州"。岑参的边塞诗将边疆异域的壮丽奇诡描写得相当生动深刻。小诗也写得深情款款。既能写出"庭树不知人去尽，春来还发旧时花"深情绵渺的句子，也能写出"遥怜故园菊，应傍战场开"慷慨深挚的句子。其中有一首非边塞主题的诗《和贾舍人早朝》，颇值得瞩目：

鸡鸣紫陌曙光寒，莺啭皇州春色阑。

金阙晓钟开万户，玉阶仙仗拥千官。

花迎剑佩星初落，柳拂旌旗露未干。

独有凤凰池上客，阳春一曲和皆难。

这首诗写的是早朝时候的宏大场景。破晓时分，春日将近，金阙晓钟，万户开门，玉阶仙仗，千官毕至。诗歌富丽但不奢靡，将长安城的恢弘富庶与宫廷城阙的华贵大气描写得让人神往。诗歌不难理解，描写为主，即使结尾有"凤凰池上客"之句，也没有流着口水跪舔和谢主隆恩的奴性，而是由心而发的骄傲与认同。这种骄傲不仅岑参有，"诗佛"王维也有，如《和贾舍人早朝大明宫之作》：

> 绛帻鸡人报晓筹，尚衣方进翠云裘。
>
> 九天阊阖开宫殿，万国衣冠拜冕旒。
>
> 日色才临仙掌动，香烟欲傍衮龙浮。
>
> 朝罢须裁五色诏，佩声归到凤池头。

"九天阊阖开宫殿，万国衣冠拜冕旒"，这种气象，或许只有开元、天宝年间万国来朝的盛唐长安，或只有人人砥砺、个个激扬的时代，才有可能具备。

是的，这种阔大、开朗、健硕、乐观，就是脍炙人口的"盛唐气象"。

五、盛唐气象

在文学史上，能够和魏晋风度相颉颃的，只有盛唐气象。"盛唐气象"这个说法，并不久远，是已故著名学者、诗人林庚提出来的，其确实能够很好地概括这个时代的精神气质、文化特质、文学风貌。

本段文字大体是林庚的名文《盛唐气象》（一九五八年发表于《北

京大学学报》）的高度压缩，当然，也有笔者的个人理解，只是观点和林先生并无冲突。

宋人极度推崇唐诗，其中有个叫严羽的，撰《沧浪诗话》，其中有这样一段话："诗者，吟咏性情也。盛唐诸人惟在兴趣，羚羊挂角，无迹可求。故其妙处，透彻玲珑，不可凑泊，如空中之音，相中之色，水中之月，镜中之象，言有尽而意无穷也。"

《沧浪诗话》最大的特点是以佛喻诗，比如羚羊挂角、香象渡河，大体也是佛家语。羚羊晚上睡觉的时候，为了防止被偷袭，会用角把自己挂起来，所以找不到痕迹；香象渡河，当然也闻不到气味，无法追踪。唐诗就有这种浑化无迹的独到魅力，这是其他朝代的诗歌无法企及的。

严羽说得当然没错，但若论论述精到、有理有据，林庚之文或许更胜一筹。

文学是诗人头脑中的产物，但同时也是时代的产物。盛唐气象，首先得益于那个蒸蒸日上、威震四海、天下安康的时代。有点像我们八十年代，经历十年寒冬之后，春风如此醉人。理想、憧憬、欢快，几乎写在每个人脸上。今天很多人无比怀念那个物质尚有匮乏但精神无比乐观丰富的八十年代，不是没有原因的。今天，不管影视作品还是文学作品，都不可能有八十年代的气质了。

林庚认为王绩的"树树皆秋色，山山唯落晖。牧人驱犊返，猎马带禽归"，这几句反映出新的统一局面下和平生活的环境与人民各得其所的心情，这在动荡不安的魏晋南北朝是罕见的。经过唐太宗到玄宗几代皇帝的努力，唐朝之盛，可谓空前，李白唱到"一百四十年，国容何赫然"，他的诗篇和这个时代也有着不可分割的关系。

唐代也正是从六朝门阀的势力下解放出来，从佛教的虚无倾向中解放出来，从软弱的偏安与长期的分裂局面下解放出来，而表现为文学从华靡的倾向中解放出来，带着更为高涨的胜利心情，更为成熟的民主信念，更为豪迈的浪漫气质，更为丰富的爽朗的歌声，出现在诗歌史上。

初盛唐诗人推尊魏晋风度，但魏晋的解放是和动荡相伴的，而盛唐的解放是和蒸蒸日上的国运相伴的，所以魏晋多"惊风飘白日""高台多悲风"悲凉高亢的诗，而盛唐则多乐观饱满健朗的诗。用林先生的话说是，蓬勃的朝气，青春的旋律，这就是"盛唐气象"与"盛唐之音"的本质。

"迎旦东风骑蹇驴"，决非盛唐人气象。"细雨骑驴入剑门""满天风雨下西楼"也决非盛唐人气象。

盛唐诗人推崇汉魏古诗，但是汉魏（诗）高古，而盛唐（诗）浑厚，二者差别在哪里？在形象！或者我们今天说的意象（image）。汉魏古诗，以直抒胸臆为主，所以在形象锤炼上还略觉粗糙，而六朝以来积累的摹写和声律，给唐人做足了准备，因此在形象层面才能做到羚羊挂角无迹可寻，也就是没有生硬、造作的痕迹。"相逢意气为君饮，系马高楼垂柳边""登高壮观天地间，大江茫茫去不还"，都是青春乐观朝气蓬勃的体现。

所以即使写愁，盛唐人依然是高昂爽快的，如："五花马，千金裘，呼儿将出换美酒，与尔同销万古愁"，而不是李后主的"问君能有几多愁，恰似一江春水向东流"，也不是李清照的"只恐双溪舴艋舟，载不动，许多愁"（李清照是能写出"生当为人杰，死亦为鬼雄"的有英雄气的奇女子）。

林庚说:"盛唐气象是饱满的、蓬勃的,正因其在生活的每个角落都是充沛的;它夸大到'白发三千丈'时不觉得夸大,它细小到'一片冰心在玉壶'时不觉得细小;正如一朵小小的蒲公英,也耀眼地说明了整个春天的世界。它玲珑透彻而仍然浑厚,千愁万绪而仍然开朗;这是植根于饱满的生活热情、新鲜的事物的敏感,与时代的发展中人民力量的解放而成长的,它带来的如太阳一般的丰富而健康的美学上的造诣,这就是历代向往的属于人民的盛唐气象。"

或许,我们唯一的困惑是:谁是帝王,谁是文人,谁是人民。时代是人民的,还是哪个权贵的?

六、李白:你笑起来真好看

李白是伟大的。不管他出生在哪里,DNA是汉还是胡,都不妨碍他的伟大,不妨碍后人对他的仰慕热爱。

李白好言王霸之道,但政治意识并不高明,天才的诗人一定缺乏高明的手段。李白眼神不大好,容易看错人。安史之乱起,李白入永王幕府,后永王以叛军论处,李白也差点丢了性命。但正是这个蹩脚的政治热衷者李白,一会儿"十步杀一人",一会儿"五岳寻仙不辞远",丝毫不影响我们喜欢他。后来李白醉酒捉月,落水而死,连死都死得如此浪漫。李白诗歌中有个明显的特征,就是"我"字出现得特别多。这是个人意识最直观的体现,甚至可以通过心理学研究得到印证。

古人指称自己还有个词"吾"。"吾"和"我"有什么区别呢?庄子有句话说"吾丧我",二者必然有很大区别才可能如此运用。综合各家之言,大体可以说,"吾"是那个客观性和主体性相统一的自己,而"我"是社会性很强的自己。庄子说"吾丧我",其实也是排除了很多社会关系、世俗纠葛之后那个放空、逍遥的自己。李白诗中"我"的普遍出现，既是李白自己张扬个性的体现，也是时代精神的体现。

李白诗中另外一个特别，即"笑"字。李白爱笑，一个让贵妃捧砚、力士脱靴的人，在朝气蓬勃的大唐，笑起来似乎并不难。

> 若耶溪边采莲女，笑隔荷花共人语。
>
> 若待功成拂衣去，武陵桃花笑杀人。
>
> 名花倾国两相欢，长得君王带笑看。
>
> 落月低轩窥烛尽，飞花入户笑床空。

有君王的笑，有胡客的笑，有采莲女的笑，甚至有飞花的笑。当然，让我们觉得最快意的还是李白自己的笑。

"仰天大笑出门去，我辈岂是蓬蒿人"，这是轻视王侯放达自我的笑。

"问余何事栖碧山，笑而不答心自闲"，这是寄意山水清高自适的笑。

"我本楚狂人，凤歌笑孔丘"，这是挑战礼俗挣脱名教的笑。

"黄金白璧买歌笑，一醉累月轻王侯"，这是挥洒狂歌少年意气的笑。

"兴酣落笔摇五岳，诗成笑傲凌沧洲"，这是惊才飞逸一揽天地的笑。

当然不止这些，还有很多很多：

欢笑相拜贺，则知惠爱深。

窥觞照欢颜，独笑还自倾。

因招白衣人，笑酌黄花菊。

我从此去钓东海，得鱼笑寄情相亲。

自笑我非夫，生事多契阔。蓄积万古愤，向谁得开豁。

谈笑遏横流，苍生望斯存。冶城访古迹，犹有谢安墩。

飞去身莫返，含笑坐明月。紫宫夸蛾眉，随手会凋歇。

笑尽一杯酒，杀人都市中。羞道易水寒，从令日贯虹。

记得长安还欲笑，不知何处是西天。

入门且一笑，把臂君为谁。酒客爱秋蔬，山盘荐霜梨。

手持一枝菊，调笑二千石。

笑开燕匕首，拂拭竟无言。

……

    笔者没有具体统计太白全集里到底有多少"笑"字，但此起彼伏的爽朗笑声足以让整个盛唐为之欢呼。李白的笑是才华的笑，是人格的笑，是理想的笑，是时代的笑。

偶尔不笑时，李白则深入到中国哲学的最深处，如《独坐敬亭山》：

众鸟高飞尽，孤云独去闲。

相看两不厌，只有敬亭山。

这是一首咿呀学语的孩童就可以背诵的诗，却也成为阐释中国哲学思想被引用最多的一首诗，是不是很夸张？

中西方文化研究，免不了对比、总结、提炼一番，即使非此即彼的、AorB式的论断遭到越来越多的质疑，但是中西方明显的分野，我们也无法抹杀。比如西方重逻辑，中国重情境；西方重对象，我们重关系……其中一个接近于母题性的问题就是：主客关系。

主客关系，简单说就是，主体（人）和客体（外在物、认知对象）的关系。西方更偏向于认识世界，故而求其背后的那个本体，后来发现本体不好把握，转而研究如何认识主体，是为认识论。但不管是本体论还是认识论，以及后来的实践改造世界，西方都把外在世界作为和人类相分离的对象，因此西方是主客相分的。中国相反，主张主客相融，或者更准确的表述是"天人合一"。何为主客相融、天人合一？就是不分物我，不分主客，没有主体和客体的差别，都是主体，能够对话，融二为一。这是中国智慧。西方人走了两千多年，直到胡塞尔和海德格尔等人才发现，以前的路子出现了很多问题，需要打破主客的窠臼，追求主体间性，实现"天地神人"四方游戏，就是能与天地万物和谐对话。据说海德格尔深受老子思想影响，这倒是个奇妙的偶然。

关于主客关系这个重大论题，笔者尽可能简要说到这里。但都不如太白这二十个字说得明白而透彻。众鸟飞去，孤云飘过，这或许是曾经在破晓的窗前啼叫的鸟，这或许是曾经行路上遮住片时烈日的云，此刻都离去了，还会回来吗？一定要回来吗？来是重逢，去是相忘，都很美，都是最好的安排。何况还有敬亭山，与我两两相望，心心相通。这就是"主客相融"的最高境界，是最好阐释，所以被无数次征引。

还有一句也被多次征引的同题诗句，是辛稼轩的"我见青山多妩媚，料青山见我应如是"。

当然，我还想到了《牡丹亭》里的句子，"是那处曾相见？相看俨然，早难道好处相逢无一言"。

心即相通，何须多言！

七、寂寞天宝后：大历诗人的萧瑟

"寂寞天宝后，园庐但蒿藜"，老杜的诗句，说得比史书还真实。渔阳鼙鼓惊破的可能不只是《霓裳羽衣曲》，还有整个鼎盛的国势。自此，唐朝江河日下，再不复当年气象。后来即使有唐德宗、唐宪宗等还算争气有为的皇帝，略有"中兴"之感，但盛唐荣耀再难挽回。

文学史上有所谓"大历诗风"。大历诗风，指代宗<u>大历年间到</u>德宗 <u>766—790</u>
贞元初诗坛上整个风貌。安史之乱是<u>天宝十四载至宝应元年</u>的事。大 <u>755—763</u>
历诗风基本上是战乱平定后即出现的风格。

对比李白诗中此起彼伏的"笑"，大历诗人诗歌中出现最多的意象是夕阳、秋风。的确，开元盛世的歌舞太欢乐，长安城的街道太热闹，大明宫的风景太壮美，一旦国破，山河失色。对于敏感的诗人们来说，颠沛流离还只是表层，更多的是心灵的放逐，再没有"九天阊阖开宫殿，万国衣冠拜冕旒"的景象，理想国彻底崩塌，恍如隔世。来看钱起《省试湘灵鼓瑟》：

善鼓云和瑟，常闻帝子灵。

冯夷空自舞，楚客不堪听。

苦调凄金石，清音入杳冥。

苍梧来怨慕，白芷动芳馨。

流水传潇浦，悲风过洞庭。

曲终人不见，江上数峰青。

钱起是"大历十才子"之首，这也是一首非常特别的诗——在考场上完成的，流传于诗坛和诗史，确有独到之处。这相当于你参加四六级考试，写了篇作文，竟然能和 *I have a dream* 一样名垂青史。《省试湘灵鼓瑟》是命题作文，出自《楚辞·远游》"使湘灵鼓瑟兮，令海若舞冯夷"。但和高考"文体不限，诗歌除外"不同的是，唐朝有专门考诗这一门。

《旧唐书·钱徽传》记载：

（钱）起能五言诗。初从乡荐，寄家江湖，尝于客舍月夜独吟，遽闻人吟于庭曰："曲终人不见，江上数峰青。"起愕然，摄衣视之，无所见矣，以为鬼怪，而志其一十字。起就试之年，李韦所试《湘灵鼓瑟》诗题中有青字，起即以鬼谣十字为落句，韦深嘉之，称为绝唱。是岁登第。

这个记录颇有点《聊斋志异》的感觉。大意无非在旅馆中月夜吟诗，听到有人吟诵"曲终人不见，江上数峰青"，但找不到人，以为是鬼怪。正巧科举考试以"青"为韵，就用了这个"鬼谣"，一举夺魁。

古人碰到不易解释的自然现象时，容易用鬼神来震场或搪塞。这次更绝，碰到难以置信的好诗，也用鬼神来演绎了。

这首诗为什么这么好，成为后来试帖诗无可逾越的经典，答案就在结尾。前四联是铺陈，无非说谁谁演奏，谁谁着迷。第五联，进行了总括——"流水传潇浦，悲风过洞庭"，自然流转。但结尾更妙——"曲终人不见，江上数峰青"。等演奏完了，不是写如何让百兽率舞，顽石点头，而是曲终人散，天地寥落，只剩下平静的江面，江面上几处青青的山峰……

二〇一四年央视《中国好歌曲》节目中，出现一个让观众眼前一亮的年轻潇洒的歌手，一曲《卷珠帘》惹得评委刘欢老师落泪，更俘获无数观众的心。歌词写得很好：

> ……
> 细雨落入初春的清晨
> 悄悄唤醒枝芽
> 听微风耳畔响
> 叹流水兮落花殇
> 谁在烟云处琴声长

以"谁在烟云处琴声长"结尾，有一唱三叹、言有尽而意无穷之妙。后来导师刘欢指导完善，结尾处歌词变成：

> 归雁过处留声怅
> 天水间谁抚琴断肠

结尾变成"天水间谁抚琴断肠",读者朋友觉得哪个更好?仔细品读一下,我们不难感觉到原来的版本有"江上数峰青"的韵致,修改版变得浅切直白,"断肠"无须说出,说出即缺少感动人的力量,变成祥林嫂"我家阿毛……"式的念叨。刘欢老师的音乐造诣世人皆知,但从修改这几句歌词来看,文学修为似乎比音乐修为略有逊色。

当然,如果有朋友觉得读不出什么差别,笔者只能狠心说:那你需要读更多好诗,将文字感悟力、文学鉴赏水平大幅度提升一下。

写诗开头不易,而结尾最难。即使伟大如李白、杜甫,其不少诗的结尾也显得生硬乏味,类似《秋兴八首》那样浑然天成的毕竟还是少数。从这个角度讲,"曲终人不见,江上数峰青"可谓值得揣摩一生的经典,每次读都有新的体会、新的感动。

八、瘦硬苦寒的中唐

大历的萧瑟之后,迎来的是韩愈、孟郊、贾岛、李贺等诗人的爆发,但其不仅距离盛唐气象千里万里,就是距离刚刚出现的大历诗风也完全不同。韩愈奇险,孟郊拗亘,李贺瑰诡,"险语破鬼胆",瘦硬通神,可以说是这一时期的典型特征。当然,韩愈等人也能写个别清新平易的小诗,正如大理学家朱熹很多小诗自然清丽浅近可人。比韩愈稍后一点的刘禹锡和柳宗元等人,才将韩愈等人的奇诡拗折之风稍有扭转。

柳宗元是散文八大家之一,诗也写得漂亮。《江雪》被誉为唐朝五言绝句之首:

> 千山鸟飞绝,万径人踪灭。
>
> 孤舟蓑笠翁,独钓寒江雪。

有人认为这是"寒"到骨子里的诗。这样解读当然没错（只有严重悖离作者生平与特征的漫无边际的演绎才会出错），但还不够。

前文分析过李白的《望敬亭山》，也是众鸟飞尽，连白云都去尽，只有孤零零的诗人自己。但李白的诗没让人感觉到天地寒彻，无穷孤寂。或许李白毕竟还有敬亭山可以与之"主客相融"，而到了柳宗元这里，怎么白茫茫天地只剩下一个"独"字？！李白能够天人合一，难道其他诗人不可以？写得出《永州八记》的大诗人柳宗元不可以？

或许，我们把这首小诗读薄了。

千山，不要简单理解成形容很多的约数。千山，在古诗中几乎是一个固定意象，像"落木""夕阳"一样。试举两例——黄庭坚《登快阁》"落木千山天远大，澄江一道月分明"，姜夔《踏莎行·燕燕轻盈》"淮南皓月冷千山，冥冥归去无人管"。因此，千山，与其说是个实景，不如说是诗人共同的精神家园。

中国绘画有"眼中山水"和"胸中山水"之说，中国的山水画表现的从来都不是一时一地的具体景观，而是画家游历天下、遍览群山之后，经过艺术的心灵整合加工之后形成的山水意象。否则何以"竖画三寸，当千仞之高；横墨数尺，体百里之迥"？中国古代画家如此，诗人也是如此。程千帆指出，古诗中"虚构"（比如大雪之夜，哪里有什么"雁飞高"），有不同空间地点"并置"（比如"青海长云暗雪山，孤城遥望玉门关"，在青海遥望玉门关是不可能的，这是诗人的体验加想象），其实说虚构都是贬低了诗人，那是诗人之眼，看到的是生机盎然的世界。

什么，都已经"万径人踪灭"了，还会是"生机盎然"的世界？诗人和哲人世界里的生机是宇宙、天地的生机，即使是细小微物，也依然具有通达天地的气象。正所谓"一沙一世界，一花一天堂"！既然分天地阴阳，自然有枯荣生灭，一切皆是生趣。因此白茫茫大地和花团锦簇的天地一样承载着天地生发的消息，都值得感动，甚至更值得感动。

在群山间错落绵密的小径，本就是农人耕种作息的路，是诗人举子骑驴跋涉的路，是官人贬谪商人逐利的路。在漫天大雪的时刻，这些往来之客，终于消停了，停留在风雪敲窗的农家，停留在客满酒温的客舍。因此，人踪灭，不是死寂，是自然而然的安排。即使不在路上，也在某处为下一次的路上做准备。

当然，也有人不停在农舍客栈，而停在江上的孤舟之中，这个小舟，也是寓所。常人觉得小舟太过于漂荡，但对渔翁来说，却可能是最安稳、最温暖的栖息地。船舷即庭院，蓑笠即屋檐。苍天之下，群山之间，孤舟之中，蓑笠之内，就是渔翁自足的世界，这个世界在贪恋酒筵歌舞、丝竹酒肉的人看来是寒促的、冷清的，但在诗人看来却是饱满的、人性的。

到底是渔翁还是诗人自己？怎样理解都对，或许是诗人在某个角落、某个窗前，看到孤舟之中的渔翁，不由地钦慕之意油然而生。但这个渔翁更像是诗人的替身、代言人，代诗人而独钓寒江。更或者，这就是诗人本人。

中国山水画讲求"气"，人即气的关键，所以千岩万壑，往往会安排三两个小如黄豆的行人，这样整幅作品就活了起来。完全没有人介入的山水，是空的，是虚无，是无意义。只有人的存在，才赋予山水和万物以意义。所以即使是一个毫不相干的渔翁，在此时也主观化为诗人自己。

　　前面已经说了孤舟，何以还要强调独钓？垂钓不行吗？行，但味道就不一样了。孤独在今天连用，但在古代意义迥异。"鳏寡孤独"，原是说，鳏：年老无妻；寡：年老无夫；孤：年幼无父；独：年老无子。《广雅·释诂三》说：孤，独也。独，一人。古代汉字的解释挺有意思，想查一下甲的意思，告诉你是乙，那赶紧看看乙啥意思，结果又告诉你乙的意思是丙。语义是开放而流动的，和西方寻求最根本逻辑单位的做法迥异。这深刻代表了中西方两种文化的差异。但"独"更具有鲜明的意向性，故而"独上高楼，望尽天涯路""谁念西风独自凉，萧萧黄叶闭疏窗……"，这些地方的"独"都不能换成"孤"。"孤"多与物组合，"独"多与动词组合。

　　钓什么？钓鱼。也可能是钓这寒江雪景。李白"以虹霓为线，明月为钩""以天下无义丈夫为饵"，够浪漫，也够大气。从姜子牙到欧阳修，从来都是醉翁之意不在酒。柳宗元也是。

　　独钓寒江雪，最表层的理解是，在这寒江漫天风雪里，独自垂钓。更深的意思则是，诗人恰恰要在鸟群散去、人踪隐匿之时，在江风萧瑟、寒雪漫舞的小舟上，一人垂钓，钓这份孤独，也钓这份从容。此时没有同行者，但道不远人，本也无须刻意的同行者。柳宗元信佛，但一生都有儒家理想，参加革新，倡导古文运动，他的人生态度非常积极。诗歌上，苏东坡将他和陶渊明并列，指其似淡实浓的特色。淡在皮相，浓在心魂。

　　《江雪》中的孤独、冷寂，甚至不是不期而遇的，而可能是作者精心的追寻。熙熙攘攘的闹热中，人情浮泛，只有在经历过寒风悲鸣冬雪漫飞的历练，当农人、官人、商人各有处所时，一江风雪，一芥孤舟，才成为一个完满自足的世界。这不是诗人的倔强，而是诗人的深情。

九、诗到元和体变新

元和，是唐宪宗的年号，白居易、元稹等大诗人活跃的年代。元
白都算是网红级的大诗人，《长恨歌》《琵琶行》，连放牛娃都能唱，可
见群众基础有多好。元和诗风，既然能独立存在，说明自有其独到之处，
最明显的是现实指向性，以"讽喻诗"为典型。但时过境迁，让我们
感动的往往是那些写杯盘光景的小诗，甚至包括元稹的那些"艳诗"，
如《行宫》：

> 寥落古行宫，宫花寂寞红。
>
> 白头宫女在，闲坐说玄宗。

元和天宝年间唐玄宗时的宫女被幽禁在洛阳上阳宫，距离元和大
约四十年时间，正是从二十岁左右的青春宫女到六十左右岁的白头宫
女。元稹写的是宫廷内的小景，却又似一部让人唏嘘不禁的断代史。

四五十年其实也就一瞬间的事，当初的盛景不在，日复一日的风
雨剥蚀，行宫也已经苔痕斑斑，俨然一座古旧的所在。年年岁岁花相似，
一到春来，行宫内的花照样抽芽，吐蕊，绽放。但最让人难堪的不是
宫阙荒芜、草木零落，而是花木已经红艳，却已斗转星移，人事更迭。

五代词人鹿虔扆有一首《临江仙》：

> 金锁重门荒苑静，绮窗愁对秋空。翠华一去寂无踪。玉楼歌
> 吹，声断已随风烟月。　　不知人事改，夜阑还照深宫。藕花相
> 向野塘中。暗伤亡国，清露泣香红。

　　这首词描写的内容与元稹诗接近，但词更荒凉，因为金锁重门，旧事庭院已经成为荒苑。但更让人不能自禁的是"烟月不知人事改，夜阑还照深宫"，还是那时月色，但物是人非，让观者如何不生感慨？同样，宫花依然按节令盛开，但繁华不再，歌舞声断，越是红艳，就越是寂寥。在春色依旧中，当然也有变化，穿梭流连的满头青丝，已然熬成白发。当时欢快的步履已经熬成今天的闲坐。人生很多时候，不是怕彻底的消逝，而是怕一如往昔的留存，不是怕忙忙碌碌，而是怕闲来无事。

　　于是，中国诗词中就多了很多闲愁，如"试问闲愁都几许，一川烟草，满城风絮，梅子黄时雨"，"花自飘零水自流，一种相思，两处闲愁"。闲，有多重含义，无事，安静，平常（等闲），空虚。闲愁，不是闲来无事瞎琢磨生出来的愁，而是无端无谓、说不清道不明的愁。闲愁，是面对时间和虚空时，产生的难以名状、看似轻浅实则难以承载的愁。所以敢于"沙场秋点兵"的辛稼轩也不得不说："闲愁最苦。休去倚危栏，斜阳正在，烟柳断肠处！"

　　悲观主义哲学家叔本华有个著名论断，人生就是一架在痛苦和无聊之间来回摆动的钟摆。人就是一团燃烧的欲望，当欲望得不到满足，人就会感到痛苦；当欲望暂时得到满足而一时无所希冀时，人就会感到无聊。可问题是，无聊到底是什么？周国平说，无聊是对欲望的欲望。顺着这句话往下说，我们好像发现一丝玄机。在行宫中囚禁了四五十年，从豆蔻年华到白发苍苍，英雄也已迟暮，何况美人更易老去。见识过鼎盛繁华的宫女们，究竟还有多少世间欲望？盼望那个神圣一样的三郎（唐玄宗的小名）能够归来？盼望彷佛天籁的《霓裳羽衣曲》

能够再次响起？存在主义哲学家海德格尔认为，人在任何时候都不可能没有情绪，人只能用一种情绪代替另一种情绪，当强烈的思念和期盼变得难以维系时（谁能承受得住四十余年热烈期盼之重），另一种情绪也许只能是类似古井无波的闲淡。

于是表面上平平无奇的"闲坐"，也许是一种更为深刻而痛苦的替代。三十岁后，笔者就很少听流行歌曲了，偶尔听过五月天有一首 *Do You Ever Shine*，其中歌词写道："难道你想没什么意外，发一生的呆，墓志铭只要写，人畜无害。"这首歌若是让白头宫女听了，或蹙眉痛哭，或惨然一笑。毕竟，见过，经历过盛世，听过《霓裳羽衣曲》，和普普通通发一生的呆，还是有本质区别的。

闲坐说玄宗，说什么呢，说他的文韬武略？说他的诗酒风流？说他的浪漫爱情？说他的重色轻国？五十年白云苍狗，八千里狼烟征尘，不过都化成白头宫女的轻轻念叨，认真在听的，也许只有那年年依旧红艳如昨的宫花……

十、满天风雨下西楼：晚唐诗的魅力

讲六朝的时候，笔者引用过"六朝文章晚唐诗"一句在文化界流传甚广的说法。晚唐诗究竟怎么好，竟然能让行家如此赞叹，深情款款。

小李（商隐）杜（牧）、温庭筠、许浑、韩偓等一批深情绵邈的诗人，在晚唐的残阳斜照下，写出更多感慨、更多叹惋、更多流连的美丽诗篇。"鼓绝门方掩，萧条作吏心。露垂庭际草，萤照竹间禽"（姚合《县中秋宿》），意境狭小，类似六朝，但没有六朝的清丽和春风春草的感觉，而是绵绵不断的萧条冷落。历史相似，但绝不雷同。有时候真的难以理解，六朝偏安，朝廷短命，为什么诗文中一片烂漫春色，晚唐毕竟还是大一统，战事远不及六朝频繁，怎么整个晚唐既没有慷慨高迈之气，也无轻快明丽之声？只有在闺阁体的软玉温香中，诗人才暂时忘却现实的失落和萧条，能有几许迷恋和陶醉。韩偓的"香奁体"、温庭筠的艳体诗，还是被骂作纸醉金迷、靡靡之音、庸俗无聊。事实上除了李商隐模仿杜甫沉郁顿挫，诗风几乎乱真，温庭筠、杜牧、许浑都有大气磅礴的诗篇。

读诗一定要看一遍全集，只读几首流传广的诗，或者被几句总结和评语误导，很容易形成片面印象，一叶障目。

杜牧是宰相之后，英雄气足，好谈王霸事业，二十多岁上策平虏，被当时的名相李德裕采用并获成功，可见杜牧有真才。杜牧精于兵法理论，书法也相当出色，有千军万马之势。杜牧写雨的诗不是最多的，但都成杰作，比如脍炙人口的《清明》，当然还有下面这首《题宣州开元寺水阁阁下宛溪夹溪居人》：

> 六朝文物草连空，天淡云闲今古同。
>
> 鸟去鸟来山色里，人歌人哭水声中。
>
> 深秋帘幕千家雨，落日楼台一笛风。
>
> 惆怅无日见范蠡，参差烟树五湖东。

这是一首怀古诗。怀古诗几乎都是有套路的，无非抒发时过境迁、兴废枯荣。在历史的勾勒中，如何展现当下，才是更需要关注的事情。因为任何怀旧都是和当下对话，任何思念都是和当下对比。

写过"南朝四百八十寺，多少楼台烟雨中"的诗人，今天看到的依然是芳草萋萋，直达天边。天淡云闲，自古而然，没有任何改变。

但真无改变吗？鸟去鸟来，景色依稀，但还是去年的鸟吗？还是去年一样的啼叫吗？人歌人哭，得意失意，日复一日，年年皆有，但是为何是水声中？人的歌声或者哭声，难道入水能够传得更远？

很多人读这一联，就这样轻松滑过去了。然而这一联很妙，需要细品。如果上半句的结构和意象容易理解，秋日高旷，山色宜人，这层次鲜明的山色正是鸟去鸟来的优美背景，那么水声中就容易理解了。汩汩而出，绵绵不尽的水声，正是偶来或常来的人得意时的高歌、失意时的痛哭的伴奏。水流越清脆，歌声哭声越顿挫。杜牧还有描写流水的诗《汴河阻冻》："浮生却似冰底水，日夜东流人不知"，很有哲理，常言浮生若梦，漫漫一生，不过是白驹过隙，电光石火，更可叹的是，无数光阴，不管是大好年华，还是依稀垂暮，都像冰底流水，不知不觉间流淌、流逝，并且无有西归日，盛年无再时。因此，这看似无心的流水，就不仅是歌声哭声的伴奏，更成为对话。这流水从六朝流淌至今，可有几人的高歌或长哭，留在了这秋山之中，天地之间？

深秋帘幕千家雨。毕竟是好言王霸的宰相之孙，即使悟到这人世更迭的真相，依然不乏大气，不落低沉。没了盛唐气象，但依然开阔。是的，水流不尽，日夜如斯，但毕竟还有这千家万户，即使王谢衰落，但千家万户的帘幕依然朝卷暮放，千家万户的炊烟依然按时升起，大浪淘沙，逝去的是英雄人物，而普通百姓却如不起眼的青草，枯荣更迭，竟成为恒久的存在。诗人的视角一直在变化，让我们恍然以为这个帘幕其实就是雨，连天大幕，让我们再看这千家万户，就有了"审美的距离"，仿佛看到的是戏台、舞台上的烟火人间。

只有无边雨脚似乎太枯寂了，于是诗人像音乐剧导演一样，给安排了动人心魄的笛声。楼台吹笛，浪漫的李白见过（"黄鹤楼中吹玉笛，

江城五月落梅花"），伤心的陈与义也见过（"杏花疏影里，吹笛到天明"），
但怀想着六朝风烟，此番笛声自然不同寻常。怎么会是落日楼台呢？不
是在下雨吗？并且下得如幕天席地的帘幕一样，怎么又有了落日？

较真是没办法读诗的。诗人从来不按照俗常的理解出牌（诗人最
拿手的牌是他的意象），兴之所至，爱怎么安排就怎么安排。可以理
解成什么"蒙太奇"手法，更可以理解成诗人情感的安排。或许也可
以理解成，一直在深秋密雨中看着千家风景，不觉日暮，天竟然也晴
了，毕竟这样的景致也不罕见，"雨后复斜阳，关山阵阵苍"，于是自
然而然有了落日楼台一笛风的景象。这既是空间的变化，也暗示时间
的推演。

能文能武、功成身退的范蠡，是杜牧的偶像，但是古人已去，如
何可追？！只能留给后人无尽的惆怅，恰如湖边步堤，跌宕曲折。同
是晚唐的诗人、词人韦庄《台城》说："江雨霏霏江草齐，六朝如梦鸟
空啼。无情最是台城柳，依旧烟笼十里堤。"六朝如梦如幻，柳色似浓
似淡，年年依旧，铁石心肠。说柳色无情，如说寂寞宫花红，其中感慨，
一言难尽。

参差烟树，是诗人慷慨转折的心绪。鸟去鸟来，终落入空啼；人
歌人哭，皆成为梦幻。唯有那长短错落的烟树，在余音袅袅中，将时
空继续推进，宕开，无限光景，一片迷离。

十一、以《二十四诗品》为尾声，是最好的安排

在文论方面，魏晋钟嵘的《诗品》和六朝刘勰的《文心雕龙》都
是杰作，二者都以文论诗。而以诗论诗，唐末司空图算是高峰。朱东

润曾专门研究司空图的《二十四诗品》，认为其是体系之作，这种尝试有益于更深入研究《二十四诗品》。

《二十四诗品》冠以"二十四"，是因为论述二十四个风格：雄浑、冲淡、纤秾、沉着、高古、典雅、洗练、劲健、绮丽、自然、含蓄、豪放、精神、缜密、疏野、清奇、委曲、实境、悲慨、形容、超诣、飘逸、旷达、流动。全部以十二句四言诗完成，这是诗论中的高峰，也是四言诗最后的迷人光芒。

中国诗论最受人诟病，最难进行跨文化传播的点在于比喻。本是理论，竟然用比喻来实现，这很不理性。西方人用概念、术语、范畴形成体系，论述明确，观点明确。中国诗论往往要靠悟，靠感受，靠琢磨。曹操诗和曹植诗什么区别，一个如幽燕老将，一个如三河公子，这就是区别，很笼统，很模糊，但是真深入读诗，发现这样的比喻实在精当，比任何客观理论解读都要深刻、传神。《二十四诗品》走的是这样的路线，并且成为经典。

比如"纤秾"：

采采流水，蓬蓬远春。窈窕深谷，时见美人。
碧桃满树，风日水滨。柳阴路曲，流莺比邻。
乘之愈往，识之愈真。如将不尽，与古为新。

谁的风格是纤秾的？六朝很多诗人都是。所以我们说六朝诗歌虽然被一些卫道士骂为淫荡庸俗，但是诗里充满春天的气息，明丽喜悦。你可以理解成缺少政治抱负和浩然正气，可是谁要求每个人、每个诗人都要做英雄，都要正气凛然无欲则刚？

比如"高古"：

> 畸人乘真，手把芙蓉。泛彼浩劫，窅然空踪。
> 月出东斗，好风相从。太华夜碧，人闻清钟。
> 虚伫神素，脱然畦封。黄唐在独，落落玄宗。

谁的风格是高古的？太白的不少诗，尤其是古体诗就是。畸人乘真，手把芙蓉。太华夜碧，人闻清钟。有仙气，不染尘俗。

比如"典雅"：

> 玉壶买春，赏雨茅屋。坐中佳士，左右修竹。
> 白云初晴，幽鸟相逐。眠琴绿阴，上有飞瀑。
> 落花无言，人淡如菊。书之岁华，其曰可读。

谁的风格典雅？王维在辋川的诸多诗篇都是。落花无言，人淡如菊。行到水穷处，坐看云起时，天衣无缝。

比如"旷达"：

> 生者百岁，相去几何。欢乐苦短，忧愁实多。
> 何如尊酒，日往烟萝。花覆茅檐，疏雨相过。
> 倒酒既尽，杖藜行歌。孰不有古，南山峨峨。

谁的风格是旷达的？后世苏东坡的诗词就是。莫听穿林打叶声，何妨吟啸且徐行。阅世走人间，观身卧云岭。

当然，个别风格的区分也许没有那么强烈，但是司空图对风格特色的把握是精深的。吊诡的是，越精深，越难言明，最后只能借助诗来论诗，这很悖论，但解决得无比漂亮。

风格都是诗人的风格，甚至可以说是人格的外化。故司空图的《二十四诗品》，处处有人，以意象绘制一个风格鲜明的诗境，花覆茅檐，疏雨相过。落花无言，人淡如菊。这本身就是一等一的好诗。

中国诗论，比喻的戏份太重，意象色彩鲜明，要靠悟，靠揣摩，方能得个中三昧。所谓"得鱼忘筌，得意忘言""言有尽而意无穷""不着一字，自得风流"，说的都是这个意思。但这恰恰是文化的独特性，是中国艺术和中国诗歌无可比拟、无可取代的价值所在。也有学者称这种特征为"象思维"，即言不尽意，立象以尽意。象，大象无形的象，换句稍微哲学一点的语言就是：世界本质的外在显现。语言自身具有一定的局限性，那些幽微的情感，有时候确实难以描述，怎么办，建立意象，像一个光源，蔓延开来，形成一个无法界定但鲜明鲜活的意境，意义就表达出来了。

唐诗从初唐的青涩憧憬，到盛唐的饱满高扬，到中唐的拗折生硬，到晚唐的低回咏叹，一切风格都尝试了，一切形式都成熟了，需要这样一个美轮美奂的总结，让我们诗的国度，有这样曼妙的风格谱系，一直感召后人，感染后人。

十二、唐宋最好分开来

历史学家长时间将唐宋并称，很多史学、文学史的书也这样进行分期。实际上，不管是体制上还是审美上，唐和宋都有着极大的差别，燕瘦环肥，各有妙处，但不宜并列同台，因为反差太大，容易让明眼人笑场。

　　唐朝是开放的、浓烈的、浪漫的、活泼的、热烈的，宋朝是内敛的、平淡的、婉约的、恬静的、简约的。唐人好胖，温泉水滑洗凝脂，胖嘟嘟、软乎乎的杨玉环，符合唐朝的审美标准。这是一个乐观阳光的朝代，结束了几百年的纷争，天下一统，万国来朝，壮硕成为美的标准是自然而然的事情，正如《诗经》里反复歌咏的心上人"硕人"，也是一个多肉型的姑娘，却能够让那时候的小伙子爱得死去活来。

　　今天的时尚，瘦出锁骨、电线杆，牙签型美女也不受欢迎了，代之以前凸后翘的美女，臀部丰满浑圆、双腿健美成了新的审美标准，女孩子也不再羞涩于"屁股"这样的话题，紧身裤穿上，扭头回望，精致拍臀，成了"亮丽的风景线"。

　　宋朝的气质和唐朝完全不同。莫非五代十国的纷扰将盛唐气象驱散殆尽？

　　宋朝是个被严重低估的朝代。新近的研究表明，宋朝不是那个忍气吞声、割地求和、上贡求安的积贫积弱的软蛋朝代。宋朝在人口、农业、商业、经济乃至于军事都占了当时的世界第一。甚至有研究说当时的宋朝 GDP 占了全世界的60%，当然这个数字是有争议的，但起码说明宋朝的富庶和繁华。

　　只是，宋朝的运气确实差了点。不太熟悉历史的朋友，可以借助金庸《射雕英雄传》等武侠小说也能大体了解。当时的宋朝面对多少疯狂的外族——辽、西夏、金、元，其中有个外族当时直接打到了今天的西班牙。在成吉思汗、铁木真横扫亚欧大陆如摧枯拉枯的时候，宋朝能够坚持这么久已属不易。

　　强敌像被历史刻意安排的车轮战，你方唱罢我登场，宋朝有些招架不住了。赵匡胤为防范武将坐大，设置了很多条条框框，以至于前方武将没办法机动灵活作战，处处受制，长期被动，偶尔的几场胜仗，也赢得吞吞吐吐，一点不痛快。

赵宋王朝给了文人最好的待遇，整个朝代没杀过一个文官，这是任何朝代都无法做到的事情，表象的背后是价值观，是情怀。

但情怀不能当饭吃，所以历史的评价就是宋朝孱弱无能。

唐人喜欢牡丹，"牡丹真国色，天香夜染衣"，浓烈富艳的牡丹是当时长安、洛阳最好的象征。宋人喜欢荷花，喜欢梅花，都是散淡、恬静的，与牡丹绝不相似。唐人喜欢唐三彩，壮硕富丽；宋人喜欢瓷器，素雅、简洁。唐朝书法以颜体为代表，富贵雍容，有儒家气象；宋四家（苏轼、黄庭坚、米芾和蔡襄）的书法，更流转、生动，文人气息从骨子里流淌出来。唐朝喜尚青绿山水，而宋朝尚水墨山水，前者浓丽，后者散淡。

这是唐宋在文化格调和审美趣味上极大的分野，没有谁好谁坏之分，都是两个伟大的朝代，都留给我们丰厚的文化家底。这种分野，也反映在诗文上。

十三、唐诗和宋诗的区别

真正要懂中国古诗，弄不明白唐诗和宋诗的差别，或者品味不出二者的不同，说明功力还不够，还需要继续修炼。

学者缪钺曾在解放前写过一篇文章《论宋诗》，专门讲唐宋诗的差别，这篇文章至今无人超越。我们阅读其中精彩段落，就能够对此有个基本印象：

　　唐宋诗之异点，先粗略论之。唐诗以韵胜，故浑雅，而贵酝藉空灵。宋诗以意胜，故精能，而贵深折透辟。唐诗之美在情辞，故丰腴。宋诗之美在气骨，故瘦劲。唐诗如芍药海棠，秾华繁采。宋诗如寒梅秋菊，幽韵冷香。唐诗如啖荔枝，一颗入口，则甘芳盈颊。宋诗如食橄榄，初觉生涩，而回味隽永。譬诸修园林，唐诗则如叠石凿池，筑亭辟馆。宋诗则如亭馆之中，饰以绮疏雕槛，水石之侧，植以异卉名葩。譬诸游山水，唐诗则如高峰远望，意气浩然。宋诗则如曲涧寻幽，情境冷峭。唐诗之弊为肤廓平滑，宋诗之弊为生涩枯淡。虽唐诗之中，亦有下开宋派者。宋诗之中，亦有酷肖唐人者。然论其大较，固如此矣。

我们怀着"历史之同情"去想，宋人在唐人之后，唐诗基本上已经登临绝顶，无法再超越，这时你该怎么办？就好像你练跑步的，前面有个博尔特，你还要练习一百米、二百米？或者练练一百一十米栏，还有险中求胜的可能。故而，宋诗的技巧、表达主题都有所变化。押韵用典都比唐诗更尚技巧。缪钺一连串的比喻，难以再用理性的语言加以解释，需要不断阅读，不断琢磨，这看似含糊的比喻，其实蕴涵着最深刻的洞见。"譬诸游山水，唐诗则如高峰远望，意气浩然。宋诗则如曲涧寻幽，情境冷峭"，事实也确实如此。唐诗，尤其诗入盛唐，意气飞动，大气爽朗。宋诗就没有此阔大和乐观，转而如曲径通幽，别有洞天，也别有风韵。不过缺少了风流畅快，多了些含蓄曲折。

宋朝没有唐朝的乐观向上，那是不是和六朝更接近呢？缪钺也有论述：

宋代国势之盛，远不及唐，外患频仍，仅谋自守，而因重用文人故，国内清晏，鲜悍将骄兵跋扈之祸，是以其时人心，静弱而不雄强，向内收敛而不向外扩发，喜深微而不喜广阔。宋人审美观念亦盛，然又与六朝不同。六朝之美如春华，宋代之美如秋叶；六朝之美在声容，宋代之美在意态；六朝之美为繁丽丰腴，宋代之美为精细澄澈。

六朝诗人，确实有"童心"，所以缪钺说其如春华，宋代老成，如秋叶。你可以说六朝诗人是纨绔少年，但毕竟是少年，有少年的天真和精神，而宋代如中年，意气湍飞不再，少年时光不再，但多了从容和历练。再如：

总之，宋代承唐之后，如大江之水，潴而为湖，由动而变为静，由浑灏而变为澄清，由惊涛汹涌而变为清波容与。此皆宋人心理情趣之种种特点也。此种种特点，在宋人之理学、古文、词、书法、绘画，以至于印书，皆可征验。由理学，可以见宋人思想之精微，向内收敛；由词，可以见宋人心情之婉约幽隽；由古文及书法，可以见宋人所好之美在意态而不在形貌，贵澄洁而不贵华丽。明乎此，吾人对宋诗种种特点，更可得深一层之了解。宋诗之情思深微而不壮阔，其气力收敛而不发扬，其声响不贵宏亮而贵清泠，其词句不尚蕃艳而尚朴澹，其美不在容光而在意态，其味不重肥浓而重隽永，此皆与其时代之心情相合，出于自然。

缪钺的解释非常简练到位。这也是这篇文章至今无人超越的原因。读前辈学者著作，有人说一句诗，一看一"闻"，就知道是六朝还是唐或者宋，如辨楮叶。这丝毫不夸张。因为一个时代有一个时代的精气神，诗歌的格律、用辞、意象、气质、韵味，基本上都是时代的产物。

为了加深大家的理解，我们再举几个例子：

梨花淡白柳深青，柳絮飞时花满城。

惆怅东栏一株雪，人生看得几清明。（宋苏轼《东栏梨花》）

我家曾住赤栏桥，邻里相过不寂寥。

君若到时秋已半，西风门巷柳萧萧。（宋姜夔《送范仲讷往合肥三首其二》）

读者朋友感觉是唐诗还是宋诗？第一首是苏轼的，第二首是姜夔的。这是缪钺先生举的例子，意思是说，唐诗中也有感觉像宋诗的另类，而宋诗中也肯定有像唐诗的另类，就好像晚唐的李商隐有几首诗放在杜甫诗中可以乱真一样。

但典型的宋诗是这样的：

书当快意读易尽，客有可人期不来。

世事相违每如此，好怀百岁几回开。

这是陈师道的诗，典型的宋体。唐诗人不会写出这么瘦劲清癯的诗。

"细数落花因坐久，缓寻芳草得归迟""灯里偶然同一笑，书来已似隔三秋""桃李春风一杯酒，江湖夜雨十年灯"，像这样对偶精熟到几乎感觉不到有对偶存在的句子，在唐诗中少见。桃李、春风、江湖、夜雨，本是寻常意象，却能化寻常为神奇，这种炼字、炼意的功夫也和唐代不同。

问题来了。唐代诗人难道不炼字炼句吗？老杜"语不惊人死不休"，卢延让"吟安一个字，捻断数茎须"，李贺"呕出心肝"，不都是著名而典型的写诗炼句吗？事实上，一流的诗人，不可能不推敲琢磨、炼字炼句，但是有人炼得自然，有人炼得精工，这是气质差别，也是审美趣味差别。唐诗普遍的追求是炼字如无痕迹，追求整体意蕴的流转飞动，而宋诗炼字求崎岖拗折，险中出奇。回头再看唐三彩和宋瓷器，再看青绿山水和水墨山水，这种审美趣味的分野更为清晰。

学古诗最好的方法，不是每天读一首，而是要集中学习，既看文学史，也大量阅读诗集，并且要读古代的诗话、词话。也就是古人写的类似"微博"体的书，一条一条，每段文字长短略异，但都不长。或论时代，或论诗体，或讲诗人，或评好句，都深有体悟，一字千金。诗话词话读半年，抵得上每天读一首诗坚持一辈子。

十四、李商隐才华绝代，为什么不写词

李商隐和温庭筠并称，世称"温李"，都是才华绝代、才名广播的大才子。客观而言，李商隐的成就在温庭筠之上，我们好奇的是，作为五七言诗、古文、骈体文都写得如此超绝的人，怎么没有在文学史上留下一首词？要知道，自创新声，逐曲作词，已经成为当时风尚，不然怎会前有白居易、刘禹锡，同时有花间鼻祖温庭筠、稍后有韦庄等大词人出现？更早还有李白的词，"西风残照，汉家陵阙"，王国维先生给予了极高评价。虽然也有学者考证这首词不是出自太白之手，但词在唐朝早早就出现了却是事实。

这看似简单，实则可能牵涉到一个非常大的问题，那就是诗和词到底有什么本质性区别？如果词不过是诗歌的简单变种，如果诗歌

能够完成所有任务，或许就不需要词什么事情了。正好比，假如你用
PPT 做课件幻灯片觉得所有的效果都能完成，那估计你对 keynote 的
兴趣肯定极低，免费放在那里你也没有碰一碰的冲动。

　　诗和词到底有什么区别？

　　要分析本话题，我们还需要引用缪钺的文章——他的另一篇名文
《论词》，一九四一年发表于《时代与思想》。缪钺是史学名家，其两篇
论诗的文章能够长时间被频频引用，被作为经典文献，无人超越，这
份博学风流，的确非一般学者可比。

　　缪钺在《论词》开篇就说："词之所以别于诗者，不仅在外形之句
调韵律，而尤在内质之情味意境。外形，其粗者也；内质，其精者也。
自其浅者言之，外形易辨，而内质难察。自其深者言之，内质为因，
而外形为果。先因内质之不同，而后有外形之殊异。"外行看诗词的区
别，往往说诗整齐，而词的句子长短参差，所以被称为"长短句"。这
个看法非常浅层，并且还是错误的浅层。不仅《诗经》《楚辞》不齐，
其他如我们熟知的名篇《卖炭翁》《登幽州台歌》也不齐。太白集中很
多古体诗都不齐。相反，不少词的句式可能也非常整齐，比如这首张
说《舞马词六首》：

　　　　彩旄八佾成行，时龙五色因方。

　　　　屈膝衔杯赴节，倾心献寿无疆。

　　这首词非常整齐，但是毫无争议这是地地道道的词。再如我们熟
悉的词牌，辛弃疾的《鹧鸪天·有客慨然谈动名因追念阔时事戏作》：

壮岁旌旗拥万夫，锦襜突骑渡江初。燕兵夜娖银胡觮，汉箭
朝飞金仆姑。　　追往事，叹今吾，春风不染白髭须。却将万字
平戎策，换得东家种树书。

除了"追往事，叹今吾"外，其余几乎都合仄。

因此，研究诗和词的区别，必须从本质入手，而不能简单看句子
长短和整齐与否。

缪钺先比较文和诗的区别。人类有了文章，为什么还要辛辛苦苦
写诗呢？"人有情思，发诸楮墨，是为文章。然情思之精者，其深曲
要眇，文章之格调词句不足以尽达之也，于是有诗焉。文显而诗隐，
文直而诗婉，文质言而诗多比兴，文敷畅而诗贵蕴藉，因所载内容之
精粗不同，而体裁各异也。诗能言文之所不能言，而不能尽言文之所
能言，则又因体裁之不同，运用之限度有广狭也。"原来，相对而言，
古文显白直接，而很要眇含蓄的情感，文章不容易体现，诗歌就必须
出场了。比如文章适合议论，诗歌议论就差一些，但是那缥缈的情感，
文章很难表达，诗歌却可以轻松解决。

但是如果情感进一步细腻幽微呢？恐怕诗也解决不了，于是只好
由词登台。"诗之所言，固人生情思之精者矣，然精之中复有更细美幽
约者焉，诗体又不足以达，或勉强达之，而不能曲尽其妙，于是不得
不别创新体，词遂肇兴。"这就是词出现和存在的最根本的原因。

如果说诗歌不大适合议论的话，那恐怕词绝对不能议论，才气如
辛稼轩者，几首议论的词也写得索然无味，因为词的真本事在于表达
要眇宜修的情感。在缪钺先生看来，词有四大特征——文小、质轻、
径狭、境隐。

读者朋友乍接触，可能还是不容易理解。那我们接下来结合例子，让你一看就明白。

　　文小。以秦观的《浣溪沙》为例："漠漠轻寒上小楼。晓阴无赖似穷秋。淡烟流水画屏幽。自在飞花轻似梦，无边丝雨细如愁。宝帘闲挂小银钩。"这是典型的词体，里面的意象和我们前面鉴赏的诗歌相比，确实有气质差别。在词里，这样的意象和词语拼配才是真正原汁原味的：微雨、淡月、飞絮、垂杨、渔汀、曲岸、画堂、藻井、彩袖、翠钿、新燕、流莺，不管是天相还是地理，不管是建筑还是活物，都变得柔美了，细腻了，也小巧了。即使说台榭，也说成月台花榭，似乎不这样就不够地道。

　　质轻。对比杜甫《羌村》："妻孥怪我在，惊定还拭泪。世乱遭飘荡，生还偶然遂！邻人满墙头，感叹亦歔欷。夜阑更秉烛，相对如梦寐。"晏几道《鹧鸪天》："从别后，忆相逢。几回魂梦与君同。今宵剩把银釭照，犹恐相逢是梦中。"同是写久别重逢，杜甫诗铿锵顿挫，而小晏词轻盈婉转。所谓质轻，不是轻浮飘忽，而是用轻灵的笔触写出深挚的情转。

　　径狭。古人说，词能言诗之所不能言，而不能尽言诗之所能言。词能表现诗不擅长表达的幽微轻灵的情愫，但诗里大开大合、慷慨悲歌、放旷偾张的内容，词就不大容易表现，所以词几乎没办法议论，这造成词的路径相对比较狭小。

　　境隐。能流传下来的好词，其境界无不隐约凄迷，词境如镜花水月，妙处在迷离隐约，必求明显，反伤浅露。尤其在词脱离宫体诗和花间集里的脂粉气之后，更以清雅、幽约、婉转见长。

　　朋友们读到这里可能会产生疑问了：是的，缪钺总结的这四点确实非常精确，可是苏（东坡）、辛（弃疾）的词中大气磅礴的很多，如何解释？岳飞《满江红》慷慨悲歌壮怀激烈，又如何解释？

缪钺说："或又曰：如子所言，词之为体，似只宜写儿女幽怨，若夫忧时爱国，壮怀激烈，则无能为役矣。曰：天下事固不若是之单简也。余之所论，仅就词体之源而阐明其性质，神明变化，仍视乎作者如何运用之。"词产生的合理性，在于以上四点，因为这是诗歌所不具有的特征，诗人感觉特别新鲜，所以跃跃欲试，争创新词。一些天才好手，总能突破规律，变化莫测，关键在个人运用。

稼轩名篇《摸鱼儿》："长门事，准拟佳期又误。峨眉曾有人妒。千金纵买相如赋，脉脉此情谁诉。　君莫舞！君不见，玉环飞燕皆尘土，闲愁最苦。休去倚危栏，斜阳正在，烟柳断肠处。"怀古伤今，满目凄凉。但和诗相比，依然显得含蓄而无叫嚷偾张的气息。这充分说明，豪壮激昂之情，适合用于演说之时，以激发群众一时之冲动。诗则供人吟咏玩味，而词尤贵含蓄，固虽豪壮激烈之情，亦宜出之以缠绵深挚。

将缪钺高超的论文精髓大体转述完，好像还没到标题的问题：李商隐才华绝代，怎么没有在词开始兴起的时代写一两首词呢？"词之特质，在乎取之于精美之事物，而造成要眇之意境"，李商隐的诗，其意境和手法很多都达到了词的特质。能将词所擅长的特色用诗来呈现，古今唯有李义山。中国诗歌史上两个人的诗最难懂：一是阮籍，其诗因时代久远，且其受玄学影响，旨趣难求。二是李义山，其诗要眇依约，情感深挚但往往深心难寻。温庭筠诗才不及义山，转而攻词，李商隐就不需多这种尝试。

因此，李商隐不写词，是内外因合力的结果。外因是词有特质，内因则是李义山的天才和情感，本就有驾驭幽微情感和轻灵意象的能力，故而在诗歌中独创一世界。

十五、晚唐五代词

宋代以词著称。但词不是在宋代凭空而出的，而是一个逐渐生成、演进的过程，和世间万物的出现、发展类似。

从发生学的角度看，词的产生是个颇为复杂的问题。一种观点认为，因为音乐的发展变化，使得配的歌词（也就是诗）发生了变化，慢慢出现长短不齐的现象，就成了词。但《诗经》《楚辞》更长短不齐，而整体的律诗配乐不成问题，词似乎不需要从好不容易才变整齐了的格律诗再蜕变一次。而根本的原因还是词体和诗体的本质性差别。词能言诗之所不能言，而不能尽言诗之所能言，燕瘦环肥，各有千秋。有些情感、意象，不大容易用诗来表现，慢慢就有了词。

据说李太白就写过词。比如"西风残照，汉家陵阙"《菩萨蛮》，的确是"不减唐人高处"。当然，有人认为该词是伪作。到了刘禹锡、白居易，有词却是铁证如山了。但二人是大诗人，写词还带有玩票性质。真正把词当正业并开一代风气的是那个长得很丑但才华横溢的大诗人、大词人温庭筠。温长得丑，被称为"温鬼头"。后来又有一个大词人贺铸，也是长相零分，词写得接近满分，人称"贺钟馗"。二人不相上下。

晚唐五代词集中出现在《花间集》，这是和"宫体诗"类似承载千载骂名的诗体。如果走进去，就不会这么轻率地骂出声来。

称温庭筠为花间词鼻祖并不夸张。《新唐书》中说他"狂游狭邪"，唐太宗朝著名文臣温彦博后裔，才思敏捷，官考时常八叉手而交卷，时称"温八叉"。虽然长得丑，但因为才华实在出色，深受烟花柳巷欢迎。相传温庭筠和唐代的奇女子（也是离奇女子）鱼玄机相交颇深。鱼玄机十来岁时认识温庭筠并拜他为师，后情窦初开，爱上自己的老师，温庭筠虽放浪，却还能守住师生之礼，故而拒绝了鱼玄机。后来鱼玄机成为历史上著名的美艳道士，韵事颇多。

温庭筠的笔下，绝不只有"画屏金鹧鸪"，他写得出"鸡声茅店月，人迹板桥霜"这样凝练浑成的千古名句，也写得出"玲珑骰子安红豆，入骨相思知不知"这样缠绵悱恻的相思语，也写得出"雨后却斜阳，杏花零落香"这样自然清晰的美景，更写得出"铁马云雕久绝尘，柳营高压汉宫春"这样沉郁慷慨的意境。下面来看温庭筠的《更漏子》：

玉炉香，红蜡泪，偏照画堂秋思。眉翠薄，鬓云残，夜长衾枕寒。　　梧桐树，三更雨，不道离情正苦。一叶叶，一声声，空阶滴到明。

整首词写相思，近乎白描，但却将相思之苦、相忆之深写得荡气回肠，绵绵不尽。玉炉、红烛、画堂、衾枕等宫廷诗、花间词常见意象；画眉、鬓云等宫廷诗、花间词女性标配。因此上半阕词并没有多少惊艳之处，无非说，蜡烛有心，垂泪相待，玉炉香飘，像女子绵绵不绝的相思，思到深处，青丝凌乱，孤枕难眠，何况秋凉已至，"罗衾不耐五更寒"了。

这首词真正惊艳词坛的是下半阕。空灵、流转，看似平平道来，不费一点力气，却如此优美动人，让人回味无穷。或者说真正流传千古的都是看不出用力、看不出炼字炼句雕琢痕迹的诗词，即"一语天然万古新"。

　　梧桐，良木，古传凤凰非梧桐不栖，可见梧桐之独特。何况，自从乐天《长恨歌》传唱天下，甚至传唱至周边各国的时候，"春风桃李花开日，秋雨梧桐叶落时"，人们看待梧桐的目光，多多少少就发生了变化。"高树多悲风"，这是建安诗人的感慨。梧桐干直凌云，也是高树，叶大遮天，清音难忘。夏夜，明月当空的时刻，一张桌椅，一把蒲扇，在梧桐树下静坐过，你会永远怀念这个情景。当溽热散去，夜风稍凉，风吹桐叶，沙沙成韵，像古琴曲，撩人心魄。到了秋风肃杀之时，梧桐树给世人的就是另外一幅景象，似乎人间寂寞愁思都被高大的梧桐承载了，"寂寞梧桐深院锁清秋"。秋风秋雨愁煞人，不仅秋风萧瑟，何况还有让人倍觉凄凉的秋雨，落在阔大但开始凋零的梧桐叶上，那是混茫接天的声音，千万把古琴琵琶也弹奏不出来的大气和苍凉。

　　本就冷寂，偏偏一夜秋雨，三更时分还在卧听秋雨梧桐，这份凄绝，直达内心，"一凉恩到骨"，之前只觉陈与义炼字过甚，有伤浑成，直到无数次品读这首词，才感觉一凉恩到骨，竟然是如此真切！一叶一叶，而不是千叶万叶；一声一声，而不是千声万声，这样写更耐人寻味。本来梧桐树上，枝叶繁翳，哪里数得清？更何况是听，哪里辨别得出？！何况那秋雨潇潇，哪里有一滴一滴，听起来都是急管繁弦，混茫一片。但是诗人之情，必不能以常识和理性来衡量。对敏感而多情的诗人来说，情感的细腻或许可以让他的感官能力超乎常人，仿佛听出每一片叶子，每一滴秋雨的差别，这是无聊（无人相伴）到何种境地，又无奈（无法入睡又无人到来）到何种境地。于是只能这样听，一直听下去，因此一叶叶一声声，成了慢镜头，时间在此被情感的快刀切割成一个个细致入微的片段，连接起来就是漫漫长夜，漫漫相思。空阶，其实不算准确，有雨，有水滴，何来空空台阶？只因没有那个熟悉的脚步声，一切才变得空幻。吴文英的"惆怅双鸳不到，幽阶一夜苔生"，也是因熟悉的脚步不来，结果幽静、幽怨的台阶长出青苔。

一夜秋雨，温庭筠的台阶上或许不会有青苔，但是那一树梧桐逗雨，一夜秋雨当窗，更让人难以平息内心的柔情和感动。

可惜，在我们失落了庭院、梧桐和心情后，这种虽然惆怅但无比美丽的境界，比思念的那个人更难到来了。

几百年后，有个叫李清照的奇女子写出千古名句："梧桐更兼细雨，到黄昏点点滴滴，这次第，怎一个愁字了得！"

怎一个梧桐了得！

十六、杏花满头情满怀

说来也奇怪，初读韦庄这首《思帝乡》，无端想起儿时春二三月间在田野麦地里放风筝时哼的歌谣"又是一年三月三，风筝飞满天"，是巧合？是共鸣？若去掉这首歌词的前四个字，成"三月三，风筝飞满天"，则与韦庄词"春日游，杏花吹满头"不唯句式相同，平仄亦极似。也许这是我读韦词时想到这首歌的原因。转而思之，又绝不仅仅如此。春之初来，风和气清，麦苗秀发，柔美润绿。一只只风筝迎风冉冉而上，每一只都是飞起的希望和欢欣。《诗经·小雅·出车》"春日迟迟，卉木萋萋"，魏滂《兰亭诗》"三春阳和气，万物齐一欢"，置身春之旷野，睹此景色，我辈性情之人，岂不动情哉！

且让我们把目光转向千年前春天的旷野，看一看那里的故事。

春日游，杏花吹满头。

陌上谁家年少足风流？

妾拟将身嫁与一生休。

纵被无情弃，不能羞。

　　韦庄的这首小令《思帝乡》仅有四句，却时、地、人俱到，而情更不可等闲视之。时间，"春"也，地，"陌上"也；人，女主人公"妾"与"年少"也，均是至纯至美之意象。开篇即以"春日游"三个字打开读者的心窗，无限春意，扑面而来。一"游"字更增人遐思。春日风光旖旎，正是出游佳节，有诗《江陵乐》可证："阳春二三月，相看蹋百草。逢人驻步看，扬声皆言好。"究此原因不难，只因冬日里人们久闭于门户之内，深锁于庭院之中，身受拘限，心蒙冷尘。一旦光景初转，春心如何按捺得住？既为"游"，当非"小园香径独徘徊"之类的局促，而是远步退出，去感受庭院外更自然更浓酽的景色。王令《春游》云："春城儿女纵春游，醉倚层台笑上楼。满眼落花多少意，若何无个解春愁？"一"纵"字用得极为精当，再现了游春者放怀恣意、无拘无束的状况。因此，"春日游"三字启篇，虽似简简单单，却蕴含无限消息。故叶嘉莹《论词学中之困惑与〈花间〉词之女性叙写及其影响》说："韦词之第一句'春日游'虽只短短三个字，但事实上却已掌握了全首词的生命脉搏。"

　　紧承"春日游"之题，作者道"杏花吹满头"。春之郊野，青山绿水，新莺雏燕，可写者甚多，为何独独选"杏花吹满头"？实在是因为杏花本身就是极富情韵的意象。一览五代花间词，便可发现朵朵杏花，开在每一个意味深长的地方（当然不限于五代词，只是这里最为明显）。宋祁因一句"红杏枝头春意闹"享誉千古，如果把杏花仅仅理解成代表浓郁春意的物，却失之偏隘。试举几例，温庭筠《碧涧驿晓思》"香灯伴残梦，楚国在天涯。月落子规歇，满庭山杏花"，苏轼《月夜与客饮酒杏花下》"杏花飞帘散余春，明月入户寻幽人"，王雱《绝句》"开遍杏花人不到，满庭春雨绿如烟"，戴叔伦《苏溪亭》"燕子不归春事晚，一汀烟雨杏花寒"，不难看出，杏花绝不仅仅是那个"一枝红杏出墙来"，热烈奔放的形象，杏花的内涵更多的还在于凄美深切的意味，是幽思情感至为优美的载体。更有甚者，李渔称杏为"风流树"，一者因其易结子，二者因其易惹春意。杏花初开，自会有无限春意无限希望，"红杏，交枝相映，密密蒙蒙"（张泌《河传》），借助于杏花如此美的质地，我们也足可想见当时游春者的益然情致。义山《日日》亦云："日日春光斗日光，山城斜路杏花香"，本来一路杏花，枝枝掩映，人行其间，如在镜中仙苑，枝枝叶叶都是情思，花接踵而至，人感怀不已。奈何花开花落，不由人愿。《思帝乡》中一"落"字暗示已非初春。春色将阑，对此又当如何？另一妙在"满"字上。令人想起李后主句："砌下落梅如雪乱，拂了一身还满。"落英簌簌，轻惹花下人，花无穷意，人无限情。可忍拂花去？可能拂花去？庾信《春望》"落花何假拂，风吹会并来"，以主人公温柔的情怀，当不忍拂去，否则不至于"满头"了。但仅仅如此理解，又未免不够连贯。何以故？岂不见下句"陌上谁家年少足风流"？沈约《会圃临春风》"临春风，春风起春树。游丝暖如网，落花雾似雾。"落花纷纷，飘成香雾，人立其间，如在梦中，透过层层花雾，蓦地一"足风流"的少年映入眼帘，如梦如真，成幻成痴，又何暇拂却头上杏花。如有"拂"一动作，此景此情，倒未免有生硬的感觉。

"陌上"是一极诗意的词。多少赏心乐事在这里萌生，多少深情的目光在这里交汇。陆游曾有诗《十二月二日夜，梦游沈氏园亭》："城南小陌又逢春，只见梅花不见人。玉骨久成泉下土，墨痕犹锁壁间尘。"

当然此诗乃写山河依旧人事全非，两世情隔之无限凄迷。然首句"城南小陌又逢春"七个字呈现在读者眼前仍是一幅美不胜收的郊野逢春图，仿佛从字面到所表现的意境间确实存在着一条"小陌"，我们稍一用心去走，即发现其间深情绵邈诗意摇荡的境界，如此遐思盖由陌上所生发也。当年吴越王钱镠的王妃春日去临安游春，钱镠致信曰"陌上花开，可缓缓归矣"，细琢其语，真是感荡人心。无论钱镠在政治上表现如何，仅从此二句我们可真切地体会出他极浓的人情味。以温柔的心嘱咐爱人去欣赏天地间的美景，他希望所爱之人在春花夹道的陌上，缓缓移步，细细玩味春天赋予人间的诗与画，这是何等真切优美的情怀。王士禛称此"二语艳称千古"，实在是因为在这两句中流露的对自然对人生的无穷深情。后东坡作《陌上花三首》，其中一首云："陌上花开蝴蝶飞，江山犹是昔人非。遗民几度垂垂老，游女长歌缓缓归。"中有讽意，窃以为大可不必。人为了不至于把自己放逐于自然之外，应记住：陌上花开缓缓归。无独有偶，陈后主曾有《乌栖曲》诗："陌上新花历乱生，叶里啼乌送春情。"又一个陌上花开！

少年的出场是全词的跌宕处。究竟怎样的风流少年？顾夐《荷叶杯》"陌上少年郎，满身兰麝扑人香"，可作补充。看来的确是风度翩翩的美少年了。前文已提过，在如梦如幻的境地，逢此少年，自难免生无限情。于是说："妾拟将身嫁与一生休。"也许显得有点草率轻荡了吧？其实应该注意的还有一"谁家"，是追问，是选择，亦是斟酌。旧时春游，多三三五五，结伴而行。陌上少年，当非一人，因此问"谁家"，是比较而言。即使仅此一少年，亦可看出女主人公的心思缜密，温庭筠《杨柳枝》"杏花未肯无情思，何事行人最断肠"。

杏花有情，不做无谓之思，何况于人。王融《芳树》"相望早春日，烟华杂如雾。复此佳丽人，含情结芳树"，只因在易感易念之时，逢着梦寐以求之人，自然会如落花依草，拟身嫁与。

于是在思量定后，满腹情怀和盘托出，"纵被无情弃，不能羞"。又或问：情炽如火时，何至于说出"见弃"的话呢？大抵当时世习如此。魏承班《渔歌子》"少年郎，容易别。一去音书断绝"，主人公清醒地明白这个道理，何况陌上初逢，无从得知少年心底事，因此她预料了这个结局。但即使见弃，仍"不能羞"，即不以此为羞。昔《地驱乐歌》云"老女不嫁，蹋地唤天"，是一种痛苦与无奈，今之"纵被无情弃，不能羞"，是一种纯真与执着。

叶嘉莹《说韦庄〈思帝乡〉词一首》评述此词时说："昔儒家有'择善固执'之说，楚骚有'九死未悔'之言，韦庄这首小词虽不必有儒家之修养与楚骚之忠爱之用心，然而其所写的用情之态度与殉身之精神，却确实可以引发读者一种深切的感动与丰美的联想。"此说甚是。然此首词之感人魅力当不仅仅在于所写的"用情之态度与殉身之精神"。如诗如画的意境美，至纯至真的情感美，人情与物境融合的完美都是感动人的充分条件。

已如前述，作者选择春日春游入词，以寥寥之辞曲尽无穷情事，又择取"杏花吹满头"一细节，花如人多情，人似花娇美，人花相映，成一首缠绵轻灵蕴藉宛转的歌。同时不失时机地让风流少年出场，意在表现女主人公的荡气回肠的情怀。不难看出，此词之意在于写情，写景是为衬托。女主人公的情何以能给读者如此感动，要之有三：其一为爱美之心。此爱美之心，不是狭义的装扮自身之意，而是寻找人世间一切可感可怜的美。因此无论春日的和美、杏花的娇美，还是（也是极重要的）异性风度的美，都使她沉浸于中，难以自拔。然而，难以自拔不是失去理智，理智之美也是她的动人之处，春易生情，何况逢上相悦之人，但女主人公并不忘乎所以，先于杏花之下静静审视，待决意以身相许时，又能记起它日之薄情。冷静中的执着比盲目中的狂热实在更可贵，此其二。其三，女主人公于冷静思考之后，决意相许，即使见弃，仍不为羞，又是如何地坦荡纯净。韩偓曾有诗《致尧》"此生终独宿，到死誓相寻"，与韦词所表现的用情态度极为相似，顾随《驼庵诗话》评曰："写得真严肃，做事业、做学问应有此精神。失败了也认了。"一切极浓烈的感情总有相通之处。是自己最爱之人之事，一定要置全心于此，是何等深情，何等心怀，要之为纯笃之情。

然纵观全词，我们发现女主人公对陌上少年的深情岂不与人们对春（美的代名词）的深情极其相似！春深如海，人美如玉，无奈花落春去，人无能强留，同样人情转薄，亦非我可绾系。但是即使明了春好有时，人情难终，仍会一往情深地追寻那份真正打动自己的美。因此，此词不妨理解成作者意欲表达一种对美的执着追求的态度，一种优美洁雅的情怀。人生天地间，唯有自然与真情最足以动人，能欣赏美的人必具慧心，能执着于美的人必具恒心。日月奄忽，任何美的事物无不如昙花一现，但出于心眼中那份刻骨铭心的激赏与感动，何妨用短暂的一生把易逝的美化成永恒。世上没有徒劳的事情，追求美的本身也具有一种美。

当然，如此理解难免有捕风之嫌，但"作者之用心未必然，而读者之用心未必不然"，整首词中流荡的深情又为何一定不能理解成对美的执着呢？

该词清新流畅、文简意丰，自然之美与人情之美水乳交融，在富有启发性的自然景物作为背景之下，一种对美的明智而执着的追求正诠释着富有诗意的人生方式。即使如字面言，对心仪之人的追慕的纯笃与真挚，亦足以感动所有不是心冷如冰的读者。五代词诚多写两性相悦，韦庄也未必真在表达一种人生态度。但此种沛然存在的深情如何不能启示我们去用诚挚的心怀对待世间一切美好的事物与感情——一切美。

人生自有佳处，可慢慢体会矣。

十七、大李小李

李璟、李煜父子都不算符合文治武功标准的好皇帝，但不妨碍他们都是富有人情味的文人。其实在五代十国，李璟也实在不是窝囊的皇帝，他多次兴兵，南唐曾一度鼎盛，疆域扩大。但李璟奢华，宠臣中有名的有韩熙载、冯延巳等，被人骂为"南唐五鬼"。李煜则是纯粹的"生于深宫之中，长于妇人之手"的多情种。李煜宠爱大小周后，文学造诣极深，但不懂治国，后被宋灭，自己为虏，但最后还是被宋朝皇帝杀了。

有一次王安石、黄庭坚讨论二李的词，黄庭坚推崇"问君能有几多愁，恰似一江春水向东流"，而王安石则说可能远不及他父亲的"细雨梦回鸡塞远，小楼吹彻玉笙寒"。王安石是历史上著名的喜欢反弹琵琶唱反调的人，但这个论断却没有多少人质疑。来看李璟的《摊破浣溪沙》：

菡萏香销翠叶残，西风愁起绿波间。还与韶光共憔悴，不堪看。细雨梦回鸡塞远，小楼吹彻玉笙寒。多少泪珠何限恨，倚阑干。

这就是让王安石、王国维一代代大家赞赏的词。《南唐书》曾记载，李璟问冯延巳："'吹皱一池春水'，干卿何事？"冯赶紧回答说："未若陛下'小楼吹彻玉笙寒'也。"君臣都有极高的文学素养，且丢开政治能力不谈，这一问一答，揶揄、调侃、恭维、示好，其实相当有文化含金量。文人雅士，君臣相得，毕竟吃相没那么难看。

这首词很容易理解。荷花败了，翠叶也凋零了，萧瑟的秋风渐起，好一派典型的秋色景象。"还"，可以是"归还"的"还"，也可以是"还是"的"还"。这是个问题。这里没有标准答案，两种理解都对，不仅说得通，而且都美。如果是前者，那就是造物者的安排，即使无奈，也无可奈何，只能接受，毕竟天地四时，任何人都无法扭转乾坤，即使你是一个高高在上的皇帝。如果是后者，"庭树不知人去尽，春来还发旧时花"，依然，依旧之意，并且有点"并且"的意味。

燕卜逊在名著《复义七型》中指出，诗歌语言具有丰富的多义性，正是这种多义性使得诗歌拥有巨大的表现力和内在的张力。读中国古诗更是如此，我们本就追求"不着一字，尽得风流"。读诗，不可以斤斤计较一个字一个字的确切含义，否则就是把诗当成论文来读了。

"细雨梦回鸡塞远，小楼吹彻玉笙寒"是千古名句，看似易懂，实则很难阐释。在我读来，很类似李义山的"一春梦雨常飘瓦，尽日灵风不满旗"。梦回，梦醒之意，"细雨梦回鸡塞远"，这个句子结构不太容易把握。起码可以有这么两种理解：一是在细雨中，梦醒了，梦到了遥远的边塞。二是梦到了细雨中的边塞，醒来时更觉边塞辽远。"小楼吹彻玉笙寒"，也可以理解成玉笙吹彻小楼，或者说这样的句式更符合日常阅读习惯。但诗歌语言的魅力恰恰在于打破日常语言的窠臼，使之更意味深长。照此理解，细雨梦回鸡塞远，还可以这样解读：

鸡塞梦回细雨远。梦到边塞，醒来时，觉得细雨也夐远无比。这两句，妙就妙在怎么读都行，都让人产生无穷的联想。

深夜梦回，细雨沥沥淅淅，想起刚刚梦到的鸡塞山，顿觉边塞辽远，似乎正是这霏霏细雨，一直连接到辽远的边塞。是在边塞吗？还是在梦中？或者醒来之后发现的？小楼之上，曲终人散，玉笙也冰冷了，难以再奏出动人的旋律。

这里有个隐藏的问题，南唐边境，最北到淮河，远不及边塞，为何梦到的偏偏是鸡塞山？鸡塞，《汉书·匈奴传》记载"送单于出朔方鸡鹿塞"，颜师古注"在朔方浑县西北"，即今陕西，也有人说今内蒙古，在后来的诗词中代指边塞。比如李商隐《寄太原卢司空三十韵》"鸡塞谁生事？狼烟不暂停"，乃至《花间集》里重要词人孙光宪《定西番》，即以此开篇："鸡禄山前游骑，边草白，朔天明，马蹄轻。鹊面弓离短韛，弯来月欲成。一只鸣髇云外，晓鸿惊。帝子枕前秋夜，霜暐冷，月华明，正三更。何处戍楼寒笛，梦残闻一声。遥想汉关万里，泪纵横。"我甚至怀疑，孙光宪的这首词，正是冥冥中安排来给李璟的词做注脚的。"帝子枕前秋夜，霜暐冷，月华明，正三更。何处戍楼寒笛，梦残闻一声。"李璟不是文治武功的好皇帝，但也不是非常昏聩的皇帝，几次对周边用兵，取得了一些成绩，可以看作他政治理想的直接体现，不是"门外韩擒虎，楼头张丽华"这样完全沉醉于诗酒之间的人。因此，秋风吹老，草木凋零，一年一度，谁又能经受几个寒暑？

那遥远的、只在诗文奏折中听过的鸡塞，就成了李璟心目中不敢张扬的一点点政治奢望和勇气，多少个午夜梦回，都仿佛梦见那里秣马扬鞭，沙场点兵。可惜，细雨霏霏的江南，毕竟很难驰骋弓刀，纵有梦想，也只能在西风愁起中更增愁绪。小楼曲终，玉笙苦寒，更将这种隐藏深处的想象彻底画上句号。无限心事串串清泪，只能斜倚栏杆。倚栏杆能怎样呢？连英雄人物稼轩都是矛盾的，说"休去倚危栏"，又说"把栏杆拍遍"。

无奈，也无解。这是才华横溢但缺乏雄才大略的君王痛切心扉的词。王国维称这首词有"众芳芜秽、美人迟暮"之感，实在是独具慧眼，可谓是李璟遥远的知音。再来看李煜的《相见欢》：

无言独上西楼，月如钩。寂寞梧桐深院锁清秋。　　剪不断，理还乱，是离愁。别是一般滋味在心头。

在李煜的词中，这首也非常有名，虽然人气稍低于"春花秋月何时了"。据史料载，这首词是想念被宋太宗召唤去的小周后而写的，自然别是一番滋味。

李清照的"月满西楼"千古传诵，但那是"月满"，而李煜的笔下，却是月如钩。彩云易散皓月难圆，如钩的冷月，更像此刻孑然独立的自己。再没有"车如流水马如龙"的盛景岁月，所剩只是无言寂寞，登楼有何意义？或许是"不忍登高临远"，能早一点听到爱人归来的声音，或许是离冷月更近一些。冷月斜照，月光凄迷，洒在梧桐宽大的叶子上，漏下的个别光点，让庭院斑驳依约。冷月逼人，清秋弥漫，又岂是一个庭院能够锁得住的？

如果清秋不能被锁住，冷寂的秋色起码还有一点自由，如果清秋也被锁住，不仅萧瑟，更增添一种逼仄。诗人怕秋，因为容易睹景伤情。诗人也期盼秋，因为同病相怜，深院锁住，一个清秋，一个清冷的前皇帝，一个优秀的词人，这份孤寂似乎就有了一点点慰藉。只是这份慰藉，在第三者看来，又是如何双倍地清冷寂然。

我也认为李璟的词更妙，妙在你可以有无穷尽的想象和思考，任何一种感动都好像那么自然妥帖，这是人间大情感。李煜被王国维称为以"血书"写词的人，但些微的遗憾是其描述性的成分多了，比如"剪不断，理还乱""问君能有几多愁"都是。

　　当然，这和个人偏好有关。笔者读诗词，爱含而不露、一唱三叹的韵外之致。但在品读古诗词的时候，有些词句要眇之处，确实需要细细品味。"胡思乱想"多了，品鉴的直觉和能力也就提升了。

第六章

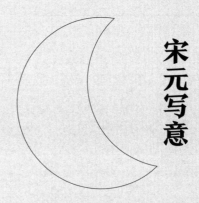

宋元写意

　　告别盛唐的飞扬跋扈为谁雄，告别中晚唐的满天风雨下西楼，就到了中国历史上文学艺术最安静恬淡的时刻。唐和宋像极了两个旷世英杰，但一个热烈奔放，一个含蓄内敛。热烈，故而有边塞牡丹唐三彩；内敛，故而有青瓷莲花文人画。宋没有明清的严酷政治，文人环境相对而言最为优越，且宋太祖立训不斩文人，故文人得以悠游。从政治层面看，宋的特点在于不折腾，而官员、士人能守法度，故天下治。宋诗在唐诗高潮之后，依然能够另辟蹊径，达到另外一个全新的高度，一种全新的境界，不得不佩服宋人的功力。何况，还有要眇宜修的宋词，言尽诗之所不能言，为中国诗史留下看似清淡静谧却精彩纷呈的妙境。宋的雅致，体现在诗、词、画、瓷等方方面面。并且宋以范仲淹、欧阳修、司马光、王安石、苏轼等为代表的文人，非唐及唐以前的世家大族，但其高风亮节，是真正的精神贵族。在这些人的诗词歌赋里和一言一行里，同时也在《武林旧事》《东京梦华录》的笔墨之间，我们体会那个富美而淡雅的时代。

第一节　宋诗形象研究

　　后世对宋朝抱有积贫积弱的刻板印象，似乎宋朝体格孱弱，性格软弱，除了割地求和、忍气吞声，别无所长，这是直到清末依然存在的偏见，全面客观评价宋朝是二十世纪以来中外学者逐步努力完成的。梳理宋朝形象的传播，不仅是在梳理历史观，也是在为诗词阐释提供更全面、更客观的历史文化语境。

　　宋诗是值得大书特书的，因为紧随唐诗无可挑剔的顶峰，宋诗依然能够有很大变革，很大推进，并取得很大成就，这份独到的眼光和功夫让人钦佩。后世学唐为主流，但也不乏学宋的诗人。宋诗因苏黄等人而获得拥趸，尤其是苏轼，一个天才兼全才、一个不可救药的乐天派，他以全方位的才华和成就，让整个宋朝文坛都光彩了很多。

　　宋词，和唐诗可以并称为中国诗史上的双子星。宋词作为宋代文学的代表，以其不同于唐诗（及所有诗歌）的体制、音韵、语言、意境等，营造出全新的艺术境界，让人浅斟低唱，流连徘徊。

一、宋朝形象的演进与传播

　　对于宋朝，大众多是从《杨家将》之类的戏剧或演义小说中了解的。杨家将抗辽，一门忠烈，杨家父子的忠义、潘仁美的奸诈、皇帝老儿的昏聩，让老百姓或热泪纵横或咬牙切齿。但过多戏剧或小说人物取代客观的历史讨论，使人对宋朝的整体认知产生混淆。宋朝似乎就成了软弱的代名词，成了历史上最窝囊的朝代，也或者只有慈禧老佛爷治下的晚清，才这样被异族欺凌辱没过。话说回来，"弱宋"之名倒也不是全因小说戏剧而起。早在南宋后期，有识之士就说"民穷""财匮""兵弱"是当时的三大弊政，元明清评论宋时，也颇为一致地认为宋朝"武备不振"和"积弱"。钱穆《国史大纲》将宋元明清人的议论概括为"积贫"和"积弱"。一九六二年邓广铭《中国史纲要》有类似论述。由于这两本书分量够大，遂使"积贫积弱"成为二十世纪后半叶评价宋代历史的代名词。教材里对宋的评价大抵如此。

近年来，日本与欧美汉学家大多倾向于认为宋代是中国传统文明的高峰期，是中国迈进近代门槛的历史转折时期。著名历史学家黄仁宇认为，九六〇年宋代兴起，中国好像进入现代，一种物质文化由此展开。火药之发明，火焰器之使用，航海用之指南针、天文时钟、鼓风炉、水力纺织机、船只上的不漏水舱壁等，都出现于宋代。当时中国大城市里的生活可以与世界上任何其他城市比较而不逊色。这一点是有足够证据的，比如《武林旧事》和《东京梦华录》，或者看几眼《清明上河图》就不难感觉宋朝是如此鲜活丰富。法国汉学家谢和耐的《中国社会史》则认为宋朝在整个封建社会的历史演进中性质发生了改变，政治风尚、社会、阶级关系、军队、城乡关系、经济形式等均与唐朝迥然不同。宋朝开启的是近代中国。

宋亡于元。按道理说，成王败寇，元朝应该沾沾自喜地编写宋朝的窝囊史。但真正处理起来还是有一定难度的。一二七九年南宋亡，元世祖忽必烈诏令修辽、金、宋史，但历经数朝迟迟未能成书，主要原因是以辽、金为正统还是以宋朝为正统。这有点类似三国。元顺帝时丞相脱脱裁定"三国各与正统，各系其年号"，才使修纂得以顺利进行。当然脱脱主持的史书，应该是二十四史中质量最差的。元朝对宋的态度主要有二：一是高度肯定程朱理学。一三一五年，元代第一次开科取士，将《四书章句集注》作为教科书，明清延续这种模式并变本加厉。二是认为宋代"大概声容盛而武备衰，论建多而成效少"。元人刘岳申《申斋集》卷十五《策问三史》说："宋视汉唐，内无女色、阉寺之祸，外无强藩、外戚之变，经学不为无功，而国势不免积弱。"由于元代去宋未远，这影响了明清之人对宋的认识。

《宋史》修纂成书没过几年，元朝为明所灭。明代不似元为"异族入主"，故而对宋有新的看法。编撰《宋史纪事本末》的陈邦瞻很深刻地指出，宋之变革既不像孔夫子念念不忘的周朝以"道德"取胜，也不像汉唐以"功力"取胜，而是举世守文应令，雍容顾盼，而天下大治。明朝是在推翻元朝统治基础上建立的汉族王朝，因而特别强调对宋朝历史文化的认同和继承。如果说与元朝统治者一致的，那就是同样以程朱之学作为官方意识形态，理学（道学）思想影响明代政坛、风俗、礼制的方方面面。值得注意的是，明人对宋文、宋诗、宋词、宋画整体上是非常肯定的，宋代文学艺术能够与汉唐并峙，很大功劳应该归于明人。

清代又发生反转，因为和元朝类似，属于异族，故而对宋的看法又有不同，且清朝以武力起家，故对宋朝的积弱多所批评。如王夫之《宋论》批评宋的军政"岐沟一蹶，终宋不振"，"士戏于伍，将戏于幕，主戏于国，相率以嬉而已。呜呼！斯其所以为弱宋也欤"。自称"十全老人"的乾隆皇帝更是多次评议宋的积弱。

1063　　　宋仁宗嘉祐八年三月二十九，宋朝第四代皇帝赵祯病逝。当大宋使臣到辽国致送讣告时，辽国皇帝耶律洪基握着使臣之手，号啕大哭："四十二年不识兵戈矣！"宋朝，无论皇帝还是文人，感觉都活得内敛，没有"飞扬跋扈为谁雄"的气概，但那份骨子里的雅致，却是其他朝代难以比拟的。宋朝还立下规矩，不杀文臣，这和廷杖大臣的朱洪武有天壤之别。陈寅恪为邓广铭《宋史职官志考正》所作序说："华夏民族之文化，历数千载之演进，造极于赵宋之世。后渐衰微，终必复振。"王国维《宋代之金石学》说："天水一朝，人智之活动，与文化之多方面，前之汉唐，后之元明，皆所不逮也。近世学术，多发端于宋人。"

　　宋朝不是剑拔弩张的朝代，不是金戈铁马的朝代，不是好大喜功的朝代，却取得前所未有的科技、军事成果，孕育前所未有的都市生活，更出现前所未有的宋四家书法和宋画，还有那"要眇宜修"唇齿生香的宋词。宫崎市定《宋代的煤与铁》说："中国的文化……到了宋代便超过西亚而居于世界最前列。"和田清《中国史概说》认为，宋代横比当时世界各国，均在其之上，处于领先地位；宋代纵比前代，亦超越之，是中国古代历史上继汉朝、唐朝之后的又一座新高峰。

　　据说（在一些文献中看到，但笔者未找到最早出处），英国历史学家汤因比曾经说过："如果让我选择，我愿意活在中国的宋朝。"今天，当我们欣赏着《只此青绿》，观赏着《梦华录》的时候，这份冲动似乎也那么真切。

二、宋诗简史

　　宋代文人待遇优厚，一年科考录取的进士人数比整个唐朝录取的还多，诗人灿若繁星，仅通过几首诗，让读者朋友领略宋诗的全面，几乎是不可能的，有必要简述一下宋诗的大体脉络。

大众常常认为宋代支配性的思想是理学，因为有"宋明理学"这个特定概念。事实上，朱熹是南宋人，朱熹活着的时候，一直没怎么受到官方重用，自然也没得到民间重视，除了少数铁杆粉丝，知之者甚少。"鹅湖诗会"也是小圈子的沙龙，没太大的文化影响力，他的影响力是后人书写思想史时渐渐累加起来的。

宋初也确实有思想层面的运动，并体现在文坛上。整体而言，欧阳修的思想比较折中，不完全复古，也不完全崇文，意在文以载道。不过他自己的艳词又感觉完全判若两人，可见宋代文人是比较灵活的。

宋初有诗人王禹偁倡导的白体（白居易体），李昉、徐铉等人写了不少酬唱集。还有晚唐体的忠实拥趸，比如"九僧"，学习贾岛、姚合的苦吟。另外林逋等也学晚唐体，但诗作更自然一些。影响最大的是"西昆体"，杨亿、刘筠、钱惟演为三叉戟，西昆体推崇李商隐，但缺少李商隐的才情，故雕琢华丽有余，而深挚优美不足。

此时词坛上出了个柳永，以"屯田家法"一革五代十国词体流弊。所谓屯田家法，因为柳永做过屯田官，人称"柳屯田"。家法，也就是他写词喜欢用广角拉开，多个意象连缀，颇类似古文的铺叙，这种写法在之前的词中少见。由于铺叙的内容大量增加，词的容量自然变大，更长的慢词较之以前更为流行。

宋诗高潮的标志是苏黄的出现。有一种宋代诗坛尽归苏门的感觉。词坛的高峰也在此时出现。黄庭坚还创建了"江西诗派"，影响甚广。黄庭坚一派，是唐诗的变种，也是宋诗的正宗。古来一直用"生新"概括，一些此前难以入诗的主题如笔墨纸砚茶叶都写得兴味盎然。另外就是炼字炼句，有奇趣。黄庭坚是苏轼的粉丝，但自己也有个超级大粉丝陈师道，陈师道原本作诗千首，但见到黄庭坚后，将诗稿全部烧了，跟着黄庭坚学。

北宋词坛上苏门也占据绝对地位，唯一能与之相抗衡的是以周邦彦为代表的"大晟乐府"，周派词人精通音律，写词讲求句法和章法，在章法历练上比柳永更精工。

苏轼卒于一一〇一年，黄庭坚卒于一一〇五年，二十多年后，一一二七年，靖康之变，东京梦华，恍如隔世。陈与义等人的诗颇有一点"诗史"的味道，对当时社会多有记录。吕本中和曾几论诗和实践讲求"活法"，诗写得流转圆美，和当时整体诗风颇不相同。

在靖康之变中，承受家国之痛的，可能莫过于女诗人李清照。女性在乱世，本就艰难，一生起落遭际，加上卓越的才华，使得李清照的词卓然大家，可与苏东坡、辛弃疾等并称。李清照倡导"词别是一家"的说法，认为词在音律等方面和诗迥异。还有"天教吩咐与猖狂"的南渡词人朱敦儒，一转前期的疏狂笑傲而为沉痛悲愤。另外，张元幹、叶梦得都有沉痛但阔大，不乏英雄气的好词。

中国历史上第二次大规模南迁，是靖康之变的直接后果，南渡之后，三四十年间，一批在战火和动荡中出生、成长的诗人开始闪耀诗坛，最著名的当然是陆游，以陆游为代表，范成大、杨万里、尤袤等四人被称为"中兴四大诗人"。陆游是公认的大诗人，学吕本中、曾几，但都能有所突破，对江西诗派过分生硬拗折的弊病有疗救的作用。

当然，说句煞风景的话，虽然陆游不失为一位大诗人，或被称为"小太白"（因其想象有奇特的一面），或认为是老杜的接班人（因其沉郁顿挫反映现实的一面），但是如果认认真真将杜甫诗集和陆游诗集好好读几遍，不难发现，陆游距离"诗圣"杜甫估计还差了苏轼＋黄庭坚。这有点像看完金庸再看梁羽生的感觉。陆游和杜甫相比，无论炼字炼句，还是整体意蕴都差了一大截。这种判断怎么来的？多读，没有捷径，并且只要多读，就能形成这种鉴赏力。

杨万里的诗被称为"诚斋体"，我们在小学就领教过，自然，活泼。范成大的田园诗是王孟之后的第二个高峰。孟浩然的田园诗抒写的是文人士大夫对乡景的鉴赏流连，范成大的《四时田园杂兴》等诸多篇章里看到的似乎是田间老农抽着烟的家常话，在范成大的作品中，元曲的味道也多少有了些端倪。

文风文体的事，非常微妙。比如金庸的《书剑恩仇录》，带着明显的《三侠五义》等公案小说的痕迹，后来的作品将公案小说特质性的东西淘汰掉，成为武侠小说大家。这也有点玄妙。如果读者朋友问：你能拿出证据来吗？笔者确实拿不出来。钱理群曾主张，应该鼓励学术研究中受限于资料但很有道理的推测。

在抗战、北伐声中，崛起了辛弃疾、陆游、张孝祥、陈亮等豪放派词人。到了南宋末期，刘克庄、文天祥等人依然可以看作这一派的延续。与这一派风格不同的是姜夔。姜夔是大音乐家，至今还有留下来的曲谱，因其通晓音律，常自作词牌，词前常有小序，往往是短小的美文。

陆游稍后，诗坛上出现"永嘉四灵"，著名的有赵师秀和翁卷。四灵推崇贾岛一派，多写日常物品和刻画心情，境界比较狭小，也就是我们常说的小家子气。当然有小家子气不妨偶尔创作出一些难得的好作品。并且，因为过分追求炼字，永嘉四灵的律诗，尤其是五律，往往第二联颔联写得很出色，甚至经常先把颔联写出来，再拼装成一首诗。

到了宋末，诗坛词坛和几乎任何一个末世一样，充满萧条、消沉气象。词坛上吴文英的"七宝楼台"，有一定的艺术创新，王沂孙、张炎、蒋捷等词人虽不是一流大词人，却都有传世名篇。比如张炎有《解连环·孤雁》，被誉为"张孤雁"。蒋捷的词一直没引起足够重视，我们将以蒋捷的《一剪梅》为宋朝画一个句号。

三、宋词形象与传播

我们听惯了"中国是诗的国度"这种说法，大众联想起的往往是《静夜思》《春晓》《登鹳雀楼》《凉州词》等妇孺皆知的作品。然而我们不应忽视宋词的存在，本质而言，词也属于广义的"诗"，自成一家，自有其美。

我们可以不经意间吟诵或脱口而出许多句子，如明月几时有，一江春水向东流，雁字回时月满西楼，无可奈何花落去，多情自古伤离别，衣带渐宽终不悔，十年生死两茫茫，帘卷西风人比黄花瘦，怒发冲冠凭栏处，青山遮不住，少年不识愁滋味……宋词有无穷魅力，在今天依然如春风化雨一般，让人无法释怀，并美好了我们的情怀。

词，又名长短句。词的起源问题，争论颇多，但基本上越争越明白。唐代已有优秀的词，包括盛唐的李白，传《菩萨蛮》（"平林漠漠烟如织"）和《忆秦娥》（"箫声咽"）皆为李白作品，已然是妙品。其后张志和、白居易、温庭筠等对词的发展都做出了贡献。

真正让宋词得到本质性突破的，不得不提两个人——柳永和苏东坡。柳永的词，有点类似于今天周杰伦唱《东风破》《青花瓷》，流行到"凡有井水饮处，即能歌柳词"的地步，加上柳永这个"白衣卿相"，喜欢出没在最有传播力的烟花柳巷，能曲能歌的歌伎们又多是柳三郎的铁杆粉丝，柳永的词在当时产生超乎想象的影响。宋词已经突破诗歌（尤其是唐诗）的辉煌界限，寻找到一方新的天地。

但柳永词毕竟有偏柔丽的地方，或者如批评的，带有一定的"脂粉气"，而苏轼横空出世，极大地拓展了词的境界，从此有了婉约词 VS 豪放词的说法。苏词大气开阔，扫尽五代以来词里的缠绵胭脂，代之以高台磊落、俊朗超拔。东坡词有些不甚合律，这并非东坡不懂音律，而是因为东坡追求的境界不是曲子能够束缚的，所以他宁可允许音律有点瑕疵，而追求更为完美的词境。

宋词在两宋之际的传播途径和媒介非常丰富，这大大增强了词在社会文化生活中的地位，提升了词的影响力。词在宋朝的传播，得益于城市经济的繁荣和市民生活的丰富，士大夫文人歌舞宴乐，歌伎们甚至能够借助名家词而身价倍增。另外，宋代出版业空前发达，不少士大夫家庭动辄藏书千卷，这同样有助于词的传播。另外，值得关注的是词自述本事现象，它对词的传播也起到很大的推助作用。

所谓"自述本事"，是词作者自行书写有关词作创作、传播、接受情况的叙事性文献。作为一种文献，词本事既包括载录于笔记、词话等著作中的相关文字，也包括叙事性词序。词序也记录词作创作背景或传播接受相关史实，且相对于他人在笔记、词话中的叙述更可靠。比如东坡《水调歌头》（昵昵儿女语）词序："欧阳文忠公尝问余：琴诗何者最善？答以退之《听颖师琴》诗最善。公曰：此诗最奇丽，然非听琴，乃听琵琶也。余深然之。建安章质夫家善琵琶者，乞为歌词。余久不作，特取退之词，稍加隐括，使就声律，以遗之云。"从传播的角度看，宋代词人堪称天才，自带流量，效果极佳。

《冷斋夜话》记载，东坡特别爱秦观的《踏莎行·郴州旅舍》——"少游到郴州，作长短句云：'雾失楼台……'东坡绝爱其尾两句，自书于扇曰：'少游已矣，虽万人何赎。'"这样词的传播力度自然而然地增加了。

宋以后，尤其是在俗文学，即元杂剧和话本小说（小说在当时又名"银字儿"）中，多有词的身影。虽然随着市井流行乐曲的变化，南北曲和民间俗曲替代了词在讲唱文学中的地位，但词这一形式在话本和拟话本中从未消失，直到清代甚至民国的拟话本小说中，仍然较多对词的运用。《三国演义》开篇《临江仙》"滚滚长江东逝水"即此例。词在文学作品中的出现，影响是多方面的，不管从哪个角度考虑，都对词的传播和接受起到了积极作用。

元明之时，词和俗文学走得比较近，这在一定程度上影响了词体的原本形象。随着明代市井文化的发展，词的创作出现明显的取向，那就是崇尚花间和草堂。众所周知，《花间》《草堂》是明代最流行的唐宋词选本，在明代达到了"《草堂》之草，岁岁吹青；《花间》之花，年年逗艳"的地步，特别是《草堂诗余》，"几百年来，凡歌栏酒榭，丝而竹之者，无不拊髀雀跃；及至寒窗腐儒，挑灯闲看，亦未尝欠伸鱼睨"，这种风气延续到清初。

有清一代，可以算是词的中兴，出现不少大家名家，这无疑加固了宋词的历史地位，宋词如唐诗一般或者如宋画一样，成为宋文化的成功代表和象征，接受历代人的喜爱、模仿。

清初影响最大的云间词派，倡导花间、南唐和北宋，朱彝尊领衔的浙西词派则学南宋。明末诗人好学花间、草堂，有流入闺闱秽媟之弊。很好地继承了云间词派陈子龙词学精髓的是纳兰性德，他在《渌水亭杂识》中说："花间之词如古玉器，贵重而不适用，宋适用而少质重。李后主兼有其美，更饶烟水迷离之致。"

整个清朝都崇尚宋词，这一点没任何异议，分歧主要集中在是北宋还是南宋，是苏辛，还是柳永，抑或姜夔、张炎、周邦彦。这个争论持续很久。冯煦《蒿庵论词》记毛先舒说："北宋词之盛也，其妙处不在豪快，而在高健；不在艳冶，而在幽咽。豪快可以气取，艳冶可以言工。高健幽咽，则关乎神理骨性，难可强也。"康熙时汪森在提出要师法姜夔、张炎。乾隆中后期出现"家白石而户梅溪"的说法。到了常州词牌，又开始推重北宋。喜欢南宋的清人，认为南宋词人词中的龙涎香、白莲、蝉、蟹都别有家国之寄托。这样的解读虽然不能说全错，但是这些词的整体数量在宋词中占比并不是很多。这让产生于酒前筵上的浅斟低唱，盛行于歌馆秦楼的长短篇章，略微偏离了它的本意。

比如东坡名篇《卜算子》，有人就读出相当"传神"的微言大义。王士禛在《花草蒙拾》中予以辛辣批评："坡孤鸿词，山谷以为非吃人烟火食人语，良然。鮰阳居士云'缺月，刺明微也。漏断，暗时也。幽人，不得志也。独往来，无助也。惊鸿，贤人不安也。此与《考槃》相似'，云云。村夫子强作解事，令人作呕。"王士禛还举了韦应物《滁州西涧》诗，如果解读为小人在朝贤人在野，韦应物如果地下有知，估计也要叫屈叫苦了。

词到清末民国，依然有大家如王国维继续维系极高水准，乃至到了毛泽东，更开创前所未见的大气磅礴的境界。另外，如琼瑶的言情小说以及不少流行歌曲，多取材于宋词，这都说明宋词在文学史和文化史上的影响力，一直都如春水东流，汩汩不绝。

四、苏东坡形象与传播

苏东坡是上苍给中华文化的厚赐，他是集大成者，是全才，是宋代文化高峰的符号，为中国文学、艺术贡献了太多，更贡献了一个人见人爱的万人迷形象。

林语堂的《苏东坡传》说："我可以说苏东坡是一个不可救药的乐天派，一个伟大的人道主义者，一个百姓的朋友，一个大文豪、大书法家、创新的画家、造酒试验家，一个工程师，一个憎恨清教徒主义的人，一位瑜珈修行者、佛教徒、巨儒政治家，一个皇帝的秘书、酒仙、厚道的法官，一位在政治上专唱反调的人，一个月夜徘徊者，一个诗人，一个小丑。"问题是，这么多排比，还不足以道出苏东坡的全部。苏东坡确实是罕见的天才，他文章写得好，仅前后《赤壁赋》就足以照耀古文史；诗写得好，"庐山真面目""雪泥鸿爪""淡妆浓抹"等成语都来自他的诗；词写得好，开苏词一派，著名的红牙板和铁板铜琶的故事，充分说明苏词开拓的新境界。苏轼的书法和绘画都是顶级的，是"宋四家"之一。他的道学研究也举足轻重，与王安石新学、二程洛学鼎力，被称为"蜀学"。他还精通水利，为官造福一方，并且是相当资深的美食家和接地气的吃货……

2000　　千禧年之际，法国《世界报》在全球范围内寻找十二大"千年英雄"，涉及政治、军事、文化、宗教诸多领域，苏东坡是唯一入选的中国人。可见苏东坡的魅力已经远远超越文学这一领域。

苏东坡有乐观、豁达的性格，有热爱百姓、忠于职守的品格，有看全天下没有一个可憎之人的心态，让他获得当时和后世恒久的崇敬和喜爱。

苏轼在当时文坛上即享有巨大的声誉，许多青年才俊如众星拱月般追随他，其中最著名的自然是黄庭坚、张耒、晁补之、秦观四人，合称"苏门四学士"。另外，陈师道、李廌、李格非、李之仪等人都直接或间接地受到苏轼影响。

俞文豹《吹剑录》记录说，宋仁宗赵桢看了苏轼的策论后，忍不住内心的喜悦，说"吾为子孙得两相"，这是来自官方最高级别的评价。神宗尤爱苏文，宫中读之，膳进忘食，称为天下奇才。有人曾将苏轼比李白，宋神宗说："不然！白有轼之才，无轼之学。"从诗的角度而言，李白胜于东坡，但论全面性，确实东坡要更胜一筹。当然传为李白的《忆秦娥》（平林漠漠烟如织）"西风残照，汉家陵阙"，被称为"寥寥数语，便关千古登临之口"。李白的书法作品《高阳台》，虽仅有几字，也是书法中不可多得的神品，说明太白的才华也绝不限于诗，但和全能选手的苏轼相比，李白确实显得单薄了一些。当然，当世也有人将东坡称为"谪仙人"，主要突出其风格的高迈清越。据黄庭坚《题东坡字后》交代，苏轼好酒，但酒量不是很大，喝酒不推辞，鼻鼾如雷。"少焉苏醒，落笔如风雨，虽谑弄皆有义味，真神仙中人。"在这一方面，苏轼和醉酒狂歌的李白确实惊人地相似。有"小李白"之称的南宋大诗人陆游《题东坡帖》认为东坡"不以一身祸福，易其忧国之心，千载之下，生气凛然"。

对苏轼词评价最精彩的是胡寅，其《向芗林酒边集》的集后序说："词曲者，古乐府之末造也……然文章豪放之士，鲜不寄意于此者，随亦自扫其迹，曰谑浪游戏而已也。唐人为之最工者。柳耆卿后出，掩众制而尽其妙。好之者以为不可复加。及眉山苏氏，一洗绮罗香泽之态，摆脱绸缪宛转之度，使人登高望远，举首高歌，而逸怀浩气，超然乎尘垢之外，于是花间为皂隶，而柳氏为舆台矣。"

陆游《老学庵笔记》记载当时谚语曰："苏文熟，吃羊肉；苏文生，吃菜羹。"意思就是，把苏轼（也包括苏洵、苏辙）的文章研究透了，背熟了，就大鱼大肉，否则，就只能吃糠吃草了。可见苏轼文在宋代受追捧程度。元代文人对苏轼的情感，是焦虑落魄的异族统治下的投射。元代文士对苏轼有相似的追慕和景仰，如柯九思所说的"忠厚之气"，倪瓒所说的"才德文章"，陈基所说的"苏长公文章气节，为天下万事所宗"，苏轼的遗墨像法宝一样值得师从。赵孟𫖯说"东坡书如老熊当道，百兽畏伏"，从才华、德行和影响力方面给予极高评价。

在元散曲里，苏轼常常被称为"坡仙"。鲜于必仁的曲子（[双调]折桂令·苏学士），可作为元代人对苏轼情感的生动写照：

叹坡仙奎宿煌煌，俊赏苏杭，谈笑琼黄。月冷乌台，风清赤壁，荣辱俱忘。侍玉皇金莲夜光，醉朝云翠袖春香。半世疏狂，一笔龙蛇，千古文章。

在异族统治的年代，一蓑烟雨任平生的苏轼，是彤云密布山雨压城时的一股清风。

在明代，苏东坡的地位和影响，稍微有点尴尬，当然这最大原因是明人自己拧巴。李泽厚在《美的历程》中这样论述：

尽管苏轼不断地进行自我安慰，时时现出一副随遇而安的"乐观"情绪，"莫听穿林打叶声，何妨吟啸且徐行"；"鬓微霜，又何妨"……；但与陶渊明、白居易等人毕竟不同，其中总深深地埋藏着某种要求彻底解脱的出世意念。无怪乎具有同样敏锐眼光的朱熹最不满意苏轼了，他宁肯赞扬王安石，也决不喜欢苏东坡。王船山也是如此。他们都感受到苏轼这一套对当时社会秩序具有潜在的破坏性。苏东坡生得太早，他没法做封建社会的否定者，但他的这种美学理想和审美趣味，却对从元画、元曲到明中叶以来的浪漫主义思潮，起了重要的先驱作用。直到《红楼梦》中的"悲凉之雾，遍布华林"，更是这一因素在新时代条件下的成果。苏轼在后期封建美学上的深远的典型意义，其实就在这里。

所以官方对于东坡的态度是暧昧的，儒家理学一派对苏轼的态度同样暧昧，但这丝毫不影响民间对东坡的爱。

在元杂剧和明代小说中，以东坡为题的作品不在少数。冯梦龙的"三言"中涉及苏轼的一共有四篇作品——《王安石三难苏学士》《明悟禅师赶五戒》《佛印师四调琴娘》《苏小妹三难新郎》。小说中的苏轼天资聪慧，比得过太白和曹植。另有吴昌龄的《花间四友东坡梦》、费唐臣的《苏子瞻风雪贬黄州》、无名氏的《苏子瞻醉写赤壁赋》，写一篇文章，能够被后世作家想象出一个完整感人的戏曲，这是共情。元杂剧里苏东坡的形象，政治因素大大降低，更加凸显艺术和文学色彩，凸显其放旷疏狂的一面。

明代著名文学家"公安三袁"之一的袁中道，对苏轼极为推崇，曾将宋元以来散见于各种杂史笔记中有关苏东坡的轶事收集起来，编次成册。他认为苏轼不仅有立朝大节，更有謦欬无心之际的神采，处处透露着潇洒之趣，这正符合大众的期待视野。但明代对苏词整体并不算友好。直到清初陈子龙对豪放词的肯定以及一定的创作成绩，才算是为苏词争取了一定的地位。王士禛认为汉魏以来两千年间，只有曹植、太白、东坡可称"仙才"。周济认为东坡佳处在韶秀，而不是粗豪，粗豪是病态。

苏东坡受到历代文人和百姓的喜爱，一方面因为苏东坡有无法遮掩的旷世才华，另一方面则因他虽有命途波折的经历却能始终保持豁达的胸襟气度，给怀才不遇的文人们以极大的慰藉。不管是四川，还是浙江，抑或湖北、海南，到处流传着东坡的故事，东坡村、东坡井、东坡桥、东坡帽，像一面面鲜活的旗帜，历经千年，仿佛在不断提醒后人，那个长髯善谑、才华横溢、穿林打叶、把酒问天的东坡从未走远。

第二节 诗词阐释与传播

　　较之于唐诗，宋诗更多家常语，喜欢唱反调的王安石，其诗句"昏昏灯火话平生"便将这种家常语推向极致。不仅诗人平近，连理学家也如此，这和魏晋玄理正好相反，比如邵雍的诗，平浅中自有天地。苏轼、秦观、陆游、辛弃疾等人几乎是必选项，本节关注的不仅是他们的造诣，更关注他们以怎样的情感持久地荡起后人心头的审美涟漪。唐诗入中唐而大变，宋词南渡后亦发生变化，小园香径少了，绿杨红杏少了，本就深情款款的词里，多了份沧桑寒寂。这份沧桑寒寂可以是张孝祥笔下的洞庭月色，可以是姜夔笔下的雪月寒梅，也可以是蒋捷笔下的沥淅冷雨，直到今天，依旧如此生动，仿佛月色还在洒落，冷雨还在敲打。宋词之美，在意象，在风格，在境界，在情韵，曲径通幽，将诗歌不易表达的幽微之情，书写得如此一波三折、感荡心灵。

一、昏昏灯火话平生

　　笔者不在意哪位名人评价王安石是"十一世纪中国最伟大的改革家"，笔者喜欢作为文人和诗人，那个耿直又爱唱反调的王安石。宋代词坛上许多人的品格是非常值得赞扬的，王安石、范仲淹、欧阳修、司马光、苏轼，都曾是经纶手，都是名满天下的大才，都是天下学子景仰的对象。新党与旧党在政治庙堂上争论得你死我活，但私下里从不相互倾轧，并且是把臂言欢，诗文互推。这种高风亮节的胸襟气度，我想不起来哪个朝代还集体性出现过。

王安石的词也很好，《桂枝香》（登临送目），被苏轼称为野狐禅，非一般人力可为。王安石有一些很有哲理的诗，但在诸多诗篇中，我独爱他写给妹妹的诗《示长安君》：

> 少年离别意非轻，老去相逢亦怆情。
> 草草杯盘共笑语，昏昏灯火话平生。
> 自怜湖海三年隔，又作尘沙万里行。
> 欲问后期何日是，寄书应见雁南征。

离别是亘古以来的高频话题。这不，不远处的柳永刚刚说完"多情自古伤离别"，"雨霖铃"像词牌的三个字一样，给人一派凄美迷离之感。而笔者更爱这句"草草杯盘共笑语，昏昏灯火话平生"。

是的，一句就够了。写尽人事沧桑，亘古寂寞！

有些情感，有些体验，只有岁月能给你。岁月不带情感，却让你百感交集，百味杂陈。少年别离，还在青葱岁月，浪漫飞扬的年纪，一旦离别，已经是非常沉重。何况，而今年迈，再次相逢，本有欢欣，无奈任何相逢都是再一次别离的前奏，不由得更增添无穷尽的凄凉感伤。

哲人常说，世间唯英雄末路、美人迟暮，让人最难以承受。事实上，这样的感慨，还带有明显的"精英"意识，因为不管是英雄还是美人，都不是普通人。非普通人的情感，当然容易被人观望，被人品评，被人记忆。二〇一三年，某卫视节目在街头以"什么是青春"为主题进行采访时，一位男生说"长得好看的人才有青春，像我们这种人就只有大学了"，一时引发热议。这位男生说错了吗？没错，因为我们看到的几乎所有的镜头，或者文字，记录的都是光鲜亮丽的少男少女，不管是青春偶像剧，还是那个春意盎然的大观园。长得好看的潘岳，出门会有粉丝围观；长得丑的左思，出门会有人扔臭鸡蛋。

普通人的韶华易逝谁来感慨？普通人的悲欢离合谁来记录？笔者敬重的作家史铁生有句话："历史仅记录少数人的丰功伟绩，其他人说话汇合为沉默。"好在卓越的文学作品，既是作者思想、情感的体现，也是所有人——整个人类——普遍情感的体现，具有永恒性。伟大作品之所以历千万年依然被无数人喜爱，就在于为普通人实现了说话的可能，而不是亘古的沉默。

"草草杯盘共笑语，昏昏灯火话平生"，日常景，寻常话，或许恰恰正是因为日常寻常，才给我们无穷尽的共鸣和感动。我们神往王维的"行到水穷处，坐看云起时"，我们艳羡太白的"明月出天山，苍茫云海间"，我们留恋小晏的"落花人独立，微雨燕双飞"，我们想象姜夔的"二十四桥明月夜，玉人何处教吹箫"，我们喜爱这些，是因为这都是非常景色、非常体验。草草杯盘、昏昏灯火，都是寻常语，为什么如此深深打动我们？

从中唐白居易开始，"杯盘光景间小碎篇章"已经流行，到宋代诗人手中，成为常态，被审视、打磨、呈现。很多人初读诗有种误解，认为写得越离奇的（比如边塞诗描写异域奇景的作品），越奇幻的（比如李贺），越高雅的（比如王维），越沉郁的（比如杜甫），才越值得读，越有魅力。事实上这样理解是偏颇的。当然读诗需要一个过程，就像几乎所有人年少时喜欢读李白，中年以后喜欢读杜甫。年轻时喜欢文采斐然的散文，中年以后觉得周作人平平淡淡的作品更耐品。苏东坡说"绚烂之后归于平淡"，至理。

所以，藉藉杯盘，就是今天吃大排档的样子，一桌子鸡腿、虾壳、鱼骨头，不时发出久违的笑声。这杯盘狼藉的饭桌，也太没有诗意了吧？这又是对诗意的误解。入佛的王维有诗意，成仙的李白有诗意，吃大排档喝啤酒一样有诗意。前后赤壁赋，是真正高旷有仙气的杰作，"浩浩乎如冯虚御风，而不知其所止；飘飘乎如遗世独立，羽化而登仙"。但那一夜澄澈秋江上明月下神仙一样的苏轼和友人，还不一样"肴核既尽，杯盘狼籍"？所以，英雄美人是诗意的，柴米油盐也可以是诗意的。

昏昏灯火话平生，更让人有种久违的感动。古人常说"一灯如豆""耿耿残灯背壁影，萧萧暗雨打窗声""月半昏时，灯半明时"……古人的灯火从来都是昏暗的、迷离的，增添了诗意，也增添了恍然。在昏昏灯火之下，闲话一生，儿时的玩闹、少年的美好、成家的期盼、离别的伤感、渐老的喟叹，都在这昏昏灯火中像电影一样铺开去。昏昏的是光线，也可能是人的状态——聊得太久，夜已深沉，昏昏欲睡。也可以是人生的状态，已入迟暮，再也不复青春韶华时的蓬勃生机。自己老去是自怜，看亲人一起老去是共悲。

一桌狼藉，一灯昏黄，相逢，喝酒，吃菜，聊天，再聊天，这才是生命最本色的状态。最寻常处，藏着人们最真切、最深挚的情感，也有最痛的感喟。但谁说这种感伤、感喟不也是人生的本质和安慰呢？

二、一个理学家的细腻和浪漫

邵雍，不熟悉中国思想史的读者可能感觉稍微有点陌生。但是有一首几乎和"春眠不觉晓""白日依山尽"同时接触和吟诵的诗就出自邵雍之手。这首诗是《山村咏怀》："一去二三里，烟村四五家。亭台六七座，八九十枝花。"诗写得极为平淡，像孩童牙牙语，但邵雍其人却一点儿不平淡，不仅在当时，也在后世，拥有巨大影响。

邵雍在历史上的标签和名片是"理学家"，与司马光等一代名臣、文人同时。邵雍名满天下，几次拒绝朝廷的征辟，居洛阳，建了"安乐窝"。出行喜欢乘一小车，王公贵族都熟悉车子的声音，每次车子来往，都有很多人主动相迎。邵雍最大的成就在易学研究，其跟随李之才学《河图》《洛书》，撰有《皇极经世》，阐发易理及理学思想，与张载、二程等一起推动宋明理学的发展。

精通天文历法之法，矢志推行内圣外王之道的邵雍，还是一个极为高产的诗人，一生留诗三千多首。这是一个相当壮观的数字，从数量而言，也就陆游等为数不多的诗人能和他扳下手腕。他的诗集名曰"伊川击壤集"，听名字就感受到浓浓的三代气息。邵康节的诗说理成分重，很有自己的特色，南宋严羽在《沧浪诗话》中将以说理为主的"康节体"赫然与苏黄王陈等宋诗诸大家相并列，是诗论家的眼光。用今天的眼光来看，康节诗整体造诣和苏轼、欧阳修、黄庭坚等大诗人相比还有较大差距，但也许恰恰在于一个易学家和理学家汩汩不绝的笔端，总会有沧海明珠，在高深玄远之外，有自然清丽的亲切。比如前面说的《山村咏怀》，比如下面这首《清夜吟》：

月到天心处，风来水面时。

　　　　　　一般清意味，料得少人知。

　　这确实是好诗。平淡如水，却又甘之若饴。

　　这是慢慢历史长河中普通得不能再普通的某个夜晚，有明月当空，有清风徐来。如此而已。

　　但这又是无数个清夜里非同寻常的一夜，因为此刻易学家和理学家消退，诗人登场，因为诗人深情的眼光赋予这夜晚这月色这清风以意义。

　　这首看似普普通通的小诗，为何能带给我们感动？从句式上看，我们很容易想到那位自称摩诘的诗人，他有名诗"行到水穷处，坐看云起时"。但为何"月到天心处，风来水面时"就大大不同了？

　　首先，摩诘的诗，不管是"行"还是"坐"，都是人的行为，这种行为我们当然可以理解成圆融无碍，但无论如何，人为的意象和意境确是特点，而"月到"或"风来"则全是天地自然，是"物理"。这个物理，当然不是今天的科学学科，而是物之理，物也不是物体，而是天地；理也不是道理，而是天性。因为是天地，是天性，是自然而然，我们甚至读出几许禅宗的味道或者道家的神采。"庭前柏树子"不就是如此吗？"春来草自青"不就是如此吗？"云在青天水在瓶"不就是如此吗？是，但也不是。

　　佛家看的是四大皆空，道家看的是天人合一，而理学家和易学家的骨子里是儒家，《周易》里的生生不息精神，是自始至终未变的观念。一个参透了阴阳八卦、五行数理的智慧之人，在明月经天，风行水面时，看到的应该是孔夫子曾经由衷感慨的那种勃勃生机：天何言哉，四时行焉，百物生焉！但拒绝当官的邵雍，又不是汲汲于功名和修齐治平理想的人，故而他看到的生机，是真正的天地境界，而不是热闹的、富丽的。相反，是"清"，是无须多言。

遗憾的是，世界往往不是理想的样子。上智太少，下愚太众，中间者几乎一辈子都在忙于功名利禄或稼穑操劳。过于匆忙的脚步确实会让人错过路上的风景，而过于沉重的负担会让人窒息，无从感受行路的滋味。

这又回到那个一贯如旧又亘古常新的困境，甚至是悖论——对于人而言，如何在种种不完美不理想的俗世中获得解救，获得意义？西方文化，绕了很大一个圈，最后在存在主义那里发现"诗意的栖居"，诗歌是终极解决之道。

如果放在今天，短视频流行、人人握持手机目光专注而迷离地观看着一个又一个光怪陆离的东西，我不知道海德格尔是否还有足够的信心，说诗歌是现代主义、被异化的人的终极救赎之途。

在邵雍的这首小诗里，我们读出了一种少有的清朗开阔。以邵雍、张载、二程、陆九渊、朱熹等为代表的宋儒，其实都有一种开阔的境界。陆九渊说"吾心即宇宙，宇宙即吾心"，张载的"为天地立心"更是阔大无比，被誉为亘古一人。邵雍的这首小诗，同样将宋儒思接天地胸怀宇宙的襟度表现出来。我们是在月到天心、风来水面的意象和意境中感悟这种阔大。但是，诗人表达的到底是什么呢？为什么是"清"，而不是静或者幽或者远呢？

月到天心，基本上就是皓月千里，夜空清朗如镜，整个太虚，不杂一点儿尘埃。所以这样的清，不仅没有世俗气，同样也是澄澈宇宙的清朗。对于参透天地玄机的人而言，日月经天，江河行地，是最自然而然，也最摄人心魄的景象。同样，风来水面，不同人有完全不同的理解，普通人难解其中味。生活在《花间集》里的词人们读出的是"风乍起，吹皱一池春水"。当然，这样的境界也堪称妙绝，传统文学史将《花间集》贬低为腐化孱弱，而笔者对花间词人更多的是欣赏和同情。冯延巳的词句中充满温暖的诗意，邵康节的风来水面却不是这种小情调。苏轼比喻写文章的最高境界是"如风行水上，自然成文"。看，像风吹起的水纹，就这么简单。如非登峰造极，又怎能如此流畅自若。风来水面，其实是天与地的交接和对话，是无形和有形的邂逅，是动和静的辩证统一。恰如宗白华先生评价中国艺术，这是动中的极静，又是静中的极动。

有学者说，天文学家往往更豁达开阔。是啊，眼里看过了太多星球的兴灭，以光年为单位来思考问题的人，对于俗世的一切，只觉如蜗牛角上的战争，实在荒谬荒诞。所以，参透了天地消息而又胸怀宇宙、吞吐日月的诗人，看到的不只是风吹水面的小景致，而是浩渺宇宙的浓缩。至清至静，至大无外，这样的境界，"料得"很少人能懂，这很正常，也很遗憾。诗人表现出来的情感当然也不是知音难觅的怅惘，而是安之若素的自适。参透天地，不高高在上，也不抱怨民智堪忧，难怪，洛阳城里的穷达贵贱、稚子垂髫，都如此打心里崇敬和喜爱康节先生。

有一种刻板印象，或者受特定时期的影响，提到理学，人们就想到死板陈腐、封建反动。事实上，无论是张载的"四为"，还是朱熹的格物致知，抑或是王阳明的龙场悟道，里面都是活泼泼的生机。想真正了解传统文化，必须深入阅读原典，就是古人原原本本、原汁原味的著作，只看介绍和研究类的书，始终看不到传统文化的真面目。

三、苏轼：上天给中国文化史的厚赐

该苏轼登场了。

苏轼是天才、全才，是上天赐给中国文学史、艺术史的大礼。没有苏轼，我们可能会失去："淡妆浓抹""山高月小""昨日黄花""胸有成竹""庐山真面目""但愿人长久，千里共婵娟""大江东去""雪泥鸿爪""一蓑烟雨""出人头地""明日黄花""水落石出""不时之需""清风徐来"……

一般而言，能够存在于成语或俗语中，就相当于活在中华源远流长的文化里，也已经有千秋之思了。苏轼一个人就拥有这么多耳熟能详、脍炙人口的词语，这是苏轼的幸运，也是我们的幸运。何况，苏轼还有无可取代的书法和绘画，还有美不胜收的赋和大气畅达的政论文，如《和子由渑池怀旧》：

> 人生到处知何似？应似飞鸿踏雪泥。
>
> 泥上偶然留指爪，鸿飞那复计东西？
>
> 老僧已死成新塔，坏壁无由见旧题。
>
> 往日崎岖还记否？路长人困蹇驴嘶。

苏轼向陕西赴任，弟苏辙寄诗，苏轼写了这首回赠，遂成为哲理诗中无可逾越的高峰。

诗中的"到处"，不是今天"处处、每一处"的意思，而是所到之处。人生所到之处，萍踪絮影，像飞鸿落在雪泥上一样。为什么不用"落"而用"踏"，二者平仄是一样的，于音律无损。主要因为：首先，

"落"有飘落的感觉,轻盈,但缺少厚重,落下来就不容易再起,而"踏"张力十足,并且古诗词常有"踏歌行""踏莎行"这样的词牌,这个有行走、跋涉之感,故而用"踏"而非"落",而且"踏"的力度也和下文指爪印相呼应。那个曾经一起坐而论法的老僧,已经与世长辞。高僧作古,自比常人多一层色彩。佛法无边,但也不能阻碍岁月的力量。当然可以说高僧已去,得道圆满。那作为普通人的自己呢,岂不是更多了一份感慨和凄凉?那破败的墙壁上,再也无法看到此前曾经题过的字。"无由",没有缘由、办法的意思,不是无奈之意,"卫之野人也,姓宁名戚。慕相君好贤礼士,不惮跋涉至此,无由自达,为村人牧牛耳"(冯梦龙《东周列国志》)。从这个例子中可以清楚地辨别这个意思。

如果连题写在墙壁上的笔墨都容易被雨打风吹去,那留在雪地上的飞鸿爪印,岂不更是电光石火,转瞬即逝。因此不仅鸿影飘没,就连它的痕迹,也幻起幻灭、无比脆弱。缥缈孤鸿影已经足够让人心生虚空,而作为孤鸿曾经存在过的、留存过的唯一确证,也如此容易冰消瓦解,那所有的来来往往、远近东西,天地间的跋涉征途、生老病死,又是什么,又算什么?

存在是个古老而深邃的话题。存在主义者讲求向死而生,讲求天、地、神、人四方游戏,最终在诗中实现"诗意地栖居"。本身就活在诗歌境界中的诗人,是不是已经达致了天人合一的四方游戏境界?美学理论常常讲"人的确证",也就是人有强烈的意识,要为自己的存在寻找意义。这可以是黑格尔那个著名的比喻,一个小男孩在河边往河里扔了个石头,河中泛起水纹,这是小男孩的实践活动,以参与和创造的形式存在于这个世界。如果说扔石头太简单了,那就刻一块石头如何?还简单?那画个石头行不行?写本《石头记》行不行?

　　对于飞鸿来说，那留在茫茫雪地上参差不齐的爪印，是刻意为之还是偶然为之？按道理来说，飞鸿不像人类，没有自我确证的意识，只能是偶然为之，雪泥鸿爪，一切生于偶然，那曾经夜灯说法的高僧，那曾经快意挥洒的题字，那酒困路长，那仆仆征尘，那嶙峋蹇驴，不都是偶然吗？既然一切都是偶然，何来如此这般感慨？！万类皆是如此，老僧坐化，可以是同病相怜，更增感伤，也可以是同命相慰，如果连佛法无边都无法化解时间的更迭，那么我们每个人的跋涉和零落又算得了什么？

　　这是一首让人深思的诗，好诗未必都是让人泪流满满或唇齿生香，能引发美的思考，也是一等一的佳作。很难清晰明确地判定苏轼究竟表达了怎样的哲理或世界观、价值观，苏轼没给我们答案，但或许他的人生就是最好的答案。"问余平生功业，黄州惠州儋州"，一生都在漂泊，一生都是逆旅，但苏东坡却是个"不可救药的乐天派"（林语堂语）。

　　就词而言，苏轼的功绩更大，他扭转了词风，从十七八女郎红牙板歌"杨柳岸，晓风残月"到关西大汉铜琵琶铁绰板才能驾驭的"大江东去"，是历史性的突破，扩大了词的表现主题，不仅是月台花榭、琐窗朱户，更多的是面向宇宙、天地、人生的浩渺心思。

　　一方面，苏轼常常感慨"人生如梦"，雪泥鸿爪；另一方面，苏轼又在这个逆旅人生中"拣尽寒枝"，在这样逝者如斯、盈虚者如彼的轮回中遗世独立。这是苏轼的超旷，也是苏轼的深情。

　　因此，我常常将《和子由渑池怀旧》和这首著名的《定风波》对照来读。

莫听穿林打叶声，何妨吟啸且徐行。竹杖芒鞋轻胜马，谁怕？一蓑烟雨任平生。　　料峭春风吹酒醒，微冷，山头斜照却相迎。回首向来萧瑟处，归去，也无风雨也无晴。

　　这是潇洒到骨、达观到骨、淡定到骨的境界。字面意义很容易理解。元稹曾说"取次花丛懒回顾，半缘修道半缘君"，写的是爱情的专一。风雨泥泞，穿梭林间，其苦可知，但苏轼一边吟啸，一边徐徐而行，并且有竹杖芒鞋轻胜马的快意。因此，无边风雨，都不过如此，任他风吹雨蚀，我一蓑烟雨，恣意平生。在春寒料峭，跋涉困顿之时，突然有了斜阳，似乎在迎候这个风雨苦旅的我，只不过已经是斜阳——毕竟还有阳光。回头而望，风雨也罢，斜阳也罢，都在一笑中。曾经走过的风雨怎会"无"，刚刚相照的残阳怎会"无"？事实是，你若拉开距离，风雨也就不存在。如果只是风雨不存在，那苏东坡不过是个强人，但苏东坡毕竟是诗人甚至哲人，故而不仅没有风雨，也不存在晴天雨天之分。如果说一蓑烟雨任平生，是东坡对平生际遇的旷达，那也无风雨也无晴，则是东坡和这个世界的和解。如水流花开，一切自然而然，恰到好处。

　　感谢上苍给了我们一个苏东坡，让我们在无数个雨夜和逆旅时刻，仿佛看到一只孤鸿缥缈，又仿佛看到蓑衣芒鞋的诗人，在青山某处，在人间某处，深情而又超然。

四、词人中的林妹妹：一个泪和愁交织中的秦少游

　　秦观，苏门四学士之一，词学造诣在北宋或许仅苏轼可与之抗衡。据说他娶苏轼的妹妹为妻，但这不过是后人的浪漫演绎，是好心好意的

乱点鸳鸯谱。秦观天资聪慧，但科举前两次都失利。后来经人认识苏东坡，苏东坡一见其诗文，惊为天人，秦观遂名声大噪。再参加科举，因为自己的努力和苏东坡、王安石等人做的宣传，终于中了进士。但秦观一直没有做到高位，基本上都是小官职。这种不得意和漂泊感，让秦观成为泪和愁最多的"古之伤心人"，似乎只有林妹妹能跟他 PK 一下。

有时候历史上有些事很有趣。史传秦少游是个美髯公并且相当威武，有诗为证，"高才更难及，淮海一髯秦"，和我们想象中的"山抹微云秦学士"儒雅文弱的形象完全不符。就是这种形象之下，竟然滋长一颗如此敏感细腻的少女心，有点像猛张飞偏偏擅长画仕女图。

"早抱人娇咽，双泪红垂""便做春江都是泪，流不尽，许多愁"，秦观的词写得深情绵渺，为人也深情，他身边也不乏痴情人。柳永受欢迎的程度到了"凡有井水饮处，即能歌柳词"的地步，柳永死后，歌妓自发凑钱将其安葬。秦观也是名满天下，被贬时途径长沙，一歌伎欲从之而去，秦观感动非常，但虑及此番贬谪，怕累及此女，没有答应。后秦观死在广西，该女子戴孝从长沙跋涉到广西，回长沙后自缢殉情。

正是年少时的才华和壮志，与仕途上一而再再而三的贬谪失意，形成强烈的反差，遂有了淮海词中无穷尽的泪和愁，"飞红万点愁如海"，恰如秦观的一生，炫目而冷清，光彩夺目又萧瑟难耐。如他的《阮郎归》：

潇湘门外水平铺。月寒征棹孤。红妆饮罢少踟蹰。有人偷向隅。　　挥玉箸，洒真珠。梨花春雨余。人人尽道断肠初。那堪肠已无。

1096　　　绍圣三年，秦观被贬郴州，途经长沙，这位痴情的"红妆"很可能就是后来自缢殉情的深情女子。二人初逢，便如重逢，但也是永诀。

　　　潇湘门外，和长沙吻合。水平铺，有两层意思：一是浩渺水面铺展开去，意思马上就要再次踏上征途，所谓"离棹声声催人去"是也。秦观诗词中"征棹"是个极为关键的常用意象，"暂停征棹，聊共引离尊"，征棹是别离，是远去，是奔赴，是飘零，是作者一生无法安顿的肉身和无法安置的灵魂的写照。二是水面平铺如镜，但内心正翻江倒海，一"平"字，恰恰衬托内心之不平。何况冷月斜照，更觉凄迷，没有声声征棹，但越无声，越冷清，恰恰越能让人感觉那份难以承受的离别之痛，似乎主人公的呼吸声和抽泣声都能够听到。

　　　多情的姑娘，饮酒后，踟蹰不决，徘徊，犹豫，是不舍，是不安，是难耐，不忍再叙，不忍再看，只能一人把头转向墙角。即使女子对秦少游爱慕已久，心仪已久，二人毕竟是萍水相逢，因此不能"执手相看泪眼"，只能用这样的难耐度过难捱的离别时刻。有人说秦观是古代文人中有"柏拉图"式爱情观的特殊一位。或许，情到真处，就不再轻浮孟浪了。

　　　"挥玉箸，洒真珠。梨花春雨余"，接连三句，形容落泪，手法类似于"一川烟草，满城风絮，梅子黄时雨"。玉箸，不是筷子，温庭筠《河渎神·孤庙对寒潮》用"泪流玉箸千条"形容泪落如雨的样子。梨花一枝春带雨，大家都看得出来，为何有个"余"字？

　　　从训诂角度看，"余"在此处起码有三层意思可以解释得通：多出来的／将尽的／之后。我更倾向于理解成梨花春雨之后……对可以安居（哪怕是蜗居）的人来说可以"雨打梨花深闭门"，而对于漂泊就是人生常态的人来说，梨花一枝春带雨，很凄婉，很唯美，但停也伤心，别也伤心。面对哭泣成零落梨花、愁思如绵绵春雨的女子，秦观没再往下写如何挥别，如何回望，只写"人人尽道断肠初。那堪肠已无"。世人都爱反复说当初、当时、当年断肠的样子，但对我而言，肝肠寸断，一切又怎样说起？！这是拉开了时空距离，于是那时的潇湘水云、冷月孤棹、红妆苦酒，向隅而泣，都成了梦境，成了绝对回不去的永恒片刻。如果回忆本身依然是人生所有经历"在场"的最好方式，作为伤心人的秦观，连这个最后的也是最安全的方式也丢失了，因为"肠已无"。

这短短的小词，又仿佛是秦观一生的写照，虽然名满天下，虽然文坛宗师如苏轼、王安石都对其推崇备至，但改变不了蹭蹬的命运和漂泊的行踪，残酒病躯，零落天涯。秦观另有词"为君沉醉又何妨，只怕酒醒时候、断人肠"，看来任是什么酒，到最后还是归于清醒，而在清醒中，看一切幻灭。

秦观有名句"有情芍药含春泪，无力蔷薇卧晓枝"，后人评诗，说和韩愈的《山石》相比，秦观的诗就是"女郎诗"，这个说法有点不厚道，或者说有点刻薄，笔者将秦观和林妹妹并提，没有丝毫揶揄之意，而恰恰取深情、高洁、"玉带林中挂"之意。

清代倡导"神韵说"的王士祯曾说"风流不见秦淮海，寂寞人间五百年"，那个无限失意、无限伤心的秦少游，再也不能游走世间，只在世间留下无穷的回忆，和一首首情致绵绵不绝的好词。

五、宋词中的矮大紧

矮大紧，曾经也是文采风流的偶像，歌词写得美，至今还在大学宿舍里飘荡。但长相嘛，有时候和才华正好成反比，以显示上天的公平之心。贺铸也是这样一位奇人，读其词，觉如钟会；看其人，如遇钟馗。

我们因为宋词的幽微婉约，加上宋词本身偏向内敛，往往认为宋代词人皆是文弱多情，有点像今天舞台上细描眼影的男孩，殊不知，其实宋词的疆域里还是有不少套马杆的汉子。比如贺铸，出名的丑，有点像《隋唐演义》里的刘黑闼，面色铁青，竖眉吊眼，时人称为"贺鬼头"。其为人豪气，仗剑驱马，有侠客风。当然，如果一颗英雄胆，又有一颗暖男心，那这样的男人就更有魅力了。世人爱《青玉案》"凌波不过横塘路"，而我更爱这首《鹧鸪天》：

重过阊门万事非，同来何事不同归。梧桐半死清霜后，头白鸳鸯失伴飞。　　原上草，露初晞，旧栖新垅两依依。空床卧听南窗雨，谁复挑灯夜补衣。

中国诗史上，潘岳的《悼亡》、元稹的《遣悲怀》、苏轼的《江城子·乙卯正月二十日夜记梦》都是脍炙人口的杰作，能够和上述三篇相媲美的，只有贺铸的这首词。

贺铸和夫人关系很好，二人曾居于苏州，后夫人早逝，贺铸重游故地（重过阊门），不由得思绪万千，写下这首明白如话，却感人肺腑的悼亡名篇。

人生诸多感慨，怕睹物思人，更怕遇景生情，尤其是旧时景，而今山河虽在，人事全非。人置身其间，其触动远大于一物件给人的震惊。心理学有"具身认知"的理论，大意是说，环境对人的心理影响是绝大的。有个著名的实验是，将捐款箱放在手扶梯的向上一层的位置和手扶梯向下一层的位置，所得捐款数额不同，向上一层位置的捐款箱数额显著大于低一层的。原因是，向上的时候容易引发人的崇高感，随之捐款的意愿也比较强。

可以想见，贺铸一身征尘，走到姑苏城的阊门之下时，是怎样的感慨。因为这里正是他们夫妻二人曾经携手走过的地方，或者并肩乘车走过的地方。而今人来人往，独不见夫人音容，一个人踽踽而行，这份沉重，使得看到的一切都面目全非。明明知道，人死之事，乃命运安排，由不得人，但还是觉得无法接受也无法承受，于是又痴人说梦一样追问"同来何事不同归"。都云作者痴，谁解其中味。

下两句，梧桐，鸳鸯，或许是实景，也或许是想象。枚乘在名篇《七发》中曾言："龙门之桐，高百尺而无枝；中郁结之轮菌，根扶疏以分离……其根半死半生。"所以多以"梧桐半死"典故表示丧偶。但词人之心，自非常人可比，他将典故实景化了，仿佛看到梧桐半死的景象，并且一层清霜笼罩，这份冷寂就更加突出。白头鸳鸯，是不容易看到的，此处和梧桐一样，也应该是把虚景写实，更增伤心。

宋词，多推尊空灵、清空，而质实的作品往往显得"骨力不飞"，缺少超拔的灵气。所以诗词写作多避忌过于写实，此处贺铸反其道而行之，别人努力写虚写幻，贺铸则将幻处写实，一者，虚实如比喻，这个想象和建构本就更增深情。二者虚景写实，毕竟还是虚景，和完全质实的意境不同，故而不失灵动。

"原上草，露初晞，旧栖新垅两依依"，应该是实景。词人在重过阊门之后，经过梧桐、鸳鸯的"幻觉"之后，再也抑制不住内心的思念，走到妻子所葬之处，但见荒原之上，秋露刚刚因太阳照射而蒸发，既是写景，也是对人生倏忽而逝的感慨。旧居仍在，新坟兀立，两相对比，是何等残酷，何等让人不舍。这两句话可能依然是虚写，不是实景。犹如东坡所言"料得年年肠断处，明月夜，短松冈"，是料得，是止不住地想念。为什么很可能贺铸也不是写实呢？如果是在清晨时分，到荒郊草野祭拜新坟，何以突然转入"空床卧听南窗雨"？或许依然是想象，一夜难眠，想象突兀的新坟此刻在杳无人迹的原野，是怎样一种孤独寥落，从想象的孤坟再到此刻的旧居，一近一远，一虚一实，无限哀思。

唐和凝《江城子》"帐里鸳鸯交颈情，恨鸡声，天已明"，《红楼梦》里"昨日黄土陇头埋白骨，今宵红绡帐底卧鸳鸯"，床头帐里总是温柔乡。但此刻冰冷的床上只有作者独卧，空的是床，也是空荡荡的内心。于是那一幕幕最家常的画面浮上心头，温柔体贴的妻子挑灯补衣，一针一线，都是深情，都是人生的痕迹。可惜当时最平常不过的动作、场景，在今天都成了让人肝肠寸断的定格画面。秋雨潇潇，空床寂寂，作者此时完全清醒，不再像前面几句虚实难辨。因为有"谁复"之追问，谁还能为我挑灯补衣呢？这是刻骨铭心的怀念。有时候人为了躲避过分痛心的思念，会自我麻醉，将自己置身真假虚实半醉半醒的状态里，所以前面几句到此也可以理解成作者思到恍惚时的不由自主的想象。但想象也痛，因为梧桐半死，鸳鸯失伴，都深深刺激词人的丧偶之痛、追思之痛。一夜秋雨不断敲打破败的窗户，夜深雨冷，词人炙热的思念也渐渐清醒，于是回忆起最寻常但也最生动的补衣画面，思入现实，但依然绵绵无尽。

贺铸这首《鹧鸪天》，最大的特色不是写景，而是虚实梦醒之间的变化——同时也是挣扎。读懂了这个虚实变化，才能更深刻理解最后那句脍炙人口的"谁复挑灯夜补衣"。

后来，纳兰性德有一首《浣溪沙》："谁念西风独自凉，萧萧黄叶闭疏窗，沉思往事立残阳。被酒莫惊春睡重，赌书消得泼茶香，当时只道是寻常。"酒醉春睡，读书品茶，日常光景，不经意间在指间滑过，回头看时才知是何等宝贵、何等动人，可惜那时没有意识到这份珍贵。意识到了又怎样呢？再美好的事物也留不住。彩云易散，皓月难圆，到最后似乎只有一声声叹息、一缕缕相思，成为飘逝不居人生的最后安慰。

六、惊鸿，又见惊鸿

陆游是南宋诗坛第一大诗人，也是词坛重要人物。陆游有报国志、英雄胆，可惜在南宋当权者的政治取向下，陆游和岳飞、辛弃疾一样，注定成为悲剧性人物。当然，对陆游而言，悲剧的不仅是人生理想，还包括他的情感。

在我们熟知的文学史里，让人扼腕叹息的有好几对本是神仙眷侣但都被无情打散的，比如《孔雀东南飞》里的焦仲卿和刘兰芝，刘兰芝被焦母驱逐，像哥德巴赫猜想一样，至今也难找到答案。还有就是陆游和唐婉儿。陆游本是世家出身，唐婉儿虽才华挺秀，温婉贤淑，但不能生子，被陆母所厌而退，倒是可能的，只是可怜了这一对有心人。据说，唐婉儿再嫁后，陆唐二人曾在沈园相逢，于是有了《钗头凤》"红酥手"和"世情薄"。但在笔者看来，其最好的依然是《沈园二首》：

城上斜阳画角哀，沈园非复旧池台。

伤心桥下春波绿，曾是惊鸿照影来。

梦断香销四十年，沈园柳老不吹绵。

此身行作稽山土，犹吊遗踪一泫然。

　　"亘古男儿一放翁"陆游，曾写出"楼船夜雪瓜洲渡，铁马秋风大散关"的陆游，七十五岁重返故地，追思四十多年前的爱人写下凄美篇章。

　　城上斜阳，是日暮，也是人之暮年，画角声声，仿佛哀叹这易逝的人生。因为花飞花谢，人来人往，聚散别离，都如此由不得人，因此，斜阳或许还是四十年前的斜阳，但沈园却早已不是那个曾经青春的、温暖的沈园。一池一台，都不复旧时景象。

　　一般而言，秋天易惹伤情。这次陆游来沈园，却是春天。这不，桥下的河依然波光粼粼，绿如翡翠。何以一座桥和桥下的流水如此让诗人"伤心"，原来低头望去，看到自己苍白须发，一个孤零零的迟暮之人。遥想当年，这春波骀荡，曾经追光摄影一样记录下那个清纯、阳光、美丽的爱人的身姿，甚至神情，现而今，低头凝望，一波波水纹，绵绵无尽，一直流逝，流逝，像无法留住的岁月和无法遏制的相思。当年惊鸿之美、相恋之深，而今都成镜花水月，甚至还不如镜花水月，因为连一点点幻象都没有，只有斜阳日复一日地将最后一抹阳光洒在沈园的每个角落，只有悲怆的画角声声回响在沈园的每个角落，只有潋滟波光日复一日接纳朝晖夕阴又送走无数身影……

　　美人香销玉殒，英雄蹭蹬迟暮，没有了年轻时的惊鸿，只有似曾相识又无比陌生的沈园，迢迢不断的春水尚有去处，那美好的年华和美丽的人儿去了哪里？

　　梦断香销，不是再也梦不到，而是二人长相厮守白头终老的梦，彻底断送。连曾经"满城风絮"的柳树，似乎也老了，再没有心力散播那漫天飞絮。如果连飞絮都没了踪迹，或者像梅花一样零落成泥碾作尘，人的归宿到底在哪里？很快就要成为泥土，就要到了生命的尽头，但犹然要来到这个充满记忆的地方，泫然落泪。

有人说，对于深爱的双方来说，先离去的一方是幸福的，因为活在对方的记忆里，并且有对方绵绵不绝的相思回忆。又过了几年，八十一岁的陆游做梦游沈园醒后感慨而赋《梦游沈家园》："城南小陌又逢春，只见梅花不见人。玉骨久成泉下土，墨痕犹锁壁间尘。"直到辞世前一年，八十四岁的陆游不顾老迈，再游沈园，作诗一首，算是和沈园的永久作别："沈家园里花如锦，半是当年识放翁。也信美人终作土，不堪幽梦太匆匆！"（《春游》）是的，化作泥土，这是必然的归宿，也没有什么不好。质本洁来还洁去，强于污淖陷渠沟。对于雅洁的人或物，葬于泥土，是最好的安排。只是美人早逝，阴阳两隔，幽梦匆匆，却让此心无比伤痛。花团锦簇里，应该还有很多花认识当年那个青春飞扬的陆游。而今花期依旧，花香依旧，但英雄垂垂老，美人寂寂眠，怎不伤情？

对陆游而言，沈园不只是一座庭院，在其一生中，在其内心深处，这是爱情和灵魂的圣坛。而对于唐婉儿而言，沈园也不仅仅是一座庭院，在其短暂的一生中，这曾是惊鸿照影、镌刻美丽的场所，后来又成为爱人的心灵秘地。其短暂的一生，在陆游无穷尽的相思里，永远都如此美不胜收。惊鸿照影，岂是俗世所能捕捉和滞留的。

七、词坛飞将军：英雄稼轩

自古美人如名将，不许人间见白头。怕的不是衰老本身，而是衰老带来的落寞与韶华之时的精彩的强烈对比，哪怕宋代词坛最有英雄气魄的辛弃疾也难掩此情。来看辛弃疾《清平乐》：

绕床饥鼠，蝙蝠翻灯舞。屋上松风吹急雨，破纸窗间自语。　　平生塞北江南，归来华发苍颜。布被秋宵梦觉，眼前万里江山。

随着影视艺术的发展，在屏幕上可看到文韬武略的辛弃疾，而不仅仅是词人的形象。"气吞万里如虎""醉里挑灯看剑"，这是真正的词坛飞将军，当然今天也有人称其为"古惑仔"。斗狠的古惑仔常见，懂兵法、五十人闯几万人敌营还能生还的古惑仔并不多见。

辛弃疾，毫无疑问是词坛大师，但相对于那些大气磅礴的词句和意象，我更爱那个战马过后旌旗收卷的辛弃疾。"沙场秋点兵"壮美无比，但低小的茅檐、浓浓的稻花香，同样美不胜收。说到人生感慨，上面这首《清平乐》，值得反复诵读。

在古诗史里，老鼠不是常客。除了成为《诗经》里讽刺的对象，诗词中罕见老鼠。蝙蝠也不多见，有名的是韩愈《山石》里的句子"山石荦确行径微，黄昏到寺蝙蝠飞"。稼轩开篇就用这两个多少有些丑陋的动物描写环境，却丝毫不觉得生硬或诡异。

那个武能定国文能安邦的词人，离开战场之后，一旦没有铁骑狼烟，剩下的也只是清寒冷落。饥鼠绕床，丝毫不惧怕这个取上将首级如探囊取物的英雄，蝙蝠不到古旧的寺庙，偏偏光临词人的茅屋。何况又是风雨大作之夜，茅草屋很难抵挡风急雨狂，连窗纸也被吹打得七零八落。

词人的一生，或者杀伐于沙场之上，金戈铁马，气吞万里；或者在迁职、贬谪道中，江湖义气，闲观兴亡。词人活跃在抗金第一线，又辗转于江西、福建多地，故而是平生塞北江南。但曾经的英雄气概也早已雨打风吹去，归来时只剩下白发苍苍，无限憔悴。辛弃疾说"若教眼底无离恨，不信人间有白头"，可毕竟有太多的离愁别绪，太多的壮志难酬。醉里挑灯看剑，是气概，也是气愤。无穷尽的流言和猜忌，远比敌人的千军万马更让英雄难以抵挡。

回想一生，少年成才，年轻上书，名动天下，飞骑踏营，挥师抗金，遭谗被贬，壮阔与逼仄，飞动与沉郁，江山与索居，无数鲜明对比的片段和经历，在风雨之夜，一起和绵绵不绝的风声雨声纷至沓来，秋夜苦寒，衾枕难挡，在风雨中醒来，原来刚才的平生与归来都在梦中，而此刻独对的只有这无限江山。

在老鼠、蝙蝠猖獗的夜里，风急雨骤的夜里，词人如何看到万里江山，恐怕窗外除了斜侵过来的雨丝能够略微看到，其他东西都隐遁入这无边秋夜，消失在这潇潇夜雨中。看到的江山为之动情，看不到的江山更为之伤情。明明是想象中的江山，且偏偏说眼前。这是词人之痴，也是词人之重。即使在这风雨飘摇秋夜冷寂的时刻，词人心心念念的依然是这个曾经气吞万里的江山，这个曾经稻花香满的江山，这个曾经愁满高楼的江山，一心报国，以身许国，徒奈何英雄遭嫉，"追往事，叹今吾"，其幽愤可知，但词人却不一味怨怼，而是深刻怀想这个正被踩躏的、宵小当道的美好河山。

孔夫子论诗，以"温柔敦厚"为要旨。作为飞虎军将领、奇谋报国的英雄式人物，不剑拔弩张，不咬牙切齿，只是在风雨肃杀的秋夜里，梦回时，满怀（而不是满眼）依然是这片他深爱着的江山。辛弃疾词以"豪放"传世，这首小词依然阔大无比，但阔大之中，这种平易质朴尤为难得。

这首词意象有萧瑟之感，但不寒促；有感伤之意，但不沉寂。在风雨交加的秋夜里，在灯昏纸破蝙蝠盘旋的茅屋里，在松涛阵阵饥鼠叽叽的强烈对比下，无限感慨，在茅屋间，在风雨里，在江山中，依然是一股英雄气，在徘徊，在蔓延。

八、写尽整个朝代的澄澈

看到过一些杠精和键盘侠，见不得别人夸什么。说一下宋代文化调性高、审美趣味高，就被贴上"宋吹"的标签。但只要稍微走心品一品宋画、宋四家的书法，就能够判断，宋代的艺术趣味和造诣，怎么"吹"都不过分。

内敛、简淡的宋朝，如果想直观概括的话，确实类似于周敦颐笔下的莲花，或宋徽宗笔下的《听琴图》。"烟柳画桥，风帘翠幕，参差十万人家"，宋朝繁华，但没有大唐的浓烈奔放，更多的是一种孤独感，喜欢小园香径，浅斟低唱。但宋人品格颇高，"疏影横斜水清浅，暗香浮动月黄昏"。用中国美学的范畴来概括的话，首推"澄澈"。能推向极致的，不是苏东坡的，而是张孝祥的《念奴娇》：

洞庭青草，近中秋、更无一点风色。玉鉴琼田三万顷，着我扁舟一叶。素月分辉，明河共影，表里俱澄澈。悠然心会，妙处难与君说。　　应念岭表经年，孤光自照，肝胆皆冰雪。短发萧骚襟袖冷，稳泛沧溟空阔。尽挹西江，细斟北斗，万象为宾客。扣舷独啸，不知今夕何夕。

清澈，或澄澈的词，东坡也有两首《西江月》和《洞仙歌》：

玉骨那愁瘴雾，冰姿自有仙风。海仙时遣探芳丛。倒挂绿毛
么凤。　　素面常嫌粉涴，洗妆不褪唇红。高情已逐晓云空。不
与梨花同梦。

冰肌玉骨，自清凉无汗。水殿风来暗香满。绣帘开，一点明
月窥人；人未寝，倚枕钗横鬓乱。　　起来携素手，庭户无声，
时见疏星渡河汉。试问夜如何？夜已三更，金波淡，玉绳低转。
但屈指西风几时来，又不道流年暗中偷换。

玉骨、冰肌，这两首词反复说来，尤其是《洞仙歌》"但屈指西风
几时来，又不道流年暗中偷换"，不禁感慨，悠悠心怀。

但若论词境之纯粹，一片冰清玉洁，澄澈到了无尘滓，张孝祥的
词更臻极致。张孝祥和陆游同榜，都受秦桧打压，有大才大志，但一
生无用武之地。张孝祥有稼轩的壮志，但缺少稼轩气吞万里如虎的绝
世气概。稼轩更像精通诗词的将军，于湖更像奇谋报国的书生。张孝
祥的词阔大、朗练，有强烈的爱国热情和忧患意识，这一点无疑对稼
轩有一定影响。但于湖词虽然阔大，但飞动气少，而俊逸气多。

中秋时分，浩渺无垠的洞庭湖、青草湖上，竟然没有一点风的痕
迹，这和我们读诗词的印象、和我们日常的生活经验相违背。我们无
须再征引诗句，因为"秋"几乎是和"风"联系在一起的。或者，经
历了升迁贬谪，看过了抗战胜负，一切都已看透，也变得淡然，于是

就有了"云淡风轻"的说法。到了张孝祥这里,何止风轻,更可以无风,表面上是湖上没有一丝波澜,其实投射出来的是内心没有一丝波澜,类似东坡说的"也无风雨也无晴"的境界。

官场凶险,世路坎坷,还好有这万顷湖水,平静如砥,珍贵如美玉打磨的镜子。"着",安排的意思,"着我扁舟一叶",意思是给我安排一叶扁舟。谁给我安排一叶扁舟?或许是洞庭湖当地志同道合的好友,或者自己的仆人。但不管是人间谁给安排的,最终都是上天安排的。失之东隅,收之桑榆,人生不如意事十有八九,但这浩渺湖光,江天一色无纤尘,却不是人人都有机会领略的,甚至即使遇到,如非有心人,也不能领略。

月是素月,河是明河。何为素月?刘义庆《世说新语》记载魏晋人的雅趣,有一段非常神妙:"司马太傅斋中夜坐。于时天月明净,都无纤翳,太傅叹以为佳。谢景重在坐,答曰:'意谓乃不如微云点缀。'太傅因戏谢曰:'卿居心不净,乃复强欲滓秽太清邪?'"司马太傅和谢景重两个人在中夜赏月。晴空万里,一点纤云都没有。司马太傅连连感叹,觉得世间美景都在彼时彼刻。谢景重说,万里无云,一轮孤月,倒不如有一点点云彩点缀,这样才有烘云托月的效果,更美。谢景重的逻辑,其实颇类似"鸟鸣山更幽",有一点点云,更衬托月亮的皎洁。但司马太傅戏称:你这是心里不干净啊,才想着用滓秽污染太清之境界!好友雅客,言语机锋,不可当真,二人未必会为此争得面红耳赤,如果真是那样,倒是有伤大雅。但魏晋人的气度见识确与其他朝代不同,干净到一点点滓秽都容不得,这需要干净脱俗的心灵。张孝祥也是如此,于是他看到的是一尘不染的素月。

　　明河共影。和谁共影？可以理解成和词人共影，所谓"举杯邀明月，对影成三人"。当然也可以理解成明月和明河的共影，让太清之境更多了一些活泼。如果这样理解，上一句"素月分辉"，也可以理解成，月亮不仅分月色给词人，给这玉鉴琼田，同时也给了银河，因之银河更加明快（按：读诗，要注意字词的灵活与意涵的弹性、多义性，即在此）。

　　因为素月分辉，因为明河共影，这玉鉴琼田，无论外在还是内在，都澄澈无比，不杂一点儿尘俗。只可惜，人生往往有一些"词不达意"的遗憾，那些最美的、最感动的、最荡气回肠的美景和心情，却找不到合适的言语来表达。所以有"言不尽意，立象以尽意"之说。于是那些脍炙人口的名句"大漠孤烟直""墟里上孤烟""鸡声茅店月"，都是立象的杰作。理论家往往认为语言确实难以传达那些难言之妙，反过来想：如果真的难以传达，那我们又怎么知道那些难言之妙的存在呢？这有点像康德说的"物自体"，康德坚定地说物自体不可知，如果真不可知，康德又如何知道物自体不可知呢？又有点像老子说的"信言不美，美言不信"，如若真是这样，老子的《道德经》到底算不算美言呢？到底可不可信呢？于是后来的白居易说《读老子》："言者不如知者默，此语吾闻于老君。若道老君是知者，缘何自著五千文。"这脸，好像打得啪啪的。

　　事实并非如此。好的诗词，看似言传的妙境，其实已经传达到读者层面，否则读者何来感动？何来心有戚戚？日常语言或者真无法传达更精细的信息，但优秀的文学语言已经将一切说尽。难与君说，其实不是词人不善描绘，而是遗憾没能共在，没能同赏。

　　悠然心会，妙处难与君说。难以向友人描绘的是洞庭月色，但向自己说的却是另一番景象，是在岭表（大体指广东和广西）之时的种种际遇。这一定是孤独的、沉闷的、真正难以诉说的东西，因此是"孤光自照"，越高洁之人，越不能接受尘俗之物，但也往往难承受高洁之象，因为太过于雅洁了。我们或许都还记得柳宗元《小石潭记》结尾所写的"以其境过清，不可久居，乃记之而去"，太清太洁之境，总有难以言说的孤独感。所以张孝祥说"肝胆皆冰雪"，这不仅是太白的"白发三千丈"，更是由表及里（又一个表里俱澄澈）！连肝胆都披上冰雪，一则其寒意可知，二则其雅洁可感。

这经年际遇，换来个短发萧骚，襟袖冷落。只到了此时此刻，看到洞庭湖和青草湖上的无边光景，才有了重生的感觉，悠然心会，一扫经年孤寂，忍不住有稳泛沧溟空阔的豪迈。仅仅泛舟沧溟似乎远远不够作者的诗兴高情，还要舀尽西江水，不徐不疾地斟满北斗这个酒器，要邀请天地万象作宾客，开怀畅饮。从湖上到天上，从观赏到想象，词人之笔带我们走进一个月色如洗、天地澄澈的大境界。本来在孤舟之上，泛舟沧溟，又见明河北斗，万象森然，人是如何渺小。但是人作为天地之精，虽不能如西方哲学家所说的"人为自然立法"，但以词人之胸襟，竟可以以西江为酒，以北斗七星为杯，以宇宙万象为友，这份气概又是何等崇高。西方常论优美与崇高，中国则讲优美与壮美，张孝祥的这首词都做到了。

到此地，到此境，扣舷独啸。独，也不再是孤独冷寂了，因为有万象宾客，因为有天地大我。奔走庙堂和人间的无数风尘与遭遇，经这玉鉴琼田，素月明河，都显得那么轻浅，不值一虑。只有这无穷天地，月色星河，才值得推杯换盏，共语共在。

宋人内敛、澄净，张孝祥将这种澄澈推向极致。清代大学问家王闿运《湘绮楼词选》曾说："飘飘有凌云之气，觉东坡《水调》犹有尘心。"读者朋友对照"明月几时有"，判断一下是不是真的"犹有尘心"？

九、暗香浮动的审美时代

姜夔，在宋朝是一个独特的人。姜夔四五次科考，均未中第，遂一生未仕，但多出入权贵之门，而又保持高洁情怀，实在难得。与诗人萧德藻、杨万里、范成大交好，并与南宋大将张俊之孙张鉴情同骨肉。张鉴豪富，曾想为姜夔买官，姜夔对这种做法很不齿，拒绝了张鉴的好意。当时人称姜夔有魏晋风骨，也着眼于此。张鉴去世后，姜夔失去依靠，晚年凄冷。

论艺术的全面性，苏东坡是历史上独一无二的人物。在宋朝一代，除东坡外，姜夔也是艺术多面手，诗词绝佳，精通音律，擅书画。词坛上，常常将姜夔、吴文英并称。文学史曾有著名公案，大意是说，姜夔词清空，清空则如野云孤飞，去留无迹，而吴文英词质实，质实如七宝楼台，炫人眼目，但拆解开来，就一地零碎。这个论断，大家是普遍接受的，当然吴文英也不失为名家，有不少优秀作品。

宋<u>绍熙</u>二年冬，姜夔到苏州谒见范成大，作《雪中访石湖》诗。<u>1191</u>二人踏雪赏梅，游兴诗兴都浓，范成大向姜夔征求咏梅花的诗句，姜夔填《暗香》《疏影》二词，范成大让家妓习唱，音节婉转优美。范成大大喜，将家妓小红赠予姜夔。除夕之夜，姜夔雪中乘舟从石湖返回苕溪之家，途中作《过垂虹》诗，传颂千古：

自作新词韵最娇，小红低唱我吹箫。

曲终过尽松陵路，回首烟波十四桥。

同样传颂千古的还有这首著名的《暗香》：

旧时月色，算几番照我？梅边吹笛。唤起玉人，不管清寒与攀摘。何逊而今渐老，都忘却、春风词笔。但怪得、竹外疏花，香冷入瑶席。　　江国，正寂寂。叹寄与路遥，夜雪初积。翠尊易泣，红萼无言耿相忆。长记曾携手处，千树压、西湖寒碧。又片片、吹尽也，几时见得。

这首词读起来不像东坡、稼轩那么畅达痛快，有依约深幽之感。暗香浮动，浸润读者千年。

开篇便成绝调，非一般词品可比，具有浓厚的哲学意味。月有阴晴，何来新旧？但这种陌生化组合，恰恰道尽感慨。唐圭璋的《宋词三百首笺注》中载，刘体仁认为，落笔得"旧时月色"四字，便欲使千古作者皆出其下。细细品读，确有此境。写月，东坡《水调歌头》"明月几时有"和张若虚《春江花月夜》为最。东坡遥想"不知天上宫阙，今夕是何年"，张若虚神往"江畔何人初见月，江月何年初照人"，而姜夔仅四个字，就将日月更迭、韶华难再、睹物伤情、感今追昔全部写出来了。因为看上去仍是旧时月色，所以特别亲切，但也特别令人惆怅。

算几番照我？这简直是痴人说梦。月色照临，年年如此，月月皆然，如何计算？但不痴不足以为词人。词人的痴，恰恰是因为真，是用情深。比如大观园里那个总是傻乎乎的贾宝玉，是千古"情圣"。当然，普通日子里出现的月色不容易计算，或许特殊时刻就不一样了。比如冷月之下，梅花之侧，玉笛轻吹。月愈冷而梅愈艳，一曲笛音，和梅之暗香相颉颃，其境超过我们耳熟能详的"荷塘月色"。那时俱年轻，公子无双，美人如玉，都是爱花之人，都是爱美之人，不管天地寒彻，去折一枝梅花，折梅何为？古诗中折梅已经成为固定意象，即传信。何逊是南朝大才子，梅花在他笔下摇曳多姿，年轻时的姜夔何尝不是才华绝代风度翩翩，只是岁月催人，转瞬老去，渐渐没有了年轻时的心境和情态，本来诗意纵横的健笔，竟然写不出春风拂面的句子。对真正的诗人而言，最大的痛苦，恐怕不是所谓的功名利禄，而是诗情诗才在人事中一点点消磨。

敏感度下降，诗意零落，甚至到了让自己感到惊诧的地步。在如此月色下，青青翠竹，三两点梅花，一缕缕若有若无的清香，飘荡到瑶席中来，带给词人是恍如隔世的错愕。这月色如旧，这清香依然，只是老了词人和曾经灵动轻盈的诗魂。

此刻江南，正是冷寂时刻。想寄一枝梅花，又山水迢递，更何况一夜积雪，不仅让快递小哥的速度大大减慢，更让人伤情的应该是这夜雪初积的孤冷的冬夜里，只能空把酒杯，寂寞独对梅花。当然，景色太美，让人伤感，夜月孤冷，梅花独娇，更增添对那位曾经一起攀摘的美人的思念。那时都是年少，携手处，一对璧人，散步在西湖旁，白茫茫大雪压在千树万树上，整个西湖也冷寂无比，如碧玉一般清冷。读词到此，基本上都是理解雪压千树，雪落西湖，但也可以理解成这一种冷寂之意将西湖无穷树尽情笼罩，也使得西湖碧波停止晃动（再没有任何动向生机），只剩孤寒阒静。因有玉人携手，再冷清寒彻也是慰藉，也是动人景色。片片飞花，随风而逝，又需要多少等待才能再次看到。

最后一句，更觉清空，因此不能胶着理解。片片吹尽，可以理解成旧时，即和玉人携手游赏西湖之时，看梅花被寒风吹落，散入茫茫，那时情景和旧时月色一样，几时才能再逢？当时片片飞散的梅花不正如携手的玉人，也终于消散于江湖和时间中。当然也能理解成此刻、而今，虽则红萼无言，但毕竟还能惹人相思，而一阵东风，连枝头的梅花也被吹尽，连作者连接而今和旧时的纽带也被斩断，此种无奈，更让人如何不怅惘。

感谢姜夔，在白雪茫茫，月色如水，梅花清寒的江南，给我们留下一片似曾相识的月色和隐隐约约的清香。

十、一场冷雨到而今

第一次知闻蒋捷，竟然不是在文学史或诗词集中，而是在余光中那篇传世散文《听听那冷雨》中。余先生是当代大诗人，也是散文名家，一篇《听听那冷雨》，足以响彻整个散文史。而其中征引的蒋捷，更让人无限遐想，无限感喟。

来看看蒋捷的《虞美人》：

少年听雨歌楼上，红烛昏罗帐。壮年听雨客舟中，江阔云低，断雁叫西风。　　而今听雨僧庐下，鬓已星星也。悲欢离合总无情，一任阶前，点滴到天明。

进行概括性论述的词，除了稼轩等豪放派的少数作品外，其他人的创作里非常少见，因为诗词往往讲求"即景抒情"。钟嵘《诗品》里有一段非常著名的话：

至乎吟咏情性，亦何贵于用事？"思君如流水"，即是即目；"高台多悲风"，亦惟所见；"清晨登陇首"，羌无故实；"明月照积雪"，讵出经史。观古今胜语，多非补假，皆由直寻。

　　这确实也是诗的最高境界。整部中国古诗史，一代代诗人穷尽毕生精力都在追求"明月照积雪""蝴蝶飞南园"这样语义天然的好诗。故而非常理性或议论性的诗是比较反常的，不是说数量太少，而是好诗太少。但显然，蒋捷这首《虞美人》能感动无数人，恰恰在于他极深刻也极其形象地总结出人生必然的命运。

　　人生如四季，这是作家和哲学家的老生常谈，但我们依然从蒋词中读出让人百味杂陈又美不胜收的东西。少年是青春、浪漫、高昂的季节，可以春风得意马蹄疾，可以系马高楼，"骑马倚斜桥，满楼红袖招"。听雨歌楼，就是年少轻狂所致，红烛昏罗帐，红烛相思，罗帐缱绻，爱情之美，滋润整个少年时期。人到中年，世态炎凉，人情冷暖，得意失意，穷困通达，少了锐气，多了感慨；少了轻狂，多了沉练；少了阳光，多了风霜。当年偎红倚翠的歌楼再也不能流连忘返，虽歌楼仍然，依然有无数少年奔涌而来，夜夜笙歌，但人已中年，漂泊就成了常态，天涯就成了寓所，像浮萍一样的孤舟就成了朝夕相伴的归宿。日日飘零，日日伤情。"少年心事当拏云"，一入中年，那份浪漫主义色彩逐渐被生活的无穷苦恼消磨殆尽。极个别英雄人物尚可"烈士暮年，壮心不已"，但对绝大多数人而言，一面负重前行，一面独自叹息就成了主旋律。你看，那曾经开阔无比的江面，曾经唤起多少英雄气、报国心的滔滔江水，而今只见一江乌云，似乎掠江面而飞。"登高壮观天地间，大江茫茫去不还"，豪情尽敛。只有呼啸的西风中，一声声离群孤雁的叫声，在江上凄厉而孤独，倒多少有点知音的感觉。

　　老来事事休。"访旧半为鬼"，人事多消磨。一次次访旧，就仿佛成了一次次诀别和悼念，反倒不如将这些全部付诸阙如。为不动念，而身入僧庐。但身在僧庐却不是皈依，以词人之情重，完全还没有达到佛教戒"贪嗔痴"的境界。进寺庙，或许是拜访高僧，寻求排遣。这里没有"因过竹院逢僧话，偷得浮生半日闲"的闲雅情趣，依然是无穷尽的愁苦，或者说自己两鬓斑白，对比佛堂大殿宝相庄严，更加让人惊醒但又沉沦，挣扎但又沉溺。潇潇雨声，和着诵经声，钟磬木鱼声，仿佛就是人一生的必然归处。

人因为有丰富的情感，才能感觉到离合悲欢，对于酷不入情的人而言，离合无关乎悲欢。少年时歌楼上的雨是浪漫的、诗意的。壮年时客船里的雨是沉郁的、感慨的。老年时僧庐内的雨是幻灭的、凄迷的。悲欢离合，皆因有情，谁却如此无情，安排了这悲欢离合？这个不知道答案，能感触的或许只是，那从来都未缺席过的雨，似乎是无情的，它不管你是少年、壮年还是老年，不管你在歌楼、客舟还是僧庐，潇潇夜雨，都无情地落下，也无情地见证词人的少年轻狂、壮年感慨、暮年苍凉。就这样无情地沥沥淅淅，也许是清脆的，也许是哀婉的，在门外台阶上，绵绵不绝，一个又一个黑夜，直到一个又一个天明，直到下一个无穷尽的轮回。

雨和月是古诗中最常见的意象，本无关乎悲喜，并且以笔者的印象，雨更多的是增添无穷尽的诗意，而不是苦情愁绪。雨仿佛是万能药，无论怎样的场景情境，经雨点化，都成了如梦如幻的诗境。但以雨贯穿一生，以雨写尽一生机遇感慨的，蒋捷这首词可谓独一无二。其美在意象，更美在容量，美在阔大深沉的人生感喟。

十一、从酒令到一代文学代表

或许谁都没预料到，唐朝人用以喝酒划拳行酒令的东西，到了元代竟然蔚为大观，成为元代文学最典型、最争气的代表。

元曲，或称散曲，元代称"乐府"，分散曲和套数。散曲就是小令，这是元曲最核心基础的文体。其名字来自唐代酒令。比如我们最熟悉的马致远《天净沙》"枯藤老树昏鸦"就是小令里的杰作。把同主题的几个小令连起来就是套数。

元曲最大的特点是"俗"，俗在语言，以前被认为太过于土气和下里巴人的俗语、俚语、市井杂言，到了元代，都可入曲。因为追求显白直接，元曲很少有旨趣遥深、难以探测的作品。主题豁然在目，但显豁不代表文学性不够，反倒恰恰因为有起于民间的内在气质和语言特色，才真正得以雅俗共赏。

元曲的流行和元杂剧、南戏等戏曲戏剧的发展分不开。元代文治水平显然不如以往，比如大宰相脱脱编著的《宋史》《辽史》《金史》，在二十四史中质量最差，文辞最差，错误最多，不难看出，整个时代的底蕴很成问题。还好有那些最美的散曲，有可以和莎士比亚媲美的杂剧，记录时代的精神风貌、思潮人文。

或许因和宋朝文化的极度雅致形成巨大反差，元代文学给人的整体感觉就是口语化和"俗"，这并没有贬义，胡适博士还写过《中国俗文学史》呢。俗自有俗的魅力，就像今天的信天游，和轻歌曼舞的小曲小调自有完全不同的审美力量。元朝算是一个重要转折点，从元开始，叙述性开始发达，最重要的当然是元杂剧和话本小说，到明清后就是市井小说，还有就是白话文体的出现和逐步繁荣，为明清白话文学做好铺垫。

元代马上征伐全球第一，但文治功夫确实差了点火候，科举时断时续，即可见一斑。加上人种歧视，汉人文人的仕途受到极大影响，很多读书人在市井间活动，讨生活。这样有个好处，就是把庙堂或山林文学拉进市井，让文学有市井味和烟火气。未必所有的文学都要阳春白雪、一尘不染，俗文学自有俗文学的感染力。

元代散曲作者约两百人，曲三千多首。这个数量很小，可能和时代动荡，留存不善有很大关系。但作为一代文学的代表，几千首元曲，自然有自己的看家本领和独特魅力。纵然清代大学者刘熙载把散曲分为清深、豪旷和婉丽三品，但在笔者的阅读范围内，感觉豪旷是主流，即使是婉丽的作品，也自有豪旷气，这是冰清玉洁般的宋词里所没有的东西。甚至当张可久、徐再思等一些"专职"曲作家开始发展雅致路线时，元曲就开始不可挽回地走向没落。精雕细刻、莺声燕语本就不该是元曲应有的特色，强行不来。

元曲，到底要欣赏什么？王国维认为元曲妙处在于"自然而已"。自然，就是去矫饰，不造作，自然而然，脱口而出，有原生本色的质朴和力量。元曲押韵更宽松，平仄皆可，读起来更流畅，有种亮了嗓子喊的感觉。如下面关汉卿这首［驻马听］：

水涌山叠，年少周郎何处也？不觉的灰飞烟灭！可怜黄盖转伤嗟，破曹的樯橹一时绝，鏖兵的江水犹然热，好教我情惨切！（这也不是江水）二十年流不尽的英雄血！

这首元曲和苏轼《念奴娇》说的同是三国事，但感觉完全不同。英雄气浩然天地，但却有种肆口而出的爽朗，甚至有点莽汉的感觉。再来看郑光祖的［普天乐］：

楚天秋山叠翠，对无穷景色，总是伤悲。好教我动旅怀，难成醉，枉了也壮志如虹英雄辈，都做助江天景物凄其。气呵做了江风渐渐，愁呵做了江声沥沥，泪呵弹做了江雨霏霏。

这也是写英雄气，对秋山叠翠，说出的却是"气呵做了江风淅淅，愁呵做了江声沥沥，泪呵弹做了江雨霏霏"。好像一个醉酒之人，拉着你的手，在小饭馆里和你掏心窝子唠嗑。再如关汉卿的［双调·沉醉东风］：

咫尺的天南地北，霎时间月缺花飞。手执着饯行杯，眼阁着别离泪。刚道得声保重将息，痛煞煞教人舍不得，好去者，望前程万里。

这样写离别，对比一下柳永的《雨霖铃》，柳永词本来已经算是宋词中非常有市井气息的了，但"执手相看泪眼，竟无语凝噎"还是雅丽，和这样"痛煞煞教人舍不得"的直呼，依然有从内到外的差别。乔吉的［中吕·满庭芳］《渔父词》：

秋江暮景，胭脂林障，翡翠山屏。几年罢却青云兴，直泛沧溟。卧御榻弯的腿痛，坐羊皮惯得身轻。风初定，丝纶慢整，牵动一潭星。

本来"秋江暮景，胭脂林障，翡翠山屏"接连三个意象，颇有点"落日熔金暮云合璧"的气象，但"卧御榻弯的腿痛，坐羊皮惯得身轻"彻底暴露了气质气场，质朴平实，没有任何扭捏或者含蓄的修辞。

品读元曲，最耐品的，今天来说也最能感动我们的恰恰是这种直白甚至有点粗糙，但是酣畅淋漓、痛快爽朗的情感。在唐诗、宋词无以复加的艺术造诣之后，元曲为我们开辟了一个可能更真切，但一直未被有效书写的领域。

十二、中国诗人的一次自我反思

中西方文化最根本的差别是，中国（包括东方）是空间性的，西方是时间性的，所以我们古人苦苦追寻并乐在其中的是，在天地间寻找到一个合适的位置，即使是建筑，也不是哥特式直插云霄，而是在水平方向展开。西方时间性强，故而史诗发达，但没有以天地为庐的审美诉求，而一直执着于彼岸和超越。这没有优劣之分，但迥异的旨趣确实为各自的文化实践提供了不同的方向。

山水之乐，是中国传统文化骨子里最深挚的情结，所以山水诗和山水画如此盛大壮观。如果说在：孔夫子的时代，观山水还在于"比德"，到魏晋玄学时期，发现山水之美，成了整个时代的共识，绵延千年，久久不息。

很多学者用"天人合一""主客相融"概括中国哲学和艺术的最本质精神，考诸历史，大体妥当。常被用来印证"天人合一"和"主客相融"的是李白的诗句"相看两不厌，唯有敬亭山"和稼轩的"我见青山多妩媚，料青山见我应如是"，但真的如此吗？是不是纯属诗人们的一厢情愿？这不，元代的大文学家白朴就唱了反调，如白朴的《清平乐》：

朱颜渐老，白发添多少。桃李春风浑过了，留得桑榆残照。　　江南地迥无尘，老夫一片闲云。恋杀青山不去，青山未必留人。

　　日月飞驰，朱颜更改，是人生无法回避的现实，人人想尽办法规避，但最后无非殊途同归。一年一度春花秋月，来时是欢心，去时是伤情，终究都无法留驻，无法挽回。黄庭坚曾有名句"桃李春风一杯酒"，一杯酒后呢？还是留不住韶华，留不住一切明媚欢愉的时光。于是桃李凋落，春风无觅，转瞬之间，只见桑榆残照，倍觉冷落。桑榆，古代是确定的意象，桑树和榆树，日落时夕阳余晖洒在桑榆枝头，故而桑榆多指日暮，也借指田园，并喻义垂暮之年。一个"桑榆"，蕴含丰富的意蕴。

　　白朴，汴梁（今开封）人，晚年寓居南京，游于江南，桑榆残照和"江南地迥无尘"连读，意义就更明确了，一者感慨时光逝去，转瞬暮年，二者自己身在江南，游泮江南，但心里未曾忘记家乡。自己在他乡度过一个又一个桃李春风，但那个自己早已离去的家乡，只剩下曾经熟悉的，甚至调皮爬过的桑树榆树，在夕阳残照里，兀自挺立，孤独萧瑟。那故乡的亲朋呢？人事消磨，最常见，也最难耐。索性不问吧，只看看这江南天地，开阔清朗，我在江南游走，没有陆游"衣上征尘杂酒痕"的境遇，反倒闲云野鹤一般，潇洒来去。无尘，写的是江南，也是写自己。

　　闲云野鹤，多和青山绿水相关联，没有青山绿水的容纳，闲云野鹤只能是偶然的、仓促的，没有闲云野鹤的点缀，青山绿水却可能是寂寞的、冷清的。然而，这恐怕只是词人的自作多情，我们自以为我们的登临和吟咏都是为山水增添了生气。甚至在中国山水画中，无论人多么小，也要安放几个人物在山水之间，据说这样山水才真正活起来。可是，这依然是人在自说自话，青山依旧在，何曾与人言。你自己爱恋山水，爱到如痴如醉如颠似狂，但你的这份狂热——美其名曰深情或执着——对青山而言，本身就是一种打扰，一种负担？于是诗人说"青山未必留人"。

古往今来，无论是"山阴道上，应接不暇"的王子敬，还是穿着超现代登山鞋——谢公屐——的谢灵运，还是一生好入名山游的李太白，都如痴如醉地奔赴、走向、走进和体验山山水水，但是谁反思过，这样的介入对山水是不是一种打扰？或许，白朴是第一个这样自我怀疑和自我审视的人，他代表中国文人进行了一次反思。

这样的反思意义何在？在无尘无屑的江南，像闲云一样悠游来往，岂不已经是让人羡慕的境界。进得青山和不进青山、留在青山和不在青山有什么根本不同吗？在我们看来，可能没有，但在诗人看来却可能有极大不同。青山不仅是"诗意的栖居"之地，更是心灵归属地，一个没有青山情结的诗人，很难被看作真正的诗人。山林，是中国诗人的标志性符号，也是终极梦想。

白朴的反思，在于反思那种心安理得的心态，那种以为青山是自己私属物的主人心态。故而能增强尊重和敬畏，敬畏是平等的必要条件。当然，这里的白朴，或许还有一层意思：我像闲云野鹤般在江南游走，无比热爱山山水水，但是我这样一个人会不会得到青山的待见呢？答案是不敢肯定的，因为不敢肯定，白朴的心里会更增加一份虔敬。古人畏天命，畏大人，畏圣人之言，但对山水却热爱多而敬畏少，有这样的一种犹疑和反思，其实是一种更诗意的山水情怀。

第七章

明清悲喜

　　明清常常并称，其中很大一个原因是市民意识的觉醒和市民生活的发展。当下极度发达的大众影视文化，虽极大地宣传了明清两大帝国，但过多的东西厂戏和辫子戏，也遮蔽了本该理性对待的明清。明朝国力强盛，统治彪悍，宋代的优雅彻底消失，俗文学兴起，故而小说、戏曲发达。虽然明代文人将更多的精力放在诗词上，但是缺少宋人的创作才华，故而虽"文必秦汉，诗必盛唐"，但整体水平不高，却出现众多诗派，有点"差生文具多"的意思。以蛮族入主中华并长期处于两极化评论和复杂情感之中的清朝，诗词成就反倒远超明朝，可以称得上"中兴"。并且，在政治重压之下的清代文人，将精力放在朴学上，音韵、训诂、考证都取得空前成就，对传统文化做了很好的梳理和总结。在严酷的政治之下，明代市民社会透射出来的幽默感，在《牡丹亭》《西游记》中体现得淋漓尽致，而清朝，作为传统文化的尾声期，无论贵族出身的纳兰性德，还是官宦之家的曹雪芹，抑或是穷苦文人黄景仁，其笔下都透露出无限悲凉意。

第一节
明清诗形象研究

　　明清皆为当时超级帝国，也都曾有冠绝全球的实力。阴差阳错，无论是草根出身的朱洪武家族，还是东北起家的清八旗，均拥有超强的政治、经济实力，也耗费巨资进行文治，但效果似乎都不太好。《永乐大典》《全唐诗》颇能体现当时帝王的野心，但反映在诗坛上，再难出现盛唐气象，也难出现宋诗宋词的含蓄风流。明王朝在世人眼里形象颇为复杂，它恢复了汉人统治，却残暴严酷，既勠力文治，又废除宰相，让很多文人感觉无所适从。整个明王朝，励精图治的皇帝少，荒谬荒唐的皇帝多，但整个统治能够前所未有地牢固。

　　在对明王朝的疏离与认同之间，后人似乎缺少泾渭分明的界限，故而对明王朝的情感也纠缠混沌，或许只有在明末清初少数抵抗清朝的知识分子心里，大明王朝才是值得以死追随的正统。清帝国距现当代较近，汉人群体经过新中国初一段时间的适应，渐渐接受这个起兵于关外的蛮族。后人与今人眺望清朝，一定是百感交集。毫无疑问，今天中国的版图得益于清朝的努力，只是这个一度远远超前于世界的帝国，怎样一步步走进残阳荒途？这是一个值得研究的问题，也值得今人反思和警惕。

一、明王朝的正读与误读

明代是与宋元相接还是与清赓续，不是简单的分期问题，而是帝国本质的根本性问题。西方汉学界的观点发生过变化，一度以"晚期中华帝国"概括明清两代，但慢慢发现明朝其实与宋元有更多的连续性。

曾经，朱洪武（重八）的故事，在民间广为流传，比如珍珠翡翠白玉汤、火烧庆功楼，还有大脚马皇后以及大能人刘伯温，都是百姓喜闻乐见的事和人。在此层面上，不难看出，明朝在普通大众心目中是一个高频出现的 IP。今人对明朝的认识，明朝话题的大热，估计要得益于当年明月的《明朝那些事儿》。基于史书，文笔畅达，故事栩栩如生，把枯燥的历史讲生动，这本身就难能可贵。但是明朝的形象，是否也发生变化，就值得探讨了。

影视作品中常常有"反清复明"的口号和"仁人志士"群体，是不是清人排清（或排满）而念念不忘大明王朝？还是明清不同的民族背景，使得时人和今人依然难以客观处理民族性、民族共同体这样颇为复杂的问题？

对明朝，有粉丝也有黑子，粉丝说，明朝是个铁骨铮铮的"四不"王朝，"不和亲，不割地，不称臣，不赔款"，皇帝可以亲征，四夷必须臣服。讨厌明朝的则说它是个"三无"王朝，"无明君、无名将、无名士"。一个三无王朝怎样就推翻强大的元朝，建立真正的大一统帝国，并且废除宰相，却平平稳稳延续了二百七十六年的统治？值得注意的是，明朝有不少不靠谱的皇帝，但没有被宦官或外戚或大臣废而新立的，这一点确实值得琢磨。

在军事、经济等方面，明朝依然领先于世界，不过明朝中后期出现的普遍腐败，让帝国内部出现溃烂之迹，最终导致烽烟四起。不仅普通百姓，即使当时宗室，万历时的张瀚著有《松窗梦语》说"贫乏者十居五六，甚有室如悬磬，突无烟而衣露胫者"。这有点类似王莽新政时出现的现象，王莽大肆封王，致有王侯沿街乞讨者。明朝的宗室君王，有的不得不做贱役来维持基本生活，且常常挨饿。这种生活，确实不如小民来得自在些。

明朝最遭黑的是，废宰相而兴特务，黄宗羲虽对明颇有感情，但不满明太祖废相，认为"有明之无善治，自高皇帝罢丞相始也"。中央集权的政治环境空前险恶，宋濂、刘基等著名文人以及开国元勋先后被黜杀，血流几十年，是恐怖政治的直接恶果。另外就是无孔不入的东西厂，彻底改变了古代帝制和吏治的生态环境。唐太宗和虞世南经常开开玩笑，讲讲段子，宋朝君臣更是酬唱无时。但到了明朝，尤其是朱元璋晚年，百官上朝犹如赴死，能平安归来，便觉赚了一日，举府庆贺。试想一下，东西厂搞情报比大数据还厉害，谁家吃了辣子鸡，谁家吃了水煮鱼都一清二楚，大臣就成了无处逃遁的透明体，君臣相得的神话无从谈起。

但是，大明王朝的实力和贡献不容忽视。仅仅以郑和下西洋为例，当时体现的综合国力，乃至造船术、航海术、制造业等都让世界震撼。明代家具、瓷器空前发达，随着手工业、制造业的发展，以及目前仍在讨论的"资本主义萌芽"，可以定论的是市民情怀和市民形态体现在文化艺术中。比如归有光的散文，不是汉大赋的政治理想的书写，不是王维散文无我之境的超脱，全是平淡日常语，却能够以生活细节打动读者。用今天的专业表述大体是，日常生活审美化或审美的日常生活化。平心静气读一下《金瓶梅》，可以更深刻体会这种变化，这种关注日常、表现日常的作品是整体性的，充分体现在诗歌、散文、戏曲等多个领域。

值得注意的是，明朝文化艺术中体现出浓厚的幽默感，这在《西游记》《牡丹亭》等小说戏剧里体现得淋漓尽致。这种幽默（虽然不少时候流于低俗）是市民生活高度发展的产物。士大夫往往看不上这些下里巴人的东西，只有在民间，且民间有能力创作的时候，才有这样的成果。整部《西游记》，没有什么阶级斗争的投射，只有幽默轻快的故事，除了唐僧，基本上都有擅谑的本事。在凡俗生活里，讲一些或俗或雅的段子，以几声笑语，来打发辛劳单调的日常，是再好不过的消遣。

如果说明朝的幽默感，是市民生活的写照，换个角度来说，未尝不是当时紧张兮兮的政治环境中的一种补偿，只是不知道士大夫们了解多少，又受益多少。这种幽默，到了清朝就凋零了，在清代的小说戏剧中，再难看到《牡丹亭》中的明媚春光，也再难看到《西游记》中的轻松幽默，代之以《红楼梦》里的悲凉之雾，难以散去。这是深层的文化结构造成的影响。研究和阅读明清文学作品时，我们需注意到这种变化。

我们印象中明朝最拿得出手的是小说，当然四大名著有三部出于明朝，如《西游记》《水浒传》《三国演义》足以让人记住明朝。还有冯梦龙白话短篇小说集"三言"（即《喻世明言》《警世通言》《醒世恒言》）等，这是明代真实的反映。不过从整体创作和成就上来说，明朝文人用功最深的地方还是诗歌。明初的刘基、高启，诗文颇客观，后来"前后七子"掀起拟古风潮，"文必秦汉，诗比盛唐"，"文称左迁，赋尚屈宋，古诗体尚汉魏，近律则法李杜"，尤其是领袖人物李攀龙、王世贞、谢榛等创作粲然客观，只是"一字一句摹拟古人"，纵得其法，难得其意，诗文有僵化、饾饤的毛病。后来唐寅、文徵明、祝允明等人精于诗文，且擅长诗画，掀起浪漫主义潮流，颇有个性解放的特色。这同样体现在汤显祖"临川四梦"（《还魂记》《邯郸记》《南柯记》《紫钗记》）和《牡丹亭》等戏曲中。

唐寅等人的浪漫潮流，和思想界遥相呼应，尤其是以李贽为代表的思想家倡导的"童心说"，这是对传统伦理观念的背离或抗争，"童心者，绝假存真，最初一念之本心"。公安三袁的小品文在很大程度上也体现这种解放和浪漫。

明朝毕竟是世界级超级帝国，其政治理想体现在郑和下西洋一事上，远早于西方的航海家，但没有发展成掠夺和殖民的殖民主义。文治首先体现在修《永乐大典》，顾名思义，该超大规模的类书，编撰于永乐年间，共二万二千九百三十七卷，一万一千零九十五册，辑入经、史、子、集、释藏、道经、戏剧、平话、工艺、农艺等图书七八千种，编撰团队达三千人之众，是中国最大的一部类书，在世界图书史上也赫赫有名。令人痛心的是，目前仅剩八百多册，连原来的一个零头都不够。

朱元璋北伐时，发布《谕中原檄》，其中提出口号"驱逐胡虏，恢复中华，立纲陈纪，救济斯民"，六百多年后，孙中山提出"驱除鞑虏，恢复中华"，清朝最终灭亡。朱元璋恢复的中华和民国之后恢复的中华，其中的内在同一性和延续性是否明确，依然值得后人深思。

二、明朝那些不怎么样的事儿

明朝没有汉唐的美誉，也没有突然而起的民国热、民国"粉"，但其凭借当年明月《明朝那些事儿》这一现象级畅销书，走进大众视野。

明朝是中华广大疆域经过异族征服、统治后，由汉人建立起来的政权。这个政权体呈现出前所未有的稳定性，除了朱元璋、朱棣等有雄才大略外，其他皇帝要么像西门庆捣鼓春药似的夜夜在"豹房"颠鸾倒凤，要么像严重的精神分裂症患者，天天不上朝，在后宫里做木工，或者带着后宫三千佳丽和一群太监，天天捉老鼠。明朝不少时候宦官当道，只手遮天。有时候又有能臣或文人，如张居正、顾亭林等左右朝政。但就这样出了这么多不靠谱的皇帝，和这么多非常人物，整个明朝竟没有一个被废被杀的皇帝。明朝的超级稳定性一方面是因为政治体制发生一些改变，另一方面是因为明太祖一开头就立下瘆人规矩。不能说朱元璋不牛，一个贫家放牛娃，竟能接二连三干掉陈友谅、张士诚、徐寿辉，最后灭元，一统天下。他废除丞相，三司分权，打造了臣不震主的系统。

但朱元璋也给后代开了个极其糟糕，乃至于黑暗惨重的头，那就是杀戮和践踏文臣士大夫。胡惟庸案、蓝玉案，杀得昏天黑地，血流成河。后来百官上朝，有的暗挟毒药，如被朱元璋点名，直接服毒，还能落个全尸。如果下朝回府，则一府相庆，又多活了一天。朱元璋设东西厂，将倾轧、告密、相互揭发推向极致，即使一代女皇武则天也只能甘拜下风。

朱元璋出身贫寒，骨子里看不起文人。夺取文人的性命只是一把屠刀的事，高启、杨基等名动天下的名士，说砍头就砍头，说腰斩就腰斩。比夺取性命更有破坏性且对后世造成极其恶劣影响的是对文人风骨气节乃至整个儒家仁义廉耻的恣意践踏。比如把大臣扒光一丝不挂进行廷杖，这是比杀头更让人觉得羞耻的事情，古代文人士大夫的气节和尊严，到朱元璋这里变得一文不值。不管是刘邦往儒士巾里溺尿，还是唐太宗觉得自己织的科举这张大网让天下读书人都进入他的陷阱，都没有朱元璋如此低劣可怕。若再对比宋朝立国规矩不杀文人，明朝的文人士大夫所处的环境恶劣到什么程度，让我们今天想来还不寒而栗。

朱元璋说，如果文士不能为其所用，可杀之。他当上皇帝后杀人更成为家常便饭。为了稳定和框死文人，他让文人编著《性理大全》，推尊孔孟，还特别捧红了在宋朝最多算个三线名人的朱熹，立贞节牌，同时又兴文字狱，设特务机制。当时已有明眼人说，明朝一代，文人都忙于程朱理学，专研经义，无暇词赋。于是将近三百年的明朝"文体蕃靡卑弱"。

但历史总是如此吊诡，又如此相似。虽然明朝诗词文赋不兴，倒是各种各样的流派、风格盛行。哲学上的流派，比如阳明心学里的泰州学派等，都是能够理解的，因为思想有体系，有逻辑关联。但诗文创作，一旦流派、门派林立，势必给整个诗坛造成割裂，门派愈多，格调愈低。明朝开始有台阁体，有"前七子"和"后七子"，有"性灵派""竟陵派"，其他小型团体还有"吴中四杰""闽中十才子""几社六子""公安派"等，散文有唐宋派，戏曲领域还有吴江派和临川派之争，沸沸扬扬。

和往代由文宗重臣评议的风气不同，明代文人论诗文优劣，多是拉帮结派式的，谁的粉丝多水军多，网络呼应的多，抹黑对手的多，谁的诗就特挺杰出。于是明朝出现无数结社，也有无数非网络水军。郭绍虞先生《中国文学批评史》说："一部明代文学史，殆全是文人分门立户标榜攻击的历史。"可想而知，这样的文坛诗坛，能出什么大作？

真正有时代意义的是明代的俗文学，包括小说和戏剧，小说中的

《金瓶梅》《三国演义》《西游记》《水浒传》都名垂青史，戏剧中的《牡丹亭》散发着永恒的魅力。市井繁荣，为俗文学的发展创造良好的条件。统治者也不以俗文学鄙陋，常常抱着欣赏的态度。俗文学作家，高登科举金榜的就不在少数，充分说明俗文学在明代深入人心。

在我看来，明代文学——小说戏曲成就最大，其次是词，再其次是文，最后是诗。

三、清帝国形象的演绎

在网络上看到过两个材料：一个新闻，一个段子。新闻是：爱新觉罗后裔每年祭祖，声势浩大，穿龙袍、着清朝官服，还有文武百官跪拜，编制相当齐整。段子是：自从努尔哈赤带清军入关，从此拯救了中国电视剧。一个是清朝后裔，念念不忘自己的"贵族"血统，一个是普通百姓，津津乐道辫子王朝的宫廷之事。

《康熙王朝》《雍正王朝》《乾隆王朝》的王朝系列电视剧，收视率极高。另外，《戏说乾隆》、"格格"系列、《康熙微服私访记》《宰相刘罗锅》《铁齿铜牙纪晓岚》《孝庄秘史》等都红极一时，并且时至今日，依然被多次重播，喜爱者甚众。若从直观感受来判断，这让人觉得无比费解。一方面在多数老百姓认为满族是"异族"，有蛮族入主的遗憾甚至失落感；另一方面又有如此多人乐此不疲地在一阵阵主子、奴才、福晋、额娘、阿哥、格格的称呼中，观赏着一幕幕宫廷里的争斗戏。

所以，清帝国到底留给今人怎样的形象，依然是一个纠结难缠的问题。在我们轻松地坐在电视机前观看康熙们、和珅们、刘罗锅们、格格们的争斗或情感时，我们也无法忘却另一种色彩的名词：文字狱、嘉定三屠、扬州十日、鸦片战争、甲午战争、马关条约、八国联军……所以清帝国形象不是忽明忽暗的问题，而是或此或彼的问题。

史学界对清朝的评价至今依然有不少争论，典型的问题有：清朝究竟算不算强大，清朝的历史贡献如何，清朝是不是一步步将中华民族引入衰亡，清朝是开放还是闭关，等等。力挺清朝的，最重要的支撑点在于，清朝对疆土的扩展和确定是史无前例的，甚至超过元朝。康熙三征噶尔丹，团结众蒙古部，牢牢守住新疆。他进兵西藏，赶走入侵的准噶尔人。进剿台湾，设郡辖治。领土极盛之时，达到一千两百多万平方公里。仅此一事，足以让很多人给清朝予极高评价。所以史学家们基本上同意，我国今天的疆土格局是清朝奠定的，中学和大学的历史教材也基本上秉此观点，另有多部有影响力的史学著作也高度肯定清朝在开发和经营疆土上所付出的努力和所取得的成就。大一统带来的好处，首先体现为人口暴增，从一六五〇年的一亿五千万人到一八五〇年的四亿三千万人，这同样是史无前例的。

当然，大清的问题和过错也是不可忽视的。文字狱、削发等极端行为，在追求"满汉全席"民族大融合的心愿下，极大破坏了汉族人的权益，刺痛汉人的情感，故而红花会、白莲教、捻军等反抗势力，无不打着排满的旗号，这在当时极具正当性和煽动性。直到孙中山喊出"驱除鞑虏，恢复中华"的口号，依然是这样的逻辑。反驳此类观点的人则认为，清朝本也在中华辖内，清军入关只能说是中华民族内部战争，而不是外国入侵，因此清廷掌管天下和李姓赵姓朱姓坐天下其实没有本质差别。

民族问题不是本书关注的要点。我们想追思的是，我们在讨论清朝，究竟在讨论什么；我们想象清朝，到底想象什么。事实上，清朝不仅有辫子鸦片，也有文治武功；不仅有《红楼梦》和《康熙字典》，还有很多对后世产生深远影响的文学艺术。

清代以朴学见长，"乾嘉学派"的考据功夫超过以往任何朝代。这些实学大师，并非冬烘头脑，迂腐不堪，相反，他们往往具有很强的整体观，才胆识力兼具者不乏其人。其中最为著名且成就卓越的有黄宗羲、顾炎武、王夫之，三人并称"清初三大儒"。黄宗羲的《明儒学案》《宋元学案》开辟了史学研究的新领域，在史学史上有不可取代的价值；《明夷待访录》里面体现的批判精神，极为深刻。顾炎武的《天下郡国利病书》处处透露出深邃的经世济道思想。王夫之有《读通鉴论》和《宋论》等史评著作，为中国古代历史评论代表作。钱大昕的《廿二史考异》、王鸣盛的《十七史商榷》、赵翼的《廿二史札记》等，反对空谈义理和冬烘考据，颇有经世致用思想。

诗坛上钱谦益和柳如是的故事让人唏嘘。王士禛的诗作让人重睹盛唐风采。沈德潜的格调说、王士禛的神韵说、袁枚的性灵说、翁方刚的肌理说都有独创之见。乾隆时，袁枚、蒋士铨与赵翼并称"江右三大家"，袁枚颇多性灵清丽之作。甚至于清末同光年间，陈三立、陈衍、沈曾植等的"同光体"诗人甚多创作，影响延续到辛亥革命后。

清人孙洙编《唐诗三百首》，收录唐朝七十七位诗人共三百一十首诗，自诞生之日，即成为国人尤其是儿童走入古诗世界的敲门金砖。清代词学堪称中兴。康熙年间纳兰性德与朱彝尊、陈维崧并称"清词三大家"，今天纳兰性德已经成为大众媒介上出镜率最高的词人之一。以陈维崧为代表的阳羡派、以朱彝尊为代表的浙西派、以张惠言为代表的常州词派，都名家辈出。其后周济、冯煦、陈廷焯、王鹏运、况周颐等人，始终将清词维持在很高水准。

　　清代小说是"一代文学"的代表，除了《红楼梦》《聊斋志异》《儒林外史》，尚有《三侠五义》《施公案》《彭公案》《海公案》等公案类小说，颇受老百姓欢迎。

　　清代不是文化荒芜的朝代，只是遭遇东西碰撞、神州沉陆的历史巨变，清末的蚀骨之痛，强化了国人蛮族入主、昏聩无能的印象。当然，历史依然值得我们深思。清入关前人口不足五十万，而明末人口至少七千万，区区五十万人口（并且不可能全民皆兵），怎样就彻底征服了一个庞大的明帝国？

　　当我们站立在二十一世纪的关口，回望历史长河的急流，对有清一代，或许是最百感交集的，一方面痛惜这段历史写满入侵、杀戮、文字狱、屈辱、战败、割地等；另一方面又乐呵呵地观看或阅读来自清廷和深宫的故事，在蟒袍花翎满天飞的影像里，欣赏或想象这个特别朝代的情节。

　　"最是故宫重过处，斜阳衰柳不胜情"（林纾《读廿五日逊位诏书》），笔者引用这句话时，没有遗老遗少的心态，只是反复思量，一个两百余年的大清帝国，也曾经在经济、军事等多方面都全面领先于世界的超级帝国，如何渐渐步履蹒跚，终于倒在革命的大潮里。但不管是爱是恨，清朝这段历史给国人的影响，是无法忽视和磨灭的。比如一个小小的细节——旗袍，民国时风靡天下，成为东方女性美的绝佳符号，其实来自对满族旗袍的改良。今天，旗袍已经位列中华文化代表性符号之一，但谁记得它的来处，即使记得又当如何？

第二节

明清诗阐释与传播

　　诗史如历史，借助历史的真实和真实的历史的辩证关系，我们可以更加清晰历史的构成，诗史是期待视野下的主观选择，也是效果历史合力后的相对稳定的积淀。诗史可以进行宏大叙事，也可以从相对微观的视角切入，同样可以看到鲜活的诗歌演进和传播。

　　明代诗词成就前不及唐宋，后不及清朝，不过诗派林立，理论纷纭。在各家理论争鸣、斗气的讨论中，梳理总结前人研究成果，对理论研究水平推进很大。明代市民生活和市民精神空前发展，反映在文坛上是通俗文学的大发展，以小说和戏剧为典型。《金瓶梅》的艺术成就越来越受到重视，研究不应停留在没有《金瓶梅》就没有《红楼梦》类似的线性推断上，还可以思考一个问题——《金瓶梅》和《红楼梦》到底谁更胜一筹？这样表述不是为了简单区分二者优劣，毕竟顶尖的文学作品往往难分轩轾，而是为了重新审视《金瓶梅》的价值。《金瓶梅》里的诗词不及《红楼梦》里的，但透过其奢靡荒淫的表象，《金瓶梅》字句之间散发着彻骨的悲凉诗意，这一点不应被忽视。

　　《牡丹亭》则流露出温暖明媚的春意，是明朝市民社会幽默乐观精神在文学上的生动体现，这种春意，到清代彻底消失。《金瓶梅》里的

纵欲狂欢、《牡丹亭》里的春光烂漫、祝允明的"书生富贵",渐渐地
转变成顾贞观的冷月寒梅、纳兰性德的无穷愁苦、黄景仁的凄凉、王
国维的绝望……

一、幸有人间清梦多

梦是诗歌永恒的话题。梦里可以红烛相对,可以万里归乡,可以
铁马冰河,可以轩窗梳妆。弗洛伊德的理论虽然影响广泛,但是泛性论、
补偿论,从生理学的角度看,或许有一定道理——到底多有道理,也
一直充满争议,毕竟弗洛伊德的被试只有一个半人——一个病人,半
个是他自己。弗洛伊德释梦,在心理学乃至哲学领域异军突起,打破
梦的诗意,因为文学艺术领域,理论界也如破落户捡到宝一样将无意
识、性冲动当成金字招牌或照妖镜,不管碰到什么作品,都要拿出来
照一照,好像从中发现性如鬼魅一般无所不在的影子。比如杜牧的"蜡
烛有心还惜别,替人垂泪到天明",成了杜蕾斯一样的色语,徐渭的墨
葡萄也是性压抑结出的怪异的果实……

但诗意和美,从来都无法用社会科学乃至自然科学的手术刀剖析
得枝干分明,浑成、幽约、难以言表的象外之境,需要的依然是心灵
与心灵的相遇,形成历久弥新的情韵世界,从此,现实亦梦幻,梦境
也真切。比如元末不知名的诗人唐温如,写下一首《题龙阳县青草湖》,
在诗人们的梦境里留下优美的一笔:

> 西风吹老洞庭波,一夜湘君白发多。
>
> 醉后不知天在水,满船清梦压星河。

艺术史上有个脍炙人口的公案，出自《韩非子》，即齐王问画家什么难画，画家说狗马难；什么最容易，鬼最容易。因为狗马人人常见，大家都会判断，而鬼从未有人见过，怎么画没有标准。

　　单纯以相似来评判，这位画家的看法自然有道理，但就艺术的真实而言，或者就艺术魅力而言，却未必如此。我们看毕加索的《格尔尼卡》，和现实世界哪里有任何的相似？！但是不妨碍让我们强烈感受到战争带来的恐惧、焦虑、痛苦、挣扎、绝望、撕裂、愤懑……

　　因此，梦好写，但也难写。梦是虚的，但虚的不代表没有分量，没有感染力。而更妙绝的境界在于梦与真水乳交融，难辨何者为真，何者为幻。因此，李白、汤显祖等才如此伟大。唐温如的诗本身很简单，但清澈之中有一层薄如蝉翼的瑰丽。这种瑰丽是因为神话故事不经意间的显现。西风渐起，洞庭湖秋波粼粼，但诗人不说吹起、吹皱（如冯延巳），而说吹老，何为"老"，洞庭波从古到今都是一样的，真正老的是岁月，是人世，是诗人。为何"老"，天若有情天亦老，终究还是一个"情"字难托！

　　既然粼粼洞庭波从来都是一样的，那"老"又体现在何处？诗人不说自己老，不说两鬓华发，而引出湘君——这个在《楚辞》里极具神秘感又极具美感的神话人物。既然连神仙都因这一年一度的秋风而白发萧萧，更何况在世间奔走的普通人。但此诗高明的地方在于，作者不停留于刻写神话人物，而是将笔墨宕开。既然天地悠悠，西风吹老，连湘君都白发渐生，对此景凄凉，可借以排遣的也许只有酒了。

　　不知不觉中，或许是独斟，或许是对饮，已然醉去。不仅难分现实与神话，也难分天地，这不，诗人透过惺忪醉眼，放眼一望，茫茫水面上，似乎承载着一个茫茫苍穹，天水交融，物我不分。在这个浩渺无垠、天水难辨的世界里，人变得何其渺小，这种渺小或许带来哲学意义上的畏惧，好在诗人的内心世界感受到的是诗致，这是赤子之心，唯赤子之心方能无所畏惧，不仅没有恐惧，反倒有无穷尽的从容和平淡。因此，在诗人的感受里，不是无边凉夜，茫茫天水，一叶孤舟的飘零和渺小，反倒是一船的好梦，轻轻滑过倒映在水中的银河。小舟滑过，水中的繁星，散碎如银，又迅速恢复原貌，只有诗人，只有小舟，依然飘荡在这浩渺江湖上。

第一句是实，第二句是神，第三句是醉，第四句是醒。这个转化不是简单的时间的或者空间的，而是超越时空维度，将现实、神话、清醒、沉醉融合在一起，却没有丝毫的驳杂感。

想起徐志摩著名的《再别康桥》：

> 寻梦？撑一支长篙，
> 向青草更青处漫溯；
> 满载一船星辉，
> 在星辉斑斓里放歌。

也是梦，也是船，也是星辉，也是波光。我不知道身在异国他乡的徐志摩创作《再别康桥》时是否想起那些古诗词。以徐志摩和那个时代很多文人、学者的修为，精通古典是非常常见的，唐温如这首诗独特的表现手法和艺术境界，也许给徐志摩潜移默化的影响。但我们无法举证。没有关系，我们是在品读，在赏析，不是举证求回报。

唐温如和徐志摩的诗都是杰作，都美不胜收。唐诗更迷离梦幻，徐诗更缱绻婉转。洞庭湖浩渺依约，而康桥美丽温馨。唐温如，即使醒来，也是梦境的，徐志摩即使寻梦，也是现实的。唐诗有仙气，而徐诗有灵气，都一往情深，都摇曳多姿。

跨越多少年，在秋风飒飒的洞庭湖上，或者夏虫叽叽的康桥下，一轮明月，一船星光，一片烟水，一段梦境，是一段多么美妙的巧合或雷同。

二、《金瓶梅》：被误读和误传的经典

读高中的时候，校门口几个摆摊卖书的，其中一个老头，大家都爱到他的摊上买书。他主要卖教辅类图书，也有个把小说。有一次老头用和香烟烟雾一样忽闪忽闪的语气聊起《金瓶梅》，跟我们说真的《金瓶梅》已经两千块一本——那时猪肉差不多五块钱一斤。他说他有一本，这对于我们这些高中正值发育高潮的男生，无疑太有吸引力了。当时为了更真切地看看女生，我们同学几个天天到篮球场看女篮，只是因为女篮是穿短裤短袖打球的——这有点像当年有些人看样板戏《红色娘子军》的动机。但是直到我们毕业，老头忽闪忽闪的眼神和语气里，他说的《金瓶梅》实物始终未显现。当时我们几个还气愤，《金瓶梅》的故乡（笔者老家山东枣庄，据考兰陵笑笑生为枣庄人，起码小说里很多山东方言），竟然没有一睹为快的天时地利人和。后来我严重怀疑，老头就是骗我们过去买教辅书的。

后来，笔者竟然读了"古代文学"专业的研究生。终于理直气壮、光明正大地走进图书馆的古籍室，带着一脸假装的淡定，对管理员老师说："我研究明清小说的，需要翻阅《金瓶梅》。"老师放行。于是，我真的看到了明代刻印版的《金瓶梅》，当然没有"此处删除××字"。但是看完之后，心情平静如水。被传为洪水猛兽的描写，恐怕也不比

现在文学作品中露骨多少。更为关键的是，正如台湾某书局出版《金瓶梅》时说的，如果剔除了那些让一些人挤眉弄眼或义愤填膺的部分，会损害书的主题和艺术性。

直到真正读完这本书，我才明白为什么有些学者认为没有《金瓶梅》就不会有《红楼梦》，并且《金瓶梅》本身或许比《红楼梦》还要高明。

《金瓶梅》名为写宋，实为写明，这点没异议。《金瓶梅》厚厚一大本书，描写的都是喝酒耍钱随份子做衣服的琐事，和男女之间那点破事。也因此，《金瓶梅》一直被当成"诲淫诲盗"的书，看了就会学坏。看着全部都是琐屑之事，但整本读完却让人生无限遐想，无穷思考。

你羡慕其中任何一个人吗？连嫦娥都恨不得能泡到的西门庆、应伯爵，还是官府老爷？是万种风情的潘金莲，抑或李瓶儿？都不是。我们不羡慕其中任何一个人，但似乎也对其中任何一个人都恨不起来，包括历史上最典型的"淫棍"西门庆。

西门庆从来没有"白嫖"的行为，不管主动勾搭，还是"奸夫淫妇"眉来眼去，西门庆似乎并没有亏待谁。西门庆出手慷慨，对原配从来都相敬如宾，对李瓶儿等人更是一往情深，李瓶儿病逝，西门庆不知哭过多少回，惹得潘金莲咬牙切齿吃死人的醋。

我们爱慕林黛玉的高洁、贾宝玉的童心，但是作为大家族的继承者，作为一大群姐姐妹妹未来的靠山，贾宝玉一味任性，他的童心和不落俗套真的这么完美无瑕吗？如果他有点世俗的能耐，至于天天叫"爱哥哥"的史湘云沦落风尘吗？

这一点，西门庆无疑比现实中很多男人做得好，他有担当，没修身，但齐家，并且让家一直殷实富庶，不管是原配还是后来"勾引"

来的夫人，都安置得妥当，饮食起居没有半分怠慢。从这一点来说，可谓尽了当家男人的本分。孟玉楼改嫁时，不要有文才还兼有良田宅地的读书人，而要嫁给西门庆，就觉得西门庆"像个男子汉"。

但西门庆确实不是好人，除了荒淫好色外，还行贿钻营，心狠手辣。勾引潘金莲，设计毒死武大郎。勾引仆人来旺的妻子，致使来旺被发配，其妻愤而自缢。里面几乎所有人物，都和高大光辉无关。不仅私生活混乱，比如潘金莲和女婿陈敬济勾搭，王六儿的丈夫被戴绿帽子还扬扬得意，而且各个私欲膨胀。西门庆一死，娘子、家仆偷的偷，拐的拐，树倒猢狲散，奔忙皆为钱。

但任何一个人，我们都不恨，甚至读完合上书后，我们会同情里面的每一个人——纵欲身亡的西门庆，褊狭刻毒的潘金莲、念旧的春梅、苦撑的月娘，每一个人都可怜。鲁迅先生评价《红楼梦》有句名言"悲凉之雾，遍被华林"，细读《金瓶梅》，更觉得如此。在无穷尽的日常琐事和人物纠葛间，我们看到的仿佛是命运的冷酷。《金瓶梅》里似乎也没有什么积极的东西，里面人物被物欲和情欲支配，不谈文艺，不谈理想，不谈诗与远方。但这不正是生命的荒诞之处吗？

毕竟有明眼人，刘廷玑《在园杂志·卷二》写"深切人情事务，无如《金瓶梅》，真称奇书。欲要止淫，以淫说法；欲要破迷，引迷入悟"。劝阻淫，最好以淫切入，破除迷恋，以迷恋开始。这正如佛教让人勘破女色，告之不管如何前凸后翘的美女，也不过是皮肉包裹的一堆脓血。

我们看过《金瓶梅》里面的人物，丝毫不高大，丝毫不崇高，绝对无理想，处处是私心，不管暴死还是殒于天年，生命似乎也就那样。悲凉之雾，遍被周身。那活着干什么呢？像西门庆一样强奸嫦娥，和奸织女？或者像陈敬济那样勾搭岳母，打死发妻？或者像春梅那样颇念旧情为潘金莲收尸，收留陈敬济，认西门府为娘家但却能逼死二娘雪娥，自己也贪淫而死？

这些人我们都不羡慕，《金瓶梅》绝不诲淫诲盗，而是让我们冷静，冷到寒战不断，思绪连天。《金瓶梅》的作者比曹雪芹看得更透，也更绝望，在书中，处处有这样的句子——"一朝马死黄金尽，亲者如同陌路人""三寸气在千般用，一日无常万事休""甜言美语三冬暖，恶语伤人六月寒"，用时髦的话说，这是典型的悲观主义的宿命论。与《红楼梦》最大的区别是，曹雪芹将自己的好恶明白地体现在人物刻画描写上，道德是非一目了然。但《金瓶梅》的作者只管用最冷峻的笔去写，一直写，一直铺叙，里面没有一丝一毫的评判，你看不出作者喜欢谁，讨厌谁，所有人物都一样。因为毫不评判，更让我们感觉冰冷到骨。《金瓶梅》里的诗词造诣是比不上《红楼梦》，但其所撰诗词，也颇符合《金瓶梅》的意境，因为《金瓶梅》自始至终都没有构建稻香村、潇湘馆理想国的想法。如《金瓶梅》中的［落梅风］：

黄昏想，白日思，盼杀人多情不至。因他为他憔悴死，可怜也绣衾独自！灯将残，人睡也，空留得半窗明月。眠心硬，浑似铁，这凄凉怎捱今夜？

这是潘金莲写的小纸条。很符合金莲泼辣任性、敢爱敢恨的性子。这是一流的好诗。从汉乐府到宋词、元曲，这种爱恨耿直、轰轰烈烈的字句不曾断绝。从"天地合，乃敢与君绝"，到"闻君有两意，故来相决绝"，到"纵被无情弃，不能羞"，到"再捏一个你，塑一个我，我泥中有你，你泥中有我"，在真情面前，再嫉妒也是坦荡的，再泼辣也是温柔的，再直白也是羞涩的。

这样的情调，颇类似元曲。再如《金瓶梅》中的：

> 紫陌春光好，红楼醉管弦。
>
> 人生能有几？不乐是徒然。

这似乎是纨绔子弟的及时行乐的宣言。人生岂不是如此？"生年不满百，常怀千岁忧。昼短苦夜长，何不秉烛游"，紫陌春光，红楼歌舞，这是最让人流连的光景，人生最怕的也是如此，因为彩云易散，皓月难圆。人生苦短，无法再来。当乐则乐，愁苦忧虑，只是徒增烦恼，又有何益。

《金瓶梅》看似写荒淫，其实写幻灭；看似纸醉金迷热热闹闹，其实红粉骷髅冷冷清清。古代小说，相比打打杀杀把流氓当英雄的《水浒传》等，我推荐《金瓶梅》。相比精致到美轮美奂的《红楼梦》，我依然推荐《金瓶梅》，开卷皆琐事，却是明王朝社会、政治、城市、人情最生动的呈现。

三、未长先有别离心

在诗人眼里，柳树从来都是多情树，从《诗经》一路而来，牵惹多少离情别绪。从"移情说"或者"格式塔"美学，柳树绕指柔一般的枝条，的确容易和一波三折的感情发生最密切的关系。当然不是所有诗人眼里的柳树都是柔弱的，毛泽东的"杨柳春风万千条，六亿神州尽舜尧"就体现出前所未有的开阔气象。不过诸多咏柳的诗篇，也

仅毛泽东这首诗可以力扫千钧，绝大多数还是着力表现柳树的轻柔婉
约。比如杨基的这首《新柳》，就写出新意：

> 浓如烟草淡如金，濯濯姿容袅袅阴。
>
> 渐软已无憔悴色，未长先有别离心。
>
> 风来东面知春早，月到梢头觉夜深。
>
> 惆怅隋堤千万树，淡烟疏雨正沉沉。

该诗首两句写实描摹，在很多诗评家看来，中国古诗中写实描摹
其实是比较初级的手法。这两句也没有特别之处。真正出彩的是颔联
两句"渐软已无憔悴色，未长先有别离心"，将新柳乍绿的那种新鲜
变化体现出来，既写形，又写神。经过一个冬天的沉寂，当春风送来
春的消息，终于唤醒憔悴的枝条，有了一点点让人振奋的新的容貌。
诗人毕竟是敏感的，正温酒时却感伤散场，正暧昧时却感伤恩断，刚
看到柳树的新芽，就读出柳树与生俱来的"离别心"，这到底是柳树
的知音，还是柳树冷峻的心理分析师？当更多人只惊喜于寒冬之后，
突兀枯黑的枝头，似乎一夜间冒出了新绿。只有极个别敏锐的人，在
萌芽之际，已经看到繁盛，乃至凋落的景象。当然，此处看到的不是
凋落的失意，而是柳之为柳的本性——离别心。张九龄名句"草木有
本心，何求美人折"，隐喻离别，渲染愁绪，或许就是上天给柳树安
排的本心吧。当然，更可能是自作多情的诗人，白杨自挺拔，垂柳自
娉婷，与诗人何干？也只有诗人，赋予梅兰竹菊等人间草木以浓浓的
喻义和诗意。

也许，只有真正用情，真正喜爱，才在垂柳未长之时，就悟到或

者去想象杨柳依依的那份别离之态。这是体验，是想象，也是对话。诗人驻足于此，估计是看了太久，在凝眸出神间，一阵东风拂面而来，吹面不寒，当然是春天来了。并且，莫非诗人从白天到夜晚一直在此流连？不然怎么一直到月亮东升呢？苏轼有"只恐夜深花睡去，故烧高烛照红妆"之妙想，只是，东坡此举虽然雅致，未免自私了点吧？高烛闪耀，不怕惊醒了海棠清梦吗？如此想来，倒还是杨基的无为之举更妥当些。我在此流连，夜渐深沉，但我借月赏景，没有任何惊扰。

但到尾联，就看出明显的硬伤。既然是有夜深月色，何以故又有淡烟疏雨？！作为明代有头有脸的诗人，当不至于为了字句之工整而牺牲最基本的常识吧。按照诗意的解读，应该是诗人的思绪跨越了时空。杨基是四川人，曾任荥阳知县，后赴山西做官，此后居苏州，被称为"吴中四杰"之一。作此诗时，暂无法考证是不是在河南。地点有何作用，因为"隋堤"的线索。隋炀帝时在河南商丘地段沿通济渠、邗沟河岸修筑御道，道旁植杨柳，后人谓之隋堤。隋堤长度不小，难以尽收眼底。诗人说"惆怅隋堤千万树，淡烟疏雨正沉沉"，只能是想象。因此，从前三联的写实，笔锋一转，开始怀古，且以怀古结尾，有一唱三叹之余韵。嫩绿鹅黄中潜藏的别离之心，东风送暖，月上中天，在一切看似细微平淡的地方，流淌着不可挽留的时间。

有时候，越平静，越具有别样的力量。敏感的诗人，在初春温馨的场景下，不仅向前看到垂柳婆娑时的离别之心，也往后看，看到一个又一个朝代（隋堤此处是象征）的影子，无论世事如何白云苍狗，王朝如何更迭变幻，到最后只有隋堤之上的万千垂柳在淡烟疏雨中沉寂无声。

读这首诗，要把握好时间轴和地点线索，这样才能深入把握诗人的思绪。在像初春的草木无声息地抽芽、变绿一样，诗人的惆怅也在无声无息间蔓延开去，像无边无际的淡烟疏雨，望不到的最远处，也许是一个个王朝曾经显赫而终于落寞的背景。

四、从兰亭到牡丹亭

《兰亭》为中国书画艺术的审美定了极高的调子，《牡丹亭》则大张旗鼓地将中国人的情欲表达提升到全新的艺术境界。

《牡丹亭》的作者汤显祖，江西临川人。汤显祖一派被称为"临川派"，注重语言锤炼和文辞优美，有时候为了文辞之美，宁可在音律上做一些牺牲。持相反意见的是当时同样大名鼎鼎的人物沈璟，沈璟将音律放在第一位，为了音律和谐可以牺牲文辞，甚至宁可词不达意。沈璟曾改编《牡丹亭》，取名《同梦记》。汤显祖大为恼火——不付版权费不说，还将如美玉一般的文辞给改得七零八落。用吴江的调子框临川的戏，这确实有些别扭。但历史开了个善意的玩笑，今天《牡丹亭》依然活在世人心中，恰恰是因为后人用昆曲的调子将《牡丹亭》搬上舞台，才有了这美不胜收的唱词、画面和情感世界。

《牡丹亭》是写情的，且是感天动地之情。"情不知所起，一往而深。生者可以死，死可以生。生而不可与死，死而不可复生者，皆非情之至也。梦中之情，何必非真，天下岂少梦中之人耶？必因荐枕而成亲，待挂冠而为密者，皆形骸之论也。"汤显祖革的是形骸层面浅薄爱情的命，演绎的是生可以死、死可以生的惊人之爱。这种爱情在以往任何作品中都未演绎完全，包括"自挂东南枝"的焦仲卿、刘兰芝。

《牡丹亭》不是悲剧，里面有很多喜剧成分甚至少量插科打诨闹剧成分（比如石道姑的戏），《牡丹亭》最让我们着迷的是少女对春天和春情难以压制的渴望。她待腻了书斋，向往春天的气息，也神往才子佳人的故事。"这般花花草草有人恋，生生死死随人愿，便酸酸楚楚无人怨"，有这感天动地之情，便无世间分分合合之憾。

《牡丹亭》整体是春意盎然的，像极了早些时候的大观园。尤其是"游园惊梦"一段，更让人生无穷遐想。《游园惊梦》一出，由六个曲子组成，整个连接起来是生动的戏剧场景，也是一首写春景、春心、春情的上乘之作。

【绕地游】梦回莺啭，乱煞年光遍。人立小庭深院，炷尽沉烟，抛残绣线，恁今春关情似去年？

【步步娇】（旦）袅晴丝吹来闲庭院，摇漾春如线。停半晌、整花钿。没揣菱花，偷人半面，迤逗的彩云偏。（行介）步香闺怎便把全身现！

【醉扶归】（旦）你道翠生生出落的裙衫儿茜，艳晶晶花簪八宝填，可知我常一生儿爱好是天然。恰三春好处无人见。不堤防沉鱼落雁鸟惊喧，则怕的羞花闭月花愁颤。

【皂罗袍】（旦）原来姹紫嫣红开遍，似这般都付与断井颓垣。良辰美景奈何天，赏心乐事谁家院……朝飞暮卷，云霞翠轩，雨丝风片，烟波画船。锦屏人忒看的这韶光贱！

【好姐姐】（旦）遍青山啼红了杜鹃，荼蘼外烟丝醉软……牡丹虽好，它春光怎占的先……闲凝眄，生生燕语明如剪，呖呖莺歌溜的圆。

柳莺清脆的叫声惊醒杜丽娘的清梦，怎感觉今年还似去年一般的情绪。有一种难以言说难以排遣的情绪，剪不断，理还乱，哪怕是莺莺燕燕，也依然难以平慰。

庭院，是中国人情感最为集中的场域，无论才子佳人的后花园，还是普通人的农家院，抑或今天的四合院，承载了国人太多家族情感和喜爱自然的审美倾向。我们的庭院必须有墙，且多为高墙，和西方象征式的围栏不同，这样围起来的墙能建构一个自足怡然的天地，又能够感受四时变化。中国庭院的高峰自然是江南园林，这种极度雅致和文人画仿佛，骨子里的取向是一致的。

庭院，为杜丽娘提供了足够的安全保障，但也仿佛是一层由封建伦理编织成的厚厚的茧，难以挣脱。日复一日的锦衣玉食，日复一日的四书五经，唯独缺少天地消息，以及在如花似玉年纪里潜滋暗长的春情。袅袅晴丝吹来，摇漾春如线，这个描述非常有质感，何为春如线？是日光，穿过枝头，洒落在庭院的地板上，像"光谱"，真正是光阴的故事。春如线，更具体可观可感，但日影移动，春的消息也容易瞬时变幻。对"一生儿爱好是天然"的少女来说，这多么真切，又多么易碎。

赶紧丢下什么裙衫花簪，去园子里听听、看看、闻闻春天的气息。画廊金粉，半是零落，不由得让人感慨，所谓荣华富贵，也时时刻刻被岁月漫漶。池馆苍苔，一片青绿，让人百感交集，一则人罕至，方能多苍苔，二者青苔葱郁，又毕竟是生机的体现。这像极了久困闺阁的杜丽娘。于是见此景，杜丽娘道出古代女性那声真挚而深沉的嗟叹：不到园林，怎知这春色如许！这一声轻叹，犹如太古深山的一计足音，叩开古代女性无穷的寂寞之门。

接下来是极为华美的几句，连清高自傲的林黛玉都如痴如醉的唱词："原来姹紫嫣红开遍，似这般都付与断井颓垣。良辰美景奈何天，赏心乐事谁家院。"姹紫嫣红，年年如是；雕梁画栋，却挡不住成为断井颓垣。良辰美景，亘古如斯；年复一年，但奈何上天无情，无数的良辰美景，最终都在轮回中消失殆尽，没有一点儿影踪，也从来不为有心人考虑，能否停驻，能否收储。一边是姹紫嫣红，一边是断井颓垣，但自有良辰，自有美景，也自然有让人羡煞的赏心乐事，只不知正在哪个庭院里上演。不见春而思春，见春而伤春，这岂不是人生常态？！海涅去看维纳斯的像，每一次都痛哭流涕，是啊，太美了，让观者该如何是好！何况《牡丹亭》里的是"如花美眷"，对着的是似水流年。

结尾处"牡丹虽好，它春光怎占的先"，是写景，也是自照，一个如花美眷，像牡丹一样烂漫美丽，但春来消息，自己却不是抢先拥有的那一个。不过，虽然是伤春，但却不哀伤，闲立凝神，但见"生生燕语明如剪，呖呖莺歌溜的圆"，少女的伤感毕竟不是绝望的，即使有无穷心事，也依然明快而饱满。《牡丹亭》本身不是悲剧，为了下面随春而来的书生的出场，此处的莺声燕语恰恰像一个过门，哀而不伤，低回中自有明快的力量。

不得不佩服汤显祖的艺术造诣，在一连串如花团锦簇般的文字矩阵里，编织出一个富贵少女的复杂心情，有无穷尽的感喟和伤情，又不是彻骨的绝望，而是在伤感中暗藏着希望。恰如雕梁画栋半落的金粉，人迹罕至的庭院郁郁葱葱的青苔，断井颓垣间的莺声燕语姹紫嫣红。

《牡丹亭》这生而死、死而生的爱情，这惊喜而又怜惜的春意，是一部极度凝练的古代爱情和春意的大戏。读《牡丹亭》如含英咀华，美不胜收。尤其是受困于工作和生计的今人，在更难好好到春色中感受和欣赏的匆忙当下，读读《牡丹亭》，确能在字纸之间，发现一个生机盎然的世界，这是我们共同的庭院，我们心有灵犀的终极之地。

五、书生富贵

史书一再告诉我们那个脍炙人口的故事：唐太宗李世民发明了（其实是错误的，这个制度是隋朝发明的，唐朝发扬光大了）科举制，每年到科考之时，全天下的举子风尘仆仆，齐聚京师，唐太宗在城楼上一望，哈哈大笑："天下英雄尽入我彀中矣！"

可是想一下这也没错。古代读书人讲求的不就是修身齐家治国平天下嘛，科举制给了寒门子弟机会，这是门第偏见之下不可比拟的。"学好文武艺，货与帝王家"成了读书人的终极目标。《儒林外史》里的范进等人不是个案，而是常态。金榜题名、金蟾折桂，成了读书人无以复加的荣耀。

名落孙山如何？或许是一辈子的穷困潦倒，哪怕一身才华，如果不能像姜夔那样碰到赏识自己的贵人，也只能贫贱度日。"一箪食，一瓢饮"的安贫乐道，只能是极少数圣人境界，我们不能奢望和苛责普通人也达到这种境界。从容一点的，做了隐士。这是中国传统文化里极为独特的群体，有极其丰富文化意义的意象。当然，隐士的经济来源也是相当有趣的问题，试想一下，一个人整天看山看水吟诗作赋，身边还能跟着个童子，这开销哪里来？

当然，也有中间路径，那就是白居易等人发明的"中隐"之路，有官阶，也就是体制内，不能整天自驾游，但是可以在城里建个园林，除了上朝上班时间，其他时间假装像谢灵运一样悠游于山水之间，这真是把意淫做到了最高境界。

不要小瞧传统文人、读书人的生活方式对今天的我们产生的种种潜在的影响，"集体无意识"的力量无比巨大。试想一下，今天我们喝茶、游玩、居家，有多少是受书中乃至影视作品中古人形象来设计自己的生活方式？！于是，古代文人活得怎样，对我们而言就有非同寻常的意义。好在历史还算靠谱，虽然古书中蝇营狗苟、尔虞我诈比比皆是，但有风骨有雅量有情趣的文人调性一直被认为值得师法，比如"魏晋风度"和"盛唐气象"即我们心仪的对象。

祝允明本名的知名度恐怕不如外号"祝枝山"，右手骈指，自号"枝指生"，江苏苏州人，家学渊源深厚，能诗文，工书法，与唐寅、文徵明、徐祯卿并称"吴中四才子"，书法尤其高妙，和唐伯虎的画为一时之雄。来看一下祝允明的《新春日》：

> 拂旦梅花发一枝，融融春气到茅茨。
>
> 有花有酒有吟咏，便是书生富贵时。

经历过严冬苦寒之后，一枝梅花的降临，是值得兴奋而欣悦的事。"一树寒梅白玉条，迥临村路傍溪桥。不知近水花先发，疑是经冬雪未销。"（张谓《早梅》）

梅花是冬天的精灵，也是春天的青鸟使者。"忽然一夜清香发，散作人间万里春"（王冕《白梅》），古人情致绵密，非今人可比，又有"酒喝微醺，花看半开"之说。一枝梅花的绽开，是先兆，是序曲，是仪式，是充满希望的等待。这不是雪莱"春天还会远吗"的乐观想象，而是实实在在的体验，是物我交融、互渗。一枝梅花，揭开春天的大幕，当然春天的盛况还没来，"春气"却来了，融融春气，扑面而来，满心欢喜。

"气"是中国独有的重要概念，在西方哲学和美学体系里，很难找到可以对等的词。书法、绘画乃至中医，都讲求"气"，气不可察，但可感知。中国绘画讲求"气韵生动"，缺少这方面的修养，就很难看出来。但日常生活中的"气"，只要不整天沉迷于声色犬马，有生活情趣，是能够感知的。所以哪怕居于茅茨，但依然敏锐察觉出融融春气，这种享受不是轻裘肥马所能替代的。

有了梅花报春，有了美酒当炉，再有几首诗词下酒，真算得上幸事，这种快乐是整天沉溺于酒池肉林的人无法体会的。对于一个十年寒窗甚至皓首穷经的读书人而言，有诗酒梅花，也是一大乐事，或许不会比荣华富贵差多少。

当然，进行这样的对比，又落入俗套。事实上，真正的幸福或痛苦，是无法对比的。罗密欧和朱丽叶的痛苦，一定比两个普通男女别离的痛苦更大吗？总统胜选的快乐一定比普通家庭的父母看到孩子奖状时的快乐更大吗？人生不公平，讲的是资源分配。但心灵和情感的体验，内在富足，却又有一定的公平性。一个人一辈子富可敌国每天吃山珍海味，但也许没有一点内心生活，只有奢靡的享乐，没有内在的真正快乐（艺术体验），这未必就是最好的人生。

当书生能够摒弃范进式的执念，在日常的诗酒花中发现美感并发现意义，这对读书人而言恐怕就是最好的安排。当一个人能够将赏一枝梅花、品一杯老酒、读一卷诗书，当成大富贵时，世俗的富贵就不会成为挣脱不掉的枷锁。

当然，说起来容易，诗人写起来也轻松，因为祝枝山家里有矿，不为生计发愁。如果真的穷困潦倒，还能否有这等雅兴，恐怕要打一个大大的问号。有时候，坚持信仰易，保持诗意难。这是非常吊诡的事，但无论今古，罔论贵贱，都会遇上。希望我们都能碰到自己内心笃定的"富贵时"。

六、黄昏月淡梅花魂

柳如是是历史上大名鼎鼎的女子，其名气之大，与两个人直接有关，一个是明末清初的大诗人、文坛宗师钱谦益，另一个是几百年后的大史学家陈寅恪。学界至今还在研究和争论，大史学家、"教授中的教授"陈寅恪，何以在人生最后十余年间，以盲目病躯，穷毕生所学，研究一个名气并不是很大的女子（柳如是之幸，是因为陈寅恪先生八十五万字的《柳如是别传》，才让她在文化界、史学界拥有空前知名度，并波及大众文化领域）。

是的，初看上去，柳如是不是豪门显贵，也不是李清照这样千年一遇的大才女。她出身寒微，早岁被卖入青楼，后与陈圆圆等并称"秦淮八艳"。这个名字，听上去就让人心照不宣。但是无论当时还是后代，都没人把她当成简单的青楼歌妓。

柳如是是明末人，对清军入关之事，一直沉痛悲愤，曾说："中原鼎沸，正需大英雄出而戡乱御侮，应如谢东山运筹却敌，不可如陶靖节亮节高风。如我身为男子，必当救亡图存，以身报国！"这句话的意思是异族入主，读书人不能只学陶渊明隐退自娱，而应该像谢安一样积极御敌、努力报国。这确实是巾帼不让须眉的气概。柳如是曾与民族义士、大诗人陈子龙等有过情愫，后嫁给钱谦益，明亡时曾劝钱谦益殉国。钱谦益降清，后二人暗里联系反清人士，积极筹划抗清复明。钱谦益死，柳如是不久自缢。

柳如是的诗词能够与当时的陈子龙、钱谦益并驾齐驱，其才华可知。她还擅长书法和绘画。柳如是深挚的家国情怀、民族大义，在当时即受世人推重，后因陈寅恪的荦荦大作《柳如是别传》更广为人知。柳如是的深情体现在对待爱情上，也体现在家国大义上。来看一下柳如是的《金明池·咏寒柳》：

> 有恨寒潮，无情残照，正是萧萧南浦。更吹起，霜条孤影，还记得，旧时飞絮。况晚来，烟浪斜阳，见行客，特地瘦腰如舞。总一种凄凉，十分憔悴，尚有燕台佳句。　　春日酿成秋日雨。念畴昔风流，暗伤如许。纵饶有，绕堤画舸，冷落尽，水云犹故。忆从前，一点东风，几隔着重帘，眉儿愁苦。待约个梅魂，黄昏月淡，与伊深怜低语。

柳，从《诗经》中走出来，经王维等大诗人造化，一直是饱含深情的意象。当然，不知何时，歌妓或传统道德观念下失节的女子也用柳来指称。只能说，话语即权力，权力可杀人。"残花败柳""蒲柳之姿"等都是对不符合儒家妇德的女子的话语宣判，好在这里的寒柳没有这一层意思，而是来自陈子龙的"垂柳无人临古渡，娟娟独立寒塘路"。陈寅恪先生著书，取名《金明馆丛稿》和《寒柳堂集》，可谓别有深情。

柳如是和陈子龙曾有一段让人艳羡的爱情。才子佳人，又都有民族气节，诗词相答，情真意切。可惜二人的爱情不容于当时。据说陈子龙的妻子带着人马大闹二人唱和的楼台，柳如是不堪其辱，愤而离开。后陈子龙抗清而死，徒叹奈何。

秋风秋雨愁煞人。在萧萧别意的南浦，潮来潮往，如思绪翻飞，可惜潮来有信，人去难期。更何况一日日斜阳残照，一日日风吹枝条。

而今只能看到突兀的枝条，恰恰是无尽的萧条，让人追忆春天里柳絮漫飞、携手同游的景象。遗憾的是，那时同游，都成回不去的片刻，此刻寒柳有情，最怕见人别离。一种凄凉，十分憔悴。离情别绪，人人不同，却也极为一致。江淹在名篇《别赋》中说"别虽一绪，事乃万族"。当然，这句话也可以颠倒过来说，事虽万族，别乃一绪。虽然人间别离有千种万种，但引发的情绪却都是如此接近，否则何来十分憔悴。

"春日酿成秋日雨"是奇句。像蒙太奇手法，且有奇幻色彩。起码可以有三种解释：第一种是自责兼责怪对方。今天一切的凄凉，都是在那个曾经美好的春意盎然的时刻注定的。其潜台词又可能有两种；一是早知如此，何必当初。二是早知如此，何不早早努力，避免今天悲剧的发生。第二种是类似宿命论的嗟叹。世间一切聚散别离，看似如寒风中摇曳的柳条，毫无规律可循，但其实上苍早早埋下伏笔。总在某个意想不到的时刻，将宿命的结局打开，让人无限感叹。第三种是移情。这是移情理论，类似于"感时花溅泪，恨别鸟惊心"，春风骀荡，秋雨潇潇，本是自然而然的事，春风秋雨，恰如黎明日暮，但在别有怀抱的伤心人看来，却成了无可抗拒的景象，也是无可抗拒、无法更改的人生剧本。

这让我想到罗兰·巴特，他把文本分成可读的文本和可写的文本。可读的文本比如印刷品，可写的文本比如互联网，前者一旦印刷出来，就只能读，不能更改了。哪怕在印刷品上不停地写写画画，也改变不了什么，而后者是可写的，可以增删的，任何人都可以积极主动对文本进行改造和加工，从而将话语权握在自己手上，起码可以添入个人色彩——只是戏份多少而已。而人生的感慨和悲剧在于，让你参与其中，但你完全没有话语权和决定权。春日本来生机盎然，到了寥廓秋天变成一阵阵秋雨，冷彻骨，冷入梦。

在这冷落清秋潇潇秋雨中，词人又不由得念起畴昔风流，那发生在春天里的种种赏心乐事，恰如一开始的大观园，到最后只剩下寒塘鹤影、冷月花魂。可惜一旦错过，即成天涯孤旅，最怕物是人非，举目水云苍茫，看似如昨昔。但越如昨昔，越教人怅惘不已。

思到深处，还是无法排遣、无法割舍的绵绵爱意。但柳如是不是哭哭啼啼的普通女子，是融深情与大义于一体的奇女子，故其相思也多一种高洁。洁如梅花，其魂清雅，且还需"相待"，因为等待才有渴望，才有奔赴。且要在黄昏月淡的时刻，才和梅花浑然天成。用流行的话说就是，月色和梅花更搭。

在古诗里，黄昏确实是约会的最佳时刻，"月上柳梢头，人约黄昏后"，元朝徐再思有首很妙的曲子（《折桂令·春情》）云："平生不会相思，才会相思，便害相思。身似浮云，心如飞絮，气若游丝。空一缕余香在此，盼千金游子何之。证候来时，正是何时？灯半昏时，月半明时。"那种让人痛苦不堪又欲罢不能的相思之苦，最适合发生在何时？最让人思量不尽的是灯半昏时，月半明时。这当然可以从心理学上给以解释，但有时候心理学的手术刀式分解往往割裂整体美感，因为美恰恰是这种说不清道不明的情愫（否则不会有这么多美学流派，到现在依然谁也不服谁）。也就是在这样月半昏、灯半明之时，且有梅花雅洁暗香浮动，柳如是的磊磊之风也终于化为绕指柔。

七、冷到彻骨的梅花

梅花在古诗词乃至中国传统文化中的地位是毋庸多言的。诗词中的梅花，冷寂的多，比如陆游著名的《卜算子·咏梅》（驿外断桥边），而像毛泽东《卜算子·咏梅》（风雨送春归），充满热烈乐观勃勃生机的少。但是像顾贞观《浣溪沙·梅》这样冷到彻骨的篇章也极为少见：

> 物外幽情世外姿，冻云深护最高枝。小楼风月独醒时。　　一片冷香惟有梦，十分清瘦更无诗。待他移影说相思。

1637　　顾贞观生于明崇祯十年，卒于清康熙五十三年，江苏无锡人，有 **1714**
个声名显赫的曾祖顾宪成——晚明东林党领袖。顾贞观与陈维崧、朱彝尊并称明末清初"词家三绝"，又与纳兰性德、曹贞吉有"京华三绝"之誉，与纳兰性德关系甚笃。顾贞观深情厚谊，为营救好友吴兆骞而殚精竭虑，得知吴被流放东北苦寒之地，百感交集，挥笔写下《金缕曲二首》，被时人称为"赎命词"，名满天下。吴兆骞、纳兰性德先后辞世，晚年的顾贞观有三十余年闲居于无锡惠山脚下，闭门读书，不问世事。顾贞观有过高光时刻，也有常人难以忖度的孤独和消沉，作为东林党领袖的后人，或许还有一份隐隐约约的失意，这首咏梅词或许恰能反映他内心不为常人所知的深意。

物外，不能简单理解成某物之外。中国古代常言"超然物外"，世间一切外在之物，统称"物"。物外，也就是超越一切世间之物，有超凡脱俗之意。物外和世外的意思大抵一致。遗世独立的梅花，自然难有蜂蝶来招惹，连烂漫山花也难以企及。高洁往往是最高的孤独，于是只有冻云为伴，还要佑护着高不可及的枝条。这里的"最高枝"，如果理解成梅花最高的那个枝条，就显得胶着了。在词人眼里，遗世独立的梅花，每一个枝条都是最高的，都是超拔的。高贵高洁的代价是只有冻云为伴，但是谁又能说这种只有冻云为伴的状态不是让人神往的境界呢？

小楼之上，风冷月明，虽有梅花，但还是清冷无比的深夜，此刻词人正醒着，并且是独醒，梅花尚有冻云相伴，而此刻词人自己呢？卢仝《有所思》"相思一夜梅花发，忽到窗前疑是君"，词人心中应该是有所念的，所以才会在寒夜里不拥衾而眠。并且，或许不应该"独醒"，因为同样醒着的还有梅花，只有凡俗的花草才在冬春交替之际昏睡或酣眠。两个独醒的精神在月明寒夜相遇，一定有涤荡心魂的感动。

一片冷香，从陆游、姜夔的词里出发，一直飘飞，到词人所在的小楼，给人如梦如幻的感觉。谢枋得诗《武夷山中》有名句"十年无梦得还家，独立青峰野水涯。天地寂寥山雨歇，几生修得到梅花"，因为无梦，人生也失去诗意的色彩，多年的漂泊，感受无数次的天地寂寥，终于感慨几生修得到梅花！顾贞观是幸运的，起码还有梦，并且"一片冷香惟有梦"。梦到痴绝处，连诗都可以省略了。清瘦，是梅花的姿态，也是词人自况，宋翁森《四时读书乐》"读书之乐何处寻，数点梅花天地心"。哲学学者冯友兰曾将人生分为四种境界：自然境界、功利境界、道德境界、天地境界。数点梅花天地心，类似冯先生所言的天地境界，不过这是词人的表述而非哲人的表述。与天地同心，在此时此刻，诗似乎真的成了多余。

此刻，词人更想做的是等待。等待什么？等待月移梅影，到更合适的位置，来细说相思。和谁说相思？说谁的相思？也许是对梅花的相思，也许是对某人的相思，梅花都是最高洁的言说对象。在这里，词人将梅花人格化，将梅花当成一个灵魂同在高处的对象。"待他"是等待，是期盼，是尊重，这是真正意义上的"主客相融"，物我为一，是古人追求的"天人合一"，是李太白"相看两不厌"般的主体间性。

主体间性是哲学理论，简单说就是扬弃西方一直以来主客二分、主驾驭客的观念，而是尊重对象、尊重客体，事实上不存在客体，彼此都是主体，放在同等位置上，才会有真正的交流，才不至于支配或者改造对象。西方从苏格拉底开始，走了两千年，才从胡塞尔、海德格尔回过神来，追求"诗意的栖居"，我们古人却早早悟到这点。

这么说并没有沾沾自喜的意思。像学界公认的，早慧的中国文化一开始就达到主客相融的境界，的的确确阻碍了对客体的深究，因此漫长的历史发展中，我们始终缺乏科学思维，也未能建构科学体系。费孝通先生说的"各美其美，美美与共"应该是人类发展中，不同文化、不同民族、不同国家需要秉持的态度，可以坚持的原则。

作为词人的顾贞观，在某个寒夜里，在小楼月明之际，在无可名状的孤独之时，遇到了梅花，心中充满期待，期待可以相对话相思的时刻，这是怎样的一种孤冷，又是怎样的一种丰盈！

八、这般美的恋情究竟对不对

娥皇女英的故事在古代一直脍炙人口，甚至被一些持正统儒家观念的女性拿来当成堂皇说辞，以说服另一个女性共同服侍同一个男性，进而成就佳话，比如《儿女英雄传》里的张金凤说服十三妹何玉凤，成了贤惠的楷模。李后主和大小周后姐妹的故事也很少受人诟病，莫非因为李后主的帝王身份？一旦落到常人头上，恐怕就让人百味杂陈了，即使是名流如朱彝尊。

1683　朱彝尊，天赋异禀，过目不忘。康熙二十二年，入直南书房。其作词风格清丽，为"浙西词派"创始人，与纳兰容若、陈维崧并称"清词三大家"，诗与王士祯并称南北两大诗宗（"南朱北王"）。朱彝尊有一首词《桂殿秋》（又名《捣练子》），几乎被况周颐推举为"国朝"压轴之作。这首词是这样写的：

> 思往事，渡江干，青蛾低映越山看。　　共眠一舸听秋雨，小簟轻衾各自寒。

这首词看上去并没有太多玄机，怎么成了清朝第一词，引起那么多非议？这时候考据的必要性就体现出来了。

据学者考证，这首词应该跟朱彝尊和其妻妹冯寿常的爱情有密切关系。朱彝尊十七岁入赘到冯家，其妻妹冯寿常只有十岁，九年后冯氏出嫁，二十四岁又回到娘家。这时她和朱彝尊有了爱情故事，但冯寿常三十三岁就死去了，这首词，是在冯氏死后写的，在这些类似主题的作品中均可见朱对冯氏的情感之深。

朱氏和冯氏曾有几次同舟的机会，朱氏的诗词里留有不少相关记载。首先是朱氏入赘到冯家后不久江南曾遭遇兵变，朱氏与冯家全家避兵舟中，这是两人第一次同舟共载。冯氏虽年幼，但眉目极其秀美，给朱氏以极深印象。其次是朱氏入赘冯氏家后，全家曾数次乘舟出游，途中登岸，参拜佛寺时，两人曾被误为夫妻，故其词中有"赢得渡头人说，秋娘合配秋郎"，可想象这些情景给朱氏留下不少美丽的回忆。最后是朱氏移居梅里时，在水乡出行，一家同船，有更多的接触机会，也让两人内心深处的爱意不断滋长。这首《桂殿秋》就是回忆那段难以言明的爱情而写的。

朱氏的爱情不容于当时礼法，故而不可能明言，只能隐约曲折，无限深情，见于言外。

这首词上半阙很容易理解，也没有特别之处，只是交代背景，一起乘舟渡江，在"吴山青、越山青"的秀美之地，冯氏美丽的娥眉映衬着青山，彼此妩媚。"水是眼波横，山是眉峰聚"，这是宋代词人王观的名句，朱氏此词开头写的大体也是这个意思，只是实话实讲，王观的比喻比朱彝尊高明生动很多。

这首词引起那么多激赏和共鸣，只在于最后两句"共眠一舸听秋雨，小簟轻衾各自寒"。这看似白描式的两句话，蕴含着儿女情长里的难以言传的相悦、期待、克制、失落、苦寂。以朱彝尊的家教和名望，自不能像西门大官人一样肆无忌惮，也不能背地里行偷偷摸摸之事，但男女之情，其可贵和可怜恰恰在于明知不合理却无法遏制（其实，男女之情合理，合的是谁的"理"。史铁生在《病隙碎笔》里有描述，笔者清楚地记得作者如是说，第三者这样的事情，最好别让我碰上，无论作为三者中的哪个角色）。朱彝尊出身名门，一代文宗，"发乎情，止乎礼义"，君子不逾矩，这些教义理性地告诉朱氏，和冯氏再浓烈的欣赏与爱恋，也只能止乎礼义，不可能有世俗的结果。古诗反复说"愿得一心人，白首不相离"，生同衾死同穴，是古代痴男怨女最高规格的爱愿，然而一个人背负太多的责任和道义，被牺牲的往往是爱情，所以罗密欧和朱丽叶、焦仲卿和刘兰芝等毕竟是极少数，绝大多数人只能在现实中忍受折磨或者让爱意一点点消磨。

贺铸有名句"空床卧听南窗雨"，朱彝尊则是"共眠一舸听秋雨"，床起码还是安稳的，而船上本就是颠簸的、流浪的，何况在这秋风秋雨愁煞人的寒江之上，此时最需要的是心意相通之人，执手相看，听着江面之上风雨潇潇，彼此安慰，以爱的热情驱赶秋江上的凄风苦雨。然而这只能是奢望，是幻想，是痴绝，碍于礼法的束缚，这本来彼此相悦的恋人，只能各自卧在薄薄的席子上，盖着薄薄的被子，在阵阵江涛声中，在欸乃桨声中，在潇潇风雨声中，瑟瑟发抖，忍受漫漫长夜的苦寒。

这中间有多少思想斗争，多少矛盾，多少挣扎，多少祈盼和凝望，以及刻骨铭心的期待和拘于礼法的克制，都像风雨的交织一样，听上去是那么摧人心肝。那时那刻的冯氏呢，她是否也经历同样复杂矛盾，热烈而又绝望的心情呢？是否既期盼着步履声，又恐惧于那一刻真的到来？

两个人，两句话，像蒙太奇手法一样，并列在一起，触发无数心事，一个"共"，是美好的缘分；一个"各"，是残酷的命运。就在这连天接地茫茫江水潇潇风雨中，一叶小舟，两颗彼此相悦的心，却只能各自蜷缩于冰冷入骨的礼法牢笼里。

当然，如果二人终于走到一起，像《西厢记》里写的"软玉温香抱满怀"，或者《牡丹亭》里写的芍药栏前湖山石边把领扣儿松衣带宽，"待你忍耐温存一晌眠"，是不是这个故事就完美了？从浪漫唯情论的角度看或许是的，但从传统观念看无非多一个文人无行、妇女坏道的庸俗故事。二人的止乎礼义，纵内心无限愁苦折磨，但似乎成了世俗眼里的"大团圆"，没行出格之事，还留下无尽的凄美之感，供后人一遍遍吟哦。

换作你呢？宁可拥抱那片时温柔，还是做个现实中于德行无亏的人？

九、纳兰性德：不知从何而起的愁苦

近年来纳兰性德和仓央嘉措一样，很火，谈论或阅读二人俨然成为一种时尚。很多咖啡馆、民宿里的书架上，二人作品几乎成了标配，似乎不读纳兰性德和仓央嘉措，就没有文化。若泉下有知，不知纳兰性德对此会作何感想。

纳兰性德是典型的富二代、官二代，满洲正黄旗人，太傅明珠的长子。这是典型的含着金钥匙出生的人。康熙时进士，官至一品侍卫。就这份荣耀，无数人做梦都不敢想的事。纳兰性德能否排清词第一人还难说，肯定会有争论，但整部词史，有他这一号人物是完全不成问题的。纳兰的词很苦。有时候我们无法想象，这个无法排遣的、凝重的苦，到底是怎么来的？他和李煜不同，李煜毕竟经历了山河破碎、国灭家亡的彻骨之痛。而纳兰性德，除了深爱之人早逝之外，我们确实很难看到他还有多少不如意事。或许，天才的性格和情思总是敏感而孤独的，恰恰在世人无法理解之处，体现着天才的真性情，如下面这首《蝶恋花·出塞》：

今古河山无定据。画角声中，牧马频来去。满目荒凉谁可语？西风吹老丹枫树。　　从来幽怨应无数。铁马金戈，青冢黄昏路。一往情深深几许？深山夕照深秋雨。

纳兰性德的作品中，永远流淌着无法释怀、无可排遣的忧愁苦恨，甚至超过晏几道、秦观。我们只能归因为一颗天生敏锐而敏感的心灵，加上常人无可企及的才华，遂成就"苦不堪言"但美不胜收的作品，同时也成就俗常间难以理解的作家心态——顺带说一句，研究作家作品，"知人论世"（庄子）是必要的，但凡事有个度，一旦字字句句寻出处，就成了街道大妈，敲门问小夫妻的床笫质量，进而判断是该离婚还是继续。应该给一切优秀的作品留下想象空间，这是对灵魂和心性的尊重。

　　作为皇帝身边的大红人，自然有很多见识大场面的机会。这种看惯沙场点兵的经历，也增强了纳兰性德的历史感，并且这个历史感不是哲人如黑格尔的那个稳固的逻辑，而是幻灭感。你看，放眼望去，江南塞北，春雨秋霜，大好山河，壮阔天地，处处充满偶然，画角声声，旌旗猎猎，战马飞驰，刀光剑影，一次次胜败，一场场兴废，哪里有个"定据"（定据，确定的根据之意），一切无非梦境，镜花水月。纳兰性德是站在前人的肩膀上作诗填词的，前人杰作自然在他心里是个参照，必然有着或隐或显的影响。这短短的几句话里，李广、霍去病、兰陵王、陈子昂、范仲淹等一个个历史人物，都似乎在硝烟征尘中来了又去，很真实，又很空虚辽远。这是"后发优势"，即使后人无法达到前人的成就，但后人有一点是前人不具有的，那就是我正感受着的现实和历史，是前人无法预言和左右的。或许，也因为这样的逻辑，作为后来者的纳兰性德，脑海中闪现出更多古人的身影，更加重了这种历史的虚无感。

　　是啊，王侯将相在何方，和今人对话不易，和古人对话尤难，故而词人只见满目荒凉，却无可倾诉，因此说"谁可语"，这不仅是说词人当下没有知音可与倾吐，同样这份孤独，还在于追感历史，一切随风而去，没有一人可加以表述。无边西风，吹散了历史人物，也吹老了嫣红的枫树。

　　片片秋叶凋零，像极了曾经风光无限、显赫无比的一个个风流人物，但到最后，只剩下突兀的枝头和寥落的山河大地。就在这曾经的辉煌得意与时过境迁的萧条空寂之间，充满一声声叹息和无穷尽的幽怨。幽怨，往往指女性，而非男性。"行人刁斗风沙暗，公主琵琶幽怨多"，但这样的幽怨，和惯常理解的闺怨有一些差别，一大气开阔，一低回婉约。因此，具有历史感的幽怨，最适宜金戈铁马的驰骋与消逝，有一种英雄气。

这种英雄气甚至体现在王昭君的身上。王昭君遭画师作弊，天姿国色，远嫁漠北。一朝红颜老尽，"独留青冢向黄昏"。但西风残照里的昭君墓，自然和闺房里的片片花笺有根本不同，即使是幽怨，也是磊落的、阔大的、雄浑的。或许，这正是词人真正感慨万千的境界，甚至是词人神往的境界。对于看透历史真相和生命本质的人来说，死亡和幻灭不会带来额外的恐惧，但能触发更多的感悟。对敏感的词人来说，那些曾经在金戈铁马中纵横的人，既是他感慨的对象，也是他神往的对象。

于是面对萧瑟西风漫卷大地的时刻，即便是失意，也是磊落的；即便是怀古，也是开阔的；即便是叹逝，也是执着的。这不是简单的悲悲切切，也不是简单的慷慨激越，而是饱满与低回、铁骨与柔情的交织，像极深幽的群山之间，一抹斜阳，照射着潇潇秋雨，有光，但是寒冷的；有雨，但是有亮度的。

或许正如哲人说的，有悲观打底的人生，往往更有韧性的力量。或许吧，但如果能够明快一生，谁想忧郁终老呢？不过，在世间荣华无以复加之时，呈现的不是沾沾自喜或者骄横跋扈，而是幽怨和低回，也许是给世人的另一种启迪，另一种美感。

十、王士禛：康熙王朝的诗坛神韵

王士禛，世家大族出身，官至刑部尚书，才名广播，代钱谦益起而成一代文宗。其倡导神韵说，无论创作还是理论，都有可喜的成就。

王士禛学诗有个过程，刚开始学习明代七子，后来学唐，没学多久开始学宋，但最后复归盛唐。二十四岁时作《秋柳四首》，名满天下，一时之间和诗的有几十家——那可是没有抖音和微信的时代。

王士禛的确是清代诗坛乃至唐宋诗词高峰之后，整个诗史的意外收获。倡导"神韵说"，他的诗浑成、空灵，确实有一些能够达到唐宋大家的水准，远超明清两代诗人。比如这首七言《寄陈伯玑金陵》，写得深情款款，而无凝重之感：

> 东风作意吹杨柳，绿到芜城第几桥？
> 欲折一枝寄相忆，隔江残笛雨萧萧。

这是写友情的诗。唐朝元稹、白居易相互赠答之作，颇为经典。元稹《闻乐天授江州司马》写友情也脍炙人口：

> 残灯无焰影幢幢，此夕闻君谪九江。
> 垂死病中惊坐起，暗风吹雨入寒窗。

诗人们似乎只有在雨夜更能想起吟味这种情逾金石的友情。在昏暗的残灯孤影里，突然听闻白居易被贬江西九江的消息，重病中的诗人再也无法静静地（或痛苦地）躺在床上，而是蓦然惊起，不念自身垂死状态，但所见无非暗夜疾风携裹着冷雨袭入萧条的窗户。

与元稹在冷雨寒窗下写诗不同，王士祯这首怀念友人的诗应该写于春天。从"绿"字可以看出消息。春天是生机勃勃的季节，是全民性的盛大节日，春天应该是欢快的、阳光的。当然，敏感的人"伤春"主题绵绵不绝，伤春只是遗憾美好的春天太容易逝去，而不是悲秋那样彻骨的悲情。春的美好和缠绵，可以反衬境遇，增加情感的波动。

杨柳，从来都是离别最好的见证人和装饰物，在很多脍炙人口的诗篇中都飘动着其柔曼的影子。这里为杨柳做伴奏和装饰的，不是凄苦之意象，而是东风。东风，孕育万物之风，"等闲识得东风面，万紫千红总是春"，东风作意，也就是起了心思。是造化之手，将杨柳吹绿，那动人的绿色就一点点宕开去，像极了墨在水中的扩散，如此轻灵写意。绿色一直蔓延，超出诗人的视线，诗人情灵也被激荡起来，忍不住猜测，这绿色到哪里了？到了芜城（今扬州）的第几桥了呢？第几桥，是诗人的痴念。很美，美到让我们想起来现代那位著名而浪漫的诗人、小说家、画家，传奇人物苏曼殊。苏曼殊有一首《本事诗》：

春雨楼头尺八箫，何时归看浙江潮？
芒鞋破钵无人识，踏过樱花第几桥？

看，又是一个第几桥！在诗中，与其说诗人是在数数，不如说是诗人的款款情致一直处于绵延状态。第几桥，就是这座桥和下一座桥之间的过渡，是一个永远动态的过程。诗人真正关注的从来也不是具体的哪一座桥，而是像宣纸上宕开的绿色或者无人识得的步履，此刻和下一刻的连绵不绝。

东风拂面，杨柳绿浓，按道理说正应该是诗人赏心悦目流连光景的时刻，但景色越美，越想与朋友分享，共同对着这无边景色，散步，写诗。但而今朋友身在金陵，相聚无望，只能折一枝杨柳寄给友人，以表思念之情。正在有这个念想的时候，忽然听到隔着滔滔江水，传来一阵残笛的声音，而与这萧瑟的笛声相和的，是潇潇夜雨声，更增苍茫和孤独。

这首诗耐品，在于前两句给我们的感觉是春意无边，一派生机，而后两句突然一个转折，夜雨残笛，孤寂入骨。隔江残笛可以理解成写实，也可以理解成写虚。江天辽阔，隔着江水，怎可能有笛声跨江而来？但正如"姑苏城外寒山寺，夜半钟声到客船"，如果胶着于钟声能否传到客船，实在无诗情可言，只会破坏诗的情韵。在诗人身边是浓浓春意，隔江友人身边是怎样的景致呢？这个潇潇夜雨，很可能是诗人"强加"给友人的。我们应该都有类似的生活体验，当你特别牵挂一个人的时候，你吃饱，就特别担忧对方是不是没吃饱；你安稳，就担忧对方是不是奔波劳顿。这样的生活体验，在诗的境界里，就成了一边是东风杨柳，一边是夜雨残笛。

清代王夫之评点《诗·小雅·采薇》的句子"昔我往矣，杨柳依依。今我来思，雨雪霏霏"说："以乐景写哀，以哀景写乐，一倍增其哀乐。"倡导"神韵说"的王士禛，确实抓住了好诗的精髓。在绝句中，哀乐景致并存且毫不突兀的，佳作了了。细细品味王士禛笔下的芜城东风，隔江夜雨，能帮助我们更好地把握情和景的处理技巧。

十一、月亮走，我也走

看过王士禛的东风夜雨，我们来看大约同时期一位名气不大的诗人的作品，也是写友情，别有一番境界，例如，宋乐的《道别》：

> 别路风光早，江南芳草天。
> 人心似春色，千里逐君船。

宋元征，字鹤岑，江南庐江人，清<u>康熙二十七年</u>（戊辰）进士。　<u>1688</u>
名气不很大的诗人，流传不很广的诗，却因为写下很熟悉的生活体验，让人对这首诗另眼相看。

别路风光早，有两层含义：一是春天来得早，因此旖旎风光，似乎比去年都来得早了一些。这里就有一句潜台词——那去年春天呢？诗人和朋友是不是曾踏青、赋诗、把酒言欢？二是送别友人，大家都起得很早。比如温庭筠那首著名的《商山早行》，鸡声中就有征铎之声。如果联系下一句，这里理解成春天来得早更为自然贴切。在送别的路口，看江南风光无限，芳草连天。如果把"芳草天"理解为"芳草连天"，又过于胶着死板。欧阳修曾有名句"西风酒旗市，细雨菊花天"，我们不能说是细雨之中，菊花漫天，应把细雨和菊花当成两个特别突出的意象，当作当时最精彩传神的典型来烘托和体现那时的天。这个天，不是天气，也不是天空，而是时间和空间的结合体，是融入作者无限情感的有情天。

　　春日江南，最突出最难得的是什么？"暮春三月，江南草长，杂花生树，群莺乱飞"，这是我们耳熟能详的名句。芳草碧连天，恐怕是诗人最先想到的。因此作者也只抓住"芳草天"来写。至于花团锦簇、群莺乱飞的意境，就由读者主动建构了。

　　王士祯的诗里，东风是春天的典型，是深情款款的能动者。东风拂过的地方，杨柳依依，青绿可人。东风吹拂，来无可察，去无可循，绿到第几桥式的推测和追问，是诗人的痴，也是诗人的真，意在使春色灵动起来，而不是固化。

　　春色是动的，是一点点蔓延的，蔓延到山外之山、景外之景。同时，春色也是美的，无论到哪里，春色总能给人以慰藉和美的享受。身不能和友人同去，心却被友人的行踪牵系。人心似春色，一为似春色般美好、纯粹、雅洁，能够带给友人希望和安慰，是生命的本真体现。二为似春色般无边无际，幕天席地。这样，不管友人的步履到哪里，诗人的心都能够伴着友人，千里逐君船，只是一个具象的行为。因为具象，更为真切感人。戏剧讲求细节感动人，但诗的旨趣从来都超越字面。怀诚挚深切心情的人，更容易牵挂和思念友人。有时候自己这边起了一点风，就担心对方那边是不是狂风侵袭。自己这边零星几点落雨，就担心对方那边是不是暴雨肆虐。这种牵挂是非理性的，甚至有点"不可理喻"的感觉。是啊，情到深处，总是有那么点儿神经兮兮。

　　小时候资讯极其不发达，一个村只几家有录音机，还有就是村委会的大喇叭，能听到"月亮走，我也走，我送阿哥到村口……"这算是当时很流行的歌曲了。笔者长于农村，深有体会。在月色皎洁的晚上，孩子在村里、村头奔跑，月亮似乎也跟着走。当时不明白，应该是我走，月亮也走啊。等长大后自己经历聚散别离，开始明白，因为情感的存在，通过充满深情的眼睛，看到世间万物的变迁（和不变），心绪都会随之波动。

　　这追星赶月和追赶客船的心情，其实是无法遏制的离情别绪。只不过，诗人虽然有绵绵不尽的浓厚情谊，却没有"一望肠一断，好去莫回头"式的伤心，诗人始终用明丽轻松的笔调，描绘春色正浓的江南。在这芳草连天的离别时刻，心绪和春色一般，无限蔓延，没有终点，因为生机没有终点，思绪也没有终点。

十二、收拾起大地山河一担装

　　在清代，作为戏曲作家的李玉名气不算很大。不过他的昆曲剧目《千钟禄》（又名《千忠禄》《千忠戮》）却不失为上乘之作，尤其是其中那段《惨睹·倾杯玉芙蓉》，极为精彩：

收拾起大地山河一担装。四大皆空相，历尽了渺渺程途，漠漠平林，垒垒高山，滚滚长江。但见那寒云惨雾和愁织，受不尽苦雨凄风带怨长。雄城壮，看江山无恙，谁让我一瓢一笠到襄阳？

故事讲的是燕王朱棣起兵，建文帝被迫乔装成和尚从地道逃脱。这段唱词，就是建文帝在逃亡路上唱的。

贵为皇帝，一朝仓皇出逃，从高高在上的"孤""寡人""朕"，到乔装后唯恐被人识出的和尚，这种反差在现实中极其罕见。然而诸多思想、名诗、佳作都发生在反差出现的时候——原本轻裘肥马，一朝贬谪被黜；原本尔侬我侬，一朝阴阳两隔；原本少年意气，一朝垂垂老矣……这都是人生的起落，从美好到幻灭，自然使人生发出无穷感慨，当然也看透无穷真相，悟出无穷道理。自然，也有原本布衣寒窗，一朝金榜题名；原本沉居下僚，一朝封侯拜相；原本寂寂无名，一朝名满天下。这些情况也能催生很多感慨，但得意之时，不忘形的少之又少，得意忘形总是给人肤浅和油腻的感觉。这种情形下，也难出现一流的作品。我们甚至能伸手数出来春风得意、白日放歌等极少数欢快之作。

"收拾起大地山河一担装"，解读成乔装出逃还不舍得放下，是错误的。佛教中有个布袋和尚，唐末五代人，笑如弥勒，颇有传奇色彩，据说能在大雪天露天仰卧而身不染雪。常年拿着布袋化缘，但世人只见他往里面放东西而不见他倒东西出来。东西放进去，布袋依然空空。后有人为布袋和尚撰写偈语"行也布袋，坐也布袋；放下布袋，多少自在"，倒也深得佛理。此处用"大地山河一担装"，有浓浓的佛家意。普天之下莫非王土，率土之滨莫非王臣，再怎样威武显赫富庶辽阔的江山，到最后都落入一个空空的布袋。这已经不是悲愤，而是空寂，是幻灭。

　　所以才紧接着说"四大皆空相"，即四大皆空，道空、天空、地空、人空。所以，再不要说什么朕的天下王的江山，随时随地都可能化为空无，只一个讨一口残羹冷饭的口袋就能装下那个原以为无比显赫荣耀的江山。事实上，谁真正拥有过天下，拥有过世界呢？西楚霸王吗？成吉思汗吗？乌江之畔，六盘山（铁木真在伐西夏途中，病逝于此）之上，那烈烈江山，可曾有一寸带走？

　　接下来几句是铺叙，在渺渺程途，在无数追兵特务编织的围捕大网之下，经过无数个漠漠平林和垒垒高山，跨过滚滚长江，或者在滚滚长江之上。一叶小舟，也颠簸了无数行程。平林、高山、长江，是古诗词中常见的意象，容易让人联想起那些名句。这读起来更为亲切，但也更为感慨。

　　读者的阅读和阅历不同，在读一首作品时，内心中产生的联想，激起的波澜，差别极大。这也是从事诗词鉴赏必须有一定积累的原因，仅仅读几百首诗词，对诗词的感悟可能远远不够。这也像讨论一些经典著作。我们常碰到这样的问题："对你影响最大的一本书是什么？"如果一本书能够彻底影响一个人，那这个人很可能没读过几本书。一个人的思想如果受一本书的极大影响，那这个人可能只是这本书的奴隶。真正有思想的人，其思想绝不可能来自一本书，而是几百本、几千本书。

　　李白写过的平林漠漠烟如织，苏轼写过的大江东去浪淘尽，在一个帝王逃命时刻，能看到的却只是寒云惨雾和愁织、苦雨凄风带怨长。云是寒云，雾是惨雾，这还不够，还要把建文帝无穷尽的愁编织进这云雾之中。一路上的风雨，不是陆游那样"细雨骑驴入剑门"虽有些许寥落但充满无限诗意的风雨，而是苦雨凄风。

　　经历了无数的寒云惨雾和苦雨凄风后，终于到达可能救自己一命的襄阳。但见襄阳城雄伟壮丽，再稍一驻足，发现江山无恙，山河依旧，这一派景象不复京城里的刀光剑影血流成河。建文帝本该稍微宽一下心，毕竟这寒云惨雾和愁织、苦雨凄风带怨长使人喘不过气来，但建文帝毕竟不是旁观者，而是亲历者，也是苦难的背负者。今天这山河无恙，但是谁让我一瓢一笠到襄阳？是反叛者燕王朱棣，还是冥冥之中的命运？建文帝没有给出答案，只说了个细节：一瓢一笠，这确实是苦行僧的行头。逃亡之路，也是人生之路，就在这一瓢一笠里度过了。

我们也不知道建文帝是不是寻到了答案，但他却以身为喻，给了我们别样的答案。

十三、黄景仁：戳破盛世的气泡

黄景仁活在曾被人津津乐道的乾隆盛世。乾隆皇帝其实挺有意思，很多朋友对乾隆的印象主要是郑少秋版《戏说乾隆》连续剧。剧中的乾隆皇帝文韬武略，玉树临风，宽厚仁和，才气风流。但这个被戏说得如此完美的男人和帝王，一辈子写了四万多首诗（和《全唐诗》收录的诗歌数量相当），却没有一篇得以流传。到处题字，但他的书法，实在可以用俗不可耐形容，他因此破坏了很多稀世作品。乾隆自诩前无古人的文治武功，觉得自己做了十件了不起的大事，自封"十全老人"，但这个十全十美的皇帝老儿，却把清帝国的盛世从实力变成表象，一手打造出外强中干的虚假繁荣，进而引发陡转直下的剧变。这点，历史学研究已经给予充分证明。

就在这个自我陶醉的盛世里，汉族学者文人被强迫或诱导进行考据研究，皓首穷经，一字一句地爬罗剔抉，诗中的精神的确是委顿的、孱弱的。仅有个别才气出众之士，敢于抒写胸中不平。

据考证，黄景仁是黄庭坚后裔，黄景仁每见黄庭坚像辄拜，可见其对远祖的尊重和内心的骄傲。黄景仁少年即富才名，可惜自幼家贫，早年丧父。家境窘迫而又清高自许，科举不顺，一直过着愁苦贫乏的生活，生命的最后还被债主所逼，不得不离开北京，死在途中。死时年仅三十五岁。今天看来，黄景仁的诗情诗才都是一流的，比如这首《杂感》：

> 仙佛茫茫两未成，只知独夜不平鸣。
>
> 风蓬飘尽悲歌气，泥絮沾来薄幸名。
>
> 十有九人堪白眼，百无一用是书生。
>
> 莫因诗卷愁成谶，春鸟秋虫自作声。

这首诗是诗人自道，也是诗人为古往今来所有穷困愁苦的诗人绘的画像，做的总结，下的定论。

道家和佛家，是古代文人士大夫热衷讨论或参悟的内容。喜欢道家、道教和佛家、佛教的都大有人在，尤其是在南北朝，佛教本土化过程中广泛借鉴道家内容，"引道入佛"，不少人同时参研佛和道。诗人开篇就说到了这两个重要母题。

仙家求长生，佛教讲轮回。长生难度太大，轮回几人见得？羽化登仙从未有人见过，涅槃高僧有之，但轮回又在何处？因此，对一个生下来就穷困塞促的人而言，每日温饱都成问题，每到冬天衣衫褴褛难挡风寒，作为寄托的道和佛显得如此虚无缥缈。当然，诗人不仅仅是抱怨，意即仙佛可能都是骗人的。但也有一层意思，即自嘲或自责自己定力不够，修为不够，根本无法达到让人艳羡的神仙或高僧的境界。才华横溢的诗人，其悟性不可能差到哪里去，为什么求仙问道学佛参禅都没收获呢？原来不过是诗人的"臭毛病"在起作用，每每到夜深人静的时候，胸中难以暂歇的不平之气，事不遂人、怀才不遇、穷困潦倒的激愤和委屈，都在夜寒风急的孤独时刻纷至沓来，"不平则鸣"是中国诗歌史的传统，只有这样才能写出真挚、充沛的好诗，但诗人是不是都愿意为了诗而宁可承受世间种种委屈、生活种种煎熬？

风蓬和泥絮两个意象，正是诗人"盛世"飘零的写照。这从《古诗十九首》就开始被运用的意象，此刻依然不觉得俗套，这是情感驾驭下的意象，而不是为了装点诗歌而强拗的意象。当然，"风蓬飘尽悲歌气，泥絮沾来薄幸名"还是有新意的。悲歌之气，我们想想岳飞的《满江红》、文天祥的《正气歌》，虽则同为悲愤，但不乏豪迈激昂。黄景仁的悲歌，却像风蓬一样，轻微，散乱。诗人长期得到的赞誉、偶尔得到的青睐和小小官运，都像落入泥泞中的飞絮一样，本就轻飘，终于零落入泥，再不可能有一点点飞动的迹象。人微身贱，连悲哀都孱弱如丝。这赤裸裸的真相，让人在不平则鸣中，平添复杂幽微的情绪。

"十有九人堪白眼"，是诗人彻彻底底的不入流俗，不谙也不甘于混迹在尔虞我诈权术横行的官场，然而除了官场，人间何处是净地，哪里不是名利场呢？哪里不是蝇营狗苟拍马溜须趋炎附势呢？于是放眼望这茫茫天地，十有八九都是诗人厌弃鄙视的人。但厌弃别人容易，能够超越甚至碾压厌弃的现实却要靠能耐。或者像海明威《老人与海》中的主人公，宁可粉身碎骨，不向挑战屈服。但诗人一介书生，又缺少魄力，于是就有"百无一用是书生"的感叹。这感叹，不是反语。因为在这个现实世界里，诗人就是被定义了的失败者，不折不扣的失败者。百无一用，其实是作者的自我调侃、自我挪揄，也是自我安慰。是的，坦然接受并能够说出自己的失败，其实就是不再把失败当成不能承受之重，更不是难言之隐——这是用心理学解释得清楚的心理机制。但吊诡的是，诗人没接触过心理学，是现实逼迫他无师自通，用低到不能再低的评价作为自己的"人设"，于是就没有什么再能打击诗人的了。

然而心理学可解释的心理机制，未必真能解释人生困境，因为这是一个悖论。是的，如果是害怕，喊出来说出来害怕的程度会下降。以此类推，对自身的失落甚至不满，我能够说出来从而接受这个尽是残缺的自我了吗？事实上没这么容易，否则不会有那么多的绝望者。

诗人确实是彻底的绝望者，不给自己留任何余地。不仅对自己（以及所有穷苦的诗人）给出最低标准的定论，不仅总结自己学佛悟道的失败，还将评价或总结这种行为进行二次"处理"。类似于学术上的"元分析"，鉴于本书主要讲诗词，学术术语就不展开了，有兴趣的朋友可以翻阅相关书籍。凡是前面冠以"元"（meta-）的基本上都可以理解成对某某本身的研究，比如元历史学，就是对历史学本身的研究。诗人不仅评价自己，还对评价自己的行为进行评价。用今天的流行表述方式就是：对自己够狠。

古代有"诗谶"之说，"一语成谶"的谶。据记载，唐代有个诗人写了句"水底有天春漠漠，人间无路月茫茫"，诗确实不错。但一看像"鬼诗"，结果写完没多久，诗人就突然去世了——这就是诗谶。黄景仁一会儿说自己仙佛茫茫皆不可得，这样的抱怨会不会得罪神明呢？一会儿说自己百无一用，这样的表述会不会不吉利，一语成谶呢？显然，黄景仁是彻底的倔强，"莫因诗卷愁成谶，春鸟秋虫自作声"。不要担心自己写的这些诗会是不祥之兆，春天的小鸟，秋天的虫子在繁花似锦或秋风肃杀的天气里都会自然而然地发出自己的声音，何况是人呢。这样一想，作者就释然了。

可再一想，这种自我宽慰充满无奈，因为人毕竟不同于春鸟秋虫，不同于朝菌蟪蛄，这些小生命不具备人的自我意识，生死从来不在它们积极主动的思考中。人为万物之灵，其高贵处也是无奈处就在于对生死、穷达等一系列人生问题的追问，是自寻烦恼，也是自建意义。只可惜，对于那些一生都挣扎在饥寒边缘的诗人来说，这个意义来得过于沉重，也过于艰辛。

是在富足中寂寂无名，还是在穷困中流芳千古，从来都不是特别容易的抉择。

十四、人间何必有兴亡

怀古伤今感兴亡，是古诗词世界里常见的主题，断壁颓垣、荒草、野狐、残阳也就成了最常见的意象。不错，断壁残垣都曾经雕梁画栋，荒草枯藤也曾经葱茏茂盛，残阳斜照也曾经赫日当中。曹雪芹在《红楼梦》里说得彻骨：

陋室空堂，当年笏满床；衰草枯杨，曾为歌舞场。

蛛丝儿结满雕梁，绿纱今又糊在蓬窗上。

说什么脂正浓，粉正香，如何两鬓又成霜？

昨日黄土陇头送白骨，今宵红灯帐底卧鸳鸯。

……

透过所有的浮华绮丽，曹雪芹只看到幻灭和虚无。这种幻灭像王熙凤的金玉之身，最终被一卷破席裹着扔进乱葬岗。

当然，对于个人而言，生死祸福是事件，而对于无数人而言，对于无数个事件构成的社会而言，跌宕起伏就成了历史，让人感慨不已的历史。如吴绮的《浣溪沙》：

> 吴苑青苔销画廊，汉宫垂柳映红墙。教人愁杀是斜阳。　　天上无端催晓暮，人间何事有兴亡。可怜燕子只寻常。

吴绮，清初顺治年间人。词多风力，尚风节，饶风雅，时人称为"三风太守"。这首《浣溪沙》写得别有意味。

开篇写青苔滋长，漫漶吴王夫差宫殿里的雕梁画栋，深深汉宫里的无数垂柳，已然遮蔽曾经的红色宫墙。这不是写实，因为当年的吴王汉帝、吴苑汉宫早已湮没在历史时空中。如果只是想象，又显得过于空疏了，于是词人巧妙地加入斜阳这个重要意象。

是的，斜阳，在古诗词中，是常见也易于着色的存在。辛弃疾名篇《摸鱼儿》曾如此写发生在汉宫里的故事："长门事，准拟佳期又误。蛾眉曾有人妒。千金纵买相如赋，脉脉此情谁诉。君莫舞。君不见、玉环飞燕皆尘土。闲愁最苦。休去倚危栏，斜阳正在，烟柳断肠处。"斜阳烟柳最断肠。烟柳依旧，斜阳轮回，只增追忆和叹息（即南宋张炎《甘州·赵文升索赋散乐妓桂卿》所说"指斜阳巷陌，都是旧曾游"）。

一般都会把"斜阳"意象和唐代刘禹锡的《乌衣巷》联系在一起，"朱雀桥边野草花，乌衣巷口夕阳斜。旧时王谢堂前燕，飞入寻常百姓家"。朱雀桥，乌衣巷，几多风流人物、显赫门阀，都成为历史的过客，一切繁华热闹之后，只剩下野草年年青绿，夕阳日日升落。曾经一度是王谢高楼门第常客的燕子，已经寻觅不到当时的屋檐，于是飞入寻常百姓朴素甚至简陋的家里。但是，这是绝对的荒凉萧瑟吗？当无数王谢一样的风流人物终究湮没于历史的滚滚大浪，连他们曾经风光和悠游的府邸也凋敝荒芜，而不起眼的寻常巷陌，却依然有人家居住、生活，那些经历过风流的燕子也开始出入寻常屋宇，或许，这些最平常的人物和细节，才真正是历史的根基。那些寻常百姓，那些再次如期归来的燕子，成了安慰，成了力量。

"教人愁杀是斜阳"，在虚构的历史图景中加入看似真实的元素，当斜阳残照，泼洒在吴苑汉宫，虚构和想象的历史似乎变得具体而清晰，仿佛亲历一样。当真与幻无法甄别的时候，词人对历史的感喟更增强了一步，感性和理性也开始交叠，"天上无端催晓暮，人间何事有兴亡"，有些类似屈原的天问，既是感性的，也是理性的。无端，无来由、无道理的意思，天上没来由地似乎谁在催促一天又一天向前，而就在这一天天飞逝中，人间又因为什么有了这无穷尽的兴亡起落。作为历史兴废鉴证者的燕子作何感想呢？

末一句"可怜燕子只寻常"看似简单，其实有些费解。一者，可以理解为，在无可更改无可抗拒的历史更迭间，燕子从当年的高台华屋转入寻常百姓家，算是"可怜"了。但这是非常表层的解读方式，因为对燕子而言，雕梁画栋和青瓦茅檐，又有什么区别呢？燕子并不看重这些，真正看重这些的是人。因此这句话更应该这样理解：不管天地如何更迭向前，不管人间多少兴亡荣枯，这在春来冬去的燕子眼里，都是极其寻常和普通的，没有任何意义。因此"愁杀"也只会是人，而不是能以超然的眼光来看待世事纷纭的燕子。就此而言，燕子是不是比人更高明呢？

也许是吧，词人是由明入清的，据考有"家国之思"，对明王朝多有感怀之意，于是写了这首词，充满苍凉感。但假如我们理解最后一句话的深意，那么词人是不是也正在对这种古往今来强烈的怀古伤今进行了难能可贵的反思？历史毕竟是由不得谁去逆转和改写的，一直这样感伤"愁杀"，倒不如学习一下看似毫不起眼的燕子，王朝兴废、豪门蔽户，都是云烟过目，保持一颗平常心，或许更好。

十五、随园主人的甜言蜜语

在古代文人中，袁枚一辈子活得精彩，直到今天看来也羡煞我辈。袁枚少年就有才名，二十来岁中进士，做过不大不小的官，有政绩；三十来岁退休，在江宁（今南京）改造了随园，广收弟子，文名满天下。经他精心改造后的随园，俨然成为当时文坛名士的精神归宿，每日来往者络绎不绝。袁枚在诗、词、骈文等方面都有很高造诣，还精通美食，著有《随缘食单》。在今人看来，袁枚一生该有的都有了，该享受的都享受了。

在情感方面，没看到袁枚让人津津乐道的故事，但却可寻绎袁枚的深情，比如这首《寄聪娘》：

> 一枝花对足风流，何事人间万户侯。
>
> 生把黄金买别离，是侬薄幸是侬愁。

聪娘是袁枚的爱妾。诗人从江南往秦中（今山西境内）做官，即将离开聪娘，写了这首别离诗。这首诗简直就是文人自我打脸的矛盾体。一开头把聪娘夸上天，聪娘漂亮得无以复加，"足风流"语气和韦庄"陌上谁家年少足风流"无二致。但袁枚似乎多了点富贵气，"何事人间万户侯"，大体就是"粪土当年万户侯"的意思，有了聪娘这样的兰心蕙质，还要什么万户侯，万户侯还有啥意思。

但是矛盾的地方来了，既然连万户侯都不要，怎么又"生把黄金买别离"，"生"，这里不是活着的意思，大体上是"硬生生"，用黄金买来了别离，其实还是为了黄金而选择了别离。"商人重利轻别离"，看来文人也没好到哪里去。但文人比商人会说，尤其是还能吟诗作赋，最后一句陈情，可谓面面俱到，让你恨不起来。我此番离去，好像为了黄金，因此是"薄幸"寡情的，但是你也应该看到我离别愁绪感慨万千甚至掩泪吞恨的一面。这些如果不好证明，就等着我回来吧，那时候也许能够让你看得更加清楚，我此番离别，到底是薄幸，还是满含深情。

这是有点小甜腻的爱情诗，是悠游风雅的诗人对着爱妾说的小伤感但又美滋滋的情话，所以这首诗和厚重、沉挚没有任何关系，但却能给我们美感。选择这首诗和大家一起欣赏，主要是和大家一起思考，在今天的生活节奏和工作状态下，小别离是极为常见的事，在朋友圈高速运作，社交媒体无比发达的今天，我们在用怎样的方式道别、怎样的方式表白？除了老掉牙的网络流行语，再就是鸡汤式的"岁月静好"，有情致有灵性的内容太少了。

这个时候，我们不妨学一下袁枚们。我们当下听说过"语言腐败"问题，抛开这个带有政治因素的话题不谈，语言的粗鄙话也成为今天极为严重的问题。笔者不用列举，大家都能够想象那些十年前还很难启齿的发音，今天堂而皇之成为群体标签，成为感叹词。很难看到赏心悦目的朋友圈，更不要说王维、苏轼、袁枚、公安三袁这样的短札。

袁枚的这首诗，换成今天的话大体是这样的：亲爱的你实在是太漂亮太性感啦，为了你我还要什么破官职头衔，今天我硬生生地要离你而去，我知道你可能会抱怨我财迷心窍，一点良心没有，但是给我点时间，等我回来的时候，你会明白我的苦心的。我也不愿意离开，心里和你也一样难过。

意思归意思，形式归形式。有时候我想，今天都在讲传统文化复兴，书法绘画民族乐器，这都是路径，但是不是还有一个更常见更容易展开的路径，那就是语言的艺术化呢。这不是简单要求咬文嚼字，而是文艺启蒙。我们依稀记得二〇二〇年疫情最严重的时候，"加油武汉"和"山川异域，日月同天"刷屏引发的热议。我们不对此事本身作讨论，但它引发刷屏是不是在提醒我们什么？一旦所有的语言都脱离美感，我们仅仅依靠艺术，是否能够拯救久违的诗意？

十六、一个弱女子背负的历史

历史上四大美女，白居易以《长恨歌》写过杨贵妃，杜甫以《咏怀古迹》、王安石以《明妃曲》等写过王昭君，李白等写过西施。只有貂蝉，或许因始终只是政治斗争的棋子和工具，缺少足够的存在感，因此没有大诗人歌咏，显得相对寥落一些。

从若耶溪畔到五湖烟波，四大美女之一的西施和范蠡大夫的故事让国人传颂了一代又一代。一个倾国倾城貌，一个天下经纶手，为国家而牺牲，事成携手去，深藏功与名。这是我们看到的最稳定的故事结构，符合我们国人的想象，就好像我们所有的爱情故事几乎都是"小姐遗金后花园，落魄秀才中状元"这样的套路。才子佳人，忠君爱国，功成身退，白头偕老。然而，我们似乎真的读懂了西施的内心？或者将心比心，体会过西施的感受？

李白《乌栖曲》是名篇：

> 姑苏台上乌栖时，吴王宫里醉西施。
>
> 吴歌楚舞欢未毕，青山欲衔半边日。
>
> 银箭金壶漏水多，起看秋月坠江波。
>
> 东方渐高奈乐何！

从正统的观念看，这首诗显然是讽喻诗，写的无非吴王阖闾在姑苏台上纵情歌舞，与西施饮酒作乐，夜以继日，日以继夜，从深夜一直歌舞宴乐到青山衔白日。意犹未尽，感慨时间何以过得如此之快，日头渐高而欢愉之情未尽。

太白这首诗当然足够好，但是我们觉得飘逸的太白似乎遗忘了些什么。是什么呢？吴王宫里醉西施，吴王肯定情浓酒酣，醉态十足。然而，西施呢？这个曾经在若耶溪畔浣纱的天真少女，一朝入吴，便背负了一个国家的命运，责任何其重大。当两个大国的兵戎全部系于一个弱女子之身时，我们仿佛看到历史的吊诡。西施醉了吗？西施也抱怨时间过得太快，白昼来得太早吗？我们无法揣测西施的内心戏，史书也没有给这个女子相应的笔墨，让我们看到一个饱满生动的美女。

好在，毕竟有多情的诗人，在历史之外，以多情而敏感的笔触，给我们换了个视角，如毛先舒《吴宫词》：

> 苏台月冷夜乌栖，饮罢吴王醉似泥。
>
> 别有深恩酬不得，向君歌舞背君啼。

毛先舒是明末清初人，入清不仕，有才名。不过这些不是我们关注的重点。我们只关注在明末清初这个被理解成礼崩乐坏的特殊时代，还有人以历史之同情来写关于西施的诗。

姑苏台冷月凄迷，乌鹊集栖。为什么不少诗都喜欢用"乌"的意象？古乐府曲里有《乌夜啼》，多写男女之情。乌有凄冷之感，最适合怀古伤今。被西施美人计迷惑得骄纵淫佚的吴国皇帝（此处措辞模仿正史笔法），毫无疑问地、毫不让人失望地烂醉如泥。但是，西施呢？是不是就一杯酒接一杯酒，一支舞接一支舞，只为了让吴王神魂颠倒，贪杯误国？

总算有人以本不应该被遗忘被忽略的人性来推测和刻画西施的内心世界。"别有深恩酬不得，向君歌舞背君啼"，句子看似很简单，但却极为珍贵，毕竟让我们看到可能更为真实的西施。

不管是皇皇正史，还是稗官野史，可以骂吴王好色误国，却从没有文字记载吴王只贪西施之色而不爱西施其人。从相关文字看，吴王对西施是掏心掏肺的爱，没有任何保留。年复一年，直到国破身死。面对曾纵横四海的君王，日复一日无以复加的宠爱，西施真的不动心吗？以常情论，确实太难。一方面深爱着范蠡，并且肩负着家国大义给予的责任（当然也是枷锁），另一方面天天面对这个有雄才大略又为自己倾尽所有的大丈夫，西施的矛盾和痛苦可想而知。甚至不仅仅是因为间谍的身份而不安，更有"还君明珠双泪垂"的愧疚和歉意。对着这个深爱自己，但自己一定要诱导其误国的男人，要强颜欢笑，但背过身去的刹那，或者独处的时刻，不由地潸然泪下。这泪水，是因为对吴王的欺骗吗？是因为有负吴王的深恩吗？是因为在两个男人的夹缝中的挣扎吗？是因为在两个国家的夹缝中的脆弱吗？

事实上，到了现当代，作家们似乎越来越能够在西施身上发现灵感，发掘题材，创作出一些小说、话剧。甚至有位女作家，或许是从女性的心理和视角出发，在作品中让西施最终情真意切地爱上这个毫无保留地爱着自己的男人——曾经叱咤风云的吴王阖闾。

读这些作品的时候，我又隐隐有些不忍。一个女子担负起误国和复国的使命，家国大义本已经给了她太多的沉重，两千年后，一群颇有创作才能的人，又开始窥视和演绎她的内心，像围观一样，历史又给了她太多的纷扰。

也许，最好还是忘掉那个月冷乌啼的姑苏台，回到若耶溪畔，或进到五湖之上，让潺潺溪水或浩渺烟波，洗掉历史的刀光剑影、尔虞我诈，留一份安宁和清澈，在内心深处。

十七、马蹄声声催人老

少年时爱读散文，记得读到过几篇大意是人生如四季，各有妙处，感觉还挺暖心。真到了中年，却感到难耐的伤情，这种伤情不是痛苦，不是悲哀，而是一种难以名状的不安。曾经读到一句话，说得精彩：中年人像秋日午后的太阳，虽然炫目，但毕竟有了一丝凉意。

生老病死，人的一生，若用这四个字概括，生的喜悦对比老、病、死的悲伤，竟然是一比三。真相有点让人难以接受，也难以承受——何况，佛教认为，生也是苦。

时间的消逝是最寻常的，也是最无法抵挡的。孔夫子感慨过"逝者如斯夫"。罗素曾有一段优美的文字，让人心平气和地接受老去和死亡，如《回忆中的画像》：

克服老年最好的方法——至少对我似乎如此——就是要使你

的兴趣逐渐宽广而客观，直到自我之墙逐渐退逝，而你的生活变得越来越与生命合二为一。个人的存在，最初看起来，像一条小河，勉强包含在它的两岸，热情奔涌，冲过磐石，凌越瀑布，河面渐宽．两岸渐退，水流愈静，最后，汇入大海，溶合无间，而个体熙然泯化。人到老早，而能以这重方式观照其一生，将不受惧死之苦，因为他珍重的那些事情都会赓续不朽。

这段话的英文更有神韵，原谅我也摘抄下来：

The best way to overcome it（age）--so at least it seems to me -- is to make your interest gradually wider and more impersonal，until bit by bit the walls of the ego recedes，and your life becomes increasingly merged in the universal life.

An individual existence should be like a river -small at first，narrowly contained within its banks，and rushing passionately past boulders and over waterfalls. Gradually the river grows wider，the banks recede，the water flow more quietly，and，in the end，without any visible breaks，they become merged in the sea，and painlessly lose their individual beings. The man who，in old age，can see his life in this way，will not suffer from the fear of death，since the things he cares for will continue.

存在主义哲学家如海德格尔认为死是存在的本质，是死亡赋予人生意义。也许到一息尚存的时刻，接受死亡已经成为不得不的认命，但变老的过程却依然让人充满怅惘和珍惜。一个不太有名的诗人王九

龄，在某处的旅馆中，轻轻写下一首诗《题旅店》，也写下让人唏嘘
不尽的人生际遇和真相：

> 晓觉茅檐片月低，依稀乡国梦中迷。
>
> 世间何物催人老，半是鸡声半马蹄。

拂晓时刻，诗人起床又要继续跋涉，抬头一看，一弯月色正挂在
屋檐上，似乎这个低低的茅檐也是它的栖身之地一样。也许月亮一夜
之间都在偷窥睡梦中的诗人，是诗人和梦境的见证者。诗人梦到千里
之外的家乡，梦到无数生活的细节。但无数细节的组合也恰恰是一部
时光流逝的账簿，并且不可逆转，不可销账。就在夜色与白昼间，在
睡梦与现实间，人生时间的存量一点点变少。如果这个时间的存量变
少还不容易察觉，那么从年轻时的龙腾虎跃或者水嫩葱茏，一变而成
球场上的老态龙钟，渐渐松弛的肌肉和皮肤，脸上一点点出现的细纹，
鬓角悄无声息潜滋暗长的白发，让人生发无穷感慨。这不是痛苦，也
不全然是海德格尔说的"畏"和"烦"。

除了在运动中或者明镜中，察觉到自己渐渐老去这个事实，也可
以通过观察世间万物的变化来察觉，在和世间万物直接或间接打交道
的过程中，人生悄然流逝。比如寒来暑往，比如春花秋月，比如清脆
的鸡叫声和哒哒的马蹄声……

魏源曾有诗《晓窗》："少闻鸡声眠，老听鸡声起。千古万代人，消
磨数声里。"诗很短，但足以容纳无数人的一生。少年之时精力充沛，但
深夜才是生活刚刚开始的时候，啤酒撸串麻辣烫，一声声鸡鸣中还要刷
一两个小时手机。等到了老年，不需闹钟催促，在夜空中稍微有一缕微

光，就无法入眠，在床上静卧或者干脆起床来。日复一日，一个人就老了；年复一年，一代人就过去了。

这首诗当然还能让我们想到温庭筠的名句"鸡声茅店月，人迹板桥霜"。温庭筠的诗也表现旅途中的寂寞，但寂寞中带着一点温暖。这首诗通篇是无可遏制的时光荏苒、盛年难再的不安。不管是家中的鸡鸣，还是旅店中的鸡鸣，还有永远在远行或归来途中达达的马蹄声，才是人生一点点消磨的推手同，如此熟悉又如此残酷。

那么，如果是归来的马蹄声，如果是远远听到家乡的鸡鸣声，诗人心头的不安会不会得到稍许排遣和慰藉？恐怕很难。归来或远去，团聚或别离，引发的悲喜，和时间流逝、人生渐老带给人的心理冲击是不同概念的东西。聚散别离，引发的是悲伤或喜悦，而人生易老，引发的是感慨和伤情，然而这个伤情又不是悲痛，因为无论是王侯将相还是贩夫走卒，都要面对人生的宿命，任何人都无法逃脱（难道这成为人最后的安慰），所以，感慨压倒了一切。

哲人告诉我们，只要你真正读透人生的本质和意义，老去和死亡就是自然而然的事情。但是谁不怀念和珍惜青春时光？

十八、虚实之间

对历史和军事感兴趣的读者朋友可能对孙立人将军不算陌生。孙立人有"东方隆美尔"之称。孙立人的原配夫人龚夕涛，是合肥举人龚彦师之女。龚家，在合肥是名门望族。合肥城南有座著名的"稻香楼"，便是龚家所建。建造者龚鼎旻，在历史上名气不大，但他的哥哥却大大有名，那就是明末清初的著名诗人、文人、书法家龚鼎孳。

龚鼎孳才名不需要多言。他是崇祯朝进士，李自成进北京，他接受任命，后来努尔哈赤入关，他也接受官职，因此有"贰臣"之称，被人看不起。但是龚鼎孳对寒门读书人又无比慷慨热情，颇受时人称许。我们无法揣测一个曾经在三朝（假如李自成的那几十天也确实算一个朝代）出仕当官的文人士大夫到底怎样的心情，但是从其诗词中或许能够看到一些端倪，如下面这首《百嘉村见梅花》：

> 天涯疏影伴黄昏，玉笛高楼自掩门。
> 梦醒忽惊身是客，一船寒月到江村。

天涯、疏影、黄昏、玉笛、高楼、梦醒、寒月、江村，整首诗充满孤独感。但用寻常意象表达难以言说的孤独感，拼的就是诗的造诣。见梅花而作诗，梅花即在眼前，何来天涯一说。百嘉村在江西，而龚鼎孳是安徽合肥人。中举后在京任职较久。此番到江西，便是"离恨天涯远"。江湖路远，人间路歧，即使贵为进士，也免不了颠沛奔走。故而开篇即有"天涯"一词。塞北江南，见到梅花，实如知音故交，一路相伴。所以天涯疏影伴黄昏，可以是梅花的疏影伴着黄昏，也可以是梅花的疏影，在天涯羁旅，依然不离不弃伴着诗人共度黄昏。黄昏让人心生怅惘，高楼上的一声玉笛，划破冷寂的寒夜，更平添寥落。

笛声渐渐隐去，只剩下门扉空掩，难耐的孤冷中词人昏昏睡去。但天涯漂泊的词人，不管什么年纪，有时候仿佛刚换床睡的孩子，怎么都有点不踏实。在夜半时刻，又在昏昏中醒来。看来词人梦到老家，梦到亲人，也许梦到老家院子里的那一树梅花，甚至梦到梅花的清香。但醒来时候，梦中所有的美好都与现实形成残酷的对比。何以知道梦到的是老家，因为"梦醒忽惊身是客"。

南唐后主曾有著名的词《浪淘沙令》（"帘外雨潺潺"）中有"梦里不知身是客，一晌贪欢"，和龚鼎孳的诗其实是一纸两面，说的是同样的意思。恰恰因为梦里不知身是客，因此得以恣意地尽享欢愉之情，也许是一场母亲做的三五个家常菜，也许是和父兄的几杯老酒，也许是和妻子的一席情话，但醒来之后只剩高楼风冷。这时看到一只小船载着清冷的月色，轻轻地划到江村中来。这小船之上，是归人还是征人？若是归人，从浩渺烟波中回到这个寂静但熟悉的江村，或许窗口还有一盏昏黄的灯在等他回家的脚步。这样的对比只会增加诗人的孤独之感。若是征人，则和诗人"同是天涯沦落人"，是安慰也是无奈。正如人类面对死亡，目睹一幕幕的死亡，一方面感伤，因为物伤同类；另一方面也不失为一种安慰，因为殊途同归，最终所有人终不免这一趟。同是天涯羁旅，在无奈之中，彼此也是一种慰藉。

然而，继续细品，我们或许还忽略了什么。那个满载寒月的小船，为何不也是载着诗人，听无数次桨声和涛声，终于在深夜里到达某个虽然陌生但毕竟能让人暂拂征尘的小村？哦，原来高楼之上，听彻玉笛，掩上门扉的也不是诗人，而是他人。所以虽然是高楼风急，笛声凄切，但毕竟还有一扇门，可以关住寂寞，当然也可以锁住屋子里的一丝温暖。相比之下，在小船上的诗人，就更显得形单影只，天涯疏影，也是天涯孤影。

所以，乍看这首诗是一个个萧疏冷落的意象——天涯、疏影、黄昏、玉笛、高楼、梦、寒月、江村。到最后，在我们心头留下深刻印象的却是几个虚词——疏、高、寒。这首诗高妙处也在于本写梅花，但和林和靖一样，通篇不著一个梅字、花字，但通篇感受到梅色梅香梅魂，在冷月之下，在高楼之侧，在寒风之中，在江水之上，丝丝缕缕，像情感的触媒，点燃诗人内心的漂泊伤情和思乡之情。

中国水墨画极其讲究留白，不会运用留白，画永远不可能成为上品。故而中国绘画讲求"疏可跑马，密不透风"，讲求"无画处皆成妙境"。这首诗通画境，也有大量留白。比如梅花不出现，是留白；高楼吹笛人、听笛人和掩门人都未出现，也是留白；一船寒月，驾船人和坐船人也未出现，依然是留白。但也正因为这种留白，让整首诗有了言外之意、韵外之致、象外之境。

文学史上，无病呻吟的作品不少，尤其是作为点缀和文字游戏的，比如宫廷宴饮之作，不乏阿谀或者卖弄之嫌，这些作品并非全不可取。起码在文字游戏中，诗歌的创作技巧还是得到很大提高。但真正能够流传有永恒生命力的作品，描写的一定是"共同的人性"，也就是亘古而来，一代代人为之或魂牵梦绕或呕心沥血或杀身成仁的情感，也就是生老病死、爱恨别离。

诗人龚鼎孳是毁誉参半的人物。毁誉参半，冷暖自知。龚鼎孳内心深处的那份孤独，只有自己知道，旁人无论是批判、指责，还是褒奖、艳羡，都无法真正体味那种"贰臣"的感受或者说煎熬。金銮殿上的宠辱，官场上的逢迎，都是戴着面具也戴着禁锢。不管是皇权给予的荣耀，还是官威给予的面子，都不如淡月之下，江水凄冷，一叶小舟，更能拨动人生这根弦。

十九、近代的一声寂寥

学界普遍认为，有清一代，气节、精神是委顿的、顺从的、被奴役的。从清军入关，有著名的"扬州十日""嘉定三屠"，死于清统治者刀下的汉人不计其数。当然还有文字狱，让无数文人士人噤若寒蝉。再就是用考据学将读书人的精力耗尽，于是有"乾嘉学派"。客观而言，乾嘉学派确实取得辉煌的成绩，在古籍整理、注疏等方面取得前所未有的成就，但我们仍然不免遗憾，斤斤于一字一词正误，确实在思想的整体性上显得薄弱了一些。学者李劼曾在《论红楼梦：历史文化的全息图像》一书中说，中国一直是绵羊与狗的哲学，以薛宝钗、袭人为代表，而缺乏林黛玉、晴雯这样高洁的灵魂。清代的官员，无论在康乾盛世还是在鸦片战争之后，或者在异族面前俯首称臣，或者在入侵者面前毕恭毕敬，真正有民族气节，能发出朗朗金石之声的人确实少之又少。林则徐、龚自珍等都算是出类拔萃之人，理应被历史记住。

我们熟悉龚自珍，是因为教材里曾有他的名诗。后来再多了解一些，还知道龚自珍颇有点浪漫甚至香艳的故事。龚自珍五十岁暴疾而死，有人认为和"丁香花案"有关。大体梗概是，龚自珍本是一个大官的座上宾，结果他和这个大官的侧福晋（《还珠格格》里福晋大家或许还有印象吧）好上了。才子佳人，你侬我侬，像《廊桥遗梦》一般，从传统道德来看，确实是极不应该的，我们也无意辩护。后来大官发现了这事。龚自珍离京，突然而逝，有人认为为大官所害。当然，这些都没有确证。也有学者力辩其诬，这无非想保持龚自珍的形象纯洁性，也大可不必。比如我喜欢的作家郁达夫，还有苏曼殊，在今天看来，颇多秦楼楚馆之韵事，但于大节不亏，不妨碍我们喜欢和欣赏他们的作品。

龚自珍是在万马齐暗的时代里能亮开了嗓子呼喊的人，即使生在清帝国陡转直下的年代，龚自珍依然不乏希望。"落红不是无情物，化作春泥更护花"，没有足够的韧性和饱满的理想，很难写出这样的诗句。我们回头再想想"郊寒岛瘦"就容易理解这种差别。孟郊、贾岛包括宋末时诗人，诗中表达的是幻灭感和孤独感，在末世满怀激愤和悲怆是容易理解的，但依然保有理想却难能可贵。因此即使是在苍凉的秋天里，龚自珍依然能够发出不一样的声音。如下面这首《秋心三首》之一：

> 秋心如海复如潮，惟有秋魂不可招。
> 漠漠郁金香在臂，亭亭古玉佩当腰。
> 气寒西北何人剑，声满东南几处箫。
> 一川星斗烂无数，长天一月坠林梢。

秋心，也就是在秋天里，被秋景秋情感动的内心。秋天辽阔，秋日壮心，如海之阔，又如潮水一般来来往往，消退、奔涌，难以平息。秋心对秋魂，可能会有误解，已有秋心，何须再说秋魂？这就要了解这首诗的写作背景，孟子说"知人论世"，要义就在此处。龚自珍写这首诗的时候，正逢第五次会试落榜。几个生死之交先后谢世，这对诗人打击很大。在辽阔苍凉的秋天里，被科考打击，更想念情逾金石的亡友，想招魂而不可得，徒留思念。秋心为己，秋魂为友。"漠漠郁金香在臂，亭亭古玉佩当腰"，有《楚辞》"招魂"的意蕴，可以理解成写作者自己，也可以理解成写亡友，但不管写谁，都有清香在身，古玉在腰，都是雅洁高拔的形象，这是诗人的自我砥砺，也是与亡友之间的相互欣赏。

"气寒西北何人剑，声满东南几处箫"，我一直视作与"桃李春风一杯酒，江湖夜雨十年灯"一样鬼神莫测的诗句。不可以拆开来解，只能整体感受这份情韵，在并不确切的字义间，在流动的意义间，领会无穷妙意。剑和箫都是古代文人、君子的标配。我们看《西厢记》，张生出场，来了句"小生书剑飘零，功名未遂，游于四方"。箫也由来甚久，西汉马融《洞箫赋》有言"澎濞慷慨，一何壮士，优柔温润，又似君子"，洞箫之声，有壮士之慷慨，也有君子之温柔敦厚。

　　"气寒西北何人剑"，可以理解为，谁能够仗剑平定西北（以寒峻的剑气威慑西北边庭）。"声满东南几处箫"，可以理解为，谁在东南之地，吹奏几起乐曲，而能够声震东南，振聋发聩，闻名遐迩。这两句写得很孤独，但也无比开阔大气，和秋虫秋声的孱弱不可同日而语。

　　气寒西北，声满东南，都是大气象，也是大意象。再接这样的句子难度很大。很多好诗结尾都不太精彩，能够说明结尾之难。想衔接这两句而结尾尤其困难。好在龚自珍的豪气足以驾驭这个阔大无匹的意象。"一川星斗烂无数，长天一月坠林梢"，这两句结尾，其空间感可以作为上两句的自然延展。从西北边庭，到富庶东南，再从东南形胜地举头而望。也可以看作另起一行，另换了场景、天地。剑箫舞动的天地，和凡俗的天地是不同的，也是格格不入的。在看似繁华的东南之地，在看似风光无限的官场衙门，永远不缺乏闪耀的新星。但这样"群星闪耀"的官场、名利场，是诗人无法融入的（科举考试五次失利颇能说明这个问题），到后来变成不甘于融入。他应试的卷子，慷慨激昂直陈时弊，让诸官失色。长天之上，不与众星为伍，一轮明月悄然落于枝头，是无奈，也是坚持。

　　"长天一月"，可以理解成龚自珍对亡友的形容和怀念，也可以理解成龚自珍的自画像，这份自画像是孤独的，但也是高傲的。有句话说，有思想的人到哪里都会不合群。思想卓越的和卓异的人往往是这样的命运——当代蹭蹬，后世景仰。

　　并且诗人在这里不说一月沉坠，而是长天一月坠林梢，坠于地表和坠于林梢，意蕴是不同的。坠于地表是彻底丧失光明，归于暗夜，而坠于林梢，是一种不胜寒的感觉。这是意象形成的张力。长天一月，亮而大，但满是寒意，挂在秋叶飘飞的树林，一阵夜风，林木飒飒拂动，又反衬着这一轮明月安之若素的平静，因此既显得萧瑟又显得高贵。

在清代，长天明月式的人物还是有几个的，但无奈时运如此，真正让有抱负有思想的人的呐喊成为改变时代的力量，还要到晚清民国以及此后一段英雄辈出的时代。

二十、偶开天眼

本书打算以王国维的《浣溪沙》结尾。在笔者翻阅了很多图书，品读了已经无法粗估的数量的诗词后，用这首让人怦然心动的诗，作为中国诗词的结篇，有一种无言的默契感。

王国维的学术成就是世所公认的。《宋元戏剧考》的开创之功和学术高度，至今为学界推重。《人间词话》是最受欢迎的古诗词参考书之一。王国维是毫无疑义的国学大师，和章太炎、黄侃等先生并列，他还是最早接触西方哲学和美学并用以解释中国经典的学者。然而就是这样的大学者却选择了在早晨沉湖自尽。说是沉湖，其实连后背都没有湿透。更让后人疑惑的是，这么一位大学者，自尽的头一天晚上睡得非常踏实，沉酣不绝，第二天说告别这个世界就彻底告别了。五十来岁，正是学者黄金的年纪。

学界对王国维的死一直有各种各样的解读，当然最多的说法是王国维殉清，也就是为大清而死节。也有人说王国维是因为痛感白云苍狗、人心不古、世道败坏，还有人认为王国维的死其实是传统文化的挽歌，王国维是为传统文化之死而死。这些解读，都很崇高，但未必为真，或许大了一些。倒是陈寅恪先生所撰《海宁王静安先生纪念碑》墓志铭，评述更为精当合理：

士之读书治学，盖将以脱心志于俗谛之桎梏，真理因得以发扬。思想而不自由，毋宁死耳。斯古今仁圣所同殉之精义，夫岂庸鄙之敢望。先生以一死见其独立自由之意志，非所论于一人之恩怨，一姓之兴亡。呜呼！树兹石于讲舍，系哀思而不忘。表哲人之奇节，诉真宰之茫茫。来世不可知者也。先生之著述，或有时而不彰；先生之学说，或有时而可商。惟此独立之精神，自由之思想，历千万祀，与天壤而同久，共三光而永光。

该碑由梁思成设计，现立于清华大学校内，像一座精神灯塔，凝成八个字：独立精神，自由思想。恐怕，未来三五百年、三五千年，像张载的"为天地立心，为生民立命，为往圣继绝学，为万世开太平"一样，依然是读书人渴望的境界。

在陈寅恪看来，士人读书治学，是为了挣脱世俗的枷锁，一旦思想不自由，则宁可不苟活，这不是为了一人恩怨，或者一姓兴亡。

王国维以学问受世人推重，不过，在晚清民国时，其词造诣也登峰造极。他独立自由的意志，也是遗世独立的孤独，在词里都有淋漓尽致的体现，比如这首《浣溪沙》：

山寺微茫背夕曛，鸟飞不到半山昏。上方孤磬定行云。　试上高峰窥皓月，偶开天眼觑红尘。可怜身是眼中人。

高山之中的寺庙，在夕阳仅剩的光照下，看上去已经若隐若现、微茫漫漶。山很高，寺庙也随之而高，故而连飞鸟都飞不到半山腰上来。

不过"鸟飞不到半山昏",还可以理解为夕阳残照,整座山一半尚有曛黄的光亮,一半已经变得暗淡了下来。上方孤磬,可以理解成词人正在趁着斜阳登山,更高处的寺庙里,传来钟磬之声。梵音混茫,连行云都被吸引住了。于是一切似乎都定格了下来。大山、斜阳,飞鸟不到的地方,连行云都被定住。这是真正的"山静似太古"。当然,也是在这样的深山之中,残阳之下,一声声钟磬犹如来自上苍天国的梵音,行云闻之也可入定。这样理解或许更流畅,因为下文有"天眼"句。

白云回望合,青霭入看无。但到这里词人的兴致显然还没充分发挥。斜阳渐渐隐没在群山之后,暮色降临。词人更想登临绝顶,一看天心处一轮明月。姜夔曾写"淮南皓月冷千山,冥冥归去无人管",月映万川,或月印万川,是姜夔等人追求的境界。也是很多思想在高处的人追求的境界。这是孤绝,也是圆满。人在绝顶,仿佛开了天眼,暂时跳脱世俗的禁锢,让泠泠山风和朗朗月色洗尽无边俗尘。看一看熙熙攘攘来来往往的红尘中人是不是真如蝼蚁一样,忙忙碌碌,但也不过是蜗牛角上的蝇营狗苟。

但真正的悲剧恰恰在于,有了觉醒的意识之后,以"天眼"观世观人,发现自己也不过是芸芸众生中的一员。

那是有高峰窥月天眼看人的意识好些,还是干脆就永远沉沦在世间,忙忙碌碌,糊里糊涂但也安心踏实?苏轼曾说"人生识字忧患始",所知愈多,所虑愈深,所思愈痛。佛家有云:人在高高的山上立,却在深深的海底行。既要有高拔的趣味和觉悟,也要有扎根泥土的勇气和毅力。人生不是因为脱俗才崇高,而是因为不屈从于日复一日的流俗,在无可逃避的泥淖中挣扎,争取生命的光亮,才会变得崇高。

不知所以然的苟活,和觉醒后的坚忍活着,自然有天壤之别。

　　王国维的粉丝之一——鲁迅先生——曾有个铁屋子的比喻，这似乎是人类困境的一个经典隐喻。是稀里糊涂去死，还是觉悟之后清醒地去死，这不仅关乎意义，也关乎尊严。

　　王国维受叔本华影响，学贯中西，才学绝代，但也体会到了最深的孤独。天眼看过红尘，肉身依在挣扎。一句挣扎，透露王国维的万千心路。于是昆明湖里的一泓青碧，就成了王国维精神最后的归宿。这似乎并不难解，至于是姓朱的还是姓爱新觉罗的江山，与这样的天眼岂有任何关系。"惟此独立之精神，自由之思想，历千万祀，与天壤而同久，共三光而永光。"

　　有些生命注定在凡俗中踏实，有些生命注定在最高处璀璨。

尾声：诗词林中路

　　从先秦到晚清，从《诗经》到王国维，中国古诗词的形象和阐释之路，暂时告一段落。这段路看似平淡，却不乏冒险成分。毕竟，古人已经做了太多工作，众多的诗话词话摆在那里，字字玑珠，振聋发聩，难道还不足以让后人鞭辟入里地解读诗词？前辈学者也做了太多工作，众多的文学史、诗歌史、断代史，以及西方理论涌入后出现的多种著作，难道还不足以让后学按图索骥地阐释诗词？

　　但是，当我们从广义的，或曰宽泛的诗歌形象学入手时，对中国古诗词的巡礼，可以通过双重视角和两个路径来进行，故而本书多少依然有些探索，有些意外收获。双重视角是：古人看前人的视角，今人看诗词的视角。两个路径是：古人接受的路径和今人接受的路径。诚如赵林教授所言，哲学史上那些伟大的思想家，我们今人的才智无法与之匹敌，但是我们却有一点是前人无法拥有的，即后发优势。古代思想家再伟大，他们无法知道盖棺之后的论定，何况还有很多论定还可以推倒再论。同样，古人诗词的境界，对于今人来说，其意义更为不同。在古代，诗词也许只是杯盘光景间的消遣文字，也可能是通往不朽的神圣之路，但是对于我们今人来说，在信息爆炸和被新媒体裹挟的时代里，诗词又意味着什么，我们能读出什么，又能够获得什么？诗词还是安乐窝吗，能够实现诗意的栖居吗？

通过了解古人怎样解读更古的前人，我们不仅能够更好地理解前人，也能够更好地理解古人，每个时代衔接起来之后，这既是发展史，也是接受史，还是形象传播史。古诗形象学的意义在于将时代、流派、作品集、诗人等均视为形象，结合意识形态视角，融合前人与后人、诗人与读者的视域，力图更全面也更理智地解读古诗词。

一个方法或者视角的提出，不是为了让理论又多一个概念，而是为了返回诗词自身，为了在幽秘深邃的诗词森林里开辟出一条更赏心悦目的路，让人接触到诗词的内核，领悟森林秘境的美好。不要奢谈或妄谈理性、客观，读诗本就应该给感性、主观留一席之地，哪怕是纯学术研究，缺少情感投入的书写很难想象能成为什么样子。《史记》之不朽和感人，离不开太史公的情感。史已如此，何况诗乎！

所以，本书在阐释层面，议论不是为了空头议论，而是为了更好地触达饱满的情感；抒情也不是信马由缰的发挥，而是循着诗人的笔触和情感路线或者由诗人作导游甚至玩伴，一起到诗词森林里寻幽，去发现那或已尘封的诗词韵致。

第五章第二节第十六部分《杏花满头情满怀》是二〇〇四年我读硕士时独立在古代文学领域口碑颇佳的期刊《文史知识》发表的，当时导师也颇觉意外和欣慰。可惜俗事萦绕，流年似水，时隔多年我才有心境重返古典梦境。特将这篇小文放入此章，意在怀念，亦在自勉。

感谢读者朋友的一路陪伴。回望诗词林中路，阴晴明晦，晨曦残照，雾霭风云，鸟鸣虫唱，一切都那么生动，那么值得。

参 考 文 献

古代部分

[1] 朱熹:《诗经集传》,上海古籍出版社,1987年。

[2] 方玉润:《诗经原始》,李先耕点校,中华书局,1986年。

[3] 屈原:《屈原集校注》,金开诚等校注,中华书局,1996年。

[4] 朱熹:《楚辞集注》,黄灵庚校,上海古籍出版社,2015年。

[5] 隋树森集释:《古诗十九首集释》,中华书局,1957年。

[6] 陶渊明:《陶渊明集》,逯钦立校注,中华书局,1979年。

[7] 逯钦立辑:《先秦汉魏晋南北朝诗》,中华书局,1983年。

[8] 房玄龄等:《晋书》,中华书局,1974年。

[9] 沈约:《梁书》,中华书局,1974年。

[10] 郭茂倩:《乐府诗集》,人民文学出版社,1996年。

[11] 谢灵运:《谢灵运集校注》,顾绍柏注,中州古籍出版社,1987年。

[12] 谢朓:《谢宣城集校注》,曹融南校注,上海古籍出版社,1991年。

[13] 何逊:《何逊集校注》,李伯齐校注,中华书局,2010年。

［14］刘勰：《文心雕龙》，范文澜注，人民文学出版社，1958年。

［15］瞿蜕园选注：《汉魏六朝赋选》，上海古籍出版社，2019年。

［16］魏徵：《隋书》，中华书局，1973年。

［17］陈子昂：《陈子昂集校注》，彭庆生校注，黄山书社，2015年。

［18］高适：《高适集校注》，孙钦善校注，上海古籍出版社，1984年。

［19］岑参：《岑参集校注》，陈铁民、侯忠义校注，上海古籍出版社，
1981年。

［20］王维：《王右丞集笺注》，赵殿成注，上海古籍出版社，1984年。

［21］郁贤皓选注：《李白选集》，上海古籍出版社，1990年。

［22］柳宗元：《柳宗元集》，中华书局，1979年。

［23］白居易：《白居易集》，顾学颉校点，中华书局，1979年。

［24］元稹：《元稹集》，冀勤点校，中华书局，1982年。

［25］钱起：《钱起诗集校注》，王定璋校注，浙江古籍出版社，1992年。

［26］刘餗、张鷟：《隋唐嘉话朝野佥载》，中华书局，1979年。

［27］张采田：《玉溪生年谱会笺》，上海古籍出版社，1984年。

［28］杜牧：《杜牧集系年校注》，吴在庆校注，中华书局，2016年。

［29］司空图：《二十四诗品》，浙江古籍出版社，2018年。

［30］邵雍：《邵雍集》，中华书局，2010年。

［31］赵崇祚编：《花间集校》，李一氓校，人民文学出版社，1958年。

［32］詹安泰编注：《李璟李煜词》，人民文学出版社，1958年。

［33］王安石：《王安石集》，王兆鹏、黄崇浩编，凤凰出版社，2014年。

［34］苏轼：《苏轼诗集》，孔凡礼点校，中华书局，1982年。

［35］周义敢、程自信：《秦观集编年校注》，人民文学出版社，2001年。

［36］贺铸：《贺铸词集》，上海古籍出版社，2001年。

[37] 孟元老:《东京梦华录》,中国书店,2019年。

[38] 范成大:《范石湖集》,富寿荪校,上海古籍出版社,1981年排
　　 印本。

[39] 姜夔:《姜夔词集》,上海古籍出版社,2010年。

[40] 辛弃疾:《辛稼轩诗文笺注》,辛更儒笺注,上海古籍出版社,
　　 1995年。

[41] 陆游:《陆游集》,中华书局,1977年。

[42] 张孝祥:《张孝祥词笺校》,宛敏灏笺校,黄山书社,2013年。

[43] 蒋捷:《蒋捷词校》,杨景龙注,中华书局,2010年。

[44] 关汉卿等撰:《关汉卿白朴郑光祖散曲》,贺圣遂、林致大点校,
　　 上海古籍出版社,1989年。

[45] 夏承焘、张璋编选:《金元明清词选》,人民文学出版社1983年。

[46] 杨基:《眉庵集》,杨世明、杨隽校点,巴蜀书社,2005年。

[47] 兰陵笑笑生:《金瓶梅词话》,人民文学出版社,1992年。

[48] 汤显祖:《牡丹亭》,徐朔方、杨笑梅校注,人民文学出版社,
　　 1982年。

[49] 祝允明:《祝允明集》,薛维源校,上海古籍出版社,2016年。

[50] 许梿:《六朝文絜笺注》,上海古籍出版社,1982年。

[51] 柳如是:《柳如是诗文集》,谷辉之辑,上海古籍出版社,2000年。

[52] 顾贞观:《弹指词笺注》,张秉戍笺注,文津出版社,2017年。

[53] 朱彝尊:《朱彝尊词集》,屈兴国、袁李来点校,浙江古籍出版社,
　　 2017年。

[54] 王士祯:《渔洋精华录集释》,李毓芙、牟通、李茂肃整理,上海
　　 古籍出版社,1999年。

[55] 王夫之：《姜斋诗话笺注》，戴鸿森注，上海古籍出版社，2012年。

[56] 黄景仁：《两当轩集》，李国章校，上海古籍出版社，2019年。

[57] 袁枚：《袁枚诗选》，王英志选注，人民文学出版社，2009年。

[58] 龚鼎孳：《龚鼎孳全集》，孙克强、裴喆编校，人民文学出版社，2014年。

[59] 纳兰性德：《纳兰性德词新释辑评》，张秉戌辑，中国书店，2001年。

[60] 阮元校刻：《十三经注疏》，中华书局，1990年。

[61] 谭献：《复堂词录》，罗仲鼎、俞浣萍整理，浙江古籍出版社，2010年。

现当代部分

[1] 陈寅恪：《唐代政治史述稿》，上海古籍出版社，1997年。

[2] 程千帆：《唐代进士行卷与文学》，上海古籍出版社，1980年。

[3] 程千帆、吴新雷：《两宋文学史》，上海古籍出版社，1991年。

[4] 程荣：《朱熹文学接受史》，黄山书社，2021年。

[5] 范文澜：《中国通史》，人民出版社，1978年。

[6] 葛晓音：《汉唐文学的嬗变》，北京大学出版社，1990年。

[7] 龚克昌：《汉赋研究》，山东文艺出版社，1984年。

[8] 郭绍虞：《中国文学批评史》，上海古籍出版社，1979年。

[9] 翦伯赞：《秦汉史》，上海人民出版社，2019年。

[10] 蒋寅：《大历诗风》，上海古籍出版社，1992年。

[11] 乐黛云：《比较文学与中国：乐黛云海外讲演录》，北京大学出版社，2004年。

［12］林庚：《唐诗综论》，商务印书馆，2011年。

［13］林语堂：《苏东坡传》，湖南文艺出版社，2012年。

［14］刘学锴：《李商隐诗歌接受史》，安徽大学出版社，2012年。

［15］罗宗强：《魏晋南北朝文学思想史》，中华书局，1996年。

［16］马茂元：《古诗十九首探索》，上海古籍出版社，1956年。

［17］马积高：《赋史》，上海古籍出版社，1987年。

［18］孟华：《比较文学形象学》，北京大学出版社，2001年。

［19］孟森：《明史讲义》，上海古籍出版社，2019年。

［20］缪钺：《诗词散论》，上海古籍出版社，1982年。

［21］钱穆：《中国文化史导论》，商务印书馆，1994年。

［22］钱仲联主编：《元明清诗鉴赏辞典》，上海辞书出版社，1994年。

［23］清华大学国学研究院编：《浦江清文存》，江苏人民出版社，
     2016年。

［24］尚学峰：《中国古典文学接受史》，山东教育出版社，2000年。

［25］汤用彤：《魏晋玄学论稿》，上海人民出版社，2015年。

［26］陶文鹏、韦凤娟：《灵境诗心：中国古代山水诗史》，凤凰出版社，
     2004年。

［27］王国维：《宋元戏曲史》，上海人民出版社，2014年。

［28］王国维：《王国维诗词笺注》，陈永正校，上海古籍出版社，
     2011年。

［29］王红霞：《宋代李白接受史》，上海古籍出版社，2010年。

［30］吴熊和：《唐宋词通论》，浙江古籍，1989年。

［31］萧涤非：《汉魏六朝乐府文学史》，人民文学出版社，1984年。

［32］徐公持：《阮籍与嵇康》，上海古籍出版社，1986年。

［33］许倬云：《历史大脉络》，广西师范大学出版社，2009年。

［34］阎福玲：《汉唐边塞诗研究》，中华书局，2016年。

［35］叶嘉莹：《名篇词例选说》，北京出版社，2012年。

［36］余嘉锡笺疏：《世说新语笺疏》，中华书局，1983年。

［37］余英时：《士与中国文化》，上海人民出版社，2003年。

［38］袁晓薇：《王维诗歌接受史研究》，安徽大学出版社，2012年。

［39］查清华：《明代唐诗接受史》，上海古籍出版社，2006年。

［40］张毅：《唐诗接受史》，人民文学出版社，2012年。

［41］张宗友：《朱彝尊年谱》，凤凰出版社，2014年。

［42］赵敏俐：《中国古代歌诗研究：从〈诗经〉到元曲的艺术生产史》，北京大学出版社，2005年。

［43］周宁：《天朝遥远》，北京大学出版社，2006年。

［44］周祖譔：《百求一是斋丛稿》，厦门大学出版社，2005年。

［45］宗白华：《美学散步》，上海人民出版社，1981年。

外国部分

［1］Terry Eagleton，Criticism and Ideology：A Study in Marxist Literary Theory.London：NewLeftBooks，1976.

［2］布尔迪厄：《文化资本与社会炼金术：布尔迪厄访谈录》，包亚明译，上海人民出版社，1997年。

［3］丹纳：《艺术哲学》，傅雷译，人民文学出版社，1963年。

［4］伽达默尔：《真理与方法》，洪汉鼎译，商务印书馆，2010年。

［5］海德格尔：《存在与时间》，陈嘉映译，三联书店，2015年。

［6］罗兰·巴特：《罗兰·巴特自述》，怀宇译，百花文艺出版社，2002年。

［7］叔本华:《作为意志和表象的世界》，石冲白译，商务印书馆，1982年。

［8］卡尔·雅斯贝尔斯:《论历史的起源与目标》，李雪涛译，华东师范大学出版社，2018年。

［9］H.R.姚斯、R.C.霍拉勃:《接受美学与接受理论》，周宁、金元浦译，辽宁教育出版社，1987年。

［10］赵毅衡编选:《"新批评"文集》，百花文艺出版社，2001年。

［11］朱利安:《淡之颂:论中国思想与美学》，卓立译，华东师范大学出版社，2017年。